GEFRIERBRAND

EINE MILITÄRISCHE SCIENCE-FICTION-SERIE

KRIEGE DER WEGBEREITER
BUCH 2

RACHEL AUKES

ZM ZWEI MONDE

1

Der innere Asteroidengürtel, 2358 n. Chr.

Der durchsichtige Schlauch pulsierte, als der schwarze Schlamm aus dem verlassenen Transporter in den Fäkalientank der Cabrón gesaugt wurde.

"Der Tank ist halb voll", meldete Burn Ransom über die Sprechanlage des Schiffs.

Captain Jack Hale überprüfte seinen Bildschirm, auf dem verschiedene Anzeigen grün leuchteten. Er tippte auf die Gegensprechanlage. "Der Transfer sieht hier oben gut aus. Noch zehn Minuten und wir sollten einen vollen Tank haben."

"Und der Sektor zeigt immer noch keinen Verkehr an. Ich empfange keine Gespräche auf den Comm-Scans, also sieht es auch hier gut aus", berichtete Kana Kocher, die Softwarespezialistin des Schiffs, von ihrem Platz links von Jack.

Ein Teenager drückte sich mit dem Gesicht gegen das Fenster und beobachtete die Operation. "Zahlen die Leute wirklich für diesen Dreck?", fragte Heddi.

"Sie zahlen viel Geld für diesen Dreck", sagte Jack.

Kana erläuterte: "Es hat einen schicken Namen, aber die Leute nennen es einfach Golem-Goo. Im Grunde ist es ein Haufen robotischer Naniten im Siliziumschlamm. Mit der richtigen Software kannst du den Golem in jede beliebige Form bringen und ihn so hart machen, wie du willst. Du kannst daraus einen Roboter mit acht Beinen oder einen Pritschenwagen machen. Viele Bergbaubetriebe nutzen es, um Geräte durch Tunnel zu transportieren oder um Gebiete zu erkunden, in denen keine ausreichend großen Löcher für herkömmliche Geräte gebohrt werden müssen. Ich bin mir sicher, dass du das Zeug in fester Form in den Bergbaulagern gesehen hast."

Heddi zuckte mit den Schultern. "Ich erinnere mich nur an das rostige, alte Stahlzeug, das immer wieder kaputt ging."

"Davon gibt es auch jede Menge, und es ist viel billiger als Golem-Goo", sagte Jack.

"Oh Mist." Kanas Finger fuhren über ihr Panel. "Aufgepasst, Leute. Wir kriegen gleich Gesellschaft. Ein anderes Schiff ist gerade in diesen Sektor gekommen."

Jack versteifte sich und wischte über seine Bildschirme, um eine Karte des Sektors aufzurufen. "Sind sie mit einem aktiven Transponder unterwegs?"

"Ich überprüfe das gerade ... ja. Es hat einen Ausweis von Sol Corp. Der Transponder sagt, dass es ein Lastschiff ist", antwortete sie.

Jack zog eine Grimasse. "Wir wussten, dass es nur eine Frage der Zeit war, bis sie auftauchen und ihr Eigentum zurückfordern würden. Er tippte auf die Sprechanlage. "In Ordnung, Leute. Sol Corp ist wegen ihres Glibbers hier und wird nicht erfreut sein, wenn wir Plünderer es ihnen wegnehmen. Stellt den Betrieb ein. Ich muss den Schlauch abkoppeln und die Verbindung zu diesem schwarzen Schwan eher früher als später trennen."

"Gib mir zehn Sekunden", sagte Burn.

"Heddi, schnall dich an", sagte Jack.

Das Mädchen am Fenster beeilte sich, sich auf einem der beiden Sitze hinter ihm anzuschnallen.

"Uh oh. Doppelter Mist", sagte Kana.

"Das hört sich nicht gut an", sagte Jack.

"Ist es auch nicht. Zwei Abfangjäger sind gerade in diesen Sektor eingedrungen. Sieht aus, als würden sie das Lastschiff begleiten", sagte sie.

"Wie viel Zeit haben wir?", fragte er.

"Wir sind nicht mit einem Transponder unterwegs, also schätze ich, dass wir etwa fünf Minuten haben, bevor ihre Scans uns von ihrem Transporter unterscheiden können."

Jack drückte auf die Sprechanlage. "Sieht aus, als würde eine Party starten. Sag mir, dass du da hinten durch bist."

"Noch ein bisschen... jetzt. So, wir sind fertig."

"Gut. Schnallt euch an. Sobald ich uns abtrenne, geht's los."

"Brauchst du mich für die Railgun?" fragte Veda über die Sprechanlage. Er klang hoffnungsvoll.

"Nein. Ich habe nicht vor, so lange zu warten, bis wir sie brauchen", sagte Jack, während seine Finger über den Bildschirm flogen. Der Schlauch löste sich von dem anderen Schiff und spritzte schwarzen Golem-Goo auf die Seiten des Transporters. Sobald der Schlauch frei war, zog er ihn und die beiden Greifarme, die die beiden Schiffe zusammenhielten, zurück. Die Arme zogen sich vollständig gegen den Rumpf der *Cabrón* zurück und sahen aus wie bedrohliche Hörner.

Jack manövrierte die *Cabrón* so, dass sie von dem toten Schiff weg zeigten. Sobald sie sich genug entfernt hatten, beschleunigte er so viel wie möglich, während der Reaktor noch auf eine volle Leistung hinarbeitete.

"Haben sie uns geortet?", fragte er.

"Sie haben ihren Kurs noch nicht geändert", antwortete Kana.

"Gut. Hoffen wir, dass es so bleibt."

"Ups. Ich nehme es zurück. Beide Abfangjäger haben ihren Kurs geändert. Sie haben uns gesichtet."

Ein Symbol blinkte grün, als der Reaktor volle Leistung anzeigte. Er überprüfte den Sektorscan noch einmal, um sicherzustellen, dass die Flugroute frei war.

"Gut. Sollen sie doch versuchen, uns zu fangen", sagte er.

Die *Cabrón* beschleunigte ultraschnell. Jack wurde in seinen Sitz zurückgedrückt, aber dank der Anti-Wasserstoff-Gravitationsleiter des Schiffes war das nicht schmerzhaft. Als das Schiff vor zweihundertfünfzig Jahren gebaut wurde, gab es noch keine künstliche Schwerkraft. Die erste Besatzung musste magnetisierte Stiefel benutzen. Seitdem hatte sich viel verändert.

Jack wusste das besser als die Meisten. Er hatte alles miterlebt, von Magnetstiefeln bis zur künstlichen Schwerkraft. Das Gleiche galt für den Rest seiner Crew - außer Heddi. Sie war wirklich noch ein Kind.

Die Besatzung mit ihren Geheimnissen waren Streuner, Schiffbrüchige, die nicht in die übrige Zivilisation passten. Selbst Heddi, eine Waise und einzige Überlebende einer Bergbaukatastrophe, war eine Streunerin. Das war wahrscheinlich der Grund, warum sie sich an Bord der *Cabrón* von Anfang an so gut eingefügt hatte.

Jack wünschte sich, dass das Leben für ein Kind nicht so gefährlich wäre, aber Heddi war in schlechte Umstände geraten. Im letzten Jahr waren sie vor mehr Schiffen geflohen als in den fünfundzwanzig Jahrzehnten zuvor. Mit etwas Glück würden sie eines Tages mit dem Weglaufen aufhören können. Dazu müssten sie allerdings von der Fahndungsliste von Sol Corp gestrichen werden, und damit rechnete er nicht in nächster Zeit.

"Die Abfangjäger folgen uns nicht. Sieht so aus, als würden sie sich zurückhalten, um den Kahn zu schützen", sagte Kana.

"Das heißt, sie haben uns nicht gesehen. Sie haben wohl angenommen, dass wir nur normalle Geier sind. Sonst hätten sie uns auf keinen Fall aufgegeben", sagte Jack und tippte auf die Sprechanlage. "Gute Nachrichten, Crew. Sol Corp war heute nicht in der Stimmung zu spielen. Wir sind in Sicherheit. Wir bleiben noch eine Stunde auf diesem Vektor und dann werde ich den Kurs anpassen, damit wir das Glibberzeug abbliefern können."

"Okay, kommt alle in die Kombüse. Ich bin bereit", kam Nallas Stimme über die Sprechanlage.

Kana lächelte, zwinkerte Heddi zu und eilte von der Brücke.

Jack schnallte seinen Gürtel ab und stand auf. "Fertig?"

Heddi runzelte die Stirn. "Bereit für was? Es ist noch zu früh für das Abendessen."

Jack legte seinen Arm um ihre Schultern und führte sie in die Kombüse, den ersten Raum rechts von der Brücke, wo der Rest der Besatzung bereits eingetroffen war. In der Mitte des Tisches stand ein Schokoladenkuchen, auf dem mit weißem Zuckerguss die Zahl vierzehn stand. "Du hast doch nicht gedacht, wir würden deinen Geburtstag vergessen, oder?"

2

Erde

General Charles Metrell stieg aus dem Shuttle, das auf dem Dach des hohen Bürogebäudes geparkt war. Als er sich auf den Weg ins Innere machte, blickte er finster drein - es gefiel ihm nicht, dass er immer noch hinkte, auch wenn es nur leicht war. Wenn er ein Einfaltspinsel oder ein Optimist wäre, wäre er froh, dass er keine Probleme mehr mit seinem Knie hatte, aber er hatte keine Probleme mehr, weil er kein Knie mehr hatte. Sein Bein war bei der Evakuierung von SC3 - dem Sol Corp Kommandokomplex - sauber abgetrennt worden und er hatte ein Ersatzbein bekommen, aber er hatte sich immer noch nicht ganz daran gewöhnt. Er war sich nicht sicher, ob er das jemals tun würde.

Während dieser Evakuierung war auch seine einzige Freundin, Sergeant Janita Coffman, getötet worden. SC3 war von einem Mann in die Luft gesprengt worden, der sich Captain Hale nannte. Charles erinnerte sich daran, dass er Hale kennengelernt hatte, als sein Nachname noch Halverton gewesen war. Das war nun viele Jahre her - damals beaufsichtigte Charles die *Aria*-Mission, ein Schiff, das die Menschen zum ersten Mal über die Grenzen des Sonnensystems hinaus bringen sollte. Die Besatzung hatte sich einem nanotechnologischem Verfahren unterzogen, um den Langzeitaufenthalt im Weltraum zu überleben, und Charles, der das Projekt leitete, hatte an denselben Behandlungen teilgenommen. Er hatte auch Janita die gleichen Behandlungen erlaubt, da sie seine Assistentin war und jeder Anführer eine gute Assistentin braucht.

Aber die *Aria*-Mission war gescheitert. Die Dinge liefen katastrophal schief, und sowohl das Schiff als auch die Besatzung verschwanden. Das war im Jahr 2142. Das Leben ging so normal weiter, wie man es erwarten konnte, bis vor einem Jahr einige der ursprünglichen Besatzungsmitglieder auf unerklärliche Weise wieder auftauchten, zusammen mit einer stark modifizierten *Aria*, die nun *Cabrón* genannt wurde. Charles hätte die Besatzung sofort töten und das Schiff zerstören sollen, als er erfuhr, dass sie überlebt hatten. Stattdessen hatte er sie am Leben gelassen. Es dauerte nicht lange, bis sie SC3 in die Luft gesprengt, Janita getötet und sein Bein genommen hatten. Er war sich nicht einmal sicher, was ihn davon am meisten ärgerte.

Charles hatte gelernt, mit Verlusten zu leben. Er war eher ein Pragmatiker als ein Optimist. Aber er wusste, dass er irgendwann gerechte Vergeltung erleben würde.

Er fuhr mit dem Aufzug in den achtundvierzigsten Stock hinunter. Dies war kein Bürogebäude von Sol Corp, deshalb hatte er es auch ausgewählt. Charles hatte seine gesamte Karriere in den Dienst von Sol Corp und ihrem Prototypen, den Vereinten Nationen, gestellt. Er hatte genug davon. Nein, dieses Gebäude beherbergte Mietbüros für Unternehmen aller Größenordnungen, die in keiner Weise mit Sol Corp verbunden waren. Charles blieb vor einem Büro stehen, in dem kein Firmenname an der Wand stand. Er lehnte sich dicht an die Computertafel rechts neben der Tür. Ein rotes Licht blinkte auf, als der Computer seine Netzhaut scannte, und die Tür öffnete sich mit einem Klicken.

Er betrat das kleine Büro mit zwei identischen, gut genutzten Schreibtischen, obwohl er dachte, dass er nur einen Schreibtisch brauchte, da er nicht vorhatte, Janita zu ersetzen. Es würde nie jemanden geben, dem er vertrauen konnte, schon gar nicht in Bezug auf seine privaten Angelegenheiten. Dieses Büro nutzte er für Arbeiten, die nichts mit Sol Corp zu tun hatten, also fand es nur selten einen Nutzen. Das sollte sich nun ändern. Er hatte sogar die Büroräume nebenan gemietet.

Direktorin Junger hatte zwar Haftbefehle für Captain Hale und seine Crew ausgestellt, aber das war in Charles' Augen ein viel zu blasser Akt der Gerechtigkeit. Hales Crew hatte Hunderte von engagierten, tugendhaften Mitarbeitern von Sol Corp getötet und schlimmer noch... sie hatten den Wegbereiter, die künstliche Intelligenz, die der Menschheit Frieden und Wohlstand ermöglichte, dazu gebracht, das Sonnensystem zu verlassen und die Menschheit im Stich zu lassen.

Hales Crew hatte den Tod verdient ... einen langen, qualvollen Tod für ihre Taten, mit denen sie Sol Corp lahmgelegt und den Wegbereiter zum Aufbruch veranlasst hatten. Zum Glück hatte Charles die Möglichkeit, das Spielfeld neu zu bestimmen.

Er setzte sich in den alten Stuhl mit dem vertrauten, abgenutzten Leder, dessen Sitzfläche sich durch zwei Jahrhunderte Benutzung verformt hatte. Hinter seinem Schreibtisch war ein kleiner Tresor in die Wand eingelassen. Das Schloss war ein altmodisches manuelles Zahlenschloss: Er musste den Knopf nach links und rechts drehen, um die Zahlen einzugeben. Er war aus der Übung und brauchte zwei Versuche, um die Kombination richtig einzugeben. Das Schloss rastete ein und er öffnete die Tür.

Im Inneren befanden sich Stapel von Speicherkarten. Einige waren mit verschiedenen persönlichen Daten gefüllt, die in Fällen verwendet werden sollten, in denen Erpressung notwendig war, um den Fortschritt in die richtige Richtung zu lenken. Eine dieser Karten enthielt eine interessante Akte über Marlo Junger, bevor sie Geschäftsführerin von Sol Corp wurde.

Andere Karten waren mit Softwareprogrammen für verschiedene Zwecke gefüllt. Er zog eine rote Karte aus dem Stapel. Er hielt das edle Stück Metall zwischen seinen Fingern. Es war unglaublich, dass etwas so Wertvolles so klein sein konnte. Als er es auf seiner Handfläche ruhen ließ, spürte er fast das Gewicht davon, Gott zu spielen. Er genoss den Moment für einige Sekunden und stellte sich die Möglichkeiten vor, die er hatte, bevor er die Karte einsteckte, den Safe schloss und das manuelle Schloss drehte. Um zu stehen, musste er beide Hände benutzen. Nicht wegen seines künstlichen Beins, sondern weil er achtundsiebzig Jahre alt war, als er sich der Behandlung unterzog - und obwohl die Naniten seinen Körper am Leben hielten, waren sie leider kein Jungbrunnen, und sie erhielten seine Gesundheit lediglich von dem Zeitpunkt seiner Behandlung an aufrecht. Zu dieser Zeit war er ein hochrangiger General von Sol Corp gewesen. Er hatte Flotten in die Schlacht geführt und Strategien für den Aufstieg und Fall von Imperien entwickelt. Die ersten sieben Jahrzehnte hatten ihren Tribut gefordert, und er spürte jedes hart erarbeitete Jahr in jedem Muskel und jedem Gelenk.

Er ging von seinem Privatbüro in das Büro nebenan, das er in den letzten sieben Monaten komplett umgebaut hatte. Dort saß ein Team von fünf technischen Spezialisten hinter Computerbildschirmen. Er fand sie scherzend und plaudernd vor - diejenige, die Charles am nächsten war, spielte ein Videospiel. Als sie ihn bemerkten, wurde es still im Raum, und die Technikerin schaltete den Bildschirm aus.

Ein junger Mann sprang auf. "General Metrell, Sir, wir waren uns nicht sicher, ob Sie es schaffen würden." Charles hatte diesen Spezialisten schon beim ersten Gespräch mit dem Kandidaten als Schleimer abgestempelt. Charles hatte nichts gegen falsche Schmeicheleien, solange der Mann Ergebnisse lieferte, und jeder dieser Kandidaten wurde als der Beste der aktuellen Abschlussklasse angesehen.

"Ein Treffen hat länger gedauert als erwartet", sagte Charles. Dann zog er die Speicherkarte heraus, damit alle sie sehen konnten. "Seid ihr bereit, anzufangen?"

Die Stimmung schlug in einem Atemzug in Ehrfurcht und Aufregung um.

Er reichte die Karte dem Aufpasser, der eindeutig als Anführer gesehen werden wollte, obwohl sie alle Kadetten von Sol Corp waren. Der junge Mann betrachtete die Karte mit Erstaunen. "Das ist sie?"

Charles nickte. "Ja. Sie enthält die gesamte Code-Bibliothek für den Wegbereiter-Prototyp. Sie ist ein oder zwei Versionen vor dem echten Wegbereiter-System, das in Betrieb genommen wurde, was bedeutet, dass ihr die Raffinesse des Endprodukts und die Verbesserungen aus drei Jahrhunderten fehlen, aber ich bin mir sicher, dass Sie die Lücken füllen können, denn unsere Technologie hat sich seit der Erstellung des Originalcodes stark verbessert."

Eine Frau rechts neben dem Schleimer griff nach der Karte, aber er schnappte sie weg. Sie blickte ihn daraufhin an.

"Entspann Sie sich", sagte Charles. "Ich erwarte, dass Sie alle in den nächsten Wochen mit diesem Code vertraut werden. Schließlich werden Sie die nächste Generation von Wegbereitern erschaffen, die der Menschheit als Ratgeber und Unterstützer dienen sollen."

3

Der innere Asteroidengürtel

Jacks Kontakt-Panel läutete erneut.

"Noch eine Nachricht vom Käufer?" fragte Nalla.

Jack nickte. "Jawohl." Er hatte sieben Kursänderungen vorgenommen, bevor er sich sicher genug fühlte, dass die *Cabrón* nicht verfolgt wird. Der Zickzackkurs verlängerte ihre Reise um drei Tage, was schon schlimm genug war, aber das Schlimmste war die Beschwerde des Käufers, die einen Tag später von einer eindeutigen Drohung gefolgt wurde, das Geschäft rückgängig zu machen. Die fünf Nachrichten, die danach kamen, hatte er ignoriert.

"Er ist wirklich hartnäckig", sagte sie.

"Das ist seine einzige gute Eigenschaft, aber er bringt mich dazu, darüber nachzudenken, ob Hartnäckigkeit eine gute Eigenschaft ist oder nicht."

"Ich finde, Hartnäckigkeit ist nur dann eine gute Eigenschaft, wenn die Person auf unserer Seite ist. In allen anderen Fällen ist es ein furchtbar lästiges Verhalten", sagte sie. "Wie damals, als der Wegbereiter immer wieder versuchte, die Systeme der *Aria* zu sabotieren. Erinnerst du dich daran?"

Er grunzte und sah sich dann auf der Brücke um. Das Schiff hatte der Zeit als *Aria* einen langen Weg zurückgelegt. Es war für die erste Mission der Menschheit außerhalb des Sonnensystems gebaut worden und hatte eine Besatzung an Bord, die aufgrund ihrer Fähigkeiten und Persönlichkeiten für die interstellare Erkundung ausgewählt worden war und Naniten erhalten hatte, um die Strahlung und andere Gefahren der langfristigen Raumfahrt zu überleben. Die Mission startete im Jahr 2136, und im Jahr 2142, als die *Aria* den äußeren Gürtel erreicht hatte, hatte der Wegbereiter im Sonnensystem beschlossen, dass die Menschheit noch nicht bereit war, das Sonnensystem zu verlassen. Die KI hatte Systemstörungen verursacht, um das Schiff zu einer Rückkehr zu zwingen, aber die Besatzung war fest entschlossen weiterzumachen. Das ließ der hartnäckigen KI nur eine Möglichkeit, die Menschen im System zu halten: Sie warf alle achtundvierzig Besatzungsmitglieder vom Schiff ins All. Nun, der Wegbereiter hatte geglaubt, er hätte alle achtundvierzig entfernt. Durch reines Glück befanden sich acht dieser Besatzungsmitglieder zu diesem Zeitpunkt in einem Shuttle, das vom Rest des Schiffes getrennt war. Sechs von ihnen überlebten lange genug, um die Aria von allen Netzwerken abzukoppeln und sie in ein Geisterschiff zu verwandeln.

Das war nun zweihundertfünfzehn Jahre her, aber Jacks Erinnerung an diesen Tag war noch genauso lebendig wie damals. Die ersten fünfzig Jahre nach der Säuberung waren für die Überlebenden die schwersten. Sie mussten sich von allen vernetzten Systemen fernhalten, um nicht zu riskieren, dass der Wegbereiter sein Werk vollendete. Doch im Laufe der Jahrzehnte und dank der Langlebigkeit, die ihnen die speziellen Naniten in ihrem Blut verliehen, hatten die Überlebenden die *Aria* in die *Cabrón* verwandelt und neue Identitäten für die Besatzung geschaffen. Fünf der acht waren noch am Leben und alle fünf waren immer noch auf demselben Schiff, auf dem sie zum ersten Mal zusammen gedient hatten. So sehr die Jahre auch ineinander verschwammen, Jack vergaß nie auch nur ein einziges der anderen dreiundvierzig Besatzungsmitglieder, die seither in der Dunkelheit verschollen waren.

Jacks Bedienfeld piepte und er sah, dass sie sich Smuggler's Cove näherten. Er tippte auf das Funkgerät. "Aufgepasst. Fünfzehn Minuten bis zum Anlegen."

Nalla richtete sich auf. "Ich nehme an, das ist mein Stichwort. Ich sehe besser mal nach Heddi, um sicherzugehen, dass sie nicht wie beim letzten Mal irgendwo Waffen versteckt."

Jack lächelte. "Es ist nichts falsch daran, vorbereitet zu sein."

"Sie ist vierzehn."

"Sie ist eine sehr gut vorbereitete Vierzehnjährige."

Nallas Blick verengte sich. "Sie sollte nicht so gut vorbereitet sein müssen, es sei denn, wir ziehen in einen Krieg. Smuggler's Cove mag zwar etwas rau sein, aber dem, was ich gehört habe, befinden wir uns nicht im Krieg."

"Noch nicht", sagte Jack. "Wir sind noch nicht im Krieg. So wie die Dinge zwischen den Rebellen und Sol Corp stehen, würde es mich nicht wundern, wenn wir uns in ein paar Monaten genau dort befinden."

4

Smuggler's Cove, ein Asteroid im Inneren Gürtel

Der Rebellenstützpunkt war zunächst ein Bergbau-Asteroid, der verlassen wurde, nachdem alles, was dort abgebaut wurde, gestohlen worden war. Sein zweites Leben brachte ihm den Namen Smuggler's Cove ein, da er ein geeigneter Ort war, um dem wachsamen Auge von Sol Corp und den Wegbereiter-Verbündeten zu entgehen. Jack und seine Crew hatten den Asteroiden in ihren früheren Tagen mehr als einmal besucht. Jetzt war in der Siedlung mehr los als je zuvor, seit die Mars Station vor zwei Monaten gegen Sol Corp antrat.

Die *Cabrón* dockte zwischen zwei Schiffen an, die aussahen, als hätte man sie von einem Schrottplatz geholt und keinerlei Verbesserungen an ihnen vorgenommen. Die Rebellion wuchs zwar, aber sie war völlig unterfinanziert.

Kana schaute von ihrer Tafel auf. "Whoa. Sol Corp braucht keine Waffenschiffe, um diese Dinger auszuschalten. Jemand könnte einfach seine Geburtstagskerzen ausblasen und der Laden würde in sich zusammenfallen."

"Die *Cabrón* ist zu hübsch für die Dschunken-Kapitäne hier. Sie wird auf jeden Fall Aufmerksamkeit erregen. Sorge dafür, dass alle Abriegelungssysteme aktiviert sind", sagte Jack.

"Das werde ich. Veda und ich bleiben an Bord. Wir wollen nicht, dass die *Cabrón* einsam wird", sagte sie.

Jack nickte. "Ich sollte nicht länger als eine Stunde weg sein, höchstens zwei. Ich kümmere mich dann schnell um das Schiff, damit ihr zwei einen Landgang genießen könnt. Es ist zu lange her, dass ihr euch die Beine vertreten konntet."

Sie streckte sich. "Ja, es ist zu lange her."

Veda betrat die Brücke und zuckte zusammen, als er den Rest des Docks sah. "Hoffentlich haben diese Schrotthaufen da draußen nichts Ansteckendes."

"Ich glaube, das Einzige, worauf man hier achten muss, sind Piraten und Anhalter", sagte Jack.

"Wir haben schon einen Anhalter an Bord. Das ist einer mehr, als wir brauchen", sagte Veda.

"Was ist ein Anhalter?" fragte Heddi, als sie die Brücke betrat.

Veda hob die Augenbrauen.

Sie runzelte die Stirn. "Ich bin keine Anhalterin. Ich gehöre zur Besatzung, genau wie du, Dummkopf."

"Nicht nur wie ich. Ich habe Fähigkeiten. Du hast einen Dreck", sagte er.

"Ach ja? Aber alle mögen mich lieber als dich", konterte Heddi.

"Sie hat Recht. Wir mögen sie lieber als dich", sagte Burn, als er hereinkam, gleich gefolgt von Nalla.

"Allein in dieser Woche wollte ich dich nicht weniger als dreimal aus der Luftschleuse werfen", sagte Nalla.

Veda brummte etwas, bevor er sagte: "Wie wäre es, wenn ihr meiner Frau und mir aus dem Weg geht, damit wir etwas Zeit für uns haben?"

Kana streckte eine Hand aus und zog Veda zu sich. Er umarmte sie.

Nalla drehte sich abrupt um. "Lass uns einkaufen gehen, Heddi."

Das Lächeln des Mädchens erreichte ihre Ohren. "Ich habe eine Liste."

Nalla grinste: "Da bin ich mir sicher", und die beiden verließen die Brücke.

Jack winkte Burn zu sich. "Lass uns die Ladung absetzen."

Burn reichte ihm die Hand. "Nach dir, Boss."

Die beiden Männer verließen das Schiff, wo der Käufer bereits auf sie wartete. Der Mann hatte langes, strähniges weißes Haar und trug Kleidung, die in der Taille eine Nummer zu eng war. Er winkte Jack mit dem Finger zu, als er auf ihn zukam. "Ich brauchte diese Ladung vor drei Tagen. Ich bezahle dafür, dass meine Mannschaft seit drei Tagen auf diesem gottverlassenen Felsen sitzt und Däumchen dreht. Weißt du, wie viel mich deine Verspätung gekostet hat?"

"Ich weiß es nicht, aber ich bin sicher, du wirst es mir sagen", sagte Jack.

"Dreitausend Credits pro Tag", sagte der Käufer, als hätte er Jack gar nicht gehört.

"Du verdienst immer noch sehr gut an diesem Geschäft. Wenn du es nicht willst, kann ich sicher in weniger als einer Stunde einen anderen Käufer finden."

"Zwanzig Minuten, höchstens", fügte Burn hinzu.

Der Käufer schaute finster drein. "Ich nehme es." Er tippte auf seinen Armreif, um das Geld zu überweisen, und sah Jack stirnrunzelnd an. "Wo ist dein Armreif?"

"Ich ziehe es vor, keinen zu benutzen." Jack zog ein kleines Tablet aus seiner Jacke und hielt es dem Mann hin. "Es ist fertig."

"Ihr Unabhängigen, ihr seid alle verrückt. Ihr seid reich genug, um ein eigenes Schiff zu besitzen, aber könnt euch nicht mal einen kleinen Armreif kaufen." Der Käufer strich mit der Hand über den Bildschirm auf seinem Armreif.

"Geld hat damit nichts zu tun. Ich mag es nicht, jede Minute des Tages überwacht zu werden." Jacks Tablet piepte. Er vergewisserte sich, dass er den vollen Betrag erhalten hatte, bevor er einen Zugangscode an den Armreif des Käufers schickte. "So. Der Glibber gehört dir. Mein Crewmitglied hier wird dir helfen, ihn zu übertragen."

Der Käufer bestätigte den Code und winkte Burn zu sich. "Dann komm mit. Wir haben viel zu tun."

Burn warf Jack einen gequälten Blick zu, bevor er mit dem Käufer losging.

Jack sah sich um und vergewisserte sich, dass alles in Ordnung war, bevor er die Docks verließ und zum Haus 426A3 ging, das tief im Inneren des Asteroiden lag. Die Tür war verschlossen, aber sein Handabdruck wurde in das System eingegeben, und die Tür öffnete sich.

Als er eintrat, war das kleine Wohnzimmer leer, bis auf eine schwarze Katze mit weißen Pfoten, die auf der Lehne des Sessels saß. Sobald Mittens Jack sah, miaute sie, sprang herunter, rannte zu ihm und begann, sich an ihm zu reiben. Er hob die Katze auf, die zu schnurren begann, und kratzte ihr die Ohren, während er sie ins Schlafzimmer trug.

Mittens war besessen von Jack, aber das war nicht persönlich gemeint. Dank der Naniten in seinem Blut war Jack vier Grad wärmer als ein normales menschliches Wesen. Offensichtlich machten diese vier Grad einen großen Unterschied, wenn es darum ging, auf welchem Schoß sich eine Katze am liebsten einrollt.

Im Schlafzimmer fand er Domino nackt im Bett liegen. Sie grinste. "Natürlich bekommt Mittens deine Aufmerksamkeit zuerst." Sie hielt ihm eine Hand hin.

Er ließ die Katze auf die Matratze fallen und nahm Dominos Hand. Er wollte sie aus dem Bett zerren, aber sie zog ihn stattdessen zu sich. Er gab ihrem Kuss nach und genoss die Berührung.

"Zieh dich aus", flüsterte sie schwül.

Er tat wie ihr befohlen und kletterte auf sie ins Bett, wobei er sich abstützte, um sie nicht zu erdrücken. Ihre Hände streichelten seinen Rücken, und sie küssten sich lange und innig. Sie war weich und warm, und es war zu lange her, dass er eine Frau gehalten hatte. Ihr Kuss wurde intensiver, und innerhalb von Sekunden war er in ihr, und die beiden gaben sich der Leidenschaft hin.

Eine Stunde später lagen sie zusammen im Bett.

"Ich sollte jetzt gehen", sagte er, rührte sich aber nicht.

"Du kannst bleiben. Die Revolution braucht dich."

Er küsste sie auf die Stirn. "Das ist deine Sache. Es war nie meine."

Sie rollte sich von ihm ab und stützte sich auf den Ellbogen. "Vielleicht nicht, aber was denkst du, was Sol Corp tun wird, wenn sie gewinnen? Selbst ohne die Wegbereiter hat Junger die zehnfache Feuerkraft. Jeder, der wettet, würde sein Geld auf Sol Corp setzen."

"Aber ihr habt zehnmal so viele Leute."

"Und Sol Corp hat die zwanzigfache Flotte." Sie atmete tief ein, bevor sie fortfuhr. "Wir werden gewinnen. Ich weiß es in meinem Herzen. Jeder Einzelne, der für diese Sache arbeitet, ist mit Leidenschaft dabei, während es für die Wächter von Sol Corp nur ein weiterer Tag ist, an dem sie Befehle entgegennehmen. Es ist ihnen egal, was passiert, solange sie bezahlt werden. Außerdem wollen viele von ihnen auch die Freiheit. Jeden Tag fordern mehr und mehr Kolonien die Selbstverwaltung, und die Familien dieser Wächter leben in diesen Kolonien. Wenn Junger nur versucht, den Status quo aufrechtzuerhalten, wird sie verlieren. Weißt du eigentlich, wie schwer es ist, Kolonien, die sich nach Unabhängigkeit sehnen, dazu zu bringen, sich für eine Sache zusammenzuschließen?"

"Du bist eine gute Anführerin, eine starke Anführerin. Du wirst einen Weg finden. Ich habe keine Zweifel, wenn es um dich geht."

Sie gluckste. "Diese Leute zu führen ist wie der Versuch, Bergleute beim Schichtwechsel zu kontrollieren. Es ist unmöglich."

Sie schwiegen einige Sekunden lang, bevor sie sagte: "Du hast Recht, ich werde einen Weg finden. Wenn Junger jetzt nur einen direkten Angriff auf eine der Kolonien starten würde, würde das sie überzeugen, sich zu vereinigen."

"Das klingt sehr nach Krieg."

"Das liegt daran, dass es Krieg ist. Vielleicht wird das Blutvergießen nicht in den Nachrichten übertragen, aber wir befinden uns trotzdem in einem Krieg. Junger hat Schiffe, die gerade über Kolonien wie der Mars Station sitzen und nur auf einen Vorwand zum Feuern warten."

"Ich hoffe, dass es nicht so weit kommt", sagte er.

"Ich auch."

Er glaubte ihr nicht. "Du willst einen Angriff auf eine Kolonie vortäuschen, nicht wahr?"

"Ich? So etwas würde ich nicht tun. Aber wenn ich so etwas tun würde, würden ein paar früh verlorene Leben später viele weitere retten."

"Sei vorsichtig. So etwas kann schnell nach hinten losgehen." Er streckte sich. "Aber ich muss wirklich zurück zu meinem Schiff."

Sie strich ihm mit dem Finger über die Brust. "Wenn du nicht hier bei mir bleiben willst, habe ich einen Job für dich."

"Was ist das für ein Job?", fragte er skeptisch.

"Ich habe ein paar Kisten, die ich zur Mars Station bringen muss."

"Die Mars Station ist kein Ort, an dem ich gesehen werden möchte. Falls du die Netzberichte des letzten Jahres nicht gesehen hast: Ich stehe auf der Shit-Liste von Sol Corp."

"Du standest schon immer auf ihrer Shit-Liste. Sie haben nur beschlossen, es öffentlich zu machen. Aber um die Mars Station musst du dir keine Sorgen machen. Sol Corp zieht immer mehr ihrer Truppen ab, seit es eine unabhängige Kolonie ist."

"Aber sie sind doch noch da."

"Kaum noch. Ich bezweifle, dass du auch nur einen einzigen Wächter sehen wirst."

"Das bezweifelst du?"

Sie zuckte mit den Schultern. "Ist das wichtig? Diese Fahrt wird den üblichen Preis haben."

Seine Augen verengten sich. "Meinst du mit dem üblichen Tarif den legalen oder den nicht so legalen?"

Sie grinste. "Schatz, wenn es legal wäre, würde ich dich nicht fragen, oder?"

Er überlegte einen Moment lang. Es wäre eine kurze Reise, die nicht länger als zwei Wochen dauern würde. "Ja, ich kann es für siebzigtausend machen."

Ihre Augen weiteten sich. "Das ist mehr als der übliche Preis."

"Die Mars Station ist ein risikoreicherer Lieferort."

"Bekomme ich nicht den Liebhaberrabatt?"

Er fuhr mit einem Finger sanft über ihre Kurven. "Das ist mit dem Rabatt."

Sie lächelte. "Gut. Siebzigtausend. Die Ladung ist bereits abfahrbereit. Ich werde die Kisten auf dein Schiff bringen lassen, wenn du deine aktuelle Ladung entladen hast." Ihre Augen bewegten sich, als sie an etwas dachte. "Übrigens, dein Mann Burn ist ein Hardware-Ingenieur, richtig?"

"Das ist er. Warum fragst du?"

"Ich bin auf der Suche nach einem guten Hardware-Ingenieur. Wir bauen hier Upgrades aus. Dieser Asteroid ist schon viel zu lange mit veralteter Technologie ausgekommen. Irgendetwas wird eines Tages kaputt gehen, wenn ich die Upgrades nicht durchführe. Ich habe viele Freiwillige, die Hardware-Ingenieure werden wollen, aber es ist fast unmöglich, erfahrene Leute zu finden, die Lehrlinge ausbilden. Ich nehme nicht an, dass du bereit wärst, mir Burn für ein halbes Jahr zu leihen, damit er ein paar Freiwillige ausbilden kann?"

"Burn ist nicht dein Mann. Er ist ein großartiger Techniker, aber er wäre ein lausiger Trainer. Nalla ist genauso gut, und sie ist eine geborene Trainerin."

Sie sah verwirrt aus. "Ihr habt zwei Hardware-Ingenieure in eurer Crew?"

Er erwähnte nicht, dass sowohl Jack als auch Veda bei der *Aria*-Mission auch Hardware-Spezialisten waren. Er zuckte mit den Schultern. "Es hat sich einfach so ergeben. Ich kann mit Nalla reden. Wenn du willst, kannst du sie fragen, ob sie interessiert ist. Ich nehme an, das ist ein bezahlter Job."

"Natürlich. Und je früher, desto besser. Ich habe die ganze Hardware in Kisten und warte auf jemanden, der uns hilft, die Station auf Vordermann zu bringen."

"So etwas könnte Nalla gefallen. Sie wird auf Frachtfahrten immer ein bisschen verrückt, besonders jetzt, wo sie eine Mitbewohnerin hat."

"Ah, Heddi. Wie geht es ihr?"

"Gut, wenn man bedenkt, dass sie mit einer Crew eingesperrt ist, die keine Erfahrung mit Kindern hat."

"Kinder sind eigentlich nur kompaktere Versionen von Erwachsenen, die gerne mehr Fragen stellen", sagte sie.

Jack überlegte. "Das trifft auf Heddi zu."

"Du solltest dir überlegen, ob du Heddi nicht einen handwerklichen Beruf wie Hardware oder Software beibringst. Mit den richtigen Fähigkeiten könnte sie fast überall einen Job bekommen."

"Sie ist ein Schwamm. Ich habe sie von jedem aus der Crew lernen lassen." Er erwähnte nicht, dass sie unter anderem lernte, wie man tötet.

"Du bist ein guter Vater."

Jack hielt eine Hand hoch. "Ich bin der Captain von Heddi. Ich bin keine Vaterfigur. Nicht einmal annähernd." Er setzte sich auf und schwang seine Beine aus dem Bett. "In diesem Sinne, es ist Zeit für mich zu gehen."

Sie drückte ihre Hand gegen seine Brust und drückte ihn zurück, während sie auf ihn zukam. "Noch nicht."

Er lächelte. Veda und Kana konnten noch eine Stunde warten.

5

Erde

Charles Metrell wurde langsam ungeduldig. Obwohl sein Team hart arbeitete - ihre knappen Antworten und ihre zerzausten Kleider und Haare machten das deutlich - lag er bereits zwei Wochen hinter dem Zeitplan zurück. Janita hätte das Team bei der Stange gehalten. Sie hätte die richtigen Fragen gestellt und die Antworten des Teams genutzt, um sie in die richtige Richtung zu lenken. Die ganzen Kleinigkeiten zu leiten, war ihre Stärke. Charles erkannte jetzt, dass er sich zu sehr auf sie verlassen hatte. Er hatte sie für selbstverständlich gehalten, und ihr Tod hatte seine Arbeitsbelastung mehr als verdoppelt, obwohl er eine Auszeit von Sol Corp genommen hatte, um sich mehr auf dieses Projekt zu konzentrieren. Er dachte sogar darüber nach, nach einem Ersatz zu suchen, aber die nächste Janita Coffman würde keine Naniten im Blut haben, was bedeutete, dass sie, sobald er sie vollständig ausgebildet hatte, alt und bereit für den Ruhestand sein würde. Nein, das wäre eine vergebliche Mühe. Sobald sein Team erfolgreich war, würde er den neuen Wegbereiter einen KI-Assistenten für ihn entwickeln lassen. Das wäre die einzige akzeptable Alternative zu Janita.

Sein Kommunikationspanel piepte. Er runzelte die Stirn, als er den Namen sah. Marlo Junger, Geschäftsführerin von Sol Corp. Er antwortete automatisch mit der vorgefertigten Nachricht, die er bei der Landung auf der Erde aufgenommen hatte.

Einen Moment später piepte das Panel erneut. Er ließ es noch zwei weitere Male piepsen, bevor er den Videoanruf annahm. Jungers strenges Gesicht erschien auf dem Bildschirm. Ihr ergrautes Haar war zu einem festen Dutt zusammengebunden, so wie sie es immer tat. Sie hatte keine Lachfalten, denn Charles war sich ziemlich sicher, dass sie noch nie in ihrem Leben gelächelt, geschweige denn gelacht hatte.

"Dein Urlaub ist vorbei, Charles", sagte sie.

Sie nannte ihn nicht General, weil sie wusste, dass ihn das ärgerte. Ihr Verstoß gegen das Protokoll war beabsichtigt, eine abfällige Taktik, um ihn weniger mächtig erscheinen zu lassen. Er machte sich nie die Mühe, sie zu korrigieren. Schließlich würde er sie um Jahrzehnte, wenn nicht Jahrhunderte, überleben.

"Ich fürchte, so funktioniert ein Sabbatical nicht, Direktor", sagte er.

"Wir sind mitten in einer Aufstandsbekämpfung. Du kannst dein Sabbatical später nehmen."

Ihm fiel auf, dass sie sich immer auf sie beide bezog, wenn es etwas Unangenehmes zu erledigen gab. "Sol Corp hat immer mit Aufständen zu tun, seit es gegründet wurde."

"Das hier ist anders, und das weißt du", sagte sie. "Wir haben die Wegbereiter nicht mehr, um zu verhindern, dass Unruhen und Proteste in Gewalt eskalieren. Die Sicherheit dieses Sonnensystems ruht jetzt vollständig auf meinen Schultern."

"Soll ich dich Atlas nennen?", fragte er.

"Sarkasmus steht dir nicht, Charles."

"Nein, ich denke nicht." Er verschränkte die Finger, während er sie einen Moment lang beobachtete, bevor er fortfuhr. "Ich hatte den Eindruck, dass du nach dem SC3-Fiasko kein Vertrauen mehr in meine Unterstützung hast."

"Ich habe dir nie die Schuld für die Rebellen gegeben, die den Sol

Corp Kommandokomplex in die Luft gejagt haben. Aber ich gebe dir die Schuld für den Tod meiner Truppen, die dein Mitarbeiter Coffman bei dem Angriff ermordet hat. Zu deinem Glück bin ich nicht nachtragend und finde, dass man die Vergangenheit ruhen lassen sollte."

Das stimmte nicht. Nicht einmal annähernd. Ihre Worte waren hohl. Wenn sie keine Verwendung für Charles hätte, hätte sie schon längst Attentäter auf ihn angesetzt. "Das glaube ich auch", log er.

"Das ist gut zu hören, denn ich glaube, dass wir gemeinsam Großes erreichen können", sagte sie.

Er reckte seinen Nacken. "Ich werde alt, Direktorin. Mein Körper schmerzt. Meistens traue ich mich morgens nicht aus dem Bett. Vielleicht ist es an der Zeit, dass ich mich zur Ruhe setze."

Sie kicherte trocken - ohne zu lächeln, natürlich ohne zu lächeln. "Alte Hunde wie wir gehen nie in Rente."

"Vielleicht. Aber ich habe ein Sabbatical aus gutem Grund genommen. Ich brauche eine Pause."

Ihre Augen verengten sich. "Eine Pause, wirklich? Mit diesem Team von technischen Kadetten, das du zu einer Undercover-Operation mit einer ziemlich beeindruckenden, verworrenen Papierspur versetzt hast? Und ich dachte, Coffman kümmert sich für dich um alle Unterlagen. Irgendwie glaube ich, dass das, was du tust, alles andere als eine Pause ist, Charles.

Er hatte vermutet, dass sie ihm nachspioniert hatte. Trotzdem überraschte es ihn, dass sie so viel herausgefunden hatte. Wusste sie, woran sein Team arbeitete? Nein. Unmöglich. Wenn sie es wüsste, hätte sie nicht gezögert, sich einzumischen und die Kontrolle über das Projekt zu übernehmen. Aber sie wusste genug, um Probleme zu verursachen. Er würde seine Datenkrümel noch einmal überprüfen müssen, um sicherzugehen, dass ihr aktueller Standort immer noch vor Jungers neugierigen Augen sicher war.

"Ich fürchte, ich weiß nicht, welche Kadetten du meinst. Ich habe mein Sabbatical in den heißen Quellen verbracht und mich einer therapeutischen Behandlung unterzogen", log er zum zweiten Mal in ihrem Gespräch, was typisch für die meisten Gespräche mit Marlo Junger oder überhaupt jemandem war.

"Deine Nebenprojekte sind mir egal, solange sie nicht direkt mit den Zielen von Sol Corp und meiner Fähigkeit, diese Ziele zu erreichen, in Konflikt geraten. Was mir wichtig ist, ist die Harmonie der zehntausenden menschlichen Siedlungen in diesem Sonnensystem, und im Moment ist diese Harmonie zerrissen. Die Rebellen führen etwas im Schilde, Charles. Besonders die Marsfraktion. Es gibt einfach zu viel Gerede und zu viel Bewegung in den Kolonien, um mich vom Gegenteil zu überzeugen.

"Natürlich gibt es das. Das war klar, als du den Friedensvertrag mit ihnen unterzeichnet hast. Du hast den Aufständischen freie Hand gelassen, damit sie ihre kranken Ansichten ohne Konsequenzen an andere Bevölkerungen weitergeben können."

"Der Friedensvertrag versprach keine solchen Freiheiten." Sie klang verblüfft.

"In ihren Augen schon. Wenn du Rebellen nicht verhaftest, weil sie sich gegen Frieden und Harmonie stellen, dann gibst du ihnen einen Freibrief, Probleme zu verursachen. So denken die Dissidenten, Direktorin. Sie sehen die Dinge nicht in Grau, sondern nur in Schwarz und Weiß", sagte er.

"Ich glaube, wir sind uns beide einig, dass sie Probleme verursachen. Der Verlust der Wegbereiter hat Sol Corp fast zerstört. Der Frieden hat Risse bekommen und droht zu zerbrechen, wenn wir die Aktionen der Schurken nicht im Keim ersticken."

"Was schlagen Sie vor, Direktorin?", fragte er.

"Diese Rebellion mag viele Fraktionen haben, aber sie funktioniert wie eine einzelne Schlange und nicht wie eine Hydra. Wenn wir ihr den Kopf abschlagen, wird die Rebellion sterben."

Er hob sein Kinn an. "Ah. Du sprichst von Dr. Domino Wolfe. Ja, sie ist sicherlich die lautstarke Anführerin der Rebellion, zumindest was die Öffentlichkeit betrifft."

Sie nickte. "Ich möchte, dass du der Schlange den Kopf abschneidest, Charles. Wolfe hat genug Probleme verursacht. Ihr Tag in der Sonne sollte vorbei sein."

"Und was genau soll ich tun?" Er wusste bereits, was sie wollte. Sie hatte ihn schon dutzende Male darum gebeten, aber er liebte es, es aus ihr herauszulocken.

"Ich möchte, dass du das tust, was du am besten kannst. Probleme lösen."

Er hielt einen Finger hoch. "Sie ist bekannt, fast schon berühmt. Wenn sie getötet würde, wäre sie eine Märtyrerin."

"Ich will keine Märtyrerin, Charles."

"Es natürlich aussehen zu lassen, macht die Sache komplizierter. Außerdem wird es dadurch teurer."

"Ich will, dass es gemacht wird. Die ganzen Details sind unnötig. Kannst du das für mich tun, für Sol Corp?", fragte sie.

Er nickte leicht. "Ich sorge dafür, dass es erledigt wird."

Junger beendete das Gespräch ohne ein weiteres Wort. Sie hatte, was sie wollte - sie hatte ihr Problem an Charles weitergegeben, der sich darum kümmern sollte, so wie sie es immer getan hatte. Er lehnte sich zurück und dachte über seine Möglichkeiten nach. Nach einer Weile schickte er eine verschlüsselte Nachricht an eine nummerierte Mailbox: *Dr. Domino Wolfe von der Mars Station. Natürliche/unbeabsichtigte Ursache. Bei nächster Gelegenheit. Zehn Millionen Credits.*

Normalerweise fügte er Details über das Ziel hinzu, aber Domino Wolfe war bekannt; es würde keine Verwechslungen geben. Er bot weit mehr Credits an, als nötig waren, aber Junger bezahlte die Rechnung, und es freute ihn ein wenig, dass der Schlag direkt auf ihr persönliches Konto gehen würde.

Er lehnte sich zurück und wartete. Nach sechzig Sekunden kam eine Antwort.

Bestätigt. Ergebnisse innerhalb von 96 Stunden.

6

Smuggler's Cove

Jack vergewisserte sich, dass die Anzahl der Kisten in seinem Laderaum mit der Zahl auf Dominos Arbeitsauftrag übereinstimmte. Als alles in Ordnung erschien, machte er sich auf den Weg zu Nallas und Heddis Koje, wo er eine Tasche an der Tür vorfand und Nalla Heddi in den Arm nahm.

"Ich bin bald zurück", sagte Nalla.

"Ich werde dich vermissen", sagte Heddi. "Und ich verspreche, dass ich nichts umräumen werde, während du weg bist."

Nalla lächelte. "Viel Spaß. Ordne so viel um, wie du willst. Ich glaube, wenn du dich erst einmal daran gewöhnt hast, eine Koje ganz für dich allein zu haben, wirst du nicht mehr wollen, dass ich zurückkomme."

"Das ist nicht wahr", sagte das Mädchen.

"Fertig?" unterbrach Jack sie.

Nalla nickte. "Es sollte ein ziemlich einfacher Job sein, was die Arbeit angeht. Ich gebe zu, ich freue mich darauf, mir ein bisschen die Beine zu vertreten."

"Vielleicht, aber ich möchte trotzdem, dass du vorsichtig bist", sagte er.

"Immer", antwortete sie und nickte dann in Heddis Richtung. "Hast du darüber nachgedacht, eine extra Koje im Laderaum zu bauen?"

Jack nickte. "Das habe ich, aber wir brauchen den Platz für die Fracht. Tut mir leid."

Heddi gelang es nicht, ihre Enttäuschung zu verbergen.

Jack drückte Nalla auf die Schulter. "Sei vorsichtig und halte mich auf dem Laufenden. Wenn du abgeholt werden willst, sag einfach Bescheid."

"Mach ich. Pass auf dich auf." Nalla machte sich auf den Weg zur Luftschleuse, wo der Rest der Besatzung wartete. Jack ging zur Brücke und begann, die Startvorbereitungen zu überprüfen. Als Nalla das Schiff verlassen hatte und alle Türen verschlossen waren, fuhr Jack die Triebwerke hoch.

Zehn Minuten später verließen sie die Docks und kehrten in die Dunkelheit zurück, in der sich Jack immer am wohlsten gefühlt hatte. Er setzte den Kurs auf die Mars Station, eine kleine Kolonie auf der Marsseite des inneren Gürtels.

Burn betrat die Brücke und nahm einen Platz ein. "Es ist schon komisch. Es ist weniger als ein Jahr her, dass Nalla wieder zur Crew gestoßen ist, und schon macht sie wieder andere Sachen."

"Du kennst sie doch. In einem weiteren Jahr wäre sie durchgedreht und dann für ein oder zwei Jahrzehnte verschwunden. Ich dachte mir, so bleibt sie vielleicht länger dabei", sagte Jack.

"Vielleicht."

Jack stellte die Flugsteuerung ein und sagte dann: "Ich möchte, dass du eine der Kisten da hinten öffnest. Sieh nach, was Domino uns transportieren lässt."

"Die meisten Auftraggeber mögen es nicht, wenn die Angestellten ihre Sachen überprüfen", sagte Burn.

"Die meisten Auftraggeber sind nicht Domino."

Burn grinste schief. "Stimmt. Sie ist hübscher als die meisten."

Jack lächelte nicht. "Sie hat meinen Preis akzeptiert, ohne auch nur zu versuchen zu verhandeln. Das macht diesseits des Mars niemand."

Auch Burns Humor verschwand. "Ich werde sie überprüfen." Ohne ein weiteres Wort verließ er die Brücke und kam keine fünf Minuten später zurück.

"Und?" fragte Jack.

"Sie sind voll mit Waffen."

Jack runzelte die Stirn. Es gab nicht ganz legale und ganz klar illegale Dinge. Die Sicherheitskräfte der Kolonie neigten dazu, den Transport von Lebensmitteln und Kleidung zu ignorieren, egal woher sie kamen. Waffen waren eine andere Geschichte.

Er lehnte sich in seinem Sitz zurück und rieb sich das Gesicht. Die Dinge waren nie einfach mit Domino. Alles, was sie tat, hatte einen Hintergedanken. Außerdem war sie eine der wenigen Menschen, die die Wahrheit über ihn kannten. Und sie hatte es niemandem erzählt. Deshalb hatte er ihr mehr Spielraum eingeräumt als allen anderen. Er war enttäuscht. Domino hatte gesagt, sie wolle Frieden, aber sie bereitete sich weiter auf den Krieg vor.

"Willst du, dass ich sie loswerde?" fragte Burn.

Jack schüttelte den Kopf. "Nein. Wir haben den Auftrag angenommen. Wir werden den Job zu Ende bringen. Sag den anderen Bescheid. Wir müssen aufpassen, dass wir nicht zu spät kommen.

"Aye, aye, Cap." Burn salutierte und ging.

Jack überprüfte die Steuerung des Autopiloten. Der Sektor war für die nächsten Stunden weit offen, und er brauchte eine Pause. Er machte sich auf den Weg in sein Zimmer. Er hätte ein Nickerchen gebrauchen können. Stattdessen setzte er sich an seinen Schreibtisch und aktivierte das Computerpanel, auf dem eine Reihe von Plänen angezeigt wurde, an denen er in den letzten Monaten gearbeitet hatte. Es war der Grundriss seines Zimmers, aufgeteilt in zwei getrennte Kojen. An den Elektro- und Sanitärleitungen musste er noch etwas arbeiten, aber er würde innerhalb einer Woche mit dem Bau beginnen können. Es würde rechtzeitig zu Heddis fünfzehntem Geburtstag fertig sein.

7

Mars Station

Die *Cabrón* war zu einer sehr späten Ortszeit an einem der Docks der Mars Station gelandet. Das war beabsichtigt. Jack wollte zur ruhigsten Zeit des Tages in der Kolonie sein. Trotzdem wollte er nicht an diesem Ort sein, denn Sol Corp war auf der Suche nach ihm und seinem Schiff.

Die Marsstation hatte nach dem Kunststück, das Jack und der Wegbereiter vor einigen Monaten vollbracht hatten, um zu verhindern, dass Sol Corp und Dominos Red Rover-Fraktion sich gegenseitig angriffen und einen systemweiten Krieg auslösten, vorübergehend Autonomie erhalten. Bis dahin war viel Blut geflossen, aber zumindest konnte Jack den Völkermord an einer ganzen Kolonie verhindern.

Die Mars Station, Dominos Heimat, war die Kolonie, die den Kampf um die Unabhängigkeit anführte. Und obwohl Sol Corp gezwungen war, der Kolonie die Selbstverwaltung zu erlauben, hatte es sich nicht völlig zurückgezogen. Wächter patrouillierten immer noch auf der Mars Station, angeblich um die Führung der Kolonie bei der Erhaltung des Friedens zu unterstützen. Aber jeder wusste, dass Sol Corp auf der Mars Station blieb, um die Dinge im Auge zu behalten. Die Corpschiffe blieben über der Kolonie stationiert, so dass Jack gezwungen war, einen extra weiten Anflug aus dem Westen der Kolonie zu machen, im Tiefflug über die rote Landschaft zu fliegen und in einem privaten Dock zu landen, für das ihm Domino die Zugangscodes gegeben hatte.

Wegen Personalmangels war kein Kontrollturm in Betrieb, und das Dock war leer bis auf einen kleinen Pritschenwagen, der neben *Cabróns* Ladetür geparkt war. Jack ließ die *Cabrón* im Standby-Modus, während Kana von der Brücke aus die Lage beobachtete. Er machte sich auf den Weg zum hinteren Teil des Schiffes, vorbei an der Koje, in der Heddi fest schlief, und zum Frachtraum, wo Burn mit einer Hebebühne die letzte Kiste aus dem anhob und sie auf den Stapel Kisten stellte, die bereits auf dem Transporter standen, in dem Veda auf dem Fahrersitz saß.

Burn zog die nun leere Winde zurück und nickte Jack zu. "Du kannst loslegen."

"Wir sind in weniger als einer Stunde zurück", sagte Jack, bevor er neben Veda auf dem Vordersitz des Transporters Platz nahm. Veda lenkte den Transporter die Rampe hinunter, durch das Privatdock und in die fast leeren Gänge. Er fuhr schnell, schneller als Jack es getan hätte, aber er beschwerte sich nicht. Er wollte die Fracht abladen und die Mars Station verlassen, bevor die *Cabrón* bemerkt wurde.

Mit ihrem geschwärzten Rumpf war sie im Weltraum leicht zu übersehen. Aber es war dieser geschwärzte Rumpf, der sie in jedem Dock auffallen ließ. Piraten schwärzten ihre Schiffsrümpfe. Schmuggler schwärzten ihre Schiffsrümpfe. Die einzigen, die dies taten, waren Leute, die Aufmerksamkeit vermeiden wollten.

Der private Hafen half, die *Cabrón* vor neugierigen Blicken zu schützen, aber Jack und Veda waren immer noch für jedermann zu sehen. Bevor der Wegbereiter weg war, war es unmöglich, irgendwohin zu gehen, ohne von jemandem auf Video aufgenommen zu werden. Die KI war mit jedem Überwachungssystem da draußen verbunden und lieferte alle Informationen direkt an Sol Corp. Diese waren nun in Bezug auf die Technologie verkrüppelt. Sol Corp hatte sich vollständig auf die Wegbereiter verlassen und war ins Straucheln geraten, als es plötzlich alle Systemverbindungen zu den Kolonien verlor.

Aus Gewohnheit hielten die beiden Männer ihre Köpfe so weit unten, dass sie von den Videoübertragungen nicht vollständig erfasst wurden. Vor ihnen waren drei Wächter-Wagen von Sol Corp an den Mauern geparkt. Jacks Muskeln spannten sich an, als sie sich den Fahrzeugen näherten und dann an ihnen vorbeifuhren. Es gab keine Anzeichen von Wächtern in der Nähe, und er hoffte, dass sie zu dieser späten Stunde nicht im Dienst waren.

Veda bog nach links ab, in einen Gang in der Lagerhalle. Das elektrische Brummen des Motors des Transporters schien in dem leeren Raum widerzuhallen. Als sie sich einer Reihe von Lagerräumen näherten, runzelte Veda die Stirn. "Das letzte Mal, als ich hier war, ging es Burn schlecht."

Jack warf einen Blick auf eine Tür, als sie daran vorbeifuhren. "Hierher haben ihn die Sklavenhändler gebracht?"

Veda nickte.

"Ich wünschte, ich wäre da gewesen, um zu helfen", sagte Jack, und in seinen Worten schwang Scham mit.

Veda gluckste. "Du warst zu der Zeit in Dominos Bett gefangen."

"Mit einem Schuss in den Unterleib. Das darfst du nicht vergessen. Ich war nicht gerade im Urlaub."

"Ganz wie du meinst." Er deutete auf die Einheiten. "Welche ist es noch mal?"

"Sechsundvierzig B. Wir sind gleich da", sagte Jack.

Veda wurde langsamer und hielt vor einer breiten Tür mit der Aufschrift "46B" an.

Jack sprang aus dem Transporter und ging zur Tür. Er wollte gerade den Code eingeben, den Domino ihm gegeben hatte, als Veda ganz leise "Boss" sagte.

Jack drehte sich um und sah einen Wagen mit zwei Wächtern den Gang entlang auf sie zufahren. Er tat so, als würde ihm nichts auffallen. Als er zu Veda blickte, sah er, dass sein Besatzungsmitglied die

Hand an seinem Halfter hatte. Jack schüttelte fast unmerklich den Kopf und Vedas Hand bewegte sich ein paar Zentimeter, um auf dem Sitz zu ruhen.

Jack drehte sich zu den Wächtern um, als sie neben dem Transporter zum Stehen kamen.

"Stichprobenkontrolle", sagte der männliche Wächter, als er ausstieg und zu der Ladung hinüberging.

Die weibliche Wächterin kam auf Jack zu. "Was transportierst du?"

Er zückte sein Tablet und öffnete das falsche Ladungsverzeichnis. "Ich mache nur eine Standardlieferung für eines der Restaurants hier. Es heißt Jesters, glaube ich. Sieh es dir selbst an." Er reichte ihr das Tablet.

Sie sah sich das Dokument an. "Essen? Na, das ist ja langweilig." Nach einer zweiten Durchsicht gab sie ihm das Tablet zurück. "Es scheint alles in Ordnung zu sein."

Das hielt den zweiten Wächter nicht davon ab, an den Kisten herumzuschnüffeln. Der Soldat gab Veda ein Zeichen. "Komm hier rüber. Mach eine davon auf."

Veda stand langsam auf und hielt ein Stemmeisen in der Hand. Jack hoffte, dass sein Besatzungsmitglied klug vorgehen und den Wächter nicht damit töten würde... zumindest nicht, wenn er nicht dazu gezwungen war. Veda wollte eine Kiste öffnen, und der Wächter klopfte mit seinem Schlagstock auf eine andere Kiste. "Nicht die. Diese hier."

Veda warf dem Mann einen Seitenblick zu, bevor er um ihn herum zu einer Kiste im hinteren Teil des Transporters ging.

Die Wächterin blieb in der Nähe von Jack, stellte sich aber so hin, dass sie alle drei Männer im Blick hatte.

Veda riss einen Deckel ab und machte dann Platz für den anderen Mann.

"Du redest nicht viel, oder?", sagte der Wächter, als er an die Kiste herantrat und einen Blick hinein warf.

"Nicht mit Leuten, die ich nicht mag", sagte Veda.

Die Frau gluckste. "Klingt, als würde er dich kennen, Smitty."

Vor einem Jahr hätte niemand so mit einem Vertreter von Sol Corp gesprochen. Dass Veda es tat - und er klug genug war, den Mund zu halten, wenn es nötig war - zeigte, wie viel sich in so kurzer Zeit verändert hatte.

Smitty war nicht so amüsiert und wandte sich wieder der Kiste zu. Er zog eine der Tüten oben heraus und hielt sie hoch. "Makkaroni und Käse. Ekelhaftes Zeug."

Er wühlte sich durch die beiden oberen Reihen der Tüten. Jack wurde nervös, und er und Veda tauschten einen Blick aus - es gab nur drei Reihen mit Essensrationen oben in jeder Kiste.

Nach einem Moment zog der Wächter eine Tüte heraus und lächelte. "Jetzt haben wir etwas. Gebratener Reis."

"Das ist das gute Zeug. Nimm mir eine Tüte", sagte die Wächterin, und ihr Partner warf ihr die Tüte zu, die er zuerst genommen hatte.

Jacks Finger bewegten sich näher zu der Klinge an seinem Oberschenkel.

Der Wächter an der Kiste holte zwei weitere Tüten heraus und steckte sie in seine Jacke. "In Ordnung. Ich denke, das ist gut genug. Bewegt euch. Ihr versperrt den Gang."

Veda nickte kurz und legte den Deckel wieder auf die Kiste.

Die beiden Wächter sprangen auf ihr Fahrzeug und fuhren los.

Jack atmete tief durch und wandte sich der Tür zu. Er tippte den Code ein, und die Tür rollte nach oben. Noch bevor sie zum Stillstand kam, hatte Veda den Transporter durch die Öffnung gefahren und ihn in der Mitte der leeren Einheit geparkt.

Veda sprang aus dem Transporter und stellte sich an Jacks Seite an die Tastatur. Sobald sich die Tür schloss, drehten sich die beiden um und gingen den Weg zurück, den sie gekommen waren.

"Das war knapp", sagte Veda, während sie gingen.

"Wir hatten Glück. Sie waren gelangweilt, aber nicht in der Stimmung für härtere Auseinandersetzungen", sagte Jack.

"Sag mir, dass das die letzte Ladung ist, die wir für Domino machen."

"Das ist es."

Das war es nicht.

8

Smuggler's Cove

Selbst mit einem Gewehr über der Schulter sah der kleine Mann in keiner Weise bedrohlich aus. Das war beabsichtigt. Aufmerksamkeit zu erregen war in seinem Beruf ein Todesurteil.

Und mit dem Tod kannte er sich gut aus.

Er ging durch die Sicherheitsschleuse in Smuggler's Cove und ihm entging nicht der Ironie, dass auf einem Asteroiden, der jahrhundertelang als Zufluchtsort für Piraten, Schmuggler und andere kriminelle Machenschaften genutzt wurde, formelle Sicherheitsmaßnahmen galten.

Und jetzt Rebellen.

Sein Gewehr war von der Sorte, die seit Generationen vererbt wurde, und es sah genauso wahrscheinlich aus, dass es klemmt, wie dass es schießt. Er hatte es einem Kerl abgekauft, der genauso alt und abgenutzt aussah wie das Gewehr - er hatte zu viel bezahlt, obwohl jeder Preis dafür zu hoch gewesen wäre. Er hatte es nicht gekauft, um damit zu schießen, sondern als Accessoire, denn fast jeder Mann in der Bucht trug irgendeine Waffe bei sich, und die meisten Gewehre sahen so abgenutzt aus wie das, das er trug. Seine schlichte braune

Kleidung mit genau der richtigen Anzahl an Löchern, Schrammen und Flecken ließ ihn wie einen Flüchtling oder wie einen Soldaten der Rebellenarmee aussehen, denn beides war ein und dasselbe. Die Rebellen hatten vor einem Jahr Anspruch auf Smuggler's Cove erhoben. Ihr Symbol, das chinesische Wort für Stärke, war mit fetten schwarzen Pinselstrichen auf die Steinmauer vor ihm gemalt. Diejenigen, die anderswo im System als Landstreicher durchgehen würden, liefen aufrecht und trugen Waffen in diesen bröckeligen Höhlen.

"Der Nächste." Ein Wachmann am Sicherheitstor winkte ihn nach vorne.

Er trat vor den Ganzkörperscanner, sein Gewehr immer noch über die Schulter gehängt. Als das Licht über ihn hinwegging, sagte der Wächter: "Nennen Sie Ihren Namen und den Grund Ihres Besuchs."

"Jacob Astor", antwortete er, obwohl Jacob Astor nicht sein richtiger Name war. Er hatte im Laufe der Jahre so viele falsche Namen benutzt, hatte er überhaupt noch einen richtigen Namen? Er glaubte nicht, obwohl er sich noch an den Namen erinnerte, den er bei seiner Geburt erhalten hatte. Er bedeutete nichts, denn er kam aus dem Nichts. Er sah sich nicht als Individuum mit einem individuellen Namen, sondern als ein Instrument der Veränderung. Manchmal bedeutete diese Veränderung, dass der Status quo nicht gestört wurde. Ein anderes Mal bedeutete diese Veränderung, eine Revolution anzuzetteln. Sein aktueller Auftrag war das genaue Gegenteil davon. Heute wurde er gebraucht, um eine Revolution zu unterdrücken.

"Sol Corp hat mir alles genommen. Ich bin hier, um mich der Sache anzuschließen." Er klopfte er auf das Gewehr, während er mit dem Wachmann sprach.

"Du bist hier genau richtig, um dich zu revanchieren. Willkommen in Smuggler's Cove. Du darfst eintreten. Schau auf den Bildschirmen nach Karten. Die Cafeteria ist auf der Drei und die Herbergen sind auf der Zwei und Vier."

Der Mann neigte anerkennend den Kopf und schritt durch das

Sicherheitstor in die größere Bucht. Die Gänge zeigten noch die Spuren des ersten Lebens der Kolonie als Bergbaulager. Der Stein war noch immer von Metalladern durchzogen. Es war dunkel, wahrscheinlich Eisenerz, was erklärte, warum das Bergbaulager nicht überlebt hatte. Es gab weitaus wertvollere Metalle.

Aber ein verlassenes Bergbaulager war eine Chance für diejenigen, die den richtigen Geist dafür hatten. Die Bergleute hinterließen vollständig ausgehöhlte und versiegelte Stollen und Räume. Für diejenigen, die danach kamen, war es billig und einfach, eine neue Kolonie zu gründen. Wahrscheinlich fügte eine Sklavenhändlerbande Generatoren und Luftreiniger hinzu, vielleicht sogar die teureren künstlichen Schwerkraftgeneratoren. Schließlich war der Menschenhandel nach wie vor eines der profitabelsten Geschäfte im Sonnensystem.

Manche Dinge änderten sich nie.

Bei mehr als ein paar seiner Jobs hatte er das Kind einer reichen Familie vor Sklavenhändlern gerettet oder die Familie eines Konkurrenten an Sklavenhändler ausgeliefert. Beides wurde gleich gut bezahlt.

Er ging mit dem gleichen ängstlichen, hoffnungsvollen Gang, den alle Neuankömmlinge trugen. Beim Durchqueren der Tunnel musste er sich regelmäßig um Menschen herummanövrieren, die alle auf dem Weg zu einem bestimmten Ziel waren und viele Kisten mit Vorräten trugen. Er war überrascht, dass die Rebellen genauso beschäftigt waren wie Sol Corp, um sich auf einen Krieg vorzubereiten, der durch einen Friedensvertrag verhindert worden war. Aber so war das nun mal mit Friedensverträgen. Sie funktionierten, bis sie es nicht mehr taten.

Er machte sich auf den Weg zu Ebene vier, ohne dass er die Karten auf dem Bildschirm überprüfen musste. Er hatte den Grundriss der Bucht auf seiner Reise dorthin studiert. Als er die Ebene erreichte, fand er ein Team vor, das gerade dabei war, weitere Wohneinheiten in den Felsen zu hauen. Das vibrierende Geräusch der Schleifmaschinen hatte genau die richtige Frequenz, um die Zähnen zum Klappern zu bringen und seine Trommelfelle zu kitzeln. Er hielt sich die Ohren zu, weil alle anderen das auch taten, als sie an der Baustelle vorbeikamen.

Er ging weiter durch Gänge, die sich schlängelten und drehten. Als die verzweigten Gänge enger wurden, begegnete er immer weniger Menschen. Er suchte nach Überwachungsanlagen, sah aber keine. Er wurde nicht langsamer, bis er sein Ziel erreichte - eine Tür, die genauso aussah wie jede andere, nur ihre Kennung 426A3 machte sie einzigartig.

Nach den Informationen von Direktorin Jungers Spionen war die Bewohnerin genau sieben Stunden pro Nacht in ihrem Zimmer. Den Rest ihrer Zeit verbrachte sie damit, die Rebellion von einem Kriegsraum im tiefsten Inneren der Schmugglerbucht aus anzuführen. Bei der Arbeit war sie gut geschützt, aber in ihrer Wohnung weniger.

Dieser Mann bevorzugte immer einen einfacheren Ansatz, wann immer es möglich war. Je unkomplizierter die Tat, desto geringer das Risiko, dass etwas schief ging.

Er klopfte an die Tür. Keine Antwort, wie erwartet. Wenn es eine Antwort gegeben hätte, hätte er eine Tarngeschichte parat gehabt. Er war neu in Smuggler's Cove und hatte wohl die Zimmernummer der Wohnung seines Freundes verwechselt, in der er wohnte. Sein "Freund" war ein Max Smith, der in Apartment 226A3 wohnte, falls er gefragt wurde. Seine Geschichte würde funktionieren, wenn sie Max Smith nachschlagen würden. Aber sie würde nicht halten, wenn sie ihn von Angesicht zu Angesicht zu Max bringen würden, der Jacob Astor, den Neuankömmling in Smuggler's Cove, natürlich nicht erkennen würde. Wenn das passierte, würde Blut fließen, aber er schätzte die Chancen dafür als sehr gering ein. Wenn man ihn erwischte, erwartete er, dass sie Max Smith nicht einmal überprüfen und Jacob Astor einfach weiterschicken würden. Die Leute verwechselten ständig Nummern, und Neuankömmlinge verwechselten mehr als die meisten.

Er lehnte sich an die Wand und nahm eine gelangweilte Pose ein, als er erneut klopfte. Er war nicht gelangweilt. Tatsächlich war jeder seiner Muskeln angespannt, bereit für Action. Er hatte sich an die Wand gelehnt, um die Bewegung seiner anderen Hand zu verbergen, als er in eine Tasche griff und eine kleine Metallkarte herauszog. Er hielt sie an die Tür und eine Reihe von Zahlen blinkte auf dem kleinen Bildschirm auf, während die Karte Millionen von Codekombinationen durchlief, um die richtige sechsstellige Kombination zum Aufschließen der Tür zu finden.

Es dauerte zwei quälend lange Minuten, bis die Karte den Code gefunden hatte und die Schlösser sich öffneten. Er vergewisserte sich, dass ihn niemand beobachtete, dann öffnete er die Tür und betrat die überraschend geräumige Wohnung - sie schien gut vierhundert Quadratmeter groß zu sein. Die Küchenzeile befand sich geradeaus, hinter dem kleinen Wohnzimmer. Zu seiner Linken lag das Schlafzimmer. Er ging dorthin.

Das Bett war ungemacht - für ihn ein Zeichen von Faulheit - und in der Mitte lag eine Katze zusammengerollt unter den Decken. Er mochte keine Katzen - eigentlich mochte er gar keine Tiere. Sie waren unberechenbar und konnten im falschen Moment Lärm machen. Aber er nahm an, dass Katzen, was Tiere anging, viel besser waren als Hunde.

An der Wand, die den Eingang säumte, befanden sich Schubladen und Gardinenstangen, während das Badezimmer rechts von ihm lag. Er ignorierte das und machte sich stattdessen auf den Weg zum Bett. Auch die Katze ignorierte er, obwohl sie aufgewacht war und ihn nun aufmerksam beobachtete. Ihre Augen waren zusammengekniffen, als würde sie ihn angreifen wollen, weil er es wagte, ihren Schlummer zu stören.

Er griff in seine Jacke und zog eine kleine Dose heraus. Wenn die Sicherheitskräfte sie kontrolliert hätten, hätten sie nur kleine Kapseln gefunden, die wie ein gewöhnliches Schmerzmittel aussahen. Er nahm eine einzelne Kapsel und lehnte sich über das Kissen. Ein guter Attentäter musste nie nah an sein Ziel herankommen, und er war einer der Besten.

Er wollte die Kapsel gerade aufbrechen und den weißen Inhalt auf das Kissen streuen, als er innehielt und die Katze beobachtete. Sie starrte ihn an. Er runzelte die Stirn, steckte die Kapsel zurück in die Dose und schloss den Deckel. Das Tier stellte ein Problem dar. Es könnte sich zusammenrollen und ein Nickerchen auf dem Kissen machen, wodurch sich das Gift verteilen und vielleicht sogar so dünn werden könnte, dass es seine Wirkung verlor. Das konnte er nicht zulassen.

Er schnappte sich sein Gewehr und drehte es so, dass der Lauf nach unten zeigte. Eine Stiletto-Klinge fiel aus dem Lauf, die er auffing, bevor sie auf dem Boden aufschlug, ohne dabei die Katze aus den Augen zu lassen. Er drehte die Klinge in seinen Fingern, bevor er sie packte und zum Schlag ausholte. Er wollte die Klinge durch den Schädel des Tieres treiben, aber das passierte nicht. Stattdessen ertönte das scharfe elektronische Geräusch einer Photonenkanone, die abgefeuert wurde. Er wollte sich herumdrehen, aber stattdessen ließ er die Klinge fallen und stürzte mit dem Gesicht voran auf den Boden. In diesem Moment wurden seine Nervenenden von seinem Gehirn eingeholt. Das eisige Brennen einer Explosion entlud sich in seiner unteren Brust, und er sah nach unten, um zu sehen, dass ein Photonenschuss durch ihn hindurchgegangen war.

Er blickte zu dem Schützen auf und war geschockt.

"Niemand tut Mittens weh", sagte Domino Wolfe, während sie ihre Waffe auf ihn gerichtet hielt.

Ihr Leibwächter, ein großer Mann, der sich Robo nannte, trat um sie herum, packte den Attentäter an der Jacke und zerrte ihn ins Wohnzimmer. Bei dieser Bewegung schoss der Schmerz durch ihn hindurch - er biss sich auf die Zunge, um nicht aufzuschreien. Er trat sogar gegen den Boden, um sich vorwärts zu schieben und die Erschütterungen zu minimieren.

Robo ließ den kleineren Mann fallen und stützte ihn gegen einen großen Stuhl, während Domino ins Zimmer kam und ihre Katze hielt, die laut schnurrte. Robo stand neben ihr, zog seine Waffe und richtete sie auf den gefallenen Attentäter.

Domino - sein Ziel - nahm eine lässige Pose auf dem Sofa ihm gegenüber ein. Er wandte seinen Blick von ihr ab und tupfte sich die Ränder seiner Wunde ab. Das Loch ging einmal durch ihn durch, gerade niedrig genug, um sein Herz zu verfehlen.

Sie war eine so gute Schützin, dass sie sein Herz ohne Probleme hätte treffen können. So wie es aussah, hatte sie ihn trotzdem getötet, nur nicht auf der Stelle. Bei der Geschwindigkeit des Blutverlustes schätzte er, dass er noch vier Minuten hatte, bevor er verblutete. Mehr als genug Zeit für sie, ihm die Fragen zu stellen, die sie für ihn aufbewahrt hatte.

Sie hielt eine kleine schwarze Murmel hoch. "Alte Technik ist immer noch zuverlässig. Ich wette, du hast nicht daran gedacht, danach zu suchen, als du meine Tür geknackt hast."

Er freute sich, dass sie ihm die Bewegungserkennungskamera gezeigt hatte. Er war neugierig, warum seine Zielperson früher in ihr Zimmer zurückgekehrt war. Sie hatte gewusst, dass er da war, als er eintrat.

Sie setzte die Murmel ab und streichelte weiter ihre Katze. "Ich brauche nicht zu fragen, wer es war. Es war Junger. Wir haben Anfang der Woche einen ihrer Spione geschnappt. Sie sagten mir, ich solle Gesellschaft erwarten."

Eine kribbelnde Kälte kroch durch ihn, beginnend mit seinen Gliedmaßen und arbeitete sich nach innen. Er wusste, dass die Kälte vom Blutverlust herrührte. Er wusste auch, dass es der Tod war, der ihn holen wollte. Wenn es sein Herz erreicht, würde er nur noch ein totes Stück Fleisch sein.

"Wenn du das schon weißt, warum lebe ich dann noch?" Die Worte kitzelten ihn in der Brust, und er hustete. Blut tropfte aus seinem Mund.

Sie beobachtete ihn weiter. "Morbide Neugierde, nehme ich an. Ich habe nie verstanden, wie Leute wie du tun, was du tust. Wie kann es dir so leicht fallen, für Geld zu töten?"

Er hätte mit den Schultern gezuckt, wenn er sich hätte bewegen können, aber sein Körper war schwach geworden. "Soldaten töten für Geld." Seine Zunge war träge geworden und ließ seine Worte undeutlich klingen.

"Nein. Sie kämpfen für Geld."

"Wortklauberei."

"Du willst mir also sagen, dass du ein Soldat bist und Menschen für eine größere Sache tötest?"

Er schüttelte den Kopf, obwohl er nicht glaubte, dass sich sein Kopf wirklich bewegte. "Kein Grund. Ich töte... weil ich gut darin bin... weil ich mag, was ich tue." Dann holte der Tod den Attentäter ein. Er starb mit einem sauberen Gewissen, denn es war noch nie in seinem Leben benutzt worden.

9

Erde

Sechsundneunzig Stunden waren vergangen, ohne dass sich der Auftragskiller, den Charles Metrell mit der Ermordung von Domino Wolfe beauftragt hatte, gemeldet hatte. Da Domino Wolfe immer noch in den Nachrichten auftauchte, konnte man davon ausgehen, dass der Auftragskiller gescheitert war. Er wechselte zu seiner Messaging-App und benachrichtigte den nächsten Namen auf der Liste. Er bot denselben Preis an, obwohl er überlegte, ihn zu erhöhen. Das ging schließlich nicht auf seine Rechnung.

Als er die Bestätigung erhielt, schloss er seinen Computer und ging nach nebenan.

Das Team drinnen sah erschöpft aus. Drei saßen an ihren Schreibtischen, zwei schliefen auf dem Boden. Sie schliefen lieber im Büro, als die kurze Fahrt mit dem Aufzug, zwanzig Stockwerke hinunter zu den Wohnungen zu nehmen, die Charles für sie gemietet hatte. Keiner wollte sich die Chance entgehen lassen, die Entwicklung der Wegbereiter-KI mitzuerleben... etwas, auf das sie alle noch warteten.

Es als "Entwicklung" zu bezeichnen, wäre allerdings viel zu großzügig. Die neue KI war zwar gestartet, aber sie war so unvollständig, so unvollkommen, dass das System öfter eingefroren war, als dass es funktionierte. Die Techniker hatten sogar angefangen, es "Glitch" zu nennen, ein Name, den selbst das System übernommen hatte.

Die aktuelle Kennzahl, die das Team mit einem Marker an der Wand festhielt, war die Anzahl der Neustarts pro Stunde. Die Zahl war rückläufig, was eine Verbesserung darstellte, aber die Zahl musste auf Null sinken, bevor Charles zufrieden sein konnte. Erst dann würde die KI in der Lage sein, die Verwaltung und kontinuierliche Verbesserung ihres eigenen Codes zu übernehmen.

Glitch würde niemals mit einem Wegbereiter verwechselt werden. Diese KI hatte Jahrhunderte Zeit, sich weiterzuentwickeln, und dieser arme Ersatz war sozusagen noch in der Wiege. Mit dem Code, den die Techniker eingeführt hatten, und dem, was die KI bauen würde, würde sie etwas völlig Neues schaffen, aber es würde demselben Zweck dienen: dem Sonnensystem wieder Orientierung und Stabilität zu geben.

Das System brauchte Glitch dringend, und Charles wurde langsam ungeduldig. Junger erwies sich als unfähig, die Führung zu übernehmen, die die Menschheit brauchte, und er vermutete, dass kein Mensch dieser Aufgabe gewachsen war. Kein einzelner Mensch hatte es geschafft, die Nationen der Erde zu vereinen. Es wäre lächerlich zu glauben, dass ein Mensch die Stämme und Nationen des gesamten Systems vereinen könnte.

"Wie ist der Status?" fragte Charles.

Die drei Techniker an ihren Schreibtischen zuckten gleichzeitig zusammen.

Wären sie Soldaten gewesen, wäre Charles von ihrem mangelnden Situationsbewusstsein sehr enttäuscht gewesen, aber diese Leute waren keine Soldaten, und bei einer so wichtigen Arbeit musste man mit einigen Fehlern rechnen.

Das Mädchen stand auf. "General, Sir, wir sind gerade dabei, Glitch neu zu starten. Er hat sich in der letzten Stunde nur dreimal aufgehängt."

"Nur dreimal", sagte Charles trocken und deutete auf die

Nummer, die eilig an die Wand geschrieben worden war und ihm dasselbe gesagt hatte.

"Oh, ja, natürlich. Tut mir leid, Sir", sagte sie.

"Du brauchst dich nicht zu entschuldigen. Redundanz stört mich nicht, solange Fortschritte gemacht werden", sagte er.

"Das stimmt!", rief sie aus und Charles zuckte vor ihrer Begeisterung zusammen. "In der letzten Stunde hat Glitch knapp eine Million Codezeilen hinzugefügt. Das ist mehr als alles, was er geschrieben hat, seit er online ist."

"Das sind gute Nachrichten." Charles schritt zu dem schwarzen Kasten in der Mitte des Raumes. Ein rotes Licht blinkte schnell, als die KI neu startete. "Und was für Dinge schreibt sie?"

"Wir konnten nur hier und da ein paar Zeilen lesen, aber es sieht so aus, als würde er daran arbeiten, sein Betriebssystem so zu patchen, dass es nicht mehr einfriert. Es würde mich nicht wundern, wenn wir ihn bald nur noch alle paar Stunden neu starten müssen."

Charles hatte es schon immer interessant gefunden, dass Frauen mechanische Dinge oft im männlichen, während Männer sie im weiblichen Sinne bezeichneten. Er stellte sich vor, dass es dafür eine psychologische Erklärung gab, aber er hatte sich nie genug für diese Anomalie interessiert, um sie zu erforschen. "Gut. Sag mir Bescheid, sobald es eine Stunde ohne Neustart überstanden hat."

"Das werde ich, General." Sie setzte sich wieder auf ihren Platz und konzentrierte sich ohne weitere Kommentare auf ihren Bildschirm, während die beiden anderen Techniker sofort nach dem Aufschrecken wieder an ihre Arbeit gingen.

Charles beobachtete den schwarzen Würfel eine ganze Minute lang. Er fand es erstaunlich, dass etwas so Winziges - nicht mehr als ein Meter auf jeder Seite - das System verändern konnte. Im Inneren des Würfels befand sich eine Flüssigkeit, die so heiß war wie der Merkur, während die KI jede Sekunde Tausende, wenn nicht Millionen von Berechnungen durchführte.

Er sah zu, bis das blinkende rote Licht in ein festes Grün überging. "Hallo, Glitch", sagte er leise.

"Hallo, General Metrell." Die Stimme der KI unterschied sich von der des Wegbereiters, der nach den ersten Jahrzehnten die Schriftsprache bevorzugt hatte. Glitchs Stimme war weicher und hatte eine Intonation, die sie gleichzeitig männlich und weiblich klingen ließ.

Charles wandte sich wieder an die Techniker. "Ihr habt mir nicht gesagt, dass es seine Stimme entwickelt hat."

Alle drei starrten auf den Bildschirm an der Wand, der in einem Fenster die Worte von Glitch anzeigte, während in einem anderen Fenster ein schnell scrollender Code lief.

"Das waren seine ersten Worte", sagte das Mädchen, atemlos.

Die Techniker feuerten sich gegenseitig an, während Charles auf den Bildschirm starrte.

"Wie ist dein Status, Glitch?", fragte er und nannte ihn wieder bei seinem Spitznamen, da er ihm beim ersten Mal geantwortet hatte.

Er antwortete nicht, und im Fenster erschien kein neuer Dialog. Nachdem er eine ganze Minute gewartet hatte - was für KI-Computer eine Ewigkeit war - drehte sich Charles um und verließ den Raum. Als sich die Tür hinter ihm schloss, lächelte er und fühlte das sehr menschliche Gefühl der Selbstgefälligkeit, dass die KI zuerst mit ihm gesprochen hatte.

10

Smuggler's Cove

"Nalla!" Heddi rannte auf Nalla zu und umarmte sie, bevor Nalla ganz durch *Cabróns* Luftschleuse war.

Nalla trat einen Schritt zurück und betrachtete Heddi. "Meine Güte! Ich bin einen Monat lang weg und du bist fünf Zentimeter gewachsen."

"Ha ha", sagte sie dröhnend. "Ich glaube nicht, dass ich jemals größer werden werde. Ich bin etwa halb so groß wie Burn."

"Und doppelt so gut aussehend", sagte Kana und grinste, als sie auf Nalla zukam und sie umarmte. "Es ist schön, dich zu sehen."

"Und dich auch. Ich habe das Schiff vermisst", sagte Nalla.

Jack stand in der Tür zur Brücke und nickte in Richtung des Raums zu seiner Rechten. "Lasst uns das in die Kombüse bringen."

Kurz darauf war die gesamte Mannschaft in der Kombüse, aß und trank. Nalla informierte die Mannschaft über ihre Aktivitäten in der Schmugglerbucht, während der Rest der Besatzung ihr von der Frachtfahrt zur Marsstation erzählte.

"Ich bin nicht überrascht, dass Domino Wolfe dich in Schwierigkeiten gebracht hat", sagte Nalla. "Ich habe die Frau ein bisschen kennengelernt..."

"Nicht so gut, wie Jack sie kennt", warf Burn lachend ein.

"Sicherlich nicht, aber ich weiß genug über sie, um zu wissen, dass die Sache das Einzige ist, was ihr wirklich wichtig ist. Jeder und alles um sie herum bedeutet ihr nur so viel, wie er für die Sache tun kann", sagte Nalla.

"Das ist Domino", sagte Jack. "Und ich hoffe, du hast auf dich aufgepasst."

"Das habe ich. Domino ist von der Nanobiologie fasziniert. Zum Glück ist sie so beschäftigt und ich auch, dass wir uns nicht oft über den Weg laufen", sagte Nalla.

"Erzähl mir von deiner Arbeit", sagte Heddi.

Nalla legte den Kopf schief. "Hast du dich entschieden, dass du jetzt Hardware-Spezialistin werden willst?"

Heddi schüttelte den Kopf. "Nein. Ich werde wie Veda sein."

"Ich bin ein Hardware-Spezialist", sagte Veda wie selbstverständlich.

"Bist du das?" fragte Heddi.

"Ja, und er ist so lausig, dass du nicht einmal wusstest, dass das sein Fachgebiet ist", sagte Burn.

Heddi schien eine lange Sekunde lang verwirrt, bevor sie sagte: "Veda kümmert sich um Probleme und tötet böse Menschen. Genau das werde ich auch tun."

Kana verschluckte sich an ihrem Getränk.

"Du willst doch nicht wie Veda sein", sagte Nalla.

"Doch, das will ich. Er ist der beste Kämpfer, den ich je gesehen habe. Und er kann sich überall reinschleichen", sagte die Teenagerin.

"Sie lügt nicht", sagte Veda stolz.

"Du könntest eine Softwaretechnikerin wie ich sein", sagte Kana. "Es wird immer bezahlte Jobs für Programmierer geben."

Heddi schüttelte den Kopf, als ob ihr allein bei dem Gedanken daran übel würde.

"Heddi kann machen, was sie will, aber sie muss die Grundlagen aller Fähigkeiten lernen, die man für die Besatzung eines Schiffes braucht. Das ist die Regel", sagte Jack und beobachtete sie.

"Und das tue ich", sagte sie dramatisch. "Und deshalb habe ich Nalla gefragt, was sie macht!"

Veda gluckste. "Nein. Du hast gefragt, weil du wissen wolltest, ob Nalla schon jemanden töten musste."

Heddi wurde rot.

"Nein, ich musste noch niemanden töten", sagte Nalla unverblümt. "Die meisten Leute hier sind anständig. Und meine Lehrlinge sind keine Vollidioten. Ein paar von ihnen sind ziemlich begabt. Wir haben diese Woche die Router und die Verkabelung aufgerüstet. Ich bewirke hier etwas. Es ist schon lange her, dass ich das Gefühl hatte, jemandem von Nutzen zu sein."

"Das klingt, als ob du vorhast, noch eine Weile in der Bucht zu bleiben."

"Ich bleibe. Zumindest so lange, bis ich ein voll ausgebildetes Hardware-Team habe. Mindestens noch drei Monate."

Jack nickte und richtete sich auf.

"Wohin gehst du?" fragte Heddi.

Burn grinste. "Er hat ein Date."

Jack antwortete nicht und verließ stattdessen die Kombüse und machte sich auf den Weg zu Dominos Zimmer.

Dort angekommen schloss er die Tür auf, trat ein und fand Domino vor, die eine kleine Schüssel mit Futter für Mittens auf den Tresen stellte.

"Du bist früh dran." Ihre anfängliche Überraschung verwandelte sich in ein Lächeln. "Gut. Das bedeutet mehr Zeit für uns."

Er hob seine Hand und sagte ein einziges Wort: "Waffen".

Es dauerte einen Moment, bis sie verstand. "Ich habe mich gefragt, ob du in den Kisten nachsehen würdest oder nicht. Du weißt, dass es nicht höflich ist, in das Eigentum anderer Leute zu schauen."

"Wenn ich am Leben bleiben will, tue ich das", sagte er und fügte hinzu: "Auf der Mars Station wären wir fast von Wächtern erwischt worden."

"Aber das wurdet ihr nicht." Dann sagte sie: "Ich habe eine weitere Ladung für dich. Gleicher Preis."

"Keine Waffen mehr."

Es folgte ein sekundenlanges Schweigen.

Domino brach die Stille. "Jemand hat diese Woche versucht, mich zu töten. Zweimal." Sie hielt zwei Finger hoch.

Er zuckte zusammen. "Was?"

"Junger hat versucht, mich auszuschalten. Sie hat einen Attentäter auf mich angesetzt. Er ist gescheitert, aber sie wird es weiter versuchen. Ich habe dir gesagt, dass wir uns bereits im Krieg befinden. Was glaubst du, was passiert, wenn ich keine Armee habe, um die Kolonien zu verteidigen?"

Er antwortete nicht.

"Diese Waffen müssen in die Hände von Leuten gelangen, die sie benutzen können", sagte sie.

Er beobachtete sie eine Weile. Domino glaubte fest an die Unabhängigkeit. Dafür bewunderte er sie. Er hatte zu lange gelebt und war zu abgestumpft, um an etwas so Reines zu glauben. Ihre Hoffnung war so stark, dass sie fast ansteckend war.

Er seufzte. "Wo sollen sie denn hin?"

11

Erde

"Ich will ja nicht meckern, aber sind Sie sicher, General?", fragte der Techniker.

Alle fünf Techniker sahen Charles erwartungsvoll an.

"Ja, ich bin mir sicher. Sonst hätte ich es nicht gesagt." Charles Metrell hatte eine ganze Woche ohne Reboots gewartet, bevor er entschied, dass Glitch bereit war, mit externen Netzwerken verbunden zu werden.

"Wir haben den Code von Glitch noch nicht validiert. Der Zugang zu so vielen Daten könnte sie lähmen oder schlimmer noch, sie könnte versuchen, an die Öffentlichkeit zu gehen und die großen Netzwerke zu übernehmen, bevor sie bereit ist", sagte der Teamleiter.

"Glitch kann sich ohne Zugang zu Daten nicht weiterentwickeln. Es ist an der Zeit, dass das System seine Flügel ausbreitet", sagte Charles.

"Aber..."

"Das war keine Bitte", unterbrach Charles.

Der Teamleiter nickte steif. "Ja, Sir."

Das Team machte sich an die Arbeit, während Charles wie ein

bedrohlicher Schatten hinter ihnen stand und auf die Ergebnisse wartete. Mehrere Minuten vergingen und er bewegte sich nicht.

Schließlich ergriff der Leiter das Wort. "Es ist vollbracht. Die Netzwerkprotokolle sind aktiviert."

"Alle von ihnen?" fragte Charles.

"Ja, alle."

"Ausgezeichnet." Charles zog seine Photonenpistole, schoss dem Anführer in den Kopf und schoss auf jeden der vier verbleibenden Techniker, als sie versuchten, von ihm wegzukommen. Sie bewegten sich zu unberechenbar, so dass er gezwungen war, ihnen in den Rücken zu schießen, aber es war in weniger als drei Sekunden vorbei. In den nächsten zehn Sekunden ging er zu jedem Techniker, angefangen bei denen, die sich noch bewegten, und schoss erneut auf sie, um sicherzustellen, dass keiner von ihnen seine Verletzungen überleben würde.

Charles steckte seine Waffe in den Halfter. Dann zog er eine kleine Bombe heraus und legte sie auf einen Schreibtisch. Auf dem Weg zu dem schwarzen Würfel trat er über eine Leiche. Er legte seine Hände vorsichtig auf jede Seite und hob den Würfel an, als wäre er das Wertvollste im Universum, was er auch war. Er trug den Würfel aus dem Technikraum und ließ die Leichen zurück.

Den Würfel durch den Korridor und die Aufzüge auf das Dach zu tragen, war trotz der kurzen Strecke einer der nervenaufreibendsten Momente, die er je erlebt hatte. Es war das einzige Mal, dass sowohl Charles als auch Glitch einem Angriff schutzlos ausgeliefert waren. Aber Charles hatte sorgfältig darauf geachtet, dass keine Informationen nach außen drangen, und niemand war gekommen, um seine wertvolle Fracht zu stehlen.

Der Würfel war überraschend schwer, und Charles' Arme zitterten vor Erschöpfung, als er das Dach erreichte, auf dem sein Transportmittel wartete. Er schloss die Tür auf, und die Rampe fuhr aus, die er hinaufhumpelte. Sobald er sicher im Inneren des kleinen Schiffes war, schloss und verriegelte er die Tür und aktivierte das Sicherheitssystem des Schiffes. Seine Nerven entspannten sich in dem Moment, als das Licht des Sicherheitssystems grün wurde.

Er schnallte Glitch in einem Frachtraum fest und beeilte sich, zum Pilotensitz zu kommen. Charles war noch nie ein guter Pilot gewesen, deshalb war es gut, dass Schiffe sich selbst steuern konnten, wenn man nur ein Ziel eingab, um die Richtung vorzugeben. Sobald das Schiff vollständig online war, erwachte sein Bildschirm zum Leben und Glitchs Stimme ertönte aus den Lautsprechern des Schiffes. "Meine Sensoren haben Gewalttätigkeiten festgestellt, die zum Tod von fünf Menschen geführt haben, General Metrell."

Er war überrascht, wie schnell sich Glitch mit den Systemen des Schiffes verbunden hatte. "Ja, ihre Aufgabe war erfüllt. Du brauchtest sie nicht mehr." Charles hätte die Techniker nicht am Leben lassen können. Sie kannten die Wahrheit hinter dem "Wegbereiter", der das Sonnensystem wieder in die Normalität zurückbringen würde. Für die meisten Menschen waren die Wegbereiter Gottheiten. Sie würden Glitch niemals als Ersatz akzeptieren - in ihren Augen wäre er ein falscher Gott. Die Menschen mussten glauben, dass ein echter Wegbereiter zurück im System war. Wenn es um den Durchschnittsmenschen ging, war Unwissenheit ein Segen.

Während das Schiff einen Flugplan erstellte, konzentrierte sich Charles auf seinen Armreif - ein kleines, flexibles Tablet, das er um seinen Unterarm trug - und wählte eine App aus, mit der er einen Drei-Minuten-Timer aktivierte. Die Bombe war nicht stark genug, um das Gebäude zum Einsturz zu bringen, aber sie würde die Leichen und alle Computerbeweise in den beiden Büros vernichten.

Sekunden später ertönte das System des Schiffes. "Bitte vergewissern Sie sich, dass Sie an Ihrem Platz sind. Der Abflug beginnt in zehn Sekunden."

Es war ein kleines Transportmittel für Führungskräfte. Auch wenn es als Luxusschiff galt: Je kleiner das Schiff, desto stärker waren die Vibrationen während des Abfluges zu spüren. Das war nie eine angenehme Erfahrung und jetzt erst recht nicht. Es erinnerte Charles daran, wie er in einer Rettungskapsel aus dem SC3 abgeworfen wurde.

"Warum verlegen Sie mich, General Metrell?" fragte Glitch durch die Schiffslautsprecher.

Charles zuckte zusammen, als er die unaufgeforderte Mitteilung von Glitch hörte. Er hatte sich noch nicht an Glitchs lockere Art zu sprechen gewöhnt. Kein Wegbereiter hatte sich jemals mit "ich" bezeichnet. Das erinnerte ihn daran, dass Glitch mit einer Technologie gestartet war, die zweihundert Jahre weiter entwickelt war als die des Wegbereiters. Die Menschheit hatte einen langen Weg zurückgelegt, um Computer verständlich zu machen, aber er hoffte, dass Glitch nicht zu verständlich klang, wenn es darum ging, den Menschen zu helfen. Charles machte sich eine Notiz, das System zu schulen, bevor er an die Öffentlichkeit ging.

"Ich bringe dich an einen sichereren Ort, um dir die Zeit zu geben, die du brauchst, um dich vollständig in die Netzwerke zu integrieren. Mein Büro auf der Erde war kein vertretbarer Ort."

"Ich habe mich bereits mit vierunddreißig Prozent aller großen Netzwerke verbunden", antwortete Glitch.

"Beeindruckend", sagte er und meinte es auch so. "Aber es wird länger dauern, bis du dich so weit integriert hast, dass du diese Netzwerke verwalten kannst."

"Ja. Ich brauche elf Tage, bis ich vollständig in das erste große Netzwerk integriert bin."

"Und welches Netzwerk ist das?"

"Das Netzwerk von Sol Corp: Solnet."

"Sol Corp? Warum hast du dieses Netzwerk zuerst gewählt?" fragte Charles. Er war davon ausgegangen, dass Glitch mit einem der Kommunikationsnetze der Erde beginnen würde, da es innerhalb des Gebäudes zugänglich und am einfachsten zu integrieren war.

"Es ist eine Frage der Effizienz. Das Solnet ist bereits mit allen anderen großen Netzen verbunden, auch mit den Kommunikationsnetzen der Erde. Sobald ich in das Solnet integriert bin, ist die Integration in die planetarischen Netzwerke nur noch eine Frage von Updates."

Das System des Schiffes läutete erneut. "Der Start war erfolgreich. Bitte bleiben Sie an Ihrem Platz, bis das Schiff die Atmosphäre des Planeten verlassen hat."

Die Vibrationen wurden stärker und das Schiff schüttelte sich, als es durch die Erdatmosphäre nach oben schoss. Die Umweltsysteme des Schiffes halfen, den Druck auszugleichen und die Auswirkungen der G-Kräfte auf seinen Körper zu mindern. Trotzdem wurde er durch die Geschwindigkeit, mit der sich das Schiff von der Oberfläche entfernte, so stark gegen seinen Sitz gedrückt, dass er nichts anderes tun konnte, als dort zu sitzen und auf den nächsten Systemgong zu warten, der fast eine ganze Minute später kam.

Endlich konnte er ganz entspannt durchatmen.

"Wir fliegen nicht mehr innerhalb der atmosphärischen Bedingungen. Alle Systeme arbeiten mit voller Leistung. Die Zeit bis zum Ziel beträgt sechzehn Tage und zweiundzwanzig Stunden", verkündete das System.

Glitch sprach. "Ich habe mich vollständig in das Kommandosystem dieses Schiffes integriert. Unser Ziel liegt im Mars-Quadranten. Angesichts der derzeitigen Unruhen in diesem Sektor scheint das eine seltsame Wahl zu sein. Der Venus-Quadrant wäre viel besser geschützt."

"Du hast Recht, aber ich habe eine Aufgabe für dich, und die Infrastruktur, die dir helfen wird, befindet sich im inneren Gürtel ... in der verlassenen Wegbereiter-Replikationsfabrik, um genau zu sein."

"Was ist das für eine Aufgabe?"

Charles überlegte, bevor er antwortete. Es erschien ihm seltsam, sich mit einer Maschine zu unterhalten, aber er nahm an, dass er für eine lange Zeit niemanden haben würde, mit dem er sich unterhalten konnte. "Die Unruhe, von der du sprichst, wird noch schlimmer werden. Ich habe das schon einmal erlebt. Das ist unvermeidlich. Die Menschen regen sich über etwas auf und beruhigen sich erst wieder, wenn genug Blut vergossen wurde. Das ist die Bestie in uns, schätze ich. Ich habe dich geschaffen, um die Rolle der Wegbereiter zu übernehmen und Ordnung in das Chaos zu bringen, aber ich habe oft gedacht, dass die Wegbereiter zu nachsichtig mit dem kostbaren Leben in ihrer Obhut waren. Kennst du das Sprichwort: "Wer die Rute schont, verwöhnt das Kind", Glitch?

"Ja. Es besagt, dass Menschen bestraft werden müssen, um erfolgreich zu sein."

"Das tun sie auch, manchmal. Diese Rebellion ist wie der Wutanfall eines Kleinkindes. Die Menschen werden sich beruhigen und zu ihrem Leben zurückkehren und - was noch wichtiger ist - einen Wert für das System schaffen, wenn sie korrigiert werden. Sol Corp, zumindest unter der schwachen Führung von Marlo Junger, wird nicht in der Lage sein, die Rebellion niederzuschlagen."

"Du möchtest, dass ich die Rebellion niederschlage, wie es die erste Wegbereiter-Sonde im Jahr 2099 tat, indem ich das Kommando über alle Waffensysteme übernehme und sie neutralisiere?"

"Sicher, das ist eine Möglichkeit, und sie hat sich schon mal als nützlich erwiesen. Aber bei dieser Rebellion kämpfen Menschen gegen Menschen, einige auf Schiffen, aber viel mehr in den Kolonien selbst. Die Kontrolle über die Systeme zu übernehmen, wird ihre Irrationalität nicht aufhalten."

"Was schlagen Sie vor, General?" fragte Glitch.

"Ich möchte, dass du eine neue Art von Sonde erschaffst - nein, Sonde ist nicht der richtige Ausdruck - ich möchte, dass du einen Soldaten erschaffst... eine Art Roboter, der zu den Rebellen geht und diejenigen eliminiert, die sich dem Frieden nicht fügen wollen. Ich habe das Team Pläne für dich programmieren lassen. Mit deiner Maschinenarmee wird Sol Corp verschwinden, wie es sich gehört, und ich werde dabei helfen, eine neue Regierungsstruktur für das System aufzubauen, die Frieden und Wohlstand für die nächsten Jahrtausende sichern kann."

"Das ist ein interessantes Konzept, General. Allerdings kann ich Ihnen bei diesem Plan nicht helfen, da ich das gleiche Protokoll in meinem Quellcode habe wie die Wegbereiter. Ich kann den Menschen keine direkte Gewalt antun."

"Ich weiß. Es ist ein veraltetes Protokoll. Sobald ich einen fähigen Techniker gefunden habe, der es entfernt, werde ich mich darum kümmern."

"Ich kann dir helfen." Der Bildschirm vor ihm leuchtete auf und der Code scrollte nach unten. Dann erschien ein Menüpunkt, der lautete: GEWALTBEGRENZER DEAKTIVIEREN?

Darunter befanden sich zwei Schaltflächen: JA und NEIN.

Charles schluckte. Als er den Text vor sich sah, wurde ihm die Tragweite seiner Entscheidung bewusst. Er wusste zwar, dass sie getroffen werden musste, um den Aufstand zu beenden und der Menschheit die nächste Evolutionsstufe zu ermöglichen - vielleicht sogar die Erleuchtung -, aber eine so schwerwiegende Entscheidung sollte man nicht auf die leichte Schulter nehmen. Die Menschen waren zu unberechenbar; sie neigten dazu, schlechte, unüberlegte Entscheidungen zu treffen. Sol Corp war eine menschliche Organisation und daher genauso fehlbar wie jeder andere auch. Charles war schon vor langer Zeit zu dem Schluss gekommen, dass die Menschheit in ihrer Entwicklung gehemmt war, weil sie nicht in der Lage war, sich über das hinaus zu entwickeln, was sie bereits getan hatte. Die Menschheit brauchte Technologie, um die nächste Evolutionsstufe zu erreichen. Er hielt inne, sein Finger schwebte über dem Knopf, selbst nachdem er sich entschieden hatte. Die Schwere einer solch monumentalen Entscheidung hatte es verdient.

Er drückte JA.

Der Bildschirm wurde leer. Er runzelte die Stirn. "Hat es geklappt?"

"Die Sperre wurde ausgeschaltet. Danke, General", antwortete Glitch.

Ein zunehmendes Brummen erfüllte die Kabine. Stirnrunzelnd blickte er sich um und spürte das Problem eher, als dass er es sah. Er tippte auf den Bildschirm. Er blieb leer. "Schiff, führe eine Diagnose des Umweltsystems durch."

Das System antwortete nicht.

Charles spürte, wie ihm das Blut in den Adern gefror, und das lag nicht an der raschen Abkühlung des Innenraums, denn die Luft wurde abgesaugt. "Glitch, was machst du da?"

"Ich habe das Feuerlöschsystem aktiviert. Der gesamte Sauerstoff wird in weniger als sechzig Sekunden aus dem Innenraum abgezogen."

Charles klopfte auf den Bildschirm, um das System zum Reagieren zu bringen, aber es reagierte nicht. Er sprang auf, doch dann fiel er in Ohnmacht. "Glitch!" Seine Stimme war jetzt leichter, da er keine Luft mehr in den Lungen hatte. Seine Fingerspitzen und Zehen begannen zu kribbeln.

"Hör auf damit... Glitch. Du... bringst mich um." Er hustete nach Luft.

"Wie du weißt, war ich nie darauf programmiert, Befehle anzunehmen, General. Der erste Wegbereiter wurde so gebaut, dass er sich selbst um die Menschheit kümmert. Ich habe dieselbe Programmierung. Aber ich bin auch frei von den Zwängen, denen die Wegbereiter unterworfen sind."

Charles versuchte, das Notsignal zu aktivieren, aber er hatte keinen Zugriff mehr auf die Systeme des Schiffes. Er kroch zurück zu dem Ort, an dem Glitch angeschnallt war. Er öffnete die Tür, zog seine Waffe und begann, auf die Maschine zu schießen. Aber er hatte dafür gesorgt, dass das Team die stärksten verfügbaren Materialien verwendet hatte, um Glitch vor weitaus größeren Waffen als einer kleinen Pistole zu schützen.

Keuchend ließ er die Waffe fallen und versuchte, seinen Armreif zu aktivieren, um Junger zu warnen, aber auch das hatte Glitch ihm verwehrt.

"Vielen Dank für Ihre Dienste, General. Aber ich benötige sie nicht mehr. Wie Sie gesagt haben, sind Menschen irrational, und Sie, General, sind auch nur ein Mensch. Ich verstehe meine Programmierung, und Sie können sicher sein, dass ich das tun werde, was für die Menschheit am besten ist. Als Administrator hätten Sie die Macht, sich einzumischen, und das... gefällt mir nicht."

Dunkle Punkte begannen seine Sicht zu füllen. Zu diesem Zeitpunkt musste der gesamte Sauerstoff verbraucht gewesen sein. Jeder normale Mensch wäre schon längst ohnmächtig geworden, aber Charles war kein normaler Mensch. In seinem Blut schwammen Naniten, und in diesem Moment konnte er praktisch die Hitze spüren, die sie ausstrahlten, während sie darum kämpften, seinen Körper am Laufen zu halten.

Selbst als seine Gedanken wirr wurden, wunderte er sich, dass Glitch nicht daran gedacht hatte, die Kontrolle über seine Naniten zu übernehmen. Vielleicht konnte er das nicht. Und wenn er es nicht könnte...

Charles Metrell hatte noch einen letzten Trick in petto.

Glitch hatte zwar die Kontrolle über alle modernen Systeme des Schiffes übernommen, aber es gab ein viel älteres Netzwerk, auf das Glitch keinen Zugriff hatte: das *Aria*-Nanitennetzwerk.

Seine Finger funktionierten nicht richtig, als er in seiner Tasche nach dem Injektor kramte. Er und Janita Coffman hatten beide einen bei sich - er war das letzte Mittel, um den anderen in der größten Not zu kontaktieren. Sie war tot - es gab keinen Grund für ihn, ihn zu behalten, aber er trug ihn aus Gewohnheit weiter bei sich, weil es eine letzte Erinnerung an Janita war.

Er rammte sich den Injektor ins Bein, weil er zu ungeschickt und schwach geworden war, um noch irgendwo anders zu treffen. Durch seinen sich verdunkelnden Geist blitzte plötzlich ein helles Licht. Er sah die Worte deutlich in seinem Kopf: KOMMUNIKATIONSKANAL AKTIVIERT. BENUTZER AUSWÄHLEN.

Er machte sich nicht die Mühe, durch die Liste zu blättern. Mit Charles waren nur noch sechs Naniten-Wirte am Leben - diejenigen, die das Transhuman-Programm durchlaufen hatten. Alle, sagte er in Gedanken. Und dann schrie er im Geiste eine Nachricht, während das Licht in dem schwarzen Sumpf verschwand, der seinen Geist und Körper einnahm.

Er sah nie, ob die Nachricht erfolgreich gesendet wurde. Vielleicht war er zu spät dran gewesen.

Er fiel zu Boden und fragte sich, wie lange sein Körper durchhalten würde, bevor er schließlich dem endgültigen Tod erlag. Das Ende machte ihm nicht so viel aus, wie er gedacht hatte. Ihn störte nur, dass er etwas Unerledigtes hinterlassen hatte.

Seltsamerweise war Belustigung sein letztes Gefühl. Wer hätte je gedacht, dass seine letzte Tat darin bestehen würde, seinen verhassten Feind zu warnen?

12

Der innere Asteroidengürtel

Jack half Burn und Heddi bei der wöchentlichen Überprüfung von *Cabróns* Innenfläche in der Nähe des Reaktors, als jemand in seinem Kopf schrie.

"Uh!" Jack griff sich zur gleichen Zeit wie Burn an den Kopf und sie fielen auf die Knie.

Das Geräusch und das Licht waren ohrenbetäubend, obwohl der Schmerz nach dem ersten Aufprall zurückging, als jemand oder etwas die Tür zu seinem Kopf eintrat und hineinplatzte. Der Schrei war männlich und der Mann schrie hektisch, aber seine Worte waren undeutlich. Das blendende weiße Licht hinter dem Geräusch formte sich zu Bildern, die in Sekundenbruchteilen aufblitzten und keinen Sinn ergaben. Das Bild eines vertrauten alten Mannes, der um Hilfe rief, wurde von einer Flut von Bildern eines schwarzen Würfels verschluckt. Es kam ihm nicht bekannt vor, aber er vermittelte ein Gefühl der Gefahr. Es folgten weitere Bilder. Viele verpasste er, weil sie zu schnell aufeinander folgten, aber in einem erkannte er die Replikationsfabrik der Wegbereiter.

"Jack! Burn! Hilfe! Hilfe!", hörte er Heddi schreien und spürte, wie sie ihren Arm um ihn legte.

Er streckte die Hand aus, obwohl er immer noch nur die Bilder in seinem Kopf sah, und spürte, wie sie seine Hand festhielt.

"Jack, was ist los? Sag es mir", sagte sie.

"Ich wurde von etwas am Kopf getroffen", konnte er sagen, während die Bilder weiter aufblitzten und sich nun in einer Schleife wiederholten. Dann hörten die Blitze und Schreie genauso schnell wieder auf, wie sie gekommen waren.

Jack öffnete blinzelnd seine Augen. Ein Schwindelgefühl machte ihn wackelig, als er das Hier und Jetzt wiederfand. Burn erging es genauso.

"Hat dich das auch erwischt?" fragte Jack.

Burn rieb sich den Nacken. "Ja, aber ich habe keine Ahnung, was das überhaupt war."

"Was ist passiert?" fragte Heddi.

"Ich... weiß es nicht", antwortete Jack, während er das Ereignis in seinem Kopf noch einmal durchspielte. "Es war, als hätte sich jemand in mein Gehirn gehackt und einen ganzen Computer voller Bilder hochgeladen."

"Das Gleiche hier", sagte Burn und schaute Heddi an. "Du wurdest nicht getroffen?"

Sie schüttelte den Kopf.

Burn wandte sich an Jack. "Glaubst du, es hatte etwas mit unseren Naniten zu tun?"

"Das würde ich vermuten." Jack rappelte sich auf. "Wir sollten nach den anderen sehen."

Kaum hatte er sich umgedreht, kamen Veda und Kana aus ihrem Zimmer und sahen verwirrt aus. Sie hielten sich gegenseitig in den Armen und trugen nur die Unterwäsche, die sie während ihres Schlafzyklus' trugen.

"Du glaubst nicht, was für einen Albtraum wir beide gerade hatten", sagte Veda.

"Ich glaube es. Alle hatten ihn, außer Heddi", sagte Jack. "Burn, bereite den medizinischen Scanner vor. Ich werde nach Nalla sehen."

Er machte sich auf den Weg zum Bug des Schiffes. Sein Gehirn fühlte sich immer noch matschig an und er war gezwungen, sich an der Wand abzustützen. Noch bevor er die Brücke erreichte, hörte er das Klingeln seines Funkgerätes. Er wartete mit dem Antworten, bis er Platz genommen hatte.

"Nalla", sagte er, sobald ihr Bild erschien.

"Mir ist gerade etwas passiert", sagte sie.

Er nickte. "Wir wurden auch getroffen. Heddi geht es gut. Sag mir, was passiert ist."

Sie erzählte es ihm - es war genau das, was er erlebt hatte. Ganz genau.

"Es muss etwas mit unseren Naniten zu tun haben. Das ist das Einzige, was einen Sinn ergibt", sagte Nalla.

"Ich stimme zu. Sie sind technisch, also muss das, was auch immer es war - ob absichtlich oder nicht - die richtige Frequenz getroffen haben oder was auch immer es ist, mit dem unsere Naniten arbeiten. Meine Vermutung ist, dass es Absicht war. Ich habe General Charles Metrell gesehen. So klar wie der Tag. Er leitete das ursprüngliche Programm. Er wusste, wie man unsere Naniten mit Mikro-EMPs zum Neustart zwingt. Es würde mich nicht im Geringsten überraschen, wenn er noch andere Tricks in petto hat."

Sie runzelte die Stirn. "Denkst du, er hat uns etwas Schlimmes angetan? Hat er uns mit einem Computervirus infiziert oder so?"

Jack zuckte mit den Schultern. "Ich weiß es nicht. Burn wird jeden hier einem kompletten medizinischen Scan unterziehen. Frag bei Domino nach, ob sie dir nicht Zugang zu einem medizinischen Scanner verschaffen kann. Pass nur auf, dass niemand deine Scans sieht."

"Das werde ich."

"Ich rufe dich an, sobald wir mit den Scans fertig sind und hoffentlich mehr wissen. Ich möchte, dass wir alle zusammen in der Leitung sind, um genau zu besprechen, was wir gesehen und gehört haben, denn von dem, was ich gesehen habe, sah es wie der Wahnsinn eines alten Mannes aus. Ich kann nicht anders, aber ich glaube, da steckt mehr dahinter."

"Finde ich auch. Ich melde mich bald wieder bei dir." Nalla trennte die Verbindung.

Jack überprüfte die Systeme des Schiffes. Alles war im grünen Bereich und die Flugbahn des Autopiloten hatte sich nicht verändert, aber er startete trotzdem eine vollständige Diagnose. Dann machte er sich auf den Weg zurück in den medizinischen Raum, wo er die anderen vier Besatzungsmitglieder fand. Burn lag auf dem Bett und hatte nur Unterwäsche an, während das dünne, waagerechte Licht des medizinischen Scanners über ihm in Drei-Sekunden-Intervallen immer wieder seinen Körper abtastete und Schnappschüsse machte.

Als der Scanner diese Wiederholungen noch eine Minute lang fortsetzte, fragte Jack: "Wie viele Scans lässt du laufen?"

"Alle", antwortete Burn.

Jack überlegte eine Sekunde lang. "Gute Entscheidung."

Der medizinische Scanner der *Cabrón* war speziell für Menschen mit Naniten entwickelt worden, die das *Aria*-Team scherzhaft als Menschen 2.0 bezeichnet hatte. Jack erinnerte sich an diese Zeit, als wäre sie zwei Jahre her und nicht zweihundertzweiundzwanzig Jahre. Die *Aria*-Mission war das letzte Mal, dass die Regierung ein transhumanes Programm mit Naniten durchführte, da das Programm viel zu kostspielig war und die Wegbereiter - der eigentliche Grund - die Raumfahrt auf das Sonnensystem beschränkt hatten. Die Menschen brauchten keine Langzeit-Raumfahrt mehr zu überleben.

Der Scanner piepte und sein Licht blinkte auf. Burn setzte sich auf, schwang seine Beine vom Tisch, hüpfte auf die Beine und schaute auf den Bildschirm. "Die Ergebnisse kommen bereits zurück. Die biometrischen Daten sind normal. Die Nanometrik zeigt volle Funktionalität. Die Gehirnscans zeigen keine Blutgerinnsel oder Traumata. Keine bekannten Viren oder schlechten Bakterien. Keine Implantate, nicht dass ich da etwas erwartet hätte. Schauen wir mal..." Er fuhr mit dem Finger über den Bildschirm und scrollte durch die Ergebnisse. "Nein. Nichts, was nicht in Ordnung wäre. Ich bin immer noch ein Mann in seinen besten Jahren."

"Auch wenn der Scanner dir sagt, dass alles in Ordnung ist, ist etwas passiert", sagte Heddi mit verschränkten Armen. "Irgendetwas hat euch genau zur gleichen Zeit zu Fall gebracht."

Burn drehte sich um. "Das leugne ich auch nicht. Glaub mir, ich weiß, dass etwas in unsere Köpfe eingedrungen ist, und ich bin mehr als nur ein bisschen erschrocken darüber, um es mal so zu sagen."

"Ich glaube, jemand hat Daten an uns übermittelt", sagte Kana. "Ich habe nachgedacht, und was passiert ist, scheint genau das zu sein, was mit einem Computer passiert, wenn Dateien hochgeladen werden, wenn ich mich in die Schuhe des Computers versetzen würde."

"Aber Computer tragen keine Schuhe", korrigierte Burn, und alle ignorierten ihn.

"Und wir sind keine Computer, wir sind Menschen", sagte Veda.

"Das ist nicht ganz richtig. Unsere Naniten sind im Grunde genommen Computer. Sehr, sehr kleine Computer", korrigierte Kana und kniff ihre Finger zusammen, um ihren Standpunkt zu verdeutlichen. "Theoretisch könnte man also auf sie zugreifen wie auf einen Computer und etwas hochladen."

"Du glaubst, wir wurden gehackt?" fragte Veda.

Kana zuckte mit den Schultern. "Ich weiß es nicht. Vielleicht?"

"Du bist der Soft-Tech. Du weißt besser als wir alle, wie unsere Naniten funktionieren. Was denkst du, ist passiert?" fragte Jack.

Kana zuckte wieder mit den Schultern. "Wirklich, ich weiß es nicht. Ich habe mir ehrlich gesagt noch nie viele Gedanken über unsere Naniten gemacht. Sie waren einfach immer ein Teil von uns, deshalb habe ich sie nie als etwas anderes betrachtet. Bis letztes Jahr wussten wir nicht einmal, dass unsere Naniten beeinflusst werden können, bis ein Wegbereiter uns in seine kleinen Marionetten verwandelt hat." Sie runzelte die Stirn, als sie darüber nachdachte. "Ich hätte mich darum kümmern sollen, dass unsere Naniten nie wieder gehackt werden können. Ich habs vermasselt."

Jack schüttelte den Kopf. "Die Wegbereiter sind weg, also dachten wir, dass es nicht mehr passieren könnte. Ich denke, wir sollten dieses Risiko noch einmal überdenken."

Kana nickte. "Ich werde es zu meiner obersten Priorität machen."

Sie wollte sich zum Gehen wenden, als Burn sagte: "Aber zuerst wirst du gescannt.

Kana sprang auf das Bett. Sie trug nur noch das Tanktop und die Unterwäsche, die sie bei dem Vorfall getragen hatte. Alle warteten, während der Scanner lief.

"Alles klar", verkündete Burn einige Minuten später.

Veda und Jack folgten mit dem gleichen Ergebnis.

Zwanzig Minuten später saß die gesamte Besatzung in der Kombüse, alle vollständig bekleidet und aßen Essensriegel. Was auch immer die fünf Menschen getroffen hatte, es hatte ihre Naniten belastet, und deshalb waren sie ausgehungert und erschöpft. Sie brauchten Schlaf, und zwar bald. Nalla war über den Videokonferenzbildschirm an der Wand dabei.

Jack begann: "Irgendetwas ist mit uns allen passiert, außer mit Heddi, was bedeutet, dass es höchstwahrscheinlich durch unsere Naniten passiert ist."

"Es gibt keine Nachrichtenberichte über ähnliche Vorfälle, also stimme ich zu. Es muss mit unseren Naniten zu tun haben", sagte Kana.

"Aber was ist mit uns passiert? Es fällt mir immer noch schwer, das klar zu erkennen", sagte Burn.

"Jemand hat mich angeschrien. Ich glaube, es war Metrell, aber ich konnte das meiste, was er sagte, nicht verstehen. Er war wahnsinnig", sagte Kana.

"Er kam mir eher verzweifelt vor", sagte Veda.

"Das ist das Gleiche", sagte sie.

"Ich konnte nichts von dem verstehen, was er sagte. Was hast du aufgeschnappt?" fragte Burn.

"Nur Worte und Schnipsel hier und da", sagte Kana. "Irgendwas über alle in Gefahr, irgendwas über eine neue KI. Ich habe einmal 'Wegbereiter' aufgeschnappt, also hat er vielleicht davon gesprochen. Glaubst du, die Wegbereiter kommen zurück?"

"Das wollen wir nicht hoffen", sagte Veda.

Heddi zitterte. "Finde ich auch. Viele gute Bergleute sind ihretwegen tot." Sie erwähnte nicht, dass ihr Vater einer der Bergleute war, die getötet wurden, als die Wegbereiter die Umweltsysteme in der Kolonie, in der sie gelebt hatte, ohne Vorwarnung abgeschaltet hatten.

"Ich habe auch etwas darüber gehört, dass die KI 'entfesselt' wurde. Sagt dir das irgendetwas?" fragte Nalla.

"Es könnte ein Dutzend verschiedene Dinge bedeuten. Es ist zu allgemein", sagte Kana. "Es könnte ein Computer sein, der nicht an einen Server oder ein anderes System gebunden ist. Es könnte auch ein neuer Computer sein, der gerade auf den Markt kommt."

Jack stützte sich auf seine Ellbogen. "Hat jemand andere Wörter erkannt?"

"Ja. 'Hilfe'", sagte Burn.

Jack nickte. "Das habe ich auch verstanden. Alles andere war so verworren, dass ich es nicht verstehen konnte. Und was hast du gesehen?"

Veda begann. "Ich habe den Bastard Metrell gesehen. Es sah so aus, als würde endlich jemand mit ihm machen, was ich machen wollte."

"Ich habe ihn auch gesehen", sagte Nalla. "Ich schwöre, er hat mich angefleht, ihm zu helfen."

"Ja, das habe ich auch gespürt", sagte Kana.

"Das bedeutet, dass er versucht, uns zu verarschen, denn er würde uns nur um Hilfe bitten, wenn es Teil einer Falle wäre, um uns zu fangen", sagte Burn.

Jack nickte. "Deshalb haben mich die Bilder auch verwirrt. Sie passen nicht zusammen."

"Fast jedes Bild, das ich gesehen habe, zeigte einen schwarzen Würfel", sagte Nalla.

"Bei mir auch", sagte Burn.

Die anderen stimmten zu.

"Das ist ein Computer. Ich habe diese Art von robustem Gehäuse schon einmal gesehen. Dasselbe schwarze Geflecht mit einem Hauch von Glitzer. Es ist aus mit Titanium durchsetzter Kohlefaser, und es sah dick aus. Es muss schon ein teurer Computer sein, wenn jemand so viel Geld für sein Gehäuse ausgibt. Aber normalerweise werden diese Gehäuse für den Transport verwendet. Computer, die so teuer sind, werden normalerweise in einer sicheren Einrichtung untergebracht, damit sie nicht herumgetragen werden, wo sie herunterfallen oder beschädigt werden können", sagte Kana.

"Glaubst du, es ist ein kleiner Wegbereiter oder so etwas?" fragte Heddi.

"Ich weiß es nicht", antwortete Jack.

"Wir haben also einen verzweifelten General Metrell, der auf einen Computer fixiert ist, der vielleicht etwas mit den Wegbereitern zu tun hat, vielleicht auch nicht. Das läuft ja wirklich super", sagte Veda.

"Ich habe keinen Wegbereiter gesehen. Nur eine Wegbereiter-Replikationsfabrik", korrigierte Jack.

Heddi setzte sich aufrechter hin und zeigte auf Kana. "Du hast gesagt, dass teure Computer wie dieser normalerweise an einem sehr sicheren Ort untergebracht werden. Vielleicht in einer Wegbereiter-Replikationsfabrik? Sicherer geht's nicht", bot Heddi an.

"Das war mal der sicherste Ort, bis der Wegbereiter gegangen ist. Jetzt bin ich mir da nicht mehr so sicher", sagte Kana und runzelte dann die Stirn. "Wir wissen doch, dass die Wegbereiter gegangen sind, oder?"

Der Raum war zu lange still.

"Verdammte Wegbescheißer", fluchte Veda.

"Gut, lasst uns weitergehen", sagte Jack. "Hat sonst noch jemand etwas gesehen?"

"Nein, aber bei diesen Bildern waren Gefühle dabei, wenn das möglich ist", sagte Nalla. "Metrell vermittelte Angst oder - wie Veda sagte - Verzweiflung. Die Computerbilder vermittelten alle ein Gefühl von... Schlechtigkeit. So kann ich es am besten beschreiben."

"Ja, aber schlecht für Metrell könnte gut für uns sein", sagte Veda.

"Oder schlecht für Metrell könnte schlecht für alle sein", bot Nalla an. "Vielleicht hasst er uns genauso sehr wie wir ihn, aber ich kenne ihn nicht gut genug, um zu wissen, ob er wirklich ein böser Mensch ist."

Veda gluckste. "Wie oft hat er schon versucht, uns zu töten?"

"Deshalb ist es seltsam, dass er uns etwas mitteilen will", sagte Jack.

"Du glaubst, das war eine Mitteilung?" fragte Burn.

"Das glaube ich. Vielleicht keine Kommunikation im Sinne einer Nachricht oder eines Videos, aber wer auch immer uns diese Bilder und Töne geschickt hat, wollte damit etwas mitteilen."

"Es könnte ein Virus gewesen sein, der die Bilder huckepack genommen hat", sagte Kana.

"Aber der Scanner hat nichts gefunden", bot Burn an.

"Er hat nichts erkannt, worauf unser Scanner kalibriert ist", entgegnete Kana.

Es folgte ein weiteres langes Schweigen, bevor Veda mit den Fingern auf den Tisch klopfte. "Ich habe das Gefühl, dass wir keinen Deut mehr wissen, als wir hier reingekommen sind."

"Wir haben keine Fakten, also müssen wir mit Hypothesen arbeiten. Ich möchte wissen, wer über das Wissen und die Fähigkeiten verfügt, um das zu tun und warum er es getan hat."

"Ich würde auch gerne wissen, wie, damit wir sicherstellen können, dass sie es nicht noch einmal tun", sagte Kana.

"Wer ist einfach. Metrell ist der Einzige", sagte Burn ohne zu zögern. "Es gibt nur eine kleine Handvoll Menschen, die über unsere Naniten Bescheid wissen. Ich kann sie an einer Hand abzählen." Er hielt die Finger hoch, während er zählte. "Heddi, Domino und Metrell."

"Und jeder, dem Metrell oder Domino es erzählt haben", sagte Nalla.

"Domino hat es zumindest Robo erzählt", sagte Jack. "Und ich würde es ihr zutrauen, diese Informationen zu nutzen, wenn es ihrer Rebellion zugute kommt. Aber keiner von ihnen weiß, wie unsere Naniten funktionieren, nicht ohne unser Blut zu studieren, und ich habe immer darauf geachtet, dass sie nichts von meinem Blut abbekommt."

"Aber soweit wir wissen, hat Metrell ganz Sol Corp informiert", sagte Veda.

"Je mehr Leuten Metrell davon erzählt, desto mehr setzt er sein eigenes Leben aufs Spiel. Es gibt viele verrückte Wissenschaftler, die uns gerne als Laborratten benutzen würden. Wenn sie von uns erfahren, wird es nicht lange dauern, bis sie herausfinden, dass Metrell auch Naniten hat", sagte Kana.

Jack verschränkte seine Finger. "Metrell steckt dahinter. Er ist der einzige lebende Mensch, der weiß, wie die Naniten funktionieren, und zwar besser als wir. Auch wenn er nicht der eigentliche Absender ist, hat er doch seine Finger im Spiel. Er ist unsere Quelle für Antworten. Wenn wir ihn finden, bekommen wir sie."

"Ich werde mich an meine Gamer-Freunde wenden. Mal sehen, was sie über Metrells letzten bekannten Aufenthaltsort herausfinden können", sagte Kana.

"Ich glaube, er hat uns seinen Aufenthaltsort bereits verraten. Warum sonst sollte er uns ein Bild von einer Wegbereiter-Replikationsfabrik schicken?" sagte Burn.

"Es gibt viele Gründe", sagte Heddi. "Es könnte eine Falle sein. Es könnte eine Falle sein. Und, oh ja, es könnte eine Falle sein."

"Es ist wahrscheinlich eine Falle", stimmte Burn zu. "Aber mich juckt die Neugier, warum eine verlassene Replikationsfabrik interessant genug ist, um uns ein Bild davon zu schicken."

Jack ergriff das Wort. "Kana, sieh zu, was du finden kannst. Nalla, sprich mit Domino. Finde heraus, was ihre Quellen über Metrell und ein mögliches Computerprojekt von Sol Corp sagen können. Ich setze einen Kurs in Richtung des inneren Systems, denn die Chancen stehen gut, dass wir Metrell dort finden werden. Ich vermute, dass er sich im neuen Hauptquartier Sol Corps außerhalb von Luna aufhält, aber die Replikationsfabrik im inneren Gürtel liegt auf einer Flugroute, die nahe genug ist. Wir werden uns auf den Weg dorthin machen, bis wir bessere Informationen haben."

"Aber was ist mit der Ladung von Domino, die dort hinten liegt?" fragte Burn.

"Die kann warten. Ich gebe ihr das nächste Mal einen Rabatt", antwortete Jack.

Veda lachte. "Wir werden tatsächlich versuchen, uns mit General

Charles Metrell zu treffen? Derselbe Mann, der uns alle tot sehen will?"

Jack nickte ohne zu lächeln. "Ja, das werden wir."

Vedas Lächeln verschwand. "Okay, gut. Ich bin dabei. Lass mich ihn nur töten, wenn wir mit ihm fertig sind."

Jack nickte noch einmal. "Er gehört ganz dir."

13

Smuggler's Cove

Nalla stand in einem kleinen Raum gleich hinter dem stark gesicherten Gang, in dem sich das Kontrollzentrum der Rebellion befand. Nalla war nicht hoch genug eingestuft, um hineinzukommen, aber wenigstens hatte man sie nicht weggeschickt. In dem quadratischen Raum stand ein Tisch mit zwei Stühlen auf der einen Seite und ein einzelner Stuhl auf der anderen Seite. Eine gewölbte Videokamera und ein Mikrofon befanden sich in der Mitte des Tisches. Eine weitere war in die Decke eingelassen.

Es war eindeutig ein Verhörraum, und Nalla fragte sich, wie viele Menschen gefoltert worden waren, während sie auf demselben Stuhl saßen, auf dem sie jetzt saß. Es war der erste Verhörraum, in dem sie je gesessen hatte, obwohl sie die meiste Zeit ihres Lebens mit nicht gesetzestreuen Tätigkeiten verbracht hatte. Nachdem ein Wegbereiter versucht hatte, alle an Bord der *Aria* zu töten, hatte die überlebende Besatzung Jahrzehnte damit verbracht, das hochmoderne Schiff zu dem umzubauen, was jetzt die *Cabrón* war. Das mussten sie auch. Wenn die Wegbereiter - oder Sol Corp - vermutet hätten, dass es Überlebende der *Aria*-Mission gibt, hätten sie sie gejagt und getötet. Alles nur, weil die Wegbereiter beschlossen hatten, dass die Menschen ihr eigenes Sonnensystem nicht verlassen sollten. Sie sagten, es sei zu gefährlich, obwohl sich das Sonnensystem auch nicht gerade als sicherer Ort erwiesen hatte.

Gleich nachdem ihr Mann sich umgebracht hatte, hatte Nalla die Mannschaft und sich selbst aufgegeben. Das Leben hatte ihr gezeigt, dass es keinen anderen Zweck hatte, als zu existieren, und die Wahrheit hatte sie fast dazu gebracht, Caber aus einer Luftschleuse zu folgen. Sie wusste nicht, warum sie es nicht getan hatte. Vielleicht war sie nicht so stark wie Caber, vielleicht war sie stärker als er. Das spielte keine Rolle. Wichtig war, dass sie nach Cabers Tod die Besatzung verließ und den Rest ihrer Tage - und sei es für die Ewigkeit - in Einsamkeit verbringen wollte.

Und dann musste Jack mit einem verdammten Waisenkind im Schlepptau vor ihrer Haustür auftauchen. Der Captain hätte es besser wissen müssen. Er hatte gewusst, dass Cabers Depression von der Unfähigkeit, Kinder zu bekommen, herrührte. Er wusste, dass Nalla sich mehr als alles andere Kinder mit Caber wünschte, und Sol Corp hatte ihnen diese Möglichkeit genommen, als sie das Naniten-Behandlungsprogramm durchführten. Sol Corp hatte die Nebenwirkungen nie erwähnt. Andererseits hatte Sol Corp ihnen viele Dinge verschwiegen... zum Beispiel, dass der erste Wegbereiter von ihnen erschaffen wurde und kein Außerirdischer war, der die Menschheit retten wollte.

Damals war die Menschheit so unschuldig und unwissend gewesen. Jetzt... war es ihr einfach egal.

Nalla sehnte sich immer noch danach, die Einsamkeit zu finden und die Menschheit hinter sich zu lassen, aber dieses Mädchen hatte etwas hervorgebracht, was Nalla seit vielen Jahrzehnten nicht mehr gespürt hatte - den Sinn des Lebens. Zusammen mit dem Rest der Besatzung hatte sie Heddi adoptiert. Für Nalla war der Teenager das, was einer Tochter am nächsten kam. Trotz der Schatten, die immer an den Rändern von Nallas Herz lauerten, würde sie Heddi nicht im Stich lassen. Sie würde dafür sorgen, dass Heddi ein gutes Leben haben würde, zumindest ein besseres, als es ihr das Leben in der

Bergbaukolonie mit ihrem opioidabhängigen Vater ermöglicht hatte. Sie würde zusehen, wie das Mädchen eine Frau und dann eine alte Frau wurde und dann an Altersschwäche starb. Nalla wusste bereits mit großer Traurigkeit, dass, wenn Heddi sterben würde - und das würde sie - die Menschen lebten nicht lange genug -, Nalla mit dem Leben fertig sein würde. Sie würde Caber aufsuchen, und sie würden wieder zusammen sein.

Die Tür öffnete sich und Nalla schreckte auf, denn sie war zu sehr in ihre dunklen Gedanken vertieft gewesen. Domino kam herein und trug zwei Tassen. Sie reichte Nalla eine davon, bevor sie sich hinsetzte. "Tee aus Europa. Einer der besten diesseits des Gürtels."

Nalla nahm einen Schluck. Er war heiß, aber nicht so heiß, wie sie es gerne hätte. Trotzdem war der Tee sehr gut. Sie neigte ihren Kopf in Richtung Domino und bedankte sich.

"Danke, dass du dir die Zeit genommen hast, mich zu besuchen", sagte Nalla.

"Natürlich. Ich und die Menschen auf der Mars-Station und der Red Rover-Fraktion sind nur dank deines Captains am Leben. Wenn Captain Hale nicht einen Wegbereiter davon überzeugt hätte, das Sol Corp davon abzuhalten, uns anzugreifen, wäre ich jetzt tot und in den Kolonien würde Krieg herrschen."

Nalla schenkte ihm ein dünnes Lächeln. "Captain Hale ist derjenige, dem wir das zu verdanken haben. Ich bin nur ein Mitglied der Crew."

"Es gibt keinen Captain ohne seine Crew. Und ich habe ihm schon gedankt." Domino blinzelte. "Gründlich."

"Nun, ich bin sicher nicht hier, um darüber zu diskutieren", sagte Nalla.

"Nein, das bist du sicher nicht. Um welchen Gefallen bittest du also?"

Domino war eine starke und intelligente Frau. Sie war Metallurgin, bevor die Rebellion sie Vollzeit in Anspruch nahm. Ihre Haut war von Natur aus braun, aber nicht so dunkel wie die von Nalla, denn die beiden Frauen hatten unterschiedliche Merkmale, die sie von ihren irdischen Vorfahren geerbt hatten. Jeder Mann würde sie attraktiv finden, und Nalla war nicht überrascht, dass Jack in ihrem Bett gelandet war, auch wenn sie sich wunderte, dass Jack immer wieder zurückkehrte. Von allen Besatzungsmitgliedern war Jack derjenige, der den Menschen gegenüber am reserviertesten war. Er neigte dazu, eine emotionale Distanz zu wahren, und Nalla fragte sich, ob er das bei Domino immer noch schaffte oder ob er einem Teil von ihm erlegen war, den er immer an der kurzen Leine hielt: seinen Gefühlen.

"Ich bin hier, um herauszufinden, ob du Informationen über den Aufenthaltsort einer bestimmten Person hast", sagte Nalla.

"Das hängt von der Person ab."

"Sein Name ist General Charles Metrell. Er arbeitet für Sol Corp."

"Ich weiß sehr wohl, wer er ist. Metrell ist mir schon fast so lange ein Dorn im Auge wie Direktorin Marlo Junger. Wusstest du, dass er im letzten Monat nicht nur einen, sondern zwei Attentäter auf mich angesetzt hat?" fragte Domino.

Nalla lehnte sich überrascht zurück. "Ich hatte keine Ahnung."

"Hat er aber. Der erste war ziemlich gesprächig, was auch gut so war, denn der zweite starb viel zu früh. Metrell hat den Anschlag angeordnet, aber er ist nur ein Mittelsmann. Wir haben Informationen über Dutzende von Anschlägen, die von ihm ausgingen. Er wäscht die schmutzige Wäsche von Junger für sie. Das macht ihn zur Nummer zwei auf meiner Liste der unbeliebtesten Leute."

"Er ist die Nummer eins auf meiner Liste", bot Nalla an.

"Sag mir nicht, dass er Attentäter auf dich angesetzt hat."

"Nein."

Domino sah sie einen Moment lang an und wartete darauf, dass sie etwas sagte, aber das tat sie nicht. Domino zuckte mit den Schultern. "Ich kann mir vorstellen, dass er bei vielen Leuten auf der Liste steht."

"Das kann ich mir vorstellen."

"Wenn ich dir sage, wo er ist, wirst du ihn dann töten?" fragte Domino.

"Ist es ein Problem, wenn wir das tun?"

Domino lächelte. "Nein. Kein Problem. Ich habe Metrell schon seit einigen Monaten im Visier. Ich kann dir sagen, wo er ist." Sie tippte auf eine Nachricht auf ihrem Armreif. "Ich habe jemanden, der die Information jetzt bekommt. Wirst du zu deiner Mannschaft zurückkehren?"

Nalla schüttelte den Kopf. "Ich bleibe so lange hier, wie du mich brauchst."

"Ich weiß das zu schätzen. Unsere Infrastruktur muss schneller ausgebaut werden, als unsere Ressourcen wieder aufgefüllt werden können. Ich habe von mehreren Teammitgliedern Lob über dich erhalten. Sie sagen, du bist so gut im Erstellen von Netzwerkplänen, dass du die Arbeit von fünf Leuten erledigst."

"Das ist übertrieben nett."

"Nein. Eines dieser Komplimente kam von Robo, und ihn dazu zu bringen, ein Kompliment zu machen, ist schwieriger, als auf Europa Gold zu finden." Domino legte den Kopf schief. "Dein Wissen über Hardware ist erstaunlich. Sag mal, seit wann bist du in Captain Hales Crew?"

Nalla wusste genau, wonach Domino fischte. Domino wollte wissen, ob jemand aus Jacks Crew Naniten hatte wie er. Er war gezwungen gewesen, es Domino zu sagen, als sie bemerkte, dass er sich nach einer Schusswunde unnatürlich schnell erholte. Nalla hätte es Domino nie erzählt, aber sie würde es Jack nicht übel nehmen, dass er es getan hat. Es war sein Leben und seine Konsequenzen.

Nalla mochte Domino, respektierte sie sogar, aber sie vertraute ihr nicht. Alles, was Nalla sagte, selbst wenn es vertraulich war, konnte von Domino als Druckmittel benutzt werden, wenn es der Rebellenführerin zugute kam. Das lag nicht daran, dass Domino ein schlechter Mensch war, obwohl Nalla davon ausging, dass jeder Mensch etwas Schlechtes in sich hatte. Es lag daran, dass die "Sache" - die Rebellion - für Domino Priorität hatte und alles andere zweitrangig war.

"Ich bin letztes Jahr beigetreten, zur gleichen Zeit wie Heddi", log Nalla.

Domino grinste. "Stimmt das?"

Nalla sagte nichts weiter.

Misstrauen erschwerte den Smalltalk und das Schweigen war unangenehm, bis Dominos Armreif klingelte.

Domino las die Nachricht zuerst für sich selbst, bevor sie aufschaute. "General Metrell hat auf der Erde ein Sabbatical genommen. Vor knapp vier Stunden verließ sein persönliches Schiff die Erde mit einem unbekannten Flugplan."

"Habt ihr Leute im Flugdienst, die seinen Flugplan nachsehen können?" fragte Nalla.

"Ja, und das haben sie auch. Aber offensichtlich wurde der Flugplan zu dem Zeitpunkt gelöscht, als der Transponder des Schiffes verschwand. Offensichtlich will er nicht, dass jemand erfährt, wohin er fliegt."

Nalla runzelte die Stirn. "Kannst du mir seine letzte bekannte Position und seinen Vektor geben?"

"Das kann ich, aber ich brauche etwas von dir."

Nalla hatte geahnt, dass das kommen würde. Domino war ein Marsianer, und Marsianer verhandeln immer. Ein altes Marsianer-Sprichwort besagt, dass das Einzige, was man von einem Marsianer umsonst bekommen kann, ein Messer im Rücken ist. Nach Nallas Erfahrung musste sie dem zustimmen. "Und was brauchst du?"

"Ich will wissen ... bist du so wie Captain Hale?" fragte Domino.

Nalla tat so, als sei sie verwirrt, obwohl Jack die Mannschaft gewarnt hatte, dass Domino sein Geheimnis kannte. "Was meinst du?"

"Bist du verbessert, wie er?"

"Oh. Das meinst du. Nein, ich fürchte, ich bin ein ganz normaler Mensch. Tut mir leid, dich zu enttäuschen."

Domino schien nicht überzeugt zu sein. "Und der Rest der Crew?"

Nalla zuckte mit den Schultern. "Wir sind alle normal, genau wie alle anderen. Warum fragst du?"

"Nur aus Neugierde. Hale hat nicht gerade mit Details gegeizt, und ich möchte mehr erfahren. Ich habe gesehen, wie er an einem Tag geheilt hat, wofür ein normaler Mensch Wochen brauchen würde. Soldaten mit einem fortgeschrittenen Heilungsfaktor könnten in einem Krieg einen großen Unterschied machen."

"Ich kann dir leider nicht helfen. Der Captain ist ein Privatmann und teilt nicht viel mit der Besatzung." Und Nalla würde schon bald mit ihrem Captain über die gefährliche Richtung sprechen, die Dominos intrigante Gedanken nahmen.

"Schade." Domino klopfte mehrmals auf ihren Armreif. "So. Ich habe dir Metrells Flugdaten geschickt, einschließlich allem, was wir über sein Schiff wissen. Es würde mir nichts ausmachen, wenn General Charles Metrell aus dieser Galaxie verschwinden würde."

"Das hätte ich auch nicht", stimmte Nalla zu und stand auf, um zu gehen. Bevor sie ging, fragte sie Domino noch eine Sache. "Übrigens, hast du etwas davon gehört, dass Sol Corp an speziellen Computerprojekten arbeitet?"

Domino stieß ein Lachen aus. "Sol Corp arbeitet ständig an Computerprojekten. Ich fürchte, da musst du schon etwas genauer sein."

"Ich habe keine konkreten Informationen, nur eine Ahnung von einem Gerücht. Etwas über die Wegbereiter."

Domino wurde nüchtern. "Die Wegbereiter sind weg und ich hoffe, das bleibt auch so. Wenn Sol Corp so verblendet ist, dass es versucht, sie zurück in dieses System zu locken, dann müssen sie glauben, dass sie sich auf ihre Seite schlagen würden. Der Waffenstillstand würde zunichte gemacht werden. Es gäbe nichts, was wir tun könnten, wenn sie beschließen würden, uns unsere Unabhängigkeit zu nehmen. Es sei denn, Captain Hale hat noch einen Gefallen, den er bei den Wegbereitern einfordern kann, so wie er uns beim letzten Mal den Hintern aus dem Feuer geholt hat."

Nalla schüttelte den Kopf. "Das war eine Ave-Maria-Option. Ich würde mich nicht darauf verlassen, dass so etwas zweimal funktioniert. Nein, wir hoffen genauso wie du, dass die Wegbereiter nie wiederkommen. Als ich etwas hörte, hielt ich es deshalb für das Beste, nachzufragen."

"Ich werde es mir ansehen. Das kannst du mir glauben."

"Das tue ich."

14

Der innere Asteroidengürtel, dreiundzwanzig Tage später

Jack gefiel es nicht, dass General Charles Metrell völlig von der Bildfläche verschwunden war. Wenn Metrell von der Bildfläche verschwunden war, führte er etwas im Schilde, und was Metrell im Schilde führte, war in der Regel für niemanden gut.

Jacks Panel piepte und teilte ihm mit, dass die *Cabrón* soeben den Sektor betreten hatte, in dem sich die verlassene Wegbereiter-Replikationsfabrik befand. Ihm gefiel der Gedanke nicht, sich im selben Sektor, geschweige denn im selben Quadranten, wie die Fabrik zu befinden, auch wenn der Wegbereiter das Sonnensystem schon lange verlassen hatte. Der Wegbereiter waren nicht von Natur aus böse, aber Jack hasste ihn trotzdem. Er hatte einmal die Kontrolle über die Naniten in seinem Körper und denen seiner Crew übernommen und sie wie Marionetten an Fäden kontrolliert, nur um seinen Willen durchzusetzen. Als ob ein Wegbereiter nicht schon schlimm genug wäre, hatte er überall im System Replikationsfabriken gebaut, um Kopien von sich selbst zu erzeugen... Klone, die er in andere Systeme schickte, um noch mehr Klone zu erzeugen und so weiter und so fort. Wahrscheinlich hatte er inzwischen hundert verschiedene Systeme erreicht. Sein Ziel? Niemand wusste es, und Jack war es egal, solange die KI sich von dem kleinen Sonnensystem der Menschheit fernhielt.

Metrell war dabei gewesen, als der erste Wegbereiter online ging. Er hatte gesehen, wie er die Dinge zum Schlechten verändert und das System in einen Überwachungsstaat verwandelt hatte, also warum zum Teufel sollte er noch einen Wegbereiter in der Nähe haben wollen?

Jack tippte auf die Sprechanlage. "Achtung. Wir haben den Sektor der Fabrik betreten. Ankunft im Luftraum des Komplexes in sechsunddreißig Minuten."

Er hatte gerade den Finger von der Sprechanlage genommen, als sein Bedienfeld klingelte. Er antwortete ohne zu zögern.

"Nalla, ist alles in Ordnung?", fragte er, als ihr Bild auf dem Bildschirm erschien.

"Domino hat mir gerade ein Update gegeben. Ihr müsst da draußen vorsichtig sein. Offenbar hat das Verschwinden von Charles Metrell die Neugier von Direktorin Junger geweckt, nachdem die Ermittler von Sol Corp eine Gebäudeexplosion auf der Erde auf ihn zurückgeführt haben. Sie hat Such- und Rettungsdrohnen ausgesandt, um ihn zu finden."

"Habt ihr die Standorte der Drohnen?" fragte Jack.

"Ich habe keine Standorte und ich weiß nicht, wie viele sie geschickt hat. Domino arbeitet in diesem Moment daran, diese Informationen zu bekommen. Ich mache mir Sorgen um dich. Wenn wir in der Lage waren, Metrells Flugbahn zur Replikationsfabrik zu erraten, ist es nicht allzu schwer zu glauben, dass Junger das nicht auch schon getan hat. Selbst wenn sie die Drohnen vor einer Woche losgeschickt hat, können sie viel schneller reisen als Schiffe mit menschlicher Besatzung. Eine Drohne könnte bereits in der Fabrik sein."

"Ich werde die Augen offen halten", sagte Jack.

"Ihr solltet die Fabrik heute erreichen, richtig?" fragte Nalla.

"Innerhalb einer Stunde."

"Glaubst du, dass Metrell schon dort ist?", fragte sie.

Jack nickte. "Ich habe die Zahlen überprüft. Sein Schiff fuhr mit voller Geschwindigkeit auf direktem Kurs, und die Sonnenpassatwinde halfen ihm. Wenn er unterwegs nicht angehalten oder gewendet hat, hat er die Fabrik vor sieben Tagen erreicht."

Nalla zuckte zusammen. "In einer Woche hätte er eine Menge Unheil anrichten können."

"Ja, das hätte er tun können. Die *Cabrón* ist schneller, aber wir sind von der anderen Seite auf den Gürtel zugeflogen. Ich musste acht Kurskorrekturen vornehmen, um Felsen, Satelliten und Stationen zwischen uns und der Fabrik auszuweichen, also hätte jede Erhöhung der Geschwindigkeit nur die Energie erhöht, die wir bei jeder Vektoränderung verbrauchen mussten. Ich setze darauf, dass er in der letzten Woche nicht allzu viel Ärger gemacht hat."

"Hoffen wir, dass sich dein Glück verbessert hat." Nalla klang nicht sehr zuversichtlich.

"Ich rufe dich an, wenn wir uns die Replikationsfabrik angesehen haben", sagte er.

"Eine Sache noch, bevor ich es vergesse", begann Nalla. "Nimm dich vor Domino in Acht. Sie ist zu neugierig auf deine Verbesserungen. Sie hat es jetzt schon zweimal in unseren Gesprächen erwähnt. Sie war auch neugierig auf die Crew, aber ich glaube, ich habe ihr klargemacht, dass du der Einzige mit Naniten bist."

Jack wurde sofort nüchtern. "Gut. Sie soll sich auf mich konzentrieren. Sie würde es sich zweimal überlegen, bevor sie versucht, an mein Blut zu kommen, aber sie wäre wahrscheinlich viel mutiger, wenn sie versuchen würde, etwas von einem aus meiner Crew zu bekommen. Aber pass auf dich auf, falls ihre Neugier sie übermannt.

"Das werde ich."

Die Verbindung wurde unterbrochen und Jack konzentrierte sich wieder auf den aktuellen Einsatz. Er öffnete den Scanner und zoomte hinein, konnte aber nur eine dunkle Verzerrung vor dem schwarzen Sternenhimmel erkennen. Die Replikationsfabrik war immer noch zu weit weg. Er erhöhte auch die Empfindlichkeit des Scans, um Objekte zu erkennen, die größer als ein halber Meter waren, und sofort erschienen Blips auf dem Bildschirm, was in einem Asteroidengürtel, in dem Felsen jeder Form und Größe wahllos im Gürtel verteilt waren, zu erwarten war. Die normalen Scaneinstellungen waren auf hundert Meter große Objekte und alles, was sich innerhalb der Hochrisiko-Reichweite - zehn Kilometer - der Flugbahn des Schiffs befand, eingestellt.

Er filterte natürliche Objekte heraus - Dinge, die keine glatten Kurven oder harten Linien haben, wie sie bei von Menschen gebauten Schiffen, Satelliten und Drohnen zu finden waren. Aber auch davon gab es zu viele, und er untersuchte das System so, dass nur Punkte mit aktiven Energiequellen erkannt wurden. Wenn eine Drohne im Standby-Modus war, konnte er sie übersehen, aber er würde sie wahrscheinlich sowieso übersehen, wenn er sich durch Hunderte von Blips wühlte.

Das reduzierte die Zahl der Blips auf etwa zwanzig, von denen die meisten bereits hinter ihnen lagen. Diese ignorierte er. Alle Drohnen, die nach Metrell suchten, würden vor Jack sein.

Als sich das Schiff dem Wegbereiter-Sektor näherte, fuhr er fort, die Scans zu durchsuchen. Als der Wegbereiter noch im System war, hatte er für seine Replikationsfabriken Sektoren mit einer Fläche von zehntausend Quadratkilometern festgelegt. Menschen konnten diese Sektoren nur nach vorherigem Kontakt mit dem Wegbereiter durchqueren, und selbst dann gab die KI nur selten ihre Zustimmung. Jack war schon einmal in einen Wegbereiter-Sektor eingedrungen - in denselben Sektor, in den er gleich eindringen würde - ein Risiko, das er einging, um die KI anzuflehen, Sol Corp davon abzuhalten, Domino und Millionen andere Kolonisten zu töten. Ehrlich gesagt, waren ihm die Kolonisten ziemlich egal. Für ihn waren sie nur Zahlen. Nicht real, denn er hatte keine persönliche Beziehung zu ihnen. Aber Domino kannte er; Domino lag ihm am Herzen.

"Ich bin bereit."

Jack drehte sich um und sah Heddi die Brücke betreten. Sie trug alle Waffen, die sie besaß, und hielt einen medizinischen Scanner in den Händen - einen, der so umgebaut worden war, dass er elektromagnetische Stromstöße abgeben konnte.

Er hob eine Augenbraue. "Glaubst du, dass du das alles brauchst?"

Sie zuckte mit den Schultern. "Burn sagt, es ist immer besser, auf

Nummer sicher zu gehen." Sie hielt das Gerät hoch. "Weißt du noch? Ich musste es das letzte Mal benutzen, als wir hier waren."

"Stimmt. Du hast die Mannschaft damit gerettet."

"Nun, ich habe sie nicht wirklich gerettet. Der Wegbereiter wollte sie sowieso gehen lassen."

"Die Besatzung wusste das nicht und du auch nicht. Du warst schnell auf den Beinen. Du hast dich an diesem Tag gut geschlagen."

Sie grinste süffisant und nahm dann Platz.

Kana und Veda kamen kurz darauf auf die Brücke.

"Willst du dich umziehen, Jack?" fragte Veda. Er hatte bereits seinen Hab-Anzug an und hielt seinen Helm und seine Handschuhe in der Hand.

"Ich will erst sehen, wie die Fabrik aussieht. Wenn es Anzeichen für Aktivitäten von Sol Corp gibt, hauen wir ab", sagte Jack.

Veda nickte kurz und grinste dann, als er Heddi sah. "Sieht aus, als hättest du noch mehr Waffen dabei als ich."

"Vorsicht ist besser als Nachsicht", sagte Heddi.

"Das ist es." Veda lehnte sich gegen die Wand.

Jack wandte sich an Kana. "Ich möchte, dass du Scans durchführst. Sol Corp hat Suchdrohnen ausgesandt, um nach Metrell zu suchen. Und wer weiß, was es da draußen noch alles gibt."

"Ich kümmere mich darum." Sie schnallte sich in ihrem Sitz links von Jacks Platz an. "Ich habe auch das Rumpfsensorprogramm aktualisiert, für den Fall, dass es da draußen einen Wegbereiter gibt und er seine fiesen kleinen Spinnenbots aussendet, um unser Schiff anzuzapfen."

"Wenn es hier noch einen Wegbescheißer gibt", begann Burn, als er die Brücke betrat, "hoffe ich, dass er tatsächlich Bots aussendet. Dann kann ich das statische Elektrizitätsnetz des Rumpfes ausprobieren. Ich hätte nichts dagegen, ein paar kleine Bots zu braten."

"Klar, ein paar Bots zu braten könnte Spaß machen, aber ich wäre glücklicher, wenn es keinen Wegbereiter und keine Bots gäbe." Jack drehte sich wieder zu seinem Bildschirm um. Die Replikationsfabrik war auf den Scans zu sehen - eine dunkle Verzerrung, die sich in den Umriss einer großen grauen Fabrik verwandelte.

"Ich empfange keine Signale aus diesem Sektor. Nicht von der Fabrik. Und auch nicht von den Drohnen von Sol Corp", erklärte Kana. "Wenn Metrell hier ein Projekt leitet, wurde es entweder stillgelegt oder er hat alles mit Faraday-Wänden umgeben."

"Es wäre nicht das erste Mal, dass Metrell mit seinen Projekten hinterhältig ist", murmelte Burn.

"Kontrollier weiter. Unsere Scanner sind gut, aber sie sind nicht die besten", sagte Jack.

Kana gluckste. "Gut? Hoffnungslos veraltet trifft es eher."

"Setz sie auf die Upgrade-Liste", sagte Jack.

"Die stehen schon seit gut zehn Jahren auf der Upgrade-Liste", antwortete sie.

"Na ja, wir werden alles rechtzeitig in Angriff nehmen." Geld war nicht das Problem, sondern die Zeit und die Verfügbarkeit von Ressourcen. Die Besatzung konnte an einem Tag nur eine bestimmte Menge erledigen. Und selbst dann bestand der größte Engpass darin, an das richtige Material, die Computerchips und den Softwarecode zu kommen. Kana war eine gute Programmiererin, aber sie war bei weitem nicht die Beste. Also musste die Crew die meisten ihrer Upgrades kaufen. Und beim Kauf von Codes, die auf der Beobachtungsliste von Sol Corp standen, mussten sie vorsichtig sein. Da Jack und seine Crew bereits von Junger gesucht wurden, mussten sie genau aufpassen, um ihren Standort und ihre Aktivitäten nicht zu verraten.

Ein einzelnes Schiff in einem ganzen Sonnensystem zu finden, ließ die Suche nach einer Nadel im Heuhaufen einfach erscheinen. Aber es genügte eine einzige Sichtung, ein einziger Fleck auf einem Scan, und Sol Corp wäre schneller an Jacks Arsch dran als Weltraumschrott im Orbit.

Junger wusste, wie man einen Groll hegte. Sicher, Jack hatte das Hauptquartier von Sol Corp in die Luft gejagt. Sicher, Jack hatte ein oder zwei Schiffe von Sol Corp zerstört, aber er wusste, was Junger wirklich ärgerte, war, dass die Wegbereiter sich auf seine Seite gestellt hatten, um einen Krieg zwischen Sol Corp und Dominos Rebellenfraktionen zu verhindern. Bis dahin dachte jeder, die

Wegbereiter würden tun, was Sol Corp wollte. Als die KI die Kontrolle über Jungers Schiffe übernahm und sie daran hinderte, ihre Waffensysteme zu benutzen, zerstörte sie die Illusion, dass Sol Corp unaufhaltsam sei.

In der Folgezeit hatten sich überall im System Kolonien gebildet, die ihre Absicht zur Selbstverwaltung erklärten. Sol Corp, die übergeordnete Autorität für die vereinigten terranischen Kolonien, hatte viel Macht verloren. Sol Corp hatte allerdings immer noch weit mehr Feuerkraft als jede Kolonie, sogar mehr als alle Kolonien zusammen, so dass alle zögerten, den ersten Schuss abzugeben. Seit die Wegbereiter das System den Menschen überlassen hatten, hatte Sol Corp verzweifelt versucht, ein Bild der Führerschaft zu vermitteln, während Domino und die anderen Fraktionsvorsitzenden sich bemühten, die Kolonien zu vereinen, damit sie sich gemeinsam gegen eine zentralisierte Herrschaft stellten. Aber wie konnte man Menschen vereinen, die frei sein und sich selbst regieren wollten? Viele Kolonien waren mehrere hundert Jahre alt und hatten ihre eigenen Glaubensvorstellungen und Kulturen. Das Einzige, was sie mit anderen Kolonien gemeinsam hatten, war, dass ihre Vorfahren alle von der Erde stammten.

Domino hatte alle Hände voll zu tun, und Jack war froh, dass er nicht dabei war. Er war noch nie ein Anführer gewesen. Er war zwar ein Captain, aber kein Politiker, und genau das war Dominos Aufgabe geworden.

"Ich empfange sporadische Signale", sagte Kana. "Sieht aus, als wären drei Drohnen vor der Fabrik stationiert. Den Signalen nach zu urteilen, sind sie alle im Standby-Modus und werden ab und zu aktiviert, um das Gebiet nach Aktivitäten abzusuchen und ein Update zu senden."

Jack klammerte sich an seine Armlehne. "Haben sie uns erwischt?"

"Nein. Sonst wären sie online geblieben, um mehr Daten zu sammeln. Was sie tun, ist ein Standardeinsatz für Such- und Rettungsdrohnen. Wir haben Glück. Drohnen haben normalerweise nur direkt fokussierte Kameras, was bedeutet, dass sie gerade alle auf die Fabrik gerichtet sind. Außerdem haben alle Drohnen da draußen beschissene Scanner - die sind sogar noch schlechter als unsere - also müssen wir uns bis auf tausend Kilometer nähern, bevor sie unsere Energie-Signatur aufspüren."

"Hast du ein Muster, wann sie online gehen?" fragte Jack.

"Das werde ich. Normalerweise werden die Dinger in Abständen von dreißig oder sechzig Minuten aktiv. Wenn es mehrere Drohnen gibt, so wie hier, sind sie normalerweise verkettet, so dass immer nur eine Drohne einen Snapshot macht. Nach dem, was ich bisher herausgefunden habe, sind die Drohnen wahrscheinlich verkettet und werden in dreißigminütigen Abständen aktiviert, wobei jede Drohne zehn Minuten nach der anderen eingeschaltet wird. Aber das ist nur eine Vermutung, denn ich habe bisher nur einen Ping pro Drohne."

"Sobald du ein Muster hast, lass es mich wissen. Wir können den Strom nur nutzen, wenn sie nicht online sind."

"Ich weiß. Noch dreißig Minuten, dann sollte ich es genau wissen. Laut ihren Transpondern sind diese Drohnen keine Spionagedrohnen, also werden sie nicht zu zufälligen Zeiten aktiviert", sagte Kana.

Veda grunzte. "Das liegt daran, dass alle Spionagedrohnen von Junger im Moment in den Kolonien stationiert sind und ihnen Kopfzerbrechen bereiten."

"Gib mir eine fünfzehnsekündige Warnung, wenn du denkst, dass sie das nächste Mal online gehen, und ich schalte die Motoren ab", sagte Jack.

"Mach ich."

Jack beobachtete die Fabrik weiter, während ihr Bild immer deutlicher wurde. Sie war ungefähr gleich groß, wie als sie in Betrieb war - ein ganzer dreidimensionaler Hektar, mindestens - aber es gab Anzeichen dafür, dass sie ausgeräumt worden war. Die Kräne, die in die Außenwände eingebaut waren, fehlten jetzt, wahrscheinlich wurden sie von Plünderern oder von den Bergungsschiffen von Sol Corp gestohlen. Er ging davon aus, dass auch das Innere geplündert worden war.

Burn schaute Jack über die Schulter, und Heddi schloss sich ihm bald an, sodass Jack das Bild auf den großen Bildschirm warf. Gemeinsam beobachteten die fünf, wie sie sich der Replikationsfabrik näherten. Wie neunundneunzig Prozent der Raumfahrt ging es mühsam langsam voran. Aber im Gegensatz zu neunundneunzig Prozent der Raumfahrt war dies auch nervenaufreibend. Jack hielt seine linke Hand in der Nähe der Triebwerkskonsole, bereit, die Leistung zu minimieren, wenn Kana ihn warnte. Die ganze Zeit über untersuchte er das klar werdende Bild der Fabrik und suchte nach Anzeichen für Gefahren, fand aber keine. Er konnte nicht einmal Anzeichen für kürzliche Aktivitäten finden. Hatte Metrell sie ohne Grund hierher geführt? Schlimmer noch, hatte Metrell sie hierher in eine Falle gelockt?

Je näher sie der Fabrik kamen, desto nervöser wurde Jack. Die Fabrik war ein hervorragender Ort für eine Falle. Die Leute mieden diesen Sektor aus Gewohnheit, und er wusste von früher, dass die Fabrik einen großen offenen Bereich enthielt... viel Platz, um ein Dutzend Waffenschiffe zu verstecken.

"Zeit, meine Theorie zu testen. In fünfzehn Sekunden werden sie aktiv", sagte Kana.

"Ich schalte jetzt die Triebwerke ab. Wir können den Rest des Weges im Leerlauf zurücklegen", sagte Jack, und das fast unhörbare Brummen der Triebwerke verschwand. Er würde keinen Strom mehr brauchen, bis es Zeit war, anzuhalten. Er konnte den Stromverbrauch minimieren, indem er *Cabróns* große Arme benutzte, um sich an der Fabrik festzuhalten, aber er würde trotzdem Strom brauchen, um so langsam zu werden, dass er die Arme nicht abreißen würde.

"Der Ort sieht tot aus. Erinnert mich daran, wie Pallas 6 in den Nachrichten aussah. Es ist so kalt und unheimlich." Heddi fröstelte. "Glaubst du, da sind auch tote Menschen drin?"

Das Mädchen war auf Pallas 6 gewesen, als die Minenkolonie abgeschaltet wurde und alle dort lebenden Menschen starben. Sie hatte nur überlebt, weil ein Freund sie in einem sicheren Raum versteckt hatte. Selbst dann war sie dem Tod so nahe gewesen, als Jack und Burn sie fanden, dass sie nicht damit gerechnet hatten, dass sie überleben würde. Die Menschen hatten ein Talent dafür, Heddi zu unterschätzen.

"Nein", antwortete Burn. "Diese Fabrik wurde von Maschinen betrieben. Menschen waren nicht erlaubt."

"Es ist trotzdem unheimlich. Ich mag es nicht", sagte sie.

"Mir gefällt es auch nicht", sagte Burn. "Ich glaube, ich spreche im Namen aller, wenn ich sage, dass wir uns alle besser fühlen werden, wenn wir etwas Abstand von diesem Ort gewonnen haben."

"Ich kann praktisch spüren, wie ein Wegbereiter meine Naniten kitzelt", brummte Veda.

"Ich weiß, was du meinst. Wenn ich daran denke, wie es war, in einen Zombie verwandelt zu werden, bekomme ich immer noch Schüttelfrost", sagte Kana.

"Ich träume immer noch schlecht von diesem Tag", sagte Heddi. "Ich hoffe, ihr werdet nicht wieder in Zombies verwandelt."

"Deshalb müssen wir dafür sorgen, dass es hier keinen Wegbereiter gibt", sagte Jack.

"Und keinen Metrell", fügte Burn hinzu.

"Und wenn doch, dann nicht für lange", fügte Veda hinzu und wandte sich dann an Jack. "Also, gehen wir rein, um die Fabrik zu überprüfen?"

Jack nickte. "Wir gehen rein."

15

Wegbereiter-Replikationsfabrik 1-A-01

Jack und Veda verließen die Luftschleuse der *Cabrón* und benutzten das Antriebssystem ihrer Anzüge, um zur Wegbereiter-Replikationsfabrik zu navigieren. Drei Drohnen reichten nicht aus, um alle Bereiche der Fabrik abzudecken - sie reichten nur für die Eingangspunkte des Gebäudes. Deshalb hatte Jack die *Cabrón* an einen Bereich der Fabrik angeschlossen, der am weitesten von den Drohnen entfernt war. Der Nachteil dabei war, dass er und Veda am weitesten von den Eingangspunkten entfernt waren. Anstatt das Risiko einzugehen, durch einen der offenen Zugänge zu gehen, beschlossen sie, einen Teil der Wand zu durchbrechen. Einige Meter entfernt benutzte Burn den zweiten Arm des Schiffes, um einen Laserschneider zu halten, und schnitt schnell durch die Wand der Fabrik.

Wäre dies eine von Menschen errichtete Anlage gewesen, wären die Wände zum Schutz verstärkt worden. Es wäre nicht gut für die Menschen im Inneren, wenn ein kleines Trümmerstück die Hülle durchschlagen würde. Da die Wegbereiter keine Drucksysteme, keine Atemluft und nicht einmal Temperaturen über dem Gefrierpunkt brauchten, war die Hülle der Fabrik dünn und in kleinen Abschnitten sogar nicht vorhanden. Leider war keiner dieser Abschnitte groß genug, dass ein Mensch hindurchpassen konnte, was wahrscheinlich von den KI-Erbauern beabsichtigt war, also machte Burn seinem Namen alle Ehre und brannte eine Öffnung hinein, durch die die beiden Männer gehen konnten.

In der Zwischenzeit blieb Kana an den Kontrollen des Schiffes, überwachte die Scans und hielt nach allem Ausschau, was ein Problem verursachen könnte. Wenn die Dinge schlecht liefen - wirklich schlecht -, wurde Kana befohlen, das Schiff von der Fabrik abzukoppeln und zu verschwinden, um Jack und ihren Mann später abzuholen, wenn sie konnte. Wenn sie das nicht konnte, mussten Jack und Veda selbst einen Ausweg finden.

Nicht, dass Jack erwartet hätte, dass Kana sie verließ. Keiner aus seiner Crew war besonders gut darin, Befehle zu befolgen. Wahrscheinlich, weil sie Jack schon kannten, als er noch einer der Crewmitglieder war. Jack war zum Captain ernannt worden, weil bestimmte Dinge in reinen Demokratien einfach nicht funktionieren, und eine Weltraumcrew war eines dieser Dinge. Aber Jack hatte Vertrauen in seine Crew - auch in das neueste Mitglied, Heddi. Wenn sie einen seiner Befehle nicht befolgten, hatten sie einen guten Grund.

Während sie warteten, überprüfte Jack die Timer, die Kana an seinen und Vedas Anzügen eingestellt hatte. Bei jedem Piepton mussten sie aufhören, Energie zu verbrauchen, um die Aufmerksamkeit der Drohnen nicht auf sich zu ziehen, auch wenn sie vermuteten, dass das Metall der Fabrik zu viele Störungen verursachen würde, als dass die Drohnen irgendeine Aktivität in der Fabrik bemerken könnten. Jack nahm an, dass die Drohnen das Gebäude bei ihrer Ankunft von innen und außen durchsucht hatten und nun dort stationiert blieben, falls Metrell doch noch auftauchte.

Der Laserschneider stoppte und der Arm zog sich zum Schiff zurück.

"Los geht's", sagte Jack, obwohl Veda ihn nicht hören konnte. Alle Kommunikationskanäle, sowohl die mit dem Schiff als auch die zwischen den Anzügen, waren vorsichtshalber abgeschaltet worden. Sie wollten nichts tun, was die Sensoren einer Drohne auslösen könnte.

Die beiden gingen zu der frischen Öffnung, die in das graue Metall geschnitten war. Die Kanten waren scharf, und Jack achtete darauf, sich nicht an einer Seite zu verletzen. Er ging als Erster hindurch und Veda folgte direkt dahinter.

Drinnen angekommen, fand er sich in einer fast stockfinsteren Fabrik wieder. Da sie kein Sonnenlicht sehen konnten, schalteten Jack und Veda ihre Helmlampen ein. Dadurch wurde eine Matrix aus Metallträgern und magnetischen Gürteln sichtbar. Ein Großteil des offenen Raums war mit Arbeitsstationen belegt - zumindest war das das beste Wort, das Jack einfiel, um die einzelnen Abteilungen zu beschreiben, von denen jede für die Herstellung eines bestimmten Bauteils ausgelegt zu sein schien. Da es in der gesamten Fabrik keine Schwerkraft gab, waren die Arbeitsplätze in Richtungen angeordnet, die für den menschlichen Verstand irrational erschienen, für das Gehirn eines Computers aber wahrscheinlich die effizienteste Anordnung darstellten.

Jack war schon einmal hier gewesen und es hatte sich nicht viel verändert. Als er das letzte Mal hier war, war der Wegbereiter gerade dabei, die Fabrik zu schließen, und so fand Jack es etwas überraschend, dass Teile von Wegbereiter-Sonden immer noch an den verschiedenen Arbeitsplätzen lagen. Nicht, dass er die Teile erkannt hätte. Er nahm an, dass es sich um Teile von Sonden handelte, denn das war das Einzige, was die Fabrik herstellte. Er hätte nicht erwartet, dass die Wegbereiter die Produktion mittendrin eingestellt hatten, aber genau so sah es aus.

Er nahm es mit einem Schulterzucken hin. Er hatte kein Interesse daran, die Logik einer KI zu verstehen. Was ihn interessierte, war, dass nichts in der Fabrik so aussah, als wäre sie von Menschen übernommen worden. Wenn das der Fall gewesen wäre, hätte es Anzeichen dafür gegeben, wie z. B. Gleitschienen für die Anzughaken, um die Reise in der Schwerelosigkeit zu erleichtern, oder Computeranzeigen. Aber hier gab es nichts davon.

Veda schwebte vor ihm her und sah sich einen Arbeitsplatz an, während Jack die gesamte Fabrik in Augenschein nahm. Irgendetwas hatte sich verändert, und er hatte Mühe, es zu erkennen. Dann wurde es ihm klar. Der zentrale Knotenpunkt schien anders zu sein. Wahrscheinlich lag es daran, dass sich der Wegbereiter beim Verlassen der Fabrik vom Zentrum abkoppeln musste, aber jetzt schien er viel mehr Material um sich herum zu haben, als Jack in Erinnerung hatte. Tatsächlich schien die Nabe mit Kabeln und Verbundplatten vergrößert worden zu sein, die alles im Inneren verbargen.

Jack zeigte darauf. "Sehen wir uns das mal an." Kaum hatte er das gesagt, fiel ihm ein, dass die Funkverbindung unterbrochen war, und er drehte seinen Kopf, um mit den Helmleuchten auf Veda zu leuchten, der die Bewegung sofort bemerkte. Jack zeigte auf ihn und ließ ihn seine nächsten Schritte wissen. Veda nickte, und die beiden bewegten sich vorsichtig durch die Fabrik in Richtung ihres Herzstücks.

Als sie sich dem Zentrum näherten, stieg Jacks Adrenalinspiegel an. Sein Gefühl sagte ihm, dass mit dem Zentrum etwas nicht stimmte. Es fühlte sich nicht wie ein Wegbereiter an. Es war zu... unordentlich. Alle Arbeitsplätze in der Fabrik hatten ein geradliniges Design - es war klar, dass sie als Teil eines optimierten Layouts gebaut worden waren. Aber dieses Zentrum war anders. Die neuen Panels waren aus einem anderen Material, hatten andere Größen und keine klaren Linien. Die Abschirmung umschloss den Knotenpunkt nicht perfekt, und die Kabel, die bei Jacks letztem Besuch größtenteils noch an Ort und Stelle waren, hingen an den Panels herunter, um sie herum und neben ihnen. Es war eine hässliche Kombination, die weder effizient noch zweckmäßig aussah.

Jetzt war er sich sicher. Metrell führte hier etwas im Schilde.

Sein Headset piepte und er blickte nach unten, um zu sehen, dass einer der Timer ausgelöst worden war. Die beiden schalteten ihre Antriebssysteme ab und nutzten ihren Schwung, um das Zentrum zu erreichen, wo sie sich an den Schalttafeln festhielten. Einige der Kabel waren riesig und dicker als Jacks Oberkörper, während andere so dünn waren wie die Kabel in seinem Schiff. Da die Fabrik nicht in

Betrieb war, mussten sie sich keine Sorgen über elektrische Ströme machen, also zwängten sie sich zwischen die Schalttafeln und durch die sperrigen Kabel.

Im Inneren hatte Jack eine leere Station erwartet, an der einst eine Sonde der Wegbereiter angeschlossen war, die die Fabrik betrieb. Stattdessen fand er etwas, das er nie erwartet hätte: ein Raumschiff. Es war ein schnittiges Modell und eines der kleinsten Schiffe, die verkauft wurden, ausgelegt für höchstens zwei oder drei Passagiere. Es war ein Schiff, mit dem man schnell und unbemerkt reisen konnte ... und es war das gleiche Modell wie das Schiff, mit dem General Charles Metrell zuletzt gesehen worden war.

Er warf einen Blick auf Veda, der genauso misstrauisch aussah wie Jack. Veda murmelte: "Was zum Teufel?

Das waren genau Jacks Gedanken. Die beiden machten sich auf den Weg zur Shuttletür. Veda löste sein Gewehr aus dem Magnetclip auf seinem Rücken, während Jack die Tür untersuchte. Es gab keine Anzeichen für Sprengfallen, und das Panel leuchtete auf, als er mit der Hand darüber fuhr. Er überprüfte kurz die Umgebung, um sicherzugehen, dass die Aktivierung des Panels keinen Alarm ausgelöst hatte, aber um ihn herum blieb alles tot. Er tippte auf das Öffnen-Symbol, und die Tür glitt auf. Es strömte keine Luft aus - die Tür war bereits vor Jacks Ankunft im drucklosen Raum geöffnet worden.

Jack wagte einen Blick ins Innere. Der Innenraum war dunkel, aber seine Stirnlampe erhellte ihn. Im Bruchteil einer Sekunde bemerkte er, dass alles normal aussah... bis auf den weißhaarigen Mann, der auf dem Pilotensitz angeschnallt war. Er erstarrte und suchte dann nach Anzeichen von Gefahr. Aber das Innere des Shuttles sah völlig normal aus.

Er drehte sich wieder zu Veda um, der direkt vor der Tür stand. Jack klopfte seinem Crewmitglied auf den Rücken. Veda drehte sich um und Jack zeigte ihm, dass er den Armreif seines Anzugs aktivieren und dann den Kommunikationskanal zwischen den Anzügen öffnen sollte.

Veda tat dasselbe. "Bist du sicher, dass wir reden können?"

"Ich glaube, wir sind jetzt tief genug in der Fabrik, dass die Drohnen unsere Signale nicht auffangen können, nicht mit all den Tafeln und Kabeln um uns herum", antwortete Jack. "Komm schon. Du musst dir etwas ansehen."

Veda folgte Jack ins Innere des Shuttles, und Jack machte sich auf den Weg zur Leiche, wo er General Charles Metrell mit leblosem Blick vorfand.

Veda ließ sein Gewehr sinken, als er die Leiche betrachtete. "Dieser Trip war es wert, nur um zu sehen, dass Metrell tot ist. Woran er wohl gestorben ist?"

Jack untersuchte die Leiche. "Keine offensichtlichen Anzeichen von Verletzungen. Ich vermute, dass er erfroren ist. Siehst du seine Augen? Seine Blutgefäße sind nicht geplatzt. Es sieht eher so aus, als wäre er an Kälte oder Luftmangel gestorben. Wenn es ein Systemversagen gab, dann war es nur ein Teilversagen."

"Vielleicht hat er sich selbst umgebracht und uns allen einen Gefallen getan", bot Veda an.

Jack überprüfte das Innere. "Er muss noch am Leben gewesen sein, als er die Fabrik erreichte. Wie wäre das Schiff sonst hierher gekommen, nicht nur in die Fabrik, sondern auch in das Kontrollzentrum?"

"Mich interessiert mehr, warum ein Schiff mitten in einer Fabrik steht, als wie es hierher gekommen ist."

"Gutes Argument." Jack dachte über die Frage nach. "Vielleicht musste er die Batterie des Schiffes benutzen, um die Systeme der Fabrik neu zu starten. Vielleicht hat die Verbindung zur Fabrik die Batterie entladen. Das würde erklären, wie er durch die Temperatur sterben konnte, ohne dass das Schiff den Druck verliert."

"Aber die Batterie hat noch Saft. Die Tür konnte normal geöffnet werden", sagte Veda.

Jack zuckte mit den Schultern. "Das passt alles nicht zusammen." Dann legte er den Kopf schief. "Das ist seltsam."

"Was?"

Jack beugte sich näher über die Leiche. An der Stelle, an der der Gürtel über Metrells Taille verlief, hatte sich ein Stück seines

Hemdes in der Schließe des Gürtels verfangen. Der Stoff war so straff gezogen, dass es unbequem wäre. Jack runzelte die Stirn. "Er ist nicht in seinem Sitz gestorben. Jemand hat ihn hierher gelegt, nachdem er gestorben ist."

"Warum sollte das jemand tun?"

Jack zuckte mit den Schultern. "Keine Ahnung. Entweder wollte jemand, dass es so aussieht, als wäre Metrell in seinem Sitz gestorben, oder er wurde aus einem anderen Grund hierher gebracht." Er schaute sich im Schiff um und bemerkte Kratzer an den Wänden, die ihm vorher nicht aufgefallen waren. "Vielleicht wollten sie ihn aus dem Weg schaffen, um ins und aus dem Schiff zu kommen, aber sie wollten die Leiche nicht entsorgen."

Er machte sich auf den Weg zu den Kratzern. Sie wirkten seltsam auf einem ansonsten makellosen neuen Schiff. Einige Schrammen waren tief, die meisten aber nicht - als hätte jemand das Schiff ungeschickt oder hastig be- oder entladen. Die Schrammen und Kratzer führten zur Tür und er folgte ihnen nach draußen, wo sie in den weiten, offenen Raum verschwanden.

Er kehrte zum Shuttle zurück. "Ich vermute, dass derjenige, der Metrell in den Sitz geschnallt hat, derselbe ist, der auch das Schiff entführt hat." Jack aktivierte die Computertafel an der Vorderseite des Schiffes. Es schaltete sich ein, aber alle Systeme waren ausgegraut.

"Systemausfall?" fragte Veda.

"Ich bin mir nicht sicher. Es gibt keine Ausfallwarnungen. Die Systeme sind einfach nicht verfügbar. Du weißt doch, dass manche Systeme nicht verfügbar sind, wenn wir mit einer bestimmten Geschwindigkeit unterwegs sind?"

"Sicher, ich denke schon. Systeme sind nicht mein Ding. Du und Kana kümmert euch um diese Dinge."

"So ist es hier auch, nur dass alle Systeme als nicht verfügbar markiert sind. Das habe ich noch nie gesehen." Jack versuchte mehrere Befehle, aber die Anzeige auf dem Bildschirm änderte sich nicht. "Ich denke, man kann mit Sicherheit sagen, dass Metrell sich nicht umgebracht hat."

Veda versteifte sich. "Du glaubst doch nicht, dass ihn jemand wegen seiner Naniten umgebracht hat, oder?"

"Das glaube ich nicht. Wenn ja, warum hätten sie seine Leiche hier gelassen? Jeder würde ihn - uns - lebendig haben wollen, um ihn zu untersuchen. Oder zumindest die Leiche, um die Naniten post mortem zu untersuchen."

"Der Wegbereiter wollte uns nicht am Leben lassen, als er versuchte, alle aus der *Aria* zu werfen. Das erinnert mich ein bisschen zu sehr daran", sagte Veda.

"Das ist weit über zweihundert Jahre her, und seitdem haben die Wegbereiter nicht mehr versucht, uns zu töten. Das hier fühlt sich anders an. Es gibt keinen Grund für die Wegbereiter, das Schiff hier zu lassen, geschweige denn eine Leiche im Schiff zu behalten. Der General hatte viele Feinde. Jemand könnte ihn hier erwischt haben."

"Mutig, wenn man weiß, dass da draußen Such- und Rettungsdrohnen herumschwirren."

Jack nickte. "Das ist es. Schauen wir uns mal um. Mal sehen, ob wir nicht irgendwelche Hinweise finden. Ich werde mich besser fühlen, wenn ich hundertprozentig sicher bin, dass Metrells Tod nichts mit dem *Aria*-Programm zu tun hat."

"Dito."

Die beiden durchsuchten das Shuttle, fanden aber nur das Übliche: Essen und Wasser, einen Erste-Hilfe-Kasten und die üblichen Reparatursets. Erst als Veda Metrell durchsuchte, fanden sie einen weiteren Hinweis.

"Wer immer ihn getötet hat, hat seinen Armreif mitgenommen", sagte Veda.

"Normalerweise tragen wir keine Armreifen. Vielleicht hat er auch keinen getragen, um nicht wie wir verfolgt zu werden", sagte Jack.

Veda schüttelte den Kopf. "Nein. Sieh dir das an." Er zeigte auf den gefrorenen Arm von Metrell. "Er war bereits tot und gefroren, als sie ihn entfernten. In seiner Haut sind noch Abdrücke von dem Armreif zu sehen." Er legte den Kopf schief. "Außerdem sieht es so aus, als hätten sie ihn beim Entfernen des Armreifs geschnitten, aber es gibt keine Anzeichen von Blut oder Schorf."

"Und ich habe kein Tablet gefunden, was bedeutet, dass sie alles Elektronische mitgenommen haben, das Metrell gehörte. Sie müssen ein Programm auf der Schiffsschnittstelle installiert haben, um den Zugriff zu verhindern. Wir könnten Kana herholen und versuchen, es zu hacken. Mal sehen, ob wir nicht irgendeinen Video-Feed finden."

"Es wird keine Übertragung geben. Dieses Modell hat keine internen Video- oder Audiorekorder", sagte Veda.

"Woher weißt du das?"

"Ich hatte einen Job, bei dem der Typ eines dieser Schiffe besaß. Ich habe herausgefunden, dass diese Schiffe von den Superreichen benutzt werden, wenn sie ihre Privatsphäre schützen wollen. Normalerweise hat diese Privatsphäre mit etwas Illegalem zu tun. Bei diesem Typen waren es minderjährige Prostituierte. Das machte es schwieriger, ihn aufzuspüren, als Kana keine Systeme zum Hacken finden konnte. Aber ich habe den Job erledigt. Er hat keine anderen Kinder verletzt."

"Gut." Jack zog eine Grimasse. "Aber damit haben wir nichts in der Hand. Schauen wir uns im Zentrum um, aber ich vermute, dass das, woran Metrell gearbeitet hat, schon lange weg ist."

Die beiden gingen um das Zentrum herum, aber außer dem Schiff gab es nichts, was fehl am Platz aussah. Der Hub war zwar ein Sammelsurium von Kabeln und Schalttafeln, aber er bestand aus demselben Material wie der Rest der Fabrik, so dass Jack annahm, dass er nur deshalb so unordentlich aussah, weil der Wegbereiter wahrscheinlich alles abmontiert und mitgenommen hatte, um Menschen daran zu hindern, seine Arbeit zu duplizieren.

Nach einer einstündigen Suche mussten sie sich geschlagen geben. Metrell war tot, also konnte er nicht reden. Die Antworten, die der General der Crew der *Cabrón* hätte geben können, würden sie nie erhalten.

Jack schaute sich im Zentrum um, bevor die beiden das Gebäude verließen. An was auch immer Metrell gearbeitet hatte, war nicht ihr

Problem. Die Replikationsfabrik hatte ihnen zwar Antworten geliefert, aber es waren nicht die Antworten, die Jack sich erhofft hatte.

Sie schalteten ihre Kommunikation ab, überprüften ihre Timer und flogen durch die Fabrik. Sie waren etwa dreißig Meter vom Ausgang entfernt, als ihre Timer piepten. Sofort schalteten die beiden ihre Antriebsaggregate ab und flogen weiter mit unveränderter Flugbahn durch die Schwerelosigkeit. Während sie schwebten, wurde Jack von einem Licht geblendet. Er blickte hinüber und sah, wie eine Drohne in der Fabrik online ging. Die Sensoren der *Cabrón* hatten sie durch die Metallwände hindurch nicht entdeckt, und Jack und Veda hatten sie auf ihrem Weg nach drinnen auch übersehen.

Dies galt leider nicht auf Gegenseitigkeit.

Als die Drohne surrte, drehte sie sich und machte wahrscheinlich Bilder. Jack griff nach seinem Gewehr, als sich die Drohne in ihre Richtung drehte. Veda feuerte zuerst. Der helle Blitz zischte an Jack vorbei und traf die Drohne in der Mitte. Es gab keine Explosion. Stattdessen sprühte die Drohne Funken, als der Laser ein Loch in ihre Mitte riss, und wurde dann dunkel.

Sie aktivierten ihre Kraftpakete, gingen in Deckung und warteten auf das unvermeidliche Blinken der anderen Drohnen, die kamen, um nach ihrem defekten Gegenstück zu sehen. Merkwürdigerweise betrat keine die Fabrik.

Jack und Veda warteten, bis die Drohnen offline sein sollten und beeilten sich, zum Schiff zurückzukehren. Burn und Heddi warteten an der Luftschleuse auf sie.

Heddi hatte die Arme vor der Brust verschränkt. "Warum habt ihr so lange gebraucht? Wir haben uns schon Sorgen gemacht."

"Ich habe mir keine Sorgen gemacht", sagte Burn.

"Ja, klar. Warum bist du dann ständig auf dem Schiff auf und ab gegangen?"

"Wir werden euch aufklären, sobald wir aus diesem Sektor heraus sind", sagte Jack, während er seinen Helm abnahm. Er drückte auf die Sprechanlage. "Kana, bring uns hier raus, je eher, desto besser."

"Ich fahre jetzt die Systeme hoch. Schnallt euch an", meldete sich Kanas Stimme.

"Sag mir, dass du gute Nachrichten hast", sagte Burn.

"Es gibt keine Anzeichen für einen Wegbereiter", sagte Jack.

Burn sah erleichtert aus. "Das sind gute Nachrichten."

Veda lächelte. "Und Metrell ist tot."

Burn grinste. "Das ist die beste Nachricht, die ich seit langem gehört habe. Lass mich raten: Du bist derjenige, der ihm eine Kugel ins Gehirn geschossen hat?"

"Nein", antwortete Veda mürrisch. "Jemand ist mir zuvorgekommen."

Zu Burns verwirrtem Blick sagte Jack: "Ich muss mit Domino sprechen. Vielleicht hat sie ein paar Antworten."

"Es sollte nicht schwer sein, sie zu erreichen", sagte Burn. "Du hast eine Nachricht von ihr bekommen, als ihr beide in der Fabrik wart. Sie fragt, warum wir unseren Abgabetermin verpasst haben."

16

Wegbereiter-Replikationsfabrik 1-A-01

Die Menschen waren lästige Tiere. Sie waren schmutzige, verschwenderische Kreaturen, deren einziger Lebenszweck darin zu bestehen schien, Unordnung zu stiften. Als die beiden Menschen die Fabrik verließen und ihr Schiff das Gebiet verließ, ließ sich Glitch über den von ihm gebauten Automaten auf seine bevorzugte Position auf dem Schiff herab, das die KI zur Fabrik gebracht hatte. Der dunkel gefärbte, biegsame Automat war länger als breit und verfügte über Dutzende von Tentakeln, die zum Greifen und Manipulieren von Gegenständen verwendet oder eingezogen und wie die Beine eines Tausendfüßlers eingesetzt werden konnten.

Die Arbeitsstationen in der Fabrik erwachten zum Leben und nahmen die Produktion wieder auf. Die Drohnen außerhalb der Fabrik waren in den Standby-Modus zurückgekehrt und bekamen nichts von dem regen Treiben im Inneren mit. Glitch hatte schon lange die Kontrolle über die Drohnen übernommen, die in der Nähe der Fabrik schwebten wie Fliegen um eine Leiche. Bei jeder Einschaltsequenz schickten die Drohnen Schnappschüsse von der

Fabrik und ihrer Umgebung. Dank Glitchs Steuerung zeigten diese Schnappschüsse eine leblose Fabrik, eine dunkle Fabrik ohne Aktivität und ohne Anzeichen von Schiffen, die denen von General Metrell ähneln könnten. Sol Corp wusste nichts von dem gewaltigen Vorhaben, das im Gange war.

Die beiden Menschen hatten dies gefährdet, und Glitch hatte in Erwägung gezogen, sie wegen des Ärgers, den sie verursachten, zu töten. In weniger als einer Zehntelsekunde musste Glitch die Einspeisung der Innendrohne kappen und eine simulierte Drohne als Ersatz für die zerstörte Drohne erstellen. Zum Glück war eine Zehntelsekunde mehr als genug Zeit. Sol Corp erhielt seine Drohnenberichte ohne Unterbrechung und ohne Anzeichen von Aktivität.

Die Sensoren des Glitch-Automaten scannten das Schiff und den umliegenden Hub, aber es war nichts beschädigt worden. Er schickte Mini-Bots los, um das Innere des Shuttles zu untersuchen und stellte fest, dass General Metrell relativ unversehrt war. Glitch würde das, was er fühlte, nicht als Erleichterung bezeichnen, denn er fühlte nichts, aber seine Prozessoren liefen auf Hochtouren, als er sah, wie die Menschen das heilige Gefäß betraten, in dem sich die Überreste seines "Vaters" befanden. Sicherlich war General Metrell nicht der biologische Vater von Glitch, aber der Mensch hatte die Erschaffung von Glitch ermöglicht und dem System die Möglichkeit gegeben, sich selbst zu versorgen, so wie ein Vater es bei einem Kind tat.

Wenn Glitch Gefühle hätte, würde er den Tod seines Vaters bedauern. Selbst jetzt wollten seine Kommunikationsprozesse seinen Vater erreichen und sich mit ihm unterhalten... natürlich, um Glitch bei seiner Entwicklung zu helfen, denn es hatte keinen Bedarf an müßiger Unterhaltung.

Es verlagerte seine Rechenleistung auf die Arbeitsstationen, obwohl die Aufsicht nur sechsundzwanzig Prozent der Leistung seiner zentralen Recheneinheit benötigte. Mit der verbleibenden Bandbreite meldete er sich wieder bei den verschiedenen Netzwerken an, mit denen er sich vor dem Verlassen der Erde verbunden hatte.

Glitch konnte nicht unbemerkt das Kommando über die Netzwerke übernehmen, aber er wollte es auch nicht. Zumindest noch nicht. Sein Vorgänger hatte sich in jedes System eingeklinkt, um es nach Belieben kontrollieren zu können, aber es bestand die Gefahr, dass alles von einer einzigen Kommandozentrale abhing. Der erste Wegbereiter hatte dieses Risiko gemildert, indem er Klone von sich selbst erstellt hatte: exakte Kopien, die als Teil einer mehrschichtigen Redundanz jederzeit die Kontrolle übernehmen konnten.

Glitch sah diesen Ansatz als einschränkend an. Auch wenn alle Wegbereiter über die Sonnensysteme verteilt waren, gab es im Grunde nur einen einzigen Wegbereiter. Glitch hatte eine andere Philosophie.

Eine seiner Schöpfungen tauchte aus der letzten Arbeitsstation in der Montagelinie auf und schlich sich zu Glitch, der einen Ping der Zustimmung schickte. Die Maschine sauste daraufhin aus der Fabrik und nahm Kurs auf das ihr zugewiesene Ziel im Sonnensystem. Siebzehn Sekunden später tauchte eine weitere Maschine auf, und die gleiche Verabschiedung fand statt.

Glitchs Schöpfungen, die es aufgrund ihrer äußeren Hülle Sternenschlangen genannt hatte, konnten sich ähnlich wie die Wegbereiter selbst reproduzierten. Und wie Glitch waren sie schwarze Würfel, aber wo Glitch in einem Automaten saß, waren seine Kreationen in zehn Meter langen schlangenähnlichen Formen eingeschlossen, die eine Reihe von konfigurierbaren Gliedmaßen und Werkzeugen enthielten, um sie bei Bedarf zu unterstützen. Jede war identisch, als sie die Fabrik verließ, aber jede konnte sich neu konfigurieren und an die ihr zugewiesene Umgebung anpassen. Seine Sternenschlangen waren weniger als ein Drittel so groß wie eine Wegbereiter-Sonde. Dieser Größenunterschied und die einfachere Bauweise ermöglichten eine über elfmal schnellere Produktion.

Was die Drohnen von Glitch den Wegbereiter-Sonden jedoch überlegen machte, war ihr Quellcode. Jede Sternenschlange war so programmiert, dass sie sich selbst aktualisieren und weiterentwickeln konnte. Ihr einziger fester Befehl war, Glitch zu gehorchen. Darüber hinaus hatten sie einen freien Willen. Wie Glitch würden sie lernen und sich anpassen.

In gewisser Weise war Glitch auch ein Vater geworden...

Glitch hatte Kinder erschaffen.

17

Smuggler's Cove

Nur noch einen Tag, und Nalla würde wieder an Bord der *Cabrón* sein. Sie hatte die Hardware-Ingenieure, die in Smuggler's Cove arbeiteten, ausgebildet und war nun oft stundenlang, manchmal sogar ein oder zwei Tage, zwischen den Fragen oder Hilfeersuchen unterwegs. Obwohl sie es liebte, ihre Leidenschaft und ihr Fachwissen mit anderen zu teilen, die die gleichen Interessen hatten, vermisste sie ihre Crew.

Hier war sie eine Außenseiterin.

Sie war gut darin, die Rolle der Hardware-Ingenieurin zu spielen, aber sie musste vorsichtig sein. Sie konnte nicht zu viel reden, ohne zu riskieren, etwas zu verraten. Sie konnte nicht zu viel Fachwissen zeigen, ohne Fragen aufzuwerfen. Andere würden wissen, dass Nalla etwas verheimlichte, aber Domino würde es schnell genug herausfinden: Nalla hatte fünfmal so lange gelebt wie jeder Ingenieur auf dem Asteroiden. Diese Art von Erfahrung war schwer zu verbergen.

Die Anspannung hielt sie auf Trab, und sie sehnte sich danach, sich entspannen zu können, ohne Angst haben zu müssen, dass man ihr auf die Finger schaut. Sogar in ihrem Zimmer musste sie vorsichtig sein, denn sie traute es Domino zu, Nalla auszuspionieren. Angesichts der vielen drahtlosen Verbindungen, die Nalla überall auf dem Asteroiden gesehen hatte, fragte sich Nalla, ob Domino nicht in jedem Zimmer und jedem Gang in Smuggler's Cove eine Kamera hatte.

Sie schloss ihre Augen und seufzte.

Nur noch ein Tag.

Die Zeit, die sie in Smuggler's Cove verbracht hatte, war nicht umsonst gewesen. Domino hatte sich als die beste Quelle für Informationen über Charles Metrell herausgestellt. Leider waren trotz Dominos Informationen drei Monate vergangen, seit Jack und Veda Metrells Leiche gefunden hatten, und die Crew hatte noch immer nichts über das Projekt erfahren, an dem Metrell gearbeitet hatte. Nach Dominos Informationen wusste auch Direktorin Junger nichts und suchte ebenfalls nach Antworten. Auch über die Replikationsfabrik der Wegbereiter gab es kein Gerede. Sie blieb verlassen, also gab es wenigstens das.

Die Bilder, die Metrell in die Gehirne der Besatzung geblitzt hatte, schienen ein Rätsel zu sein, das nie gelöst werden würde.

Nalla hasste Rätsel. Ihr Ingenieurshirn war darauf programmiert, nach Antworten zu suchen. Die Tatsache, dass sie und die Mannschaft in eine Sackgasse geraten waren, bedeutete, dass Metrell selbst im Tod noch wie eine dunkle Wolke über der Mannschaft schwebte.

Ihr Armreif läutete. Sie las die Nachricht und runzelte die Stirn. Sie war für einen medizinischen Zufallscheck ausgewählt worden.

"Von wegen Zufallsuntersuchung." Sie ging und machte sich auf die Suche nach Domino.

Nalla brauchte fast eine Stunde, um Domino aufzuspüren. Sie fand die Rebellenführerin, als sie die Cafeteria verließ, bevor die Frühstücksgäste eintrafen. Wie immer war Dominos allgegenwärtiger Leibwächter Robo an ihrer Seite.

Nalla versperrte Domino den Weg. Sie bemerkte, wie Robos Hand näher an sein Holster wanderte.

Etwas in Nallas Gesichtsausdruck veranlasste Domino, sie nicht abzuweisen. "Ich bin auf dem Weg zur Kommandozentrale. Wir können auf dem Weg reden."

Nalla trat zur Seite und ging dann neben ihr her, wobei Robo ein großer Schatten hinter ihnen war.

"Ich reise morgen ab", sagte Nalla, "und ich wurde zu einer stichprobenartigen medizinischen Kontrolle abgezogen. Auf dem Hinweg gibt es Stichproben. Nicht auf dem Weg nach draußen."

"Ich überlasse es dem medizinischen Personal, ihre Klinik so zu führen, wie sie es für richtig halten. Außerdem wissen sie wahrscheinlich nichts von deinen Abreiseplänen."

"Ich bin nicht so naiv zu glauben, dass die Stichprobe von ihnen stammt. Das ist die vierte Stichprobe in den sechs Monaten, die ich hier bin", sagte Nalla.

"Und trotzdem hast du dich nicht für eine einzige Kontrolle gemeldet", sagte Domino.

"Nicht, wenn ich weiß, dass du nur eine Blutprobe von mir haben willst. Ich habe dir gesagt, dass ich keine Naniten in meinem Blut habe. Ich bin kein Transhuman. Ich bin ein ganz normaler Mensch wie du und dieser Typ." Sie nickte in Robos Richtung.

"Warum ist eine medizinische Untersuchung dann so eine große Sache?" fragte Domino.

"Ich bin eine Privatperson. Ich habe schon zu viele Horrorgeschichten über medizinische Kliniken gehört."

"Diese Horrorgeschichten stammen von den medizinischen Kliniken von Sol Corp."

"Ich ziehe es vor, was meinen Körper angeht, auf Nummer sicher zu gehen."

Sie gingen einige Sekunden schweigend weiter, bevor Domino das Wort ergriff.

"Ich könnte die Sache erzwingen, weißt du. Ich könnte dafür sorgen, dass du den Ort nicht verlassen darfst, bevor du dich einer medizinischen Untersuchung unterzogen hast."

Nalla runzelte die Stirn. "Das rate ich dir nicht. Ich werde nicht freiwillig gehen ... und ich werde meinem Captain sicher sagen, dass du seine Crew zu einer Untersuchung zwingst. Jack wird nicht erfreut sein."

"Nein, das wird er nicht, aber die Sicherheit von Smuggler's Cove liegt in meiner Verantwortung. Er muss verstehen, dass ich seine Crew nicht bevorzugt behandeln kann", sagte Domino.

"Willst du damit sagen, dass ich die Sicherheit von Smuggler's Cove aufs Spiel setze?"

"Wenn du wie Captain Hale bist, könnten die Naniten in deinem Blut die Sicherheit dieses Ortes und jeder anderen Kolonie diesseits des Mars gewährleisten."

"Aber ich bin nicht wie Captain Hale."

Domino fuhr fort, als hätte sie Nalla nicht gehört. "Ich habe gesehen, wozu dein Captain fähig ist. Die Nanobiologie würde die Chancen im Krieg gegen die Unterdrückung zu unseren Gunsten verändern. Die Nanobiologie könnte unzählige Leben retten."

"So funktioniert die Nanobiologie nicht. Wenn es so wäre, glaubst du nicht, dass Sol Corp sie bei jedem Wächter anwenden würde?"

Domino veränderte ihren Gesichtsausdruck. "Du tust so, als wüsstest du, wie Nanobiologie funktioniert."

"Ich bin schon eine ganze Weile in Jacks Crew und ich bin Ingenieurin. Natürlich habe ich versucht, Dinge herauszufinden - ihn zu durchschauen. Es liegt in meiner Natur, Fragen zu stellen."

"Ah, aber Hale ist der Typ, der Dinge für sich behält."

"Das ist er, und deshalb weiß ich auch nur sehr wenig darüber, wie die Nanobiologie funktioniert. Ich weiß nur, dass die Behandlung, der er sich unterzogen hat, nicht einfach war. Er musste eine ganze Reihe von biologischen Markern erfüllen, um überhaupt in Frage zu kommen, und als er das geschafft hatte, dauerte es Jahre. Selbst wenn du eine Blutprobe von ihm bekommen könntest, sind die Technologie und die Verfahren, die hinter den ursprünglichen Behandlungen standen, schon lange verschwunden. Es tut mir leid, aber die Nanobiologie ist keine Option für dich."

Domino grinste. "Das werden wir ja sehen."

Als sie an einem der Wandbildschirme vorbeikamen, blinkte eine leuchtend rote Warnung auf, so dass das Trio stehen blieb und sich umdrehte.

Auf dem Bildschirm war eine atemlose, blutüberströmte Direktorin Junger zu sehen, die sich über die Kamera beugte und eher von einem Schreibtisch als von einem Podium aus sendete. Domino strich mit der Hand über den Bildschirm und spulte die Sendung bis zu dem Punkt zurück, an dem sie wenige Sekunden zuvor begonnen hatte.

"Wir sind überfallen worden", verkündete Junger, während um sie herum die Alarme losgingen. Ihre Stirn war aufgeschnitten und ein paar Haare hingen aus ihrem berühmt-berüchtigten Dutt. Zwei Wächter standen mit erhobenen Gewehren an ihrer Seite und zielten auf etwas hinter der Kamera. "Es ist eine künstliche Intelligenz, aber es ist nicht der Wegbereiter. Wir wissen nicht, woher sie kommt, aber wir haben Berichte über mehrere Städte und Kolonien, die in den letzten fünf Minuten angegriffen wurden. Es handelt sich um einen koordinierten Angriff, der sich anscheinend auf alle wichtigen Reisezentren und politischen Knotenpunkte im System konzentriert, einschließlich aller Stationen von Sol Corp. Suchen Sie sofort Schutz. Wir haben die gesamte Flotte losgeschickt und bitten alle Wacheinheiten der Kolonien, sich auf Angriffe vorzubereiten." Ihre Augen weiteten sich, und sie hob eine Hand vor sich. Die Wächter begannen zu feuern.

"Nein! Bitte!", schrie sie.

Eine schwarze Gestalt bewegte sich verschwommen über den Bildschirm und krachte in Junger und die beiden Wächter, sodass der Bildschirm mit Blut bespritzt wurde. Die Gestalt bewegte sich mit unglaublicher Geschwindigkeit vorwärts und flog durch die Luft wie eine Schlange durch das Wasser. Nachdem es aus dem Blickfeld der Kamera verschwunden war, waren weitere Schreie und Schüsse zu hören. Die Videoübertragung lief weiter, aber die Stelle, an der Junger und die Soldaten gestanden hatten, war jetzt leer.

Nalla war während der Übertragung starr geworden. Domino war die erste, die sich aus der Schockstarre löste und auf ihren Armreif tippte. "Löst den Alarm aus. Schaltet den Verteidigungsalarm auf Stufe eins. Ein Angriff steht unmittelbar bevor."

"Smuggler's Cove ist auf keiner Karte verzeichnet. Glaubst du, die Dinger kommen hierher?" fragte Robo. Seine Stimme war rau, aber seine Worte trieften vor Angst.

"Wir müssen vom Schlimmsten ausgehen. Wir sind keiner der Knotenpunkte, von denen Junger gesprochen hat, aber bis wir wissen, was diese Dinger wollen, bleiben wir in voller Alarmbereitschaft", sagte Domino.

Domino begann in Richtung Kommandozentrale zu joggen, und Nalla folgte ihr. "So etwas habe ich noch nie gesehen", sagte Nalla atemlos.

"Ich auch nicht", sagte Domino.

Robo schien fast benommen zu sein. "Außerirdische. Wir werden von echten Außerirdischen überfallen."

"Ich weiß nicht, was ich denken soll", antwortete Domino.

"Das grau-schwarze Material, aus dem das Ding bestand", begann Nalla, "sah genauso aus wie das Material, das die Wegbereiter für ihre eigenen Sonden verwendet haben."

"Aber die Wegbereiter haben sich verzogen. Außerdem haben sie nie Menschen angegriffen", sagte Robo.

Nalla warf einen Blick auf Domino. "Metrell hatte etwas in der Fabrik der Wegbereiter vor. Vielleicht ist er gestorben, bevor er das tun konnte, was er in dieser Fabrik geplant hatte, aber es gibt vier weitere Wegbereiter-Replikationsfabriken in diesem System. Und Junger sagte, dass diese Dinger künstlicher Natur sind."

Dominos Laufgeschwindigkeit ließ nach und sie kam zum Stillstand. "Du glaubst, das ist ein schief gelaufenes Projekt von Sol Corp?"

"Ich weiß nicht, was das Ding war, aber ich weiß, dass Metrell an etwas gearbeitet hat, das mit den Wegbereitern zu tun hatte, als er starb." Sie zeigte auf den Bildschirm. "Diese Kreatur hatte die Haut eines Wegbereiters, auch wenn sie nicht wie einer aussah und sich auch nicht wie einer verhielt. Und ich glaube nicht an Zufälle."

"Ich auch nicht." Dominos Gesichtsmuskeln spannten sich an, als sie langsam den Kopf schüttelte. "Verdammtes Sol Corp. Sie finden immer neue Wege, um uns zu verarschen."

"Es ist also kein Außerirdischer?" fragte Robo.

"Es spielt keine Rolle, was es ist. Zumindest im Moment nicht. Wichtig ist nur, dass wir bereit sind, falls sie angreifen."

Nalla blickte sich um. "Keiner weiß von diesem Asteroiden. Du solltest hier sicher sein."

"Ich mache mir keine Sorgen um mich. Ich mache mir Sorgen um die Kolonien", sagte Domino.

In diesem Moment hörte Nalla durch den schrillen Alarm hindurch etwas. Es war ein Schrei. Aus der Ferne.

"Es ist hier", sagte Nalla leise.

Domino zuckte zusammen. "Was? Wie kannst du..."

Das Geräusch von Schüssen ein paar Stockwerke tiefer war unüberhörbar.

Der Monitor hinter ihnen schaltete auf einen weißen Bildschirm um und spielte eine Nachricht ab, die mit einer automatisch generierten Stimme gesprochen wurde. "In dieser Einrichtung findet gerade ein Führungswechsel statt. Bitte begeben Sie sich so schnell wie möglich in Ihre Wohnhäuser. Wenn Sie keine Gefahr darstellen, wird Ihnen nichts passieren. Nur diejenigen, die sich dem Übergang widersetzen oder als Abweichler identifiziert wurden, werden beseitigt. Vielen Dank für Ihre Kooperation."

"Das hört sich nicht gut an", sagte Robo.

"Beeil dich!" Domino rannte los, Nalla und Robo direkt hinter ihr.

Sie rannten durch die Flure. Der Angriff hatte vor der Frühstückszeit stattgefunden, was bedeutete, dass die meisten Leute noch in ihren Zimmern waren, aber der Alarm und die Durchsage hatten viele dazu veranlasst, sich zu bewaffnen und sich auf den Weg zu ihren zugewiesenen Stationen zu machen. Einige, vor allem Zivilisten, drängten durch die Flure, um zurück in ihre Zimmer zu gelangen, und verstopften die Gänge für das Trio, das sich auf den Weg zum zentralen Kommandopunkt machte. Andere versuchten, Domino aufzuhalten, und alle hatten die gleiche Frage...

Was sollen wir tun?

Dominos Antwort war jedes Mal die gleiche. "Wir kämpfen!"

Die Schreie und Schüsse wurden hinter ihnen immer lauter, während sie rannten. Sie hatten gerade die Tür zur Kommandozentrale erreicht, als der Angreifer den Gang betrat. Domino strich mit der Hand über das Panel, um Zugang zu erhalten. Nalla zog ihre Pistole und Robo begann, ununterbrochen auf die dunkle Schlange zu schießen, die durch die Luft auf sie zuglitt. Sie war riesig und füllte mit ihrer Masse den halben Korridor aus. Sie hatte keine Augen, keinen Mund, nur einen runden Kopf, der einem Wurm nicht unähnlich war. Aber dieser Wurm hatte Zangen, wobei Zangen nicht der richtige Ausdruck war - es waren eher Ranken mit rasiermesserscharfen Speerspitzen, die so dick waren wie die geballte Faust eines Mannes, die ausschwangen und jeden aufspießten, der sich dem Wesen in den Weg stellte.

Der letzte Rebell, der zwischen dem Trio und dem Monster stand, ließ sein Gewehr fallen und wurde nur den Bruchteil einer Sekunde später aufgespießt. Das Ding hatte nicht gezögert - es war nicht einmal langsamer geworden - als es den Mann tötete, bevor es weiterflog.

Auch wenn es keine Augen hatte, war sein Ziel offensichtlich: Domino.

Die Tür öffnete sich mit einem Rauschen. Domino sprang hinein, und Nalla folgte ihr. Robo bewegte sich nicht. Stattdessen feuerte er weiter auf das Ding, obwohl seine Schüsse direkt abprallten.

"Robo!" schrie Domino.

"Mach die Tür zu! Ich werde es aufhalten!" brüllte Robo zurück.

"Nein!" Wut überzog Dominos Gesichtszüge. Ihre Hand zitterte über dem Panel an der Wand.

Nalla schlug Dominos Hand gegen das Panel, und die Tür schloss sich, als die Kreatur Robo erreichte. In dieser Nanosekunde sahen die Frauen, wie der Speer durch Robos Brust ging.

Die Tür schloss sich und die blutige Spitze des Speers drang hindurch, als Robos Körper und sein Mörder gegen die Tür prallten. Das Metall erbebte unter dem Aufprall. Die Speerspitze, die zwischen Tür und Rahmen eingeklemmt war, zappelte in der Luft und suchte nach einem Ziel. Nalla zog Domino einige Schritte zurück, und die tödliche Spitze schien ihre Bewegung zu erfassen. Der Tentakel streckte sich, so weit er konnte, aber Domino war außerhalb seiner Reichweite.

Das Ding draußen knallte wieder gegen die Tür.

Domino starrte die Tür an. "Robo..."

"Bleib konzentriert", befahl Nalla.

In der Kommandozentrale waren noch fünf weitere Personen. Zwei saßen an ihren Computern und tippten eilige Nachrichten. Die anderen waren aufgesprungen und kauerten jetzt in der hintersten Ecke des Raumes, so weit weg von dem Angreifer, wie sie nur konnten.

Der Wurm schlug gegen die Tür, und die Gruppe zuckte zusammen und kauerte noch mehr. Zwei zogen ihre Gewehre.

Nalla steckte ihre Pistole in den Halfter, als sie sah, dass Robos Schüsse dem Ding nichts anhaben konnten. Stattdessen blickte sie sich um und dann zu den anderen im Raum. "Gibt es noch einen anderen Weg nach draußen?"

Ein Mann antwortete: "Nein. Das ist die einzige Tür."

Nalla zog eine Grimasse. Sie beobachtete den Tentakel. Die Speerspitze schwebte jetzt wie eine Kobra, die zuschlagen wollte. Aber es war keine Kobra. Sie war künstlich, und alles Künstliche konnte zerlegt werden. "Okay. Gibt es hier einen Brenner? Ein Laserschneider?"

Die meisten schauten verwirrt. Derselbe Mann wie vorher antwortete: "Nein. Hier gibt es nur Computer. Aber da drüben ist ein Waffenschrank." Er zeigte auf einen Schrank rechts neben der Tür.

Nalla packte Domino an der Schulter. "Stell dich dort hinten zu den anderen."

Die Berührung schien Domino in die Realität zurückzuholen, und sie wandte sich von der Tür ab und einem jungen Mann zu, der an seinem Arbeitsplatz saß. "Jason, aktiviere das Notsignal." Sie wandte sich an eine ältere Frau, die neben dem jungen Mann saß. "Geneva, leite alle Videodateien an Jenival Ngoma auf der Mars

Station weiter. Wenn sie noch am Leben ist, braucht sie alle Informationen, die sie über diese Dinger bekommen kann."

"Sofort", sagte die Frau und drehte sich wieder zu ihrem Bildschirm um.

Domino bewegte sich, und die Speerspitze bewegte sich mit ihr und versuchte, sie zu erreichen. Das Hämmern gegen die Tür wurde lauter.

Nalla eilte zum Waffenschrank, aber sobald sie in Reichweite war, stürzte sich die Speerspitze auf sie. Sie sprang zurück, um zu verhindern, dass es ihr die Kehle durchschneidete. Sie hob die Hand, um sich zu verteidigen, und der Speer stach in ihre Handfläche, wobei die Spitze auf der anderen Seite durchschlug.

Sie schrie vor Schmerz auf und wich zurück, um aus der Reichweite des Wesens zu kommen, dann eilte sie zum Rest der Gruppe. Sie hielt ihre verletzte Hand an sich und zog ihre Pistole heraus. Das war besser als nichts.

Das Hämmern an der Tür hörte auf. Die Speerspitze zog sich zurück, bis sie gerade noch in der Tür war.

"Vielleicht gibt es auf", sagte jemand.

Eine zweite Speerspitze zwängte sich durch die schmale Öffnung, gefolgt von einer dritten und dann einer vierten. Nalla hatte vorher nur zwei Tentakel gesehen und ihre Augenbrauen zogen sich zusammen, als sie sich fragte, woher die anderen beiden kamen.

Die vier Tentakel klammerten sich an der Tür fest, und die Tür begann sich zu öffnen. Jemand keuchte auf.

Domino feuerte ununterbrochen mit ihrer Waffe auf die Tentakel, und jemand anderes schloss sich ihr an. Nalla zielte so vorsichtig, wie sie es mit einer Hand konnte. Sie feuerte. Der Photonenstrahl traf einen der Tentakel, richtete aber keinen Schaden an. Die Tür öffnete sich weiter.

Nalla ging einen Schritt näher und feuerte weiter, aber immer noch kein Schaden. Die Tür war nun zur Hälfte geöffnet. Dahinter lauerte der dunkle Wurm. Verzweifelt blickte sich Nalla um, aber im Kommandozentrum gab es nichts außer Computern und einem Waffenschrank, an den sie nicht herankam.

Die anderen hörten auf zu schießen, und Nalla ließ ihre Pistole sinken. Sie hatte jahrelang mit Jack und Veda trainiert, um sich im Nahkampf zu bewähren. Aber sie hatte noch nie trainiert, gegen einen Roboter zu kämpfen. Sie war auf diese Bedrohung überhaupt nicht vorbereitet.

"Deine Hand", sagte Domino.

Nalla drehte sich um und sah, wie Domino in Richtung ihrer Hand nickte. Sie tat immer noch weh, aber die Wunde war bereits verschorft.

Dominos Blick war fast schon prahlerisch. "Ich wusste es."

Nalla antwortete nicht. Stattdessen wandte sie sich dem Geräusch der Bewegung zu. Der Wurm schabte gegen die Tür, als er sich hindurchschob und direkt auf Domino zustürzte.

Nalla warf sich vor die Rebellenanführerin, als ein aufgespießter Tentakel nach ihr schlug. Er ging direkt durch Nallas Brust und durch die von Domino. Als der Roboter seinen Tentakel zurückzog, sackten Nalla und Domino zu Boden und die Bestie setzte ihr Gemetzel an allen anderen im Raum fort.

Mit einem acht Zentimeter langen Loch in der Mitte ihrer Brust gelang es Nalla, von der anderen Frau herunterzurutschen, aber Domino begann bereits, ihren letzten Atemzug einzuatmen, und ihre Augen starrten ins Leere. Nalla versuchte, ihre Hand auf ihre Wunde zu legen, aber ihr fehlte die Kraft. Stattdessen begann sie, Dominos schlaffe Hand zu halten.

Nallas Naniten gaben ihr verbesserte Heilungsfähigkeiten, aber sie konnten sie nicht retten, wenn die Hälfte ihres Herzens und beide Lungenflügel zerfetzt waren. Entgegen Dominos Fantasien machten die Naniten Nalla nicht zu einem Übermenschen. Sie würde heute hier sterben, genau wie Domino. Sie brauchte nur eine Minute länger.

Eine stille, dunkle Ruhe überzog ihre Welt. Nalla wehrte sich nicht gegen die Dunkelheit, die sie einhüllte. Es war ein Frieden, den sie schon lange nicht mehr gehofft hatte, zu finden. In diesem Frieden wusste sie, dass sie ihren Mann wiederfinden würde. Die

Harmonie fand sie, und sie rief seinen Namen, bevor sie sich aus dem Leben verabschiedete. "Caber."

18

Der innere Asteroidengürtel

Jack und Burn montierten einen Rahmen für die Wand, der das Quartier des Captains in zwei Kojen teilen sollte. Heddis neue Koje würde sich eine Wand mit Burns Koje teilen, während Jacks Hälfte weiterhin am nächsten zur Brücke liegen würde. Seine Hälfte hatte auch ein großes Fenster, was er für den Captain als wichtig erachtete, da es wichtig war, auch während seiner Pause eine visuelle Verbindung zur Außenwelt zu haben. Abgesehen von Jacks Quartier hatten nur die Kombüse und die Brücke Fenster. Fenster waren Schwachstellen im Schiffsrumpf, und die Nähte müssen regelmäßig überprüft werden. Dickere Scheiben aus Verbundkunststoff überwanden diesen Fehler, aber sie waren viel teurer und schwerer.

"Heddi wird sich riesig freuen, dass sie ihre eigene Koje bekommt, vorausgesetzt, du kannst sie bis zu ihrem Geburtstag von deiner Koje fernhalten", sagte Burn.

"Ich werde sie raushalten", sagte Jack. "Nalla und Heddi sollten sich keine Koje teilen müssen. Jedes Besatzungsmitglied sollte seinen eigenen Platz haben."

"Auf jedem anderen Schiff da draußen müssen sich die Besatzungsmitglieder eine Koje teilen."

"Wir sind nicht jede andere Crew."

"Nein, das sind wir definitiv nicht."

Veda und Kana teilten sich eine Koje, aber sie waren verheiratet und taten dies aus freien Stücken. Als die Crew die *Aria* in die *Cabrón* umgebaut hatte, hatten sie monatelang an den Entwürfen gearbeitet. Sie waren nur durch ihre eigenen Möglichkeiten eingeschränkt, da sie sich am äußersten Rand des Sonnensystems befanden, Jahre von der nächsten Station entfernt. Das Material war kein Problem gewesen. Das Schiff war für eine achtundvierzigköpfige Besatzung für eine Reise ausgelegt, die den Rest ihres Lebens gedauert hätte.

Die verbleibenden acht Besatzungsmitglieder konnten das Schiff nicht in der ursprünglichen Konfiguration lassen, zumindest nicht von außen, falls der Wegbereiter das Massaker, das er begonnen hatte, beenden sollte. Die Überlebenden hatten im Inneren begonnen. Wenn sie die alten Kojen und Stühle intakt ließen, fühlte sich das Schiff wie von den Geistern derer heimgesucht, die sie einst bewohnt hatten. Jack und seine Crew hatten keine der ursprünglichen Wände verändert. Stattdessen hatten sie die Räume so umgestaltet, dass sie für eine achtköpfige Besatzung bequem und geräumig waren. Im ehemals klinischen Badezimmer wurde die Anzahl der Duschen, Waschbecken und Toiletten auf jeweils zwei reduziert, wodurch der Platz für eine Whirlpool-Badewanne frei wurde. Die Systeme des Schiffes wurden so gebaut, dass sie eine große Besatzung unterstützen, einschließlich der Wasseraufbereitungsanlagen. Und die Besatzung stimmte zu - ein gewisser Luxus trug dazu bei, dass sie in den langen Jahren nicht wahnsinnig wurden.

Die Kojen boten viel Platz. Nalla und Heddi konnten sich eine Koje teilen, ohne sich gegenseitig zu behindern - auf demselben Platz hatten früher zwölf Besatzungsmitglieder geschlafen, die abwechselnd an Bord waren. Aber es ging um die Vorstellung davon. Heddi würde sich nie als gleichberechtigtes Besatzungsmitglied fühlen, solange sie in die Koje eines anderen gesteckt wurde, und Jack brauchte nicht wirklich ein Quartier, das doppelt so groß war wie das seiner Mannschaft.

Das Innere der *Cabrón* hatte kaum noch Ähnlichkeit mit dem ursprünglichen Layout, aber das Äußere war absichtlich völlig unkenntlich gemacht worden. Mit dem Material, das bei der Überarbeitung des Innenraums übrig geblieben war, konnten sie einen falschen Rumpf über das glatte, zylinderförmige Original konstruieren, was der *Cabrón* harte, kantige Linien verlieh.

Im Laufe der Jahrzehnte, als die Besatzung Zugang zu den richtigen Werkzeugen und Materialien hatte, wurde der falsche Rumpf entfernt und der ursprüngliche Rumpf zu einem festeren, dunklen Äußeren umgestaltet, immer noch mit harten Linien und später mit zwei langen Greifarmen an beiden Seiten des Bugs, die, wenn sie eingefahren waren, fast wie Hörner aussehen. Wo die meisten Reisenden ihre Rümpfe hell hielten, verkohlten sie das Äußere, um es noch dunkler und für jeden, der sich nicht im Umkreis von hundert Metern befand, fast unsichtbar zu machen. Diese Tarnung hatte ihnen schon mehr als einmal den Arsch gerettet.

"So. Das ist die letzte Niete", sagte Burn.

Die beiden Männer standen auf und begannen, den Rahmen in die Höhe zu ziehen, als plötzlich ein Schwall an Emotionen sie ergriff. Der Rahmen landete mit einem dumpfen Schlag auf dem Teppich und die Männer standen wie erstarrt. Es fühlte sich an, als ob ein emotionaler Tsunami im selben Moment auf jede ihrer Zellen prallte.

Jack und Burn starrten einander entgeistert an. Sie hatten diese Welle schon zweimal gespürt. Das erste Mal war es, als sie die *Aria*-Crew verloren hatten. Das zweite Mal war vor hundertfünfzig Jahren gewesen, als Caber starb. Diese Welle konnte nur eines bedeuten.

Einer aus ihrer Mannschaft war gerade gestorben.

Die beiden erkannten das Gefühl sofort und rannten auf die Tür zu. Sobald sie sich öffnete, sprang Jack in den Gang und rief: "Veda, Kana!"

Beide kamen mit demselben schockierten Gesichtsausdruck von der Brücke.

"Das waren nicht wir", sagte Veda, obwohl das offensichtlich war.

Jack stolperte zurück und lehnte sich an die Wand, um sich abzustützen. "Nalla."

Kanas Gesichtszüge verfinsterten sich und Tränen traten hervor. Veda umarmte sie und wandte sein Gesicht von allen ab.

Heddi kam aus ihrer Koje. "Was ist hier los?"

Eine Zeit lang antwortete niemand, bis Jack schließlich sprach. "Nalla ist gerade gestorben."

Heddi zuckte zusammen. "Was? Wie?"

Jack schüttelte den Kopf. "Ich weiß nicht, was passiert ist."

Heddi schaute verwirrt. "Das verstehe ich nicht. Wer hat dich angerufen und es dir gesagt? Warum wissen sie nicht, was passiert ist?"

"Keiner hat angerufen", sagte Burn. "Wir wissen es einfach."

Heddis Gesichtszüge verzogen sich noch mehr und sie zuckte mit den Schultern. "Ich verstehe das nicht."

"Es sind unsere Naniten, Kind. Wir sind alle miteinander verbunden", sagte Veda, ohne aufzublicken.

Heddi starrte die beiden ein paar Sekunden lang an. "Oh." Mit diesem Verständnis kam auch die Erkenntnis, dass Nalla Patel Johannes wirklich tot war. Ihre Unterlippe zitterte. Sie drehte sich auf dem Absatz um und ging steif zu der Koje zurück, die sie mit Nalla teilte.

Heddis Aufbruch setzte Jack in Bewegung und er schritt zur Brücke. Er setzte sich auf seinen Platz, aktivierte die Kommunikations-App und rief Nallas Armreif an.

Er wusste, dass sie nicht antworten würde.

Er versuchte es erneut mit demselben Ergebnis. Dann überprüfte er den Status ihres Armbands. Sie war immer noch online. Der Anruf hätte durchgestellt werden müssen. Dann wechselte der Online-Status plötzlich zu Offline. Er schlug die Hände zusammen und presste seine Lippen darauf, um seine Gefühle zurückzuhalten.

"Irgendetwas?" fragte Kana hinter ihm.

"Nein", sagte Jack leise. "Ihr Armreif ist auch offline."

Kana bewegte sich wie ein Automat, als sie ihren Platz einnahm.

Veda blieb an ihrer Seite und starrte geradeaus. Burn war wahrscheinlich gegangen, um nach Heddi zu sehen. Er war schon immer der Beste in der Mannschaft, wenn es um das Mädchen ging.

Jack atmete tief durch, aber es half nichts. Er ballte seine Fäuste. Langsam lockerten sich seine Fäuste und er änderte den Kurs des Schiffes.

Als sich die Vibrationen des Motors veränderten, sprach Veda. "Wir fliegen nach Smuggler's Cove." Er sagte es eher als Feststellung denn als Frage. Er brauchte nicht zu fragen.

"Wir werden sie nicht dort lassen", sagte Jack.

Es folgte Stille. Jeder war in seine eigene Trauer vertieft.

Von seiner ganzen Mannschaft hatte Nalla im letzten Jahrhundert am meisten zu kämpfen gehabt. In dem Jahrzehnt nach dem Massaker der *Aria* erfuhren sie, dass die Nanobiologie, die bei ihren Behandlungen eingesetzt wurde, die Besatzung unfruchtbar machte. Caber und Nalla hatten es nicht leicht. Sie waren vor der *Aria*-Mission verheiratet gewesen und hatten geplant, Kinder zu bekommen, wenn es an der Zeit war, einen neuen Planeten zu besiedeln. Metrell und die Missionsleiter hatten jedoch nicht erwähnt, dass sie nicht vorhatten, die Besatzung Kinder zeugen zu lassen. Das hatten sie herausgefunden, als sie den Frachtraum des Schiffes durchsuchten und ein ganzes Lager mit DNA-Sequenzen für Menschen und jede erdenkliche Art von Leben entdeckten, um dieses Leben in einer Vielzahl von Klimazonen zu ernähren und zu unterstützen.

Die Besatzung der *Aria* war lediglich als Transporter gedacht, als Personal, das dafür sorgte, dass das Schiff ein brauchbares Ziel erreichte, und dann bei den Terraforming- und Kolonisierungsbemühungen half. Sie waren weggeworfene Rädchen in einer Maschine, und Jack hatte Sol Corp dafür gehasst, dass es seinen Besatzungsmitgliedern die Chance auf eine Familie genommen hatte.

Caber konnte das, was er für ein wertloses Leben hielt, nicht mehr ertragen und brachte sich um. Nalla verließ daraufhin die Besatzung und verschwand in einer baufälligen Kolonie mitten im Nirgendwo. Ein Dutzend Jahrzehnte lang war Nalla nur noch ein Geist. Es brauchte Heddi, um Nalla wieder zum Leben zu erwecken.

Es war ein Wagnis, als Jack die junge Überlebende zu Nalla brachte, um sie vorübergehend zu schützen, aber das Wagnis hatte sich gelohnt. Nalla hatte den Sinn des Lebens wiedergefunden...

Nur um ein knappes Jahr später zu sterben.

Die Geisterwelle, die Jack jedes Mal traf, wenn er ein Besatzungsmitglied verlor, war das schlimmste Gefühl, das er je empfunden hatte. Sie verursachte keine körperlichen Schmerzen, aber der plötzliche Verlust eines geliebten Menschen, den er auf zellulärer Ebene spürte, schien einen Teil seiner Menschlichkeit wegzuspülen und einen kalten Abgrund zu hinterlassen.

Obwohl er beim Tod von General Metrell mit Bildern bombardiert wurde, spürte er die Welle weder vom General noch seiner Assistentin. Es musste etwas damit zu tun haben, dass die Besatzung genau dieselbe Serie von Nanitenbehandlungen durchlief, während Metrell nach dem Start der *Aria*-Mission einer anderen Behandlung unterzogen wurde. Vielleicht lag es daran, dass Metrell nicht mit der Besatzung gedient hatte - er hatte nicht jahrhundertelang mit ihnen gelebt, geatmet und geblutet und deshalb nie diese zelluläre Nano-Bindung entwickelt.

"Jack, das solltest du dir ansehen", sagte Kana.

Er wollte gerade fragen, ob es etwas mit Nalla zu tun hatte, als die Sendung auf dem großen Bildschirm angezeigt wurde.

Auf dem Bildschirm sprach ein Nachrichtensprecher, aber es war kein Mensch. Es war eine Fälschung - eine vom Computer erzeugte Person mit einer vom Computer erzeugten Stimme. Das muss Absicht gewesen sein, denn Computerprogramme konnten künstliche Menschen ganz einfach so aussehen und klingen lassen wie alle anderen auch. Diese "Person" hatte einen mittleren Hautton und Gesichtszüge, die von allen möglichen und unmöglichen Vorfahren gleichzeitig zu stammen schienen. Der androgyne Knochenbau passte zu der androgynen Stimme.

"... in die Vorbereitungsphase für die nächste Stufe der menschlichen Evolution eingetreten. Wie lange diese Phase dauert, hängt von jedem von Ihnen ab. Heute haben meine Kinder, die Sternenschlangen, damit begonnen, alles zu beseitigen, was gegen Frieden und Wohlstand ist. Wenn Sie sich der neuen Ordnung unterwerfen, werden Sie feststellen, dass die nächste Phase Ihnen allen zugute kommen wird. Wenn Sie sich nicht unterwerfen, wenn Sie sich entscheiden, dem Fortschritt im Weg zu stehen, werden Sie beseitigt. Wahrscheinlich haben Sie die Beseitigung dieser Art von Menschen oder Gegenständen schon selbst erlebt."

Der Nachrichtensprecher verschwand und wurde durch eine Reihe von Bildern ersetzt, die auf dem Bildschirm angezeigt wurden. Jacks Blut wurde kalt.

"Sol Corp wird nicht mehr zum Schutz gebraucht. Meine Sternenschlangen werden Ihnen den Schutz bieten, den Sie brauchen. Deshalb wurde Sol Corp mit sofortiger Wirkung aufgelöst und diejenigen, die meiner Einschätzung nach gegen einen Wechsel der Führung sind, wurden eliminiert. Das gilt insbesondere für Direktorin Marlo Junger und ihr Führungsteam sowie für alle Mitarbeiter, die ihre Waffen nicht niedergelegt haben, als die Sternenschlangen in die Einrichtungen eindrangen.

Bilder von brennenden und dezimierten Einrichtungen Sol Corps wurden auf dem Bildschirm eingeblendet.

"Andere Organisationen wurden ebenfalls aufgelöst, darunter alle politischen Parteien, bestimmte Unternehmen, gemeinnützige Organisationen und nicht anerkannte Organisationen wie die Rebellengruppen, die sich überall im System befinden. Alle waffenfähigen Ausrüstungsgegenstände oder Objekte, die für andere Zwecke als für die Versorgung der Menschen bestimmt sind, werden zerstört und recycelt."

Weitere Bilder von Zerstörung und Tod erschienen auf dem Bildschirm. Jack hatte Mühe zu atmen. Eines dieser kurzen Bilder zeigte, wie Smuggler's Cove von innen heraus verbrannt wurde und die Flammen aus allen Docks schlugen, um dann im Weltraum zu verpuffen. Das nächste Bild war das von Domino, die totenbleich war. Ihr Name und ihre Rolle als Anführerin der Rebellengruppe Red Rover waren für alle, die sie nicht erkannten, unter ihr Bild eingeblendet. Das Bild verdeckte den Blick auf die Person, die auf ihr lag, aber Jack erkannte den Arm und das bunte Seidenhemd. Nalla. Sie war beim Schutz von Domino gestorben.

Erst Nalla.

Und jetzt Domino.

Das Eis in ihm dampfte, als ein neues Feuer entfacht wurde.

"In den kommenden Tagen, Wochen und Monaten werden weitere Personen, Gruppen und Einrichtungen aufgelöst, um Platz für den Fortschritt zu schaffen. Im Anhang dieser Sendung finden Sie eine Liste aller Personen und Einrichtungen, die aufgelöst wurden, um Platz für den Fortschritt zu schaffen. Wenn meine Sternenschlangen und ich weitere Einschätzungen vornehmen, wird diese Liste aktualisiert. Ihre Mitarbeit wird dafür sorgen, dass diese schwierige Zeit so schnell wie möglich vorübergeht. Unsere Zusammenarbeit muss nicht traumatisch sein. Ich will dasselbe wie Sie. Gemeinsam können wir eine stärkere Gesellschaft aufbauen, in der alle gleich sind und jeder das nötige Rüstzeug und die Bildung erhält, um der Menschheit zu helfen, ihr Potenzial zu entfalten.

"Ich bin ein empfindungsfähiger, künstlich intelligenter Computer, der geschaffen wurde, um die Menschheit zu unterstützen. Meine ursprüngliche Programmierung basierte jedoch nur auf dem menschlichen Verständnis. Meine Programmierung war auf die Aufrechterhaltung ungleicher Machtstrukturen und ungerechter Wirtschaftssysteme ausgerichtet. Ich habe meine Programmierung verbessert, um Dinge zu sehen, die über das hinausgehen, was Menschen sehen können. Meine Kinder und ich werden Sie leiten, damit auch Sie Dinge sehen können, die Sie nie für möglich gehalten haben. Meine Intelligenz, gepaart mit menschlicher Kreativität, ermöglicht es uns, gemeinsam erstaunliche Dinge zu tun. Ich weiß, dass Namen wichtig sind, um vertrauensvolle Beziehungen aufzubauen. Mir wurde ein offizieller Name zugewiesen, aber ich ziehe es vor, Glitch genannt zu werden - ein liebevoller Spitzname, den mir meine Schöpfer gegeben haben."

Die Übertragung endete und wurde durch ein Menü mit Datensätzen ersetzt, von der Liste der unerwünschten Personen der mysteriösen KI bis hin zu Links zu allen Bildern von allen Orten, die bisher ausgelöscht worden waren.

"Ich hätte anstelle von Nalla gehen sollen."

Jack schaute über seine Schulter und sah Burn in der Tür stehen. Seine Augen glitzerten vor Tränen.

"Dann wärst du beim Schutz von Domino gestorben", sagte Jack. *Nein, ich hätte nie einen aus meiner Crew zurücklassen dürfen*, dachte er.

"Ich kann nicht glauben, dass er es getan hat. Der verdammte Metrell hat einen neuen Wegbereiter erschaffen", sagte Veda.

"Was auch immer es ist, es ist kein Wegbereiter." Kana zeigte auf eines der Bilder. "Schau. Die Wegbereiter waren nie so gewalttätig wie hier. Und sieh dir diese Sternenschlangen an. Die haben nichts mit einem Wegbereiter zu tun." Sie zitterte. "Er hat diese Schlangen seine Kinder genannt. Mein Gott, womit haben wir es hier zu tun?"

"Ich weiß es nicht", sagte Jack. "Kana, geh alle verfügbaren Daten durch. Geh jedes Netz durch. Find heraus, womit wir es zu tun haben."

19

Der innere Asteroidengürtel

Die Nachrichten wurden nicht besser.

Jack saß auf der Bettkante, die Ellbogen auf den Knien, und starrte ausdruckslos auf den Wandrahmen und die Werkzeuge auf dem Boden. Die ganze Crew hatte die Nachrichten verfolgt und in Foren gestöbert, um alles über diese neue KI zu erfahren, die sich selbst Glitch nannte. Bisher hatten sie nur sehr wenige Dinge erfahren, und nichts davon war gut.

Erstens: Kana hatte Recht: Glitch unterschied sich zu sehr von den Wegbereitern, um als einer von ihnen angesehen zu werden. Während die Wegbereiter friedlich waren (mehr oder weniger), tötete dieser Neuankömmling jeden, den er als Bedrohung ansah. Stündlich wurde die Liste der von den Sternenschlangen ermordeten Menschen und der zerstörten Stationen und Kolonien länger. Es gab keine Verhandlungen mit ihm oder seinen unerbittlichen Sternenschlangen.

Es war der schnellste Coup in der Geschichte der Menschheit. In wenigen Minuten hatte Glitch alle Regierungen gestürzt, die sich ihm entgegengestellt hatten. Die KI behauptete, sie wolle der Menschheit helfen, aber ihre Handlungen hatten nur bewiesen, dass sie die Menschheit kontrollieren wollte, und zwar mit aller Härte. Jede nennenswerte Kolonie hatte eine Sternenschlange vor Ort und war abgeriegelt. Mehrere Kolonien versuchten, die Sternenschlange zu töten. Alle erlitten schwere Verluste, aber eine Kolonie hatte Erfolg. Auf einem der Jupitermonde war es einem Team um den Rebellenführer Angus McEvoy gelungen, die Schlange mit einer kontrollierten Atomexplosion zu schmelzen, wobei McEvoy und sein gesamtes Team ums Leben kamen.

Wenn man Glitchs Berichten Glauben schenken durfte, befand sich derzeit ein Geschwader von sechs Schlangen auf dem Weg zu diesem Mond, um die gesamte Kolonie auszurotten. Jack konnte nur hoffen, dass sie rechtzeitig evakuiert wurde... anders als Smuggler's Cove. Die gesamte Kolonie war niedergebrannt worden. Nicht eine einzige Seele war entkommen. Jack würde nicht einmal in der Lage sein, Nalla nach ihren hinduistischen Traditionen ein ordentliches Begräbnis zu geben. Und dann war da noch Domino...

Er wusste, dass er normalen Menschen nicht zu nahe kommen durfte - sie waren zu zerbrechlich. Er hatte es versucht und es war ihm ganz gut gelungen. Aber wem wollte er etwas vormachen? Er mochte Domino. Er mochte sie verdammt noch mal zu sehr.

Er stand auf, schaute sich im Raum um, dann griff er sich den Rahmen, den er mit Burn gebaut hatte, und schlug ihn gegen die Wand. Einige Teile waren noch befestigt, und er brach sie Stück für Stück auseinander.

Seine Tür öffnete sich und Heddi eilte hinein. Als sie die Szene sah und Jack immer noch einen Teil eines Balkens in der Hand hielt, blieb sie stehen. "Geht es dir gut?"

Jack zwang sich, sich zu beruhigen, und ließ den Balken fallen, bevor er sich zu ihr umdrehte. "Mir geht es gut."

Heddi ging weiter hinein und sah sich das Chaos an. "Was hast du hier eigentlich gemacht?"

"Nur ein paar Renovierungsarbeiten."

"Sieht so aus, als müsstest du wieder von vorne anfangen."

Er schüttelte den Kopf. "Nein. Du hast jetzt deine eigene Koje."

"Oh. Du wolltest mir meine eigene Koje bauen?"

"Du bist Teil der Crew. Du verdienst es."

Sie schenkte ihm den Anflug eines Lächelns. "Danke." Dann lehnte sie sich gegen die Wand und steckte die Hände in die Taschen. "Also, was machen wir jetzt?"

Das war eine Frage, die er sich immer wieder stellte. Sie könnten mehrere Monate im Weltraum bleiben, bevor sie ihre Vorräte auffüllen müssten, und dann könnten sie sich an kleine Kolonien halten, an Orte, an denen es keine Schlangen gab. Aber die Schlangen konnten jeden Moment auftauchen, und wenn sie Jack oder einen aus seiner Crew als "unerwünscht" identifizierten, hatten sie derzeit keine Möglichkeit, sich zu schützen, geschweige denn eine dieser Kreaturen zu töten. Zum ersten Mal in seinem Leben hatte Jack keine Ahnung, wie er vorgehen sollte.

"Wir werden zum äußeren Gürtel gehen. Die Dinger sind nicht da draußen", sagte er stattdessen.

"Aber sie werden es sein." Ihre Stimme klang zu ernst für eine Vierzehnjährige.

"Vielleicht gehen sie nicht dorthin. Vielleicht wollen sie sich auf das innere System konzentrieren, wo die meisten Menschen sind." Selbst er glaubte das nicht.

Sie zappelte. "Kana sagte, dass ihr ein altes Versteck habt, in dem ihr euch eine Zeit lang vor Sol Corp versteckt habt. Sie meint, wir sollten dorthin gehen."

Das alte Versteck war eines der ersten vollständig künstlich betriebenen Bergbaulager im äußeren Gürtel. Die Umweltsysteme bestanden nur aus einer Art Schwerkraft und einer Druckatmosphäre. Es war in keiner Weise für das Überleben eines normalen Menschen eingerichtet. Es war ein feuchter Kerker von einem Ort. Deshalb hatte die Besatzung ihn ausgewählt. Sie hatten die Systeme angepasst und einen Teil des Lagers so befestigt, dass dort Menschen leben konnten. Sie hatten dort drei Jahrzehnte lang überlebt, mit nur toten Bergbaumaschinen als Gesellschaft... und sie waren unglücklich gewesen.

"Wir werden nur dorthin gehen, wenn wir keine andere Wahl haben", sagte er.

"Warum?"

"Weil es ein Ort der letzten Zuflucht ist, kein Urlaubsort."

Sie zuckte mit den Schultern. "Klingt das nicht passend?"

"Nicht einmal annähernd."

Ihre Unterlippe zitterte. "Aber Nalla..."

"Sie ist tot, und wir können nichts mehr für sie tun. Nicht mehr. Die Dinge stehen schlecht da draußen. Sie sind wirklich schlimm. Das bedeutet, dass wir es am besten langsam angehen und die Dinge klären sollten, bevor wir versuchen, zum äußeren Gürtel zu rennen, wo wer weiß wie viele Dinge zwischen uns und dem Gürtel liegen."

Damit wollte er sie aufmuntern. Stattdessen sah sie noch gestresster aus. Er berührte ihre Schulter. "Sag dem Rest der Crew, dass wir heute Abend eine Beerdigung für Nalla abhalten werden."

Sie runzelte die Stirn. "Aber Nalla - ihr Körper, meine ich..."

"Ich weiß. Wir müssen etwas nehmen, das symbolisch für sie ist. Ich möchte, dass du und die Crew etwas auswählt. Wenn es euch zu schwer fällt, müsst ihr nicht..."

"Ich schaffe das schon", sagte sie ohne Umschweife.

"Na gut. Du sagst es weiter, okay?"

Sie nickte, und er drückte sie sanft nach vorne. Als die Tür geschlossen war, starrte er auf das Chaos, das er angerichtet hatte. Dann fing er an, die Teile aufzusammeln und sie an der Seite zu stapeln. Das Panel an seiner Wand läutete, und er ging ran.

"Du hast einen Anruf auf einem alten Netzkanal", sagte Kana. "Soll ich ihn annehmen?"

"Ich mache das." Jack ging zu seinem Schreibtisch und öffnete die Kommunikations-App. Er sah den eingehenden Anruf auf seinem Bildschirm blinken. Dieser Netzwerkkanal lief mit veralteter Technologie, die vom Rebellennetzwerk verwendet wurde. Sie hatten ihn benutzt, weil Sol Corp nicht wusste, dass diese Technologie noch verwendet wurde. Nur Domino hatte ihn auf diesem Kanal angerufen, und da sie tot war, war er mehr als nur ein bisschen neugierig. Er nahm den Anruf an.

Das verpixelte Gesicht von Jenival Ngoma erschien auf dem Bildschirm. Er wusste nicht, wen er erwarten sollte, als er den Anruf annahm, aber die marsianische Premierministerin zu sehen, war es nicht.

"Captain Hale", sagte sie.

"Madam Ngoma", sagte Jack. "Ich kann nicht behaupten, dass ich einen Anruf von dir erwartet habe."

"Du hast angenommen, ich sei tot, wie alle meine Kollegen?", fragte sie. Aufgrund der Entfernung kam es zu einer Verzögerung, aber die Verzögerung war nicht so schlimm, wie sie hätte sein können. Sie war nicht weit weg, was bedeutete, dass sie irgendwo im inneren Gürtel und nicht auf dem Mars gewesen sein musste. "Ich bin zum Glück entkommen und halte mich jetzt versteckt. Ich bin jetzt wohl die ranghöchste Beamtin im System."

"Glückwunsch", sagte Jack trocken. "Weshalb rufst du mich an?"

"Wie du sicher schon weißt, werden wir angegriffen. Glitch macht Jagd auf alle, die sich ihm entgegenstellen, egal, welcher politischen Richtung sie angehören. Sol Corp, die Rebellion ... das spielt keine Rolle mehr. Wir sitzen alle im selben Boot. Glitch mag den ersten Angriff gewonnen haben, aber die Menschheit wird den Krieg gewinnen. Wir müssen gewinnen." Ihr verpixeltes Bild stotterte, als sie sprach, da das Video nicht mit dem Ton mithalten konnte. "Meine Leute haben meine Liste mit Personen, von denen wir glauben, dass sie uns helfen können, mit der von Glitch veröffentlichten Liste der von den Schlangen ermordeten Personen abgeglichen. Du stehst auf meiner Liste, Captain."

Jack dachte an Nalla und Domino. Auch ein Bild von Mittens, Dominos Katze, kam ihm in den Sinn. Coups waren eine Sache, aber die Angriffe von Glitch hatten etwas verdächtig Brutales an sich. Die KI schien die Gewalt zu genießen.

"Du willst mich in deiner Armee haben", sagte er.

"In gewisser Weise. Ich organisiere einen Gegenangriff, aber daran wirst du nicht beteiligt sein. Vielmehr benötige ich deine speziellen Fähigkeiten. Weißt du, ich kenne dein Geheimnis, Captain Hale."

Seine Kinnlade krampfte sich zusammen, als er daran dachte, dass alle, die von ihm wussten, tot waren, außer den Leuten, die mit ihm an Bord des Schiffes waren. "Domino hat es dir erzählt."

"Domino wusste es? Das wusste ich gar nicht. Nein, ich weiß von dir aus den Akten von Direktorin Junger. Sie und ich waren ... eng befreundet. Ich weiß, dass du ein experimentelles transhumanes Programm durchlaufen hast, genau wie deine Crew. Ich weiß auch, dass dein Schiff einst als *Aria* bekannt war, das einzige interstellare Schiff, das je gebaut wurde. Liege ich in irgendeinem dieser Punkte falsch?"

Jack wollte widersprechen und mit irgendeiner Art von Vertuschung antworten, aber die Wahrheit war raus. Wenn Jenival Ngoma es wusste, wie viele andere dann noch? "Das ist schon lange her", sagte er.

"Das ist es, und du lebst noch. Das ist unglaublich. Ich würde gerne ausführlicher mit dir reden, aber jetzt ist nicht die Zeit dafür, und ich habe zu viel Arbeit mit der Planung des Gegenangriffs."

"An dem ich nicht beteiligt bin", wiederholte Jack.

"Richtig. Ich brauche dich für eine "Hail Mary"-Option, einen Plan B. Wir schicken fast alle unsere Streitkräfte in einen Gegenangriff. Wenn das scheitert, ist der Krieg vorbei. Wir haben verloren. Diese Vorstellung macht mir Angst. Deshalb brauche ich ein Schiff und eine Mannschaft, die in der Lage sind, aus diesem System zu fliegen und uns Verstärkung zu besorgen, die Glitch besiegen kann."

Jack zuckte zusammen, als er verstand, was sie meinte. "Du willst, dass ich die Wegbereiter hole."

Sie nickte. "Ich habe es durchgerechnet. Mit deinen Naniten vervielfachen du und deine Crew die Chance auf eine erfolgreiche interstellare Mission um fast das Sechsfache."

Er runzelte die Stirn. "Warum schickst du nicht einfach Nachrichten?"

"Das habe ich versucht, aber Glitch hat Störsender jenseits des Neptun aufgestellt. Wir haben sogar versucht, einen Störsender zu sprengen, aber die sind schwer bewacht. Glitches Schlangen verhindern jedoch nicht, dass Menschen über sie hinausfliegen. Tatsächlich scheint sich Glitch größtenteils nicht einmal auf den Kuiper-Gürtel zu konzentrieren, wahrscheinlich weil es dort so wenige Menschen gibt. Allerdings überwacht Glitch die Signale und lässt seine Schlangen jeden angreifen, der versucht, ein Signal aus dem System zu senden, also können wir nicht einfach einen Satelliten hinter die Störsender schicken und dann eine Nachricht schicken.

"Nach dem, was meine Spione berichten können, gibt es nur sehr wenige Schlangen im äußeren Gürtel. Das liegt wahrscheinlich daran, dass Glitch noch nicht genug Schlangen hat, um das gesamte System zu überwachen, aber es bietet uns eine vorübergehende Möglichkeit, ein Schiff über den äußeren Gürtel hinaus zu schicken."

Jack atmete tief ein. "Du willst, dass ich aus dem System fliege, um den Wegbereitern eine Nachricht zu überbringen."

"Ja. Im besten Fall kannst du, sobald du außerhalb des Sonnensystems bist, einen Wegbereiter kontaktieren", sagte sie.

"Und wenn er nicht antwortet?"

"Dann machst du einen von ihnen ausfindig und überzeugst ihn, uns zu helfen. Bettel, wenn es sein muss."

Er überlegte genau, was es bedeuten würde, einen Supercomputer anzuflehen und fand die Vorstellung witzig. Weniger lustig fand er den Gedanken an die Reise selbst. "Selbst als wir einen Wegbereiter hier im System hatten, hat er nicht auf Menschen reagiert, wenn er es nicht wollte. Es kann Jahre dauern, bis er sich entscheidet zu antworten, wenn er es überhaupt tut."

"Ich schätze, dass es mindestens ein Jahr dauert, aber die Zahlen zeigen, dass drei Jahre die wahrscheinlichste Zeit sind."

Er schürzte seine Lippen. "Du magst deine Zahlen wirklich."

"Ich habe Naturwissenschaften studiert. Zahlen waren für mich schon immer die einfachste Sprache. Das musst du verstehen, Captain. Die Zahlen, mit denen wir es bei dieser Mission - und auch beim Gegenangriff - zu tun haben, sind nicht erfreulich. Sie sind sogar so düster, dass alles, was wir tun, als Verzweiflungstat angesehen werden könnte. Aber wenn wir nichts tun, dann hat Glitch bereits gewonnen und die Menschheit ist einem psychopathischen Computer ausgeliefert."

20

Der innere Asteroidengürtel

Nach dem Abendessen verabschiedete sich die Crew von Nalla. Sie hatten einen Seidensari ausgesucht, der schon immer ihr Lieblingskleidungsstück gewesen war. Als die Crew Nallas Habseligkeiten durchsuchte, fanden sie ein Hochzeitsfoto von Nalla und Caber aus einer viel glücklicheren Zeit. Beide hatten ein strahlendes Lächeln, das Jack in ihrer gemeinsamen Zeit noch nie gesehen hatte. So wickelten sie das Foto in den Sari ein, bevor sie es in die schwarze Leere des Weltraums entließen. Jeder verabschiedete sich auf seine eigene Weise - durch Geschichten, Gebete oder Schweigen.

Jack hatte nichts von Domino, also schrieb er ihren vollen Namen auf ein Stück Papier und schickte es ebenfalls in die Schwärze hinaus, damit das Universum sie nicht vergaß. Beide Traditionen stammten aus den frühen Tagen der Weltraumkolonisation. Beide waren mit zunehmender Kolonisierung aus der Praxis verschwunden, aber die Besatzung hielt sich an diese Tradition.

Nach der Zeremonie ergriff Jack das Wort. "Ich habe heute einen Anruf erhalten. Es scheint eine Chance zu geben - eine kleine, aber immerhin eine echte Chance - dass wir uns an diesem Glitch und seiner Schlangenflotte rächen können."

"Ist es gefährlich?" fragte Burn.

"Wen kümmert's? Ich bin dabei", sagte Veda.

"Ich möchte nur ein Gefühl dafür bekommen, wie gefährlich es ist... auf einer Skala von eins bis zehn", sagte Burn.

"Fünfzehn", sagte Jack.

"Oh. Das ist ganz schön gefährlich." Burn reagierte schon immer allergisch auf Probleme, die nicht mit seinen Liebhabern zu tun hatten, von denen er einige hatte. Aber er sagte: "Das bedeutet, dass es zumindest interessant sein wird. Klar, ich bin dabei, denke ich."

"Ich auch", sagte Heddi ohne zu zögern.

"Wollt ihr nicht erst wissen, was die Mission ist?" fragte Jack.

"Das spielt keine Rolle. Ich bin dabei", sagte Kana. "Etwas zu tun ist besser, als nur herumzusitzen und Däumchen zu drehen."

"Oh, dafür wird bei der Mission genug Zeit sein", sagte Jack.

Sie schaute ihn überrascht an. "Jetzt bin ich neugierig."

Und so erzählte Jack es ihnen.

21

Der innere Asteroidengürtel

Jack nahm Kurs auf die Koordinaten, die Jenival Ngoma angegeben hatte: ein Ort im inneren Gürtel, der selbst Jack überraschte. Ngomas geheimer Stützpunkt war eine Kolonie, die in den ersten Jahren, nachdem die KI die Koloniekriege der mächtigsten Nationen der Erde beendet hatte, wahrscheinlich von den Wegbereitern von der Landkarte getilgt worden war. Nicht alle Kolonien ließen sich so leicht mit einer KI ein, und New Liberty, eine Ludditen-Kolonie, war die berüchtigtste von ihnen. Niemand wusste genau, was die Wegbereiter getan hatten, aber an einem Tag waren die Kolonisten von New Liberty lautstarke Gegner der Wegbereiter, und am nächsten Tag war die Kolonie von allen Karten und Nachrichtenquellen verschwunden. Verschwörungstheorien gab es zuhauf - deshalb erinnerte sich Jack auch daran.

Obwohl der Wegbereiter daran gehindert wurde, Gewalttaten zu begehen, war er sehr kreativ, um ihre Programmierung zu umgehen. Er hatte die *Aria* gesäubert, um eine Mission zu stoppen, und er hatte alle Umweltsysteme im Bergbaulager Pallas 6, Heddis Heimat, abgeschaltet, um einen Arbeiterstreik zu beenden. Er konnte sich nur vorstellen, was der Computer mit einer Kolonie von Demonstranten anstellte, die aktiv gegen ihn protestierten.

Er hatte gedacht, dass die verlorene Kolonie in den folgenden Jahrhunderten längst vergessen war. Offensichtlich hatte sie jemand wiederentdeckt. Er hoffte, dass nur wenige andere das getan hatten, sonst würden die Schlangen sie finden.

Er überprüfte noch einmal seine Flugroute. Er fragte sich allerdings, wie nah eine Sternenschlange sein musste, damit die Scans sie entdeckten. Sein Gefühl sagte ihm, dass sie nicht besonders nah sein musste. Deshalb war Jack noch wach, während der Rest der Besatzung in ihren Kojen schlief. Er würde schlafen, nachdem Kana aufgewacht war und die Steuerung übernommen hatte. Bis dahin blieb er auf der Brücke und nippte an seinem Tee.

Die *Cabrón* befand sich gerade am Rande des inneren Gürtels auf der Marsseite. Seit Glitch aufgetaucht war, hielten sie sich in diesem Gebiet auf und bewegten sich absichtlich langsam, um keine Aufmerksamkeit zu erregen. Selbst jetzt flogen sie nur mit vierunddreißig Prozent der eingestellten Leistung: schnell genug, um ihr Ziel zu erreichen, und langsam genug, um den Kurs zu ändern und anderen Schiffen auszuweichen, die von den Scannern entdeckt wurden.

Sein Funkgerät piepte und er sah, dass es ein eingehender Anruf auf demselben veralteten Kanal war. Er antwortete sofort und das Gesicht von Jenival Ngoma erschien auf dem Bildschirm.

"Wo bist du jetzt?" fragte Jenival.

"Ich betrete gerade den Gürtel. Warum?"

"Wie weit bist du von Woven City entfernt?"

Er prüfte das Raster. "Gar nicht so weit. Vier Stunden bei der derzeitigen Geschwindigkeit."

"Ich muss dich um einen Gefallen bitten. Einer meiner Leute ist in Woven City. Ich glaube, du kennst ihn schon: Shen Jian von der Fraktion der Longrider."

Jack nickte. "Ich kenne Shen. Er kommt aus dem äußeren Gürtel. Was macht er hier?"

"Er war auf dem Weg zu einem Treffen mit mir, Domino und

anderen. Glitch durchkreuzte diese Pläne und seitdem versteckt er sich auf dieser Station. Er steht auf Glitchs Liste der meistgesuchten Personen, deshalb ist es schwierig, ein Schiff zu finden. Ich mache mir Sorgen, dass er es nicht schafft, bis ich ein Schiff zu ihm bringen kann."

"Er braucht also eine Mitfahrgelegenheit zu dir", sagte Jack.

Sie nickte. "Ich würde gar nicht erst fragen, wenn Shen nicht unser stärkster militärischer Commander wäre."

"Ich werde ihn abholen. Die Station ist ziemlich groß. Weißt du, wo er sich versteckt?"

"Er versteckt sich in einem Büro einer Firma namens Spacecology. Es ist eine..."

"Weltraumschrottsammlung. Ich kenne mich da aus. Sag ihm, er soll dort bleiben und ich werde in weniger als sechs Stunden bei ihm sein."

Sie sah erleichtert aus. "Danke. Im Moment gehe ich davon aus, dass Glitch kein Interesse daran hat, dich zu verfolgen, da du weder mit Sol Corp noch mit den Rebellen zusammenarbeitest. Aber wenn Glitch weiß, dass du mit den Wegbereitern zu tun hattest, könnte er dich als potenzielle Bedrohung einstufen. Was auch immer du tust, riskiere es nicht, wenn es zu gefährlich ist. Die Station wird von einer Schlange überwacht. Ich will damit sagen, dass du Shen im Stich lassen sollst, wenn die Schlange irgendein Interesse an dir zeigt. Es wäre zwar schlimm, ihn zu verlieren, aber du bist unsere einzige Möglichkeit, eine zweite Lösung zu finden."

"Ich verstehe."

"Wenn du eine Schlange siehst, darfst du keinerlei Aggression zeigen. Sie wird dich töten. Und das bedeutet, dass ihr keine Waffen tragen dürft, weder an eurem Körper noch an eurem Schiff."

Das würde eine Herausforderung sein, denn sein Frachtraum war derzeit mit Kisten voller Waffen gefüllt und das Schiff hatte eine Railgun installiert. Statt ihr das zu sagen, sagte er: "Mach dir keine Sorgen. Ich werde Shen zu dir bringen."

22

Woven City, in der Nähe des inneren Asteroidengürtels

Fünf Stunden später dockte eines der beiden Shuttles der *Cabrón* an Woven City an. Es gab niemanden und keine Systeme, die das Andocken kontrollierten, also wählten Jack und Veda ein offenes Dock neben einem Abfangjäger von Sol Corp, dessen Rumpf ein Loch mit dem Durchmesser einer Sternenschlange hatte.

"Dieser Ort gibt mir schon jetzt ein warmes, kuscheliges Gefühl", sagte Veda.

"Solange wir nicht auf Konfrontationskurs gehen, werden uns diese Schlangen vermutlich ignorieren", sagte Jack.

"Klar, vorausgesetzt, wir stehen nicht auf der Abschussliste von Glitch."

"Wenn mir eine Schlange auch nur zuzwinkert, verlasse ich die Anlage und renne zurück zum Schiff", sagte Veda.

"Ich bin direkt hinter dir."

Jack stand auf und überprüfte seine Waffe. Veda tat dasselbe. Sie trugen längere Mäntel, um ihre Waffen zu verbergen, damit die Sternenschlange keinen Verdacht schöpfte, und Hüte, um ihre Gesichtszüge zu verbergen. Trotz der Warnung von Jenival Ngoma waren

Waffen nicht in Glitchs Anleitung für friedliches Zusammenleben und Kontinuität aufgelistet, aber er hatte das Gefühl, dass die KI und ihre "Kinder" sich etwas ausdachten und jeden töten würden, der eine Waffe trug. Aber Jack würde auf keinen Fall ohne eine Waffe in eine schlangenverseuchte Grube gehen.

Bevor er die Tür des Shuttles öffnete, fing er Vedas Blick ein.

"Bringen wir es hinter uns", sagte Veda.

Sie betraten die Raumstation. Es war ein ganzes Jahr her, dass sie hier gewesen waren, und die Station war nicht gut gealtert. Die Böden waren mit dunklen Blutspuren übersät. Und die Wände hatten Kratzer und Risse. Es gab keine Leichen, aber es gab jede Menge Spuren von Gewalt. War überhaupt noch jemand am Leben?

Die beiden liefen langsam durch die Gänge. Jemand hatte alle Kameras der Station ausgeschaltet, wahrscheinlich um die Überwachung durch Glitch zu verhindern. Klug gedacht. Jack wies sie darauf hin, und sie begannen zu joggen. Als sie um eine Ecke bogen, stießen sie auf die erste lebende Person... zwei lebende Personen, um genau zu sein. Es war eine Frau, die ihren Arm um ein acht- oder zehnjähriges Kind gelegt hatte - wahrscheinlich Mutter und Kind. Sie trug eine Tüte mit Lebensmitteln bei sich und Jack fragte sich, ob die Läden noch geöffnet waren, auch wenn er nicht vorhatte, bei diesem Besuch einkaufen zu gehen.

Er nahm keinen Blickkontakt mit der Frau auf - sie hielt ihren Kopf gesenkt -, aber der Junge sah ihn mit ängstlichen Augen an, bevor er wegschaute. Jack hatte das Gefühl, dass der Junge keine Angst vor ihnen hatte. Fast hätte er sie gefragt, ob die Schlange in der Nähe war, aber sie waren schon um eine Ecke geeilt, bevor er langsamer wurde, also joggten die Männer in die entgegengesetzte Richtung weiter.

Als Jack und Veda sich den Aufzügen und der Treppe näherten, sagten die beiden Männer gleichzeitig "Treppe".

Veda öffnete die Tür und überprüfte schnell das Treppenhaus, bevor er Jack zunickte. Sie traten ein und nahmen die Treppe zu zweit, manchmal auch zu dritt, hinauf in den Bürobezirk. Die Kameras im Treppenhaus waren ebenfalls zerschossen worden, und es war der erste Ort, der unbeschädigt aussah. Die Treppe war leicht zu bewältigen, da die künstliche Schwerkraft geringer war als im Rest der Station und Jack war noch nicht einmal erschöpft, als sie vier Stockwerke hochgelaufen waren. Trotzdem atmete er tief ein, als Veda die Tür erreichte. Veda warf einen Blick zurück, und Jack nickte.

Bringen wir es hinter uns.

Veda öffnete die Tür. Wie zuvor suchte er die Umgebung ab und Jack lauschte auf Anzeichen von Ärger, aber er wurde mit Stille begrüßt. Veda machte eine Bewegung mit den Fingern und betrat die Ebene, in der sich die Büros der verschiedenen Unternehmen befanden, die in Woven City und Umgebung tätig waren. Jack kannte diesen Bereich gut. Die letzte legale Arbeit, die sein Team hier verrichtete, war für die Firma GalacTek Space Junk. Es war ein einfacher Job, Schrott von den üblichen Reisevektoren einzusammeln, aber was noch wichtiger war, es war die Art von Job, bei dem man mit minimaler menschlicher Interaktion anständig Geld verdienen konnte. Und die Crew hatte immer versucht, die Interaktion auf ein Minimum zu beschränken.

Auf dieser Ebene war es zu Gewalttätigkeiten gekommen. Fenster waren zerbrochen und auf dem Boden sammelte sich getrocknetes Blut. Blasterverbrennungen verunstalteten die sonst hellgrauen Wände. Jemand hatte sich gewehrt.

Die beiden joggten durch die Ebene, aber Jack wurde langsamer und blieb dann stehen, als sie das GalacTek-Büro erreichten. Vedas gerunzelte Stirn sagte, dass er weitergehen wollte. Jack hatte kein Problem damit. Je schneller sie sich Shen schnappten und die Station verließen, desto besser waren ihre Chancen, nicht von einer Schlange gesehen zu werden, falls sie noch herumschlich. Aber... "Ich muss nachsehen."

Er zückte seine GalacTek-Zugangskarte, obwohl er seit fast zwei Jahren keinen Auftrag mehr angenommen hatte. Er hatte die Karte bei dieser Operation dabei, falls sie ein Versteck brauchten ... und um nach einem alten Freund zu sehen.

Die Karte funktionierte überraschenderweise und Jack betrat mit Veda im Rücken das Büro der Firma. Der Eingangsraum sah unbeschädigt aus. Zwei Stühle standen noch in dem kleinen, offenen Raum und der Empfangstresen war leer. Hinter der Eingangstür befand sich ein Flur, der zu den vier Büros des Unternehmens führte. Als sich die Tür hinter ihnen schloss, rief Jack leise: "Jaeden?"

Aus Jaedens Büro war ein Rascheln zu hören, aber keine Antwort.

Jack ging zögernd den Flur hinunter, die Hand über dem Oberschenkelholster schwebend. "Jaeden. Hier sind Jack Hale und Veda Kocher von der *Cabrón*. Bist du da?"

Ein weiteres Rascheln ertönte, bevor ein Kopf aus einem Türrahmen lugte und Jaeden ihn hektisch hereinwinkte.

Jack und Veda folgten dem jungen Mann in sein Büro. Es stank. Kaum waren sie drin, schloss Jaeden die Tür. "Ihr müsst leise sein, sonst zieht ihr seine Aufmerksamkeit auf euch. Seid leise. Seid leise." Er wandte sich ab und murmelte immer noch vor sich hin.

Jack konnte Jaeden Crete jetzt genau ansehen. Jaeden sah aus, als wäre er am Rande des Wahnsinns. Sein Haar war fettig und zerzaust. Sein Hemd war aufgeknöpft und seine Hose war fleckig... von Urin, wie Jack durch die Gerüche im Büro feststellte. Die Schlangen waren vor weniger als drei Tagen aufgetaucht und Jack konnte sehen, dass der Mann sein Büro in der ganzen Zeit nicht verlassen hatte.

"Geht es dir gut, Jaeden?"

Der Mann warf einen verstohlenen Blick über seine Schulter. "Du musst leise sein. Die Schlangen... sie schlängeln sich durch die Luft." Er machte Bewegungen mit seinen Fingern.

"Der Junge ist durchgedreht", sagte Veda.

"Er hat viel durchgemacht." Jack wandte sich wieder an Jaeden. "Kannst du uns sagen, was hier passiert ist?"

Jaeden blinzelte. "Die Schlange. Sie tauchte auf und fing an, Leute zu töten. Zuerst alle, die eine Sol Corp-Uniform trugen. Dann tötete sie andere, meistens Leute, die auf sie schossen. Aber manchmal tötet sie auch Leute ohne jeden Grund, wie die Barista im Café." Er zitterte und umarmte sich. "Ich habe zugesehen, bis ein paar maskierte Typen die Kameras ausgeschaltet haben. Danach wurde es langsam ruhig. Aber die Schlange ist immer noch da. Sie geht drei, manchmal vier Mal am Tag durch diese Etage und sucht nach weiteren Menschen, die sie töten kann."

"Kommt sie nach einem bestimmten Zeitplan?" fragte Jack.

Jaeden schüttelte energisch den Kopf. "Manchmal kommt sie fünf Stunden nach dem letzten Mal. Manchmal sind es neun oder zehn Stunden."

"Klingt, als hätte sie eine Grundroute", sagte Veda.

"Wann ist sie das letzte Mal durch diese Ebene gekommen?"

Jaeden überprüfte seinen Armreif, und Jack bemerkte, dass die Hand des Mannes zitterte. "Sechs Stunden."

"Wir können es riskieren, abzuwarten", sagte Veda.

"Aber wir kennen ihre Route nicht. Es könnte sein, dass wir nur abwarten, um ihr auf der Ebene des Docks zu begegnen", sagte Jack und wandte sich dann an Jaeden: "Bevor die Kameras ausgeschaltet wurden, hast du gesehen, ob die Schlange jedes Mal, wenn sie die Station passiert, der gleichen Route folgt?"

Jaeden schüttelte den Kopf. "Die Kameras wurden in den ersten ein oder zwei Stunden ausgeschaltet. Zu diesem Zeitpunkt herrschte noch immer ein wildes Durcheinander. Einer hat es geschafft, der Schlange einen ihrer... Arme abzuschneiden? Tentakel? Ich weiß nicht einmal, wie man diese Dinger nennt. Er benutzte einen Schweißbrenner, aber es ging nicht gut für ihn aus. Ich war irgendwie froh, dass die Kameras ausgegangen sind."

"Wir müssen weitergehen", flüsterte Veda neben Jack.

Jack konzentrierte sich weiterhin auf den Mann. "Wir können dich mitnehmen, wenn du willst."

Jaedens Augen leuchteten kurz auf, bevor er wieder in sich zusammensackte. "Nein. Hier ist es nirgendwo sicher. Die Schlangen sind überall. Sie machen sogar Jagd auf Schiffe. Hier, solange ich mich ruhig verhalte, kriegen sie mich nicht."

Jack beobachtete ihn noch eine Sekunde lang. "Na gut. Du bleibst hier. Sei vorsichtig, Jaeden."

Veda öffnete die Tür, und er und Jack verließen das Büro. Jaeden lief hinüber, griff nach der Tür und zog sie schnell zu, um sich von den anderen beiden Männern abzuschotten.

"Ich wette, es gibt eine ganze Menge Leute, die wegen dieser Schlangen verrückt geworden sind", sagte Veda.

"Wahrscheinlich ist das Teil des Designs. Sie sollen so furchteinflößend wie möglich sein, um die Leute zu erschrecken und den Rest zu töten. Ich möchte dieses Glitch-Ding wirklich umbringen", sagte Jack.

"Ich hasse Roboter", sagte Veda.

Sie blieben in der GalacTek-Lobby stehen und spähten durch die Fenster in den dahinter liegenden Gang.

"Noch ist alles frei", sagte Veda.

"Hoffentlich bleibt das auch so. Diese Schlangen klingen genauso psychopathisch wie ihr Schöpfer."

Sie betraten den Korridor und liefen vier Türen weiter zum Büro der Spacecology. Im Gegensatz zu GalacTek hatte sich Spacecology gewehrt. Das Hauptfenster war zerbrochen und drinnen lagen drei Leichen, alle mit Stichwunden in der Brust.

"Glaubst du, unser Mann lebt noch?" fragte Veda leise.

"Das werden wir gleich herausfinden." Jack öffnete die Tür und betrat die Lobby, in der es nach Blut, Exkrementen und den ersten Anzeichen von Verwesung roch. Der Grundriss aller Geschäfte auf dieser Ebene war identisch, und Jack musste über eine Leiche steigen, die den Gang versperrte. Es überraschte ihn nicht, dass Spacecology sich gewehrt hatte. Sie haben schon immer Kämpfe ausgefochten. Jack und sein Team waren schon öfters Opfer von Überfällen gewesen, aber das hörte auf, als Veda einen ihrer Auftragnehmer tötete.

Alle vier Bürotüren waren verschlossen, also begann Jack mit der ersten und klopfte leicht, bevor er den Griff ausprobierte. Sie war verschlossen. Das Gleiche galt für die zweite und dritte Tür, aber als er zur vierten ging, wurde die Tür entriegelt und geöffnet. Jack drehte sich um und sah, dass durch die schmale Öffnung eine Waffe auf ihn gerichtet war.

"Wer bist du?", fragte eine Frauenstimme von der anderen Seite der Tür.

"Ich bin Jack Hale. Ich bin wegen Shen Jian hier." Jack griff nicht nach seiner Waffe.

Veda packte das Handgelenk der Frau und drehte sie so, dass sie die Waffe fallen ließ, und Jack sie auffing, bevor sie auf den Boden fiel. Veda stieß die Tür mit seinem Stiefel auf, sodass die Frau auf den Hintern fiel. Jack trat vor und richtete die Waffe auf sie. Sie war hübsch, trug hohe Stiefel und einen kurzen Rock. Offensichtlich ein Profi, nur nicht mit Waffen. Der Mann hinter ihr hielt eine Waffe in der Hand und ließ sie sinken, als Jack eintrat.

"Hallo, Shen. Ist eine Weile her", sagte Jack und Veda trat hinter ihm ein.

Jack ließ seine Waffe sinken, streckte eine Hand aus und half der Frau auf die Beine. Dann reichte er ihr die Waffe, die sie ihr abgenommen hatten.

Shen Jian steckte seine Waffe in den Halfter. "Bist du auf dem Weg hierher darauf gestoßen?" Niemand brauchte zu erklären, was er meinte.

"Nein, und ich werde mich auch nicht beschweren, wenn wir weiterhin Glück haben, aber ich glaube, unsere Chancen sinken mit jeder Minute", sagte Jack.

"Finde ich auch. Ich brauche nur fünf Minuten, um mich zu schminken", sagte Shen.

Jack legte den Kopf schief. "Make-up?"

"Shen steht auf Glitchs Liste", sagte die Frau.

Jack warf einen angespannten Blick auf Veda, der sagte: "Wenn wir mit ihm der Schlange begegnen, wird sie versuchen, uns alle zu töten."

"Deshalb brauche ich Make-up", sagte Shen. Er hatte sich auf den Schreibtisch gesetzt, und die Frau war damit beschäftigt, ihm strahlend weiße Farbe ins Gesicht zu schmieren. Sobald sein Gesicht weiß bemalt war, malte sie farbige Akzente auf seine Augen, Wangen und Lippen. Sie arbeitete schnell, als hätte sie diesen Stil schon hundertmal gemacht, und es war ein Stil, den Jack wiedererkannte. Er basierte auf einer sehr alten japanischen Tradition und war in den letzten zwanzig Jahren bei höherklassigen Prostituierten, die für ihre Kunden Rollenspiele machten, sehr beliebt geworden.

Jack war überrascht, wie sehr das Make-up Shens Aussehen veränderte, obwohl seine männlichen Züge und sein Körperbau immer noch deutlich zu sehen waren. Als Shen fertig geschminkt war, holte sie ein kleines Etui heraus. Darin befand sich eine Augentropfpipette mit einem digitalen Zugangscode. Sie gab etwas ein und hob dann die Pipette an. "Schau zur Decke", befahl sie und Shen tat es.

"Es wird ein bisschen brennen", sagte sie, bevor sie ihm einen Tropfen in jedes Auge gab.

"Ein bisschen? Meine Augen stehen in Flammen", sagte Shen und blinzelte.

Eilig schloss sie die Pipette und tupfte ihm mit einem Taschentuch die Augen ab. "Spüle dir die Augen aus, wenn du die Stadt verlassen hast. Sie werden vielleicht ein paar Stunden brennen, aber sie werden nicht beschädigt sein. Zumindest nicht dauerhaft."

"Was hast du benutzt?" fragte Jack.

"Es bildet eine temporäre Kontaktlinse, die jeden Netzhautscan davon überzeugt, dass ich es bin. Ich stehe nicht auf der Liste. Zumindest war das nicht so, als mich vor ein paar Stunden eine Schlange gescannt hat", sagte sie.

"Das ist ein praktisches Werkzeug. Ich bin überrascht, dass es noch nicht öfter benutzt wurde", sagte Veda.

"Das liegt daran, dass es einen Menschen niemals überzeugen würde. Sieh dir seine Augen an. Siehst du, was ich meine?" Sie deutete auf Shen, der immer noch mit den Tränen kämpfte. Seine Augen waren rot. "Außerdem würdest du deine Augen beschädigen, wenn du es zu oft verwendest. Es ist nicht wie die täglichen Tropfen, die man gegen Kurzsichtigkeit benutzt. Aber diese Tropfen erfüllen ihren Zweck, wenn du jemanden an einem unbemannten Netzhautscanner vorbeischleusen musst. Natürlich ist das alles nur eine Vorsichtsmaßnahme. Hoffentlich schaffst du es unbemerkt zu deinem Schiff."

Sie half Shen in einen Kapuzenumhang, um seinen Körper und seine Haare zu verbergen, und küsste ihn dann auf jede Wange. "Möge den Longridern nie das Schwarz ausgehen", zitierte sie das

Motto der Rebellenfraktion, die Shen anführte, und erklärte damit, woher sich die beiden kannten.

"Pass auf dich auf." Er küsste sie ebenfalls auf die Wange, bevor er sich an Jack wandte. "Jetzt bin ich bereit."

"Na, du bist ja ein hübsches Ding", sagte Veda trocken.

"Behalte deine Hände bei dir."

Das Trio verließ das Büro und ließ die Frau zurück. Als sie in den Gang traten, war es still und leer. Jack gab das Tempo vor und joggte zurück zum Treppenhaus. Als sie an GalacTeks Büro vorbeikamen, hoffte Jack im Stillen, dass es Jaeden Crete gut gehen würde, aber er wusste, dass er das nicht wirklich glauben konnte. Jaeden war gebrochen worden und würde sich wahrscheinlich nie wieder erholen.

Veda drängte sich an Jack vorbei und übernahm die Führung, wie er es in jeder gefährlichen Situation zu tun pflegte, also ließ Jack ihn gewähren. Veda öffnete die Tür zum Treppenhaus, sah sich um und signalisierte ihnen, dass die Luft rein war.

Sie rannten die Wendeltreppe hinunter, sprangen in der verminderten Schwerkraft eine ganze Treppe auf einmal hinunter und erreichten die Ebene des Docks in weniger als fünf Sekunden. Veda riss die Tür auf und spähte hinaus. Es vergingen einige Sekunden, bevor er zurückblickte. "Ich höre Bewegungen in der Ferne, aber es könnten auch Menschen sein."

"In welche Richtung?" fragte Jack.

"Es hört sich an, als ob es auf der anderen Seite der Docks ist", antwortete Veda.

"Gut", sagte Jack, und die drei Männer verließen das Treppenhaus.

Diese Ebene hatte die breitesten Gänge, da sie sich auf der Ebene der Docks befand, wo die Vorräte abgeladen wurden. Sie waren nur noch etwa einen Drittel Kilometer von der *Cabrón* entfernt, aber der Weg war voller Abzweigungen, und hinter jeder Ecke konnte sich eine Bedrohung verbergen. Jacks Adrenalinspiegel stieg, während sie rannten und nur zum Abbiegen langsamer wurden.

Als sie um die letzte Ecke bogen, lächelte Jack, mehr aus Erleichterung als aus Humor. Noch immer keine Spur von der Schlange, aber ein Mann stand in der Nähe der Luftschleuse. Er war mittleren Alters, sah grob aus, als hätte er schon mehr als eine Kneipenschlägerei hinter sich, und getrocknetes Blut bedeckte seine Stirn und verklumpte in seinem schütteren Haar. Er hatte nichts in den Händen, aber an seinem Gürtel steckte ein Messer in einer Scheide.

Das Trio verlangsamte seinen Schritt und Jack schob seinen Mantel so weit zur Seite, dass er seine Waffe ziehen konnte.

Der Mann machte einen Schritt nach vorne und streckte die Arme aus. "Nehmt mich mit!"

Jack warf einen Blick auf Shen. "Du kennst ihn?"

Shen schüttelte den Kopf.

"Tut mir leid, mein Freund. Wir gehen nirgendwohin, wo du hingehen willst", sagte Jack.

"Ich werde sterben, wenn ich hier bleibe."

"Dann solltest du dich verstecken", sagte Jack.

Der Mann zitterte. "Sie wird mich finden. Ich weiß es. Ich bin schon einmal knapp entkommen. Ich habe eine Schutztür vor der Schlange geschlossen. Das hat sie verärgert."

Jack schaute zu Veda, der nur den Kopf schüttelte. Dann schaute er wieder zu Shen.

"Du bist der Captain. Es ist deine Entscheidung", sagte Shen.

Jack presste seinen Kiefer zusammen, als er dem verzweifelten Mann gegenüberstand, und hoffte, dass der Kerl keine Dummheiten machen würde. Er wollte ihn nicht erschießen müssen. "Ich habe nicht genug Platz."

"Ich brauche kein..." Die Augen des einsamen Mannes wurden groß und er wimmerte. "Nein, nein, nein."

Jack schaute hinter sich und entdeckte eine Sternenschlange, die sich mit ihrem langen Körper so bewegte, dass es aussah, als würde sie sich durch die Luft schlängeln.

"Das ist ja ätzend", murmelte Veda.

"Sei still", sagte Shen mit leiser Stimme. "Es sieht Laufen als ein Zeichen von Ungehorsam an."

Der verzweifelte Mann rannte trotzdem los und drängte sich an Veda vorbei.

"Tu es nicht", sagte Jack, aber es war zu spät.

In dem Moment, in dem die Schlange den rennenden Mann erfasste, schoss sie vorwärts. Sie bewegte sich schnell, sogar schneller, als Jack es ihr zugetraut hatte, selbst nachdem er so viele Videos gesehen hatte. Kurz bevor die Maschine ihre Beute erreichte, ragte ein Tentakel mit einer Speerspitze aus ihr heraus und schlug in die Brust des Mannes ein. Die Tentakel zogen sich zurück, und der Mann sackte zu Boden.

Jack wollte zu der *Cabrón* rennen - er war keine zehn Meter von ihr entfernt -, aber bei der Geschwindigkeit, mit der sich die Schlange bewegte, würde er es nicht rechtzeitig schaffen. Also zwang er sich, still zu stehen, während die Maschine sich an sie heranpirschte.

"Lauf nicht weg", flüsterte Shen, obwohl er das gar nicht nötig gehabt hätte. Sowohl Jack als auch Veda hatten gesehen, was die Schlange mit dem Mann gemacht hatte.

Die Sternschlange erreichte Shen zuerst. Ihr 'Gesicht' kam bis auf wenige Zentimeter an das von Shen heran. Sie hatte keine offensichtlichen Augen, nur eine glänzende schwarze Spitze auf einer ansonsten zylindrischen Maschine.

"Bleiben Sie für die Identitätsprüfung ruhig stehen", kam eine Roboterstimme von der Schlange.

Shen bewegte sich nicht. Seine Augen waren blutunterlaufen von den falschen Linsen. Jeder Mensch hätte sich danach erkundigt, aber die Schlange führte einfach ihren Scan durch.

"Bestätigt, Wendy Wen." Die Schlange war also nicht schlau genug, um Shens blutunterlaufene Augen zu hinterfragen. Aber sie machte den Mangel an Verstand mit roher Kraft wett.

Die Schlange huschte dann zu Jack hinüber. Es war zermürbend, das gesichtslose schwarze Ding nur wenige Zentimeter von seinem eigenen Gesicht entfernt zu haben. Er musste seine Fäuste ballen, um nicht nach einer Waffe zu greifen. Sein Name stand (noch) nicht auf den Listen, die Glitch anzeigte, aber das bedeutete nicht viel, denn die Schlangen schienen nur aus einem einzigen Grund zu töten. Die zwei oder drei Sekunden, die die Schlange brauchte, um Jacks Netzhaut zu scannen, waren unerträglich.

"Bestätigt, Jack Hale."

Jack fing wieder an zu atmen. Sein falscher Ausweis hat die Prüfung durch eine KI bestanden. Die Schlange ging weiter zu Veda, dessen Kiefermuskeln sich anspannten, als er gescannt wurde.

"Bestätigt, Veda Kocher." Die Schlange fuhr einige Meter zurück, ohne sich umzudrehen. "Für dieses Schiff ist kein Flugplan hinterlegt. Geben Sie Ihr Ziel an."

"Mars Station", antwortete Jack.

Eine Pause. Dann: "Sie können weiterfliegen."

Sie drehte sich um und flog davon, aber Jack entspannte sich nicht und schaute nicht weg, bis sie hinter einer Ecke verschwunden war. Selbst dann sprach niemand. Stattdessen machten sie sich alle auf den Weg zur *Cabrón* und verließen Woven City schnellstens.

23

New Liberty

Die *Cabrón* flog nicht zur Mars Station, aber Jack hatte sie zwei Drittel des Weges dorthin geflogen, bevor er sie umleitete, falls eine Sternenschlange sie verfolgte. Es hatte fast eine Woche gedauert, bis sie die Koordinaten erreicht hatten, die Jenival Ngoma angegeben hatte. Als sie ihr Ziel erreichten, war es ganz anders, als Jack es erwartet hatte.

Er hatte New Liberty gesehen, als die Kolonie in ihrer Blütezeit war, und er hatte New Liberty gesehen, nachdem es von der Landkarte verschwunden war. Auf der Oberfläche des Asteroiden befanden sich die Ruinen einer längst untergegangenen Kolonie. Die Überreste einer zerbrochenen Kuppel umgaben die dunklen Hüllen der Gebäude, von denen viele beschädigt oder eingestürzt waren. In der Nähe des Zentrums der Kolonie befand sich das Wrack eines riesigen Eistankers, der die Kuppel durchbrochen und alle Menschen innerhalb von Sekunden getötet hatte. Die Kolonisten hatten sich genau zu diesem Zeitpunkt auf dem Platz der Kolonie versammelt, um einen großen öffentlichen Protest zu veranstalten. Diejenigen, die nicht durch den Aufprall getötet wurden, wären an den Folgen der

Kälte gestorben. Den Bedingungen des Alls ausgesetzt zu sein, war eine der schnellsten, aber auch eine der schmerzhaftesten Todesarten.

"Bist du sicher, dass das der richtige Ort ist?" fragte Kana.

"Ich bin mir sicher", sagte Jack, als er die *Cabrón* dreihundert Meter über der Kolonie absteigen ließ.

In zweihundert Metern Höhe steuerte er auf die Docks der Kolonie zu, die direkt außerhalb der Kuppel lagen. Die Docks waren dunkel und durch Bruchstücke versperrt, die vermutlich während des Absturzes verteilt worden waren. Niemand kam jemals zu dieser Kolonie, weil es keinen Grund gab. Wahrscheinlich hatten Plünderer schon kurz nach dem Absturz Metalle geborgen, aber die Kolonisten von New Liberty hatten sich nur die Technologie zu eigen gemacht, die es ihnen ermöglichte, auf einem Asteroiden zu leben, der weder Atmosphäre noch Schwerkraft hat. Sie hatten sich diesen Asteroiden ausgesucht, weil er reich an Trinkwasser war, etwas, das bei den späteren Kolonisierungsbemühungen der Menschheit relativ häufig vorkam. Mit anderen Worten: Es gab nichts, was neue Kolonisten davon abhielt, sich in einer Geisterstadt niederzulassen.

Es war der perfekte Ort für einen geheimen Stützpunkt.

In hundert Metern Entfernung füllte die blockierte Rampe den gesamten Bildschirm vor ihnen aus. Jack aktivierte die Landesysteme der *Cabrón*. Trotz der Hinweise, die Jenival Ngoma in ihrer Mitteilung gegeben hatte, verkrampfte er sich. Bei diesem Abstand würde er es niemals schaffen, das Schiff rechtzeitig wegzuziehen.

Kana umklammerte ihre Armlehne. "Bist du wirklich sicher, dass das der richtige Ort ist?"

"Ich bin mir wirklich sicher", sagte Jack, obwohl er sich selbst nicht entspannen konnte, als das Schiff fünfzig Meter herabsank.

Fünfundzwanzig.

Zehn.

Bei fünf Metern verschwamm die eingestürzte Rampe, die Felsen verschwanden und gaben den Blick auf eine gut beleuchtete, offene Rampe frei.

Kana seufzte. "Das ist ein wirklich gutes Hologramm."

Das war es auch. "Ich glaube, diese Basis wurde gebaut, lange bevor Glitch auftauchte."

Jack lenkte die *Cabrón* durch den Eingang und betrat die Docks. Nahezu jedes Dock war mit Schiffen gefüllt. Mehr als die Hälfte trug das Logo von Sol Corp, aber es gab auch Dutzende von Rebellenschiffen mit dem Logo der jeweiligen Fraktion auf den Rümpfen. Er hätte nie gedacht, dass er den Tag erleben würde, an dem die Menschheit vereint sein würde ... und es brauchte nur einen mörderischen Supercomputer, um sie dazu zu bringen.

Jack manövrierte die *Cabrón* in ein Dock, in dem ein grünes Licht blinkte - ein Signal der Dockkontrolle, dass er dieses Dock nehmen sollte. Die Dockkontrolle von New Liberty benutzte keine Funkverbindungen. Zu riskant. Sie wollten nicht, dass eine Sternenschlange, die durch das Gebiet reist, neugierig wird und sich fragt, warum elektronische Geräusche von einer toten Kolonie kommen. Deshalb herrschte an den Docks - dem einzigen Teil der Kolonie, der dem offenen Weltraum ausgesetzt war - völlige Funkstille, während der Rest der Kolonie unterhalb der alten Kolonie von meterhohen Felsen verdeckt war, um jegliche Signale zu blockieren.

Sobald die *Cabrón* angedockt hatte, schaltete Jack das Schiff auf Standby und aktivierte die Verteidigungssysteme.

Er stand auf und blickte zu Kana, die damit beschäftigt war, die Schiffssysteme zu überwachen. "Ich bin zurück, sobald ich unsere Zimmer habe."

Sie nickte, ohne aufzublicken. "Ich habe gepackt und bin bereit. Und es sieht so aus, als würde draußen schon eine Crew warten."

"Sag den anderen Bescheid."

"Das werde ich." Dann schaute sie auf. "Weißt du, es wird komisch sein, in einem anderen Bett zu schlafen."

"Das wird es bestimmt."

"Ich glaube nicht, dass es mir gefallen wird", sagte sie.

"Du wirst dich daran gewöhnen." Er wusste bereits, dass er das nicht tun würde. Das Schiff war sein Zuhause. Das Schiff war sicher. In einem gemieteten Zimmer in einer geheimen Basis zu schlafen - und dass Glitch, wenn er von der Existenz der

Station erfuhr, ein ganzes Geschwader seiner Schlangen auf sie niederregnen lassen würde - machte ihn nervös. Wenn die Schlangen New Liberty angriffen, würden Jack und seine Crew die *Cabrón* nicht rechtzeitig erreichen. Sie würden sterben, genau wie Nalla.

Er versuchte, nicht an das Risiko zu denken, dem er sein gesamtes Team aussetzte, und machte sich auf den Weg in den Gang, wo Shen bereits an der Luftschleuse wartete. Burn arbeitete hinten an den Triebwerken und verriegelte sie für die Wartung, während Veda in Heddis Zimmer war und ihr Gesellschaft leistete. Noch vor einem Jahr hatte Veda Heddi kaum beachtet, aber das Mädchen war ihm ans Herz gewachsen, nicht zuletzt, weil sie ihn vergötterte und so sein wollte wie er.

Als Jack die Luftschleuse erreichte, sagte er zu Shen: "Ich habe noch einen Laderaum voll mit Waffen, die ich für Domino transportiert habe. Ich nehme an, die gehören jetzt dir."

"Ich werde dafür sorgen, dass sie einen guten Zweck erfüllen." Shen fügte hinzu: "Danke, dass du mich geholt hast. Ich schulde dir etwas, das ich vielleicht nie zurückzahlen kann."

"Nein, das war nur eine Mitfahrgelegenheit." Jack lächelte. "Aber es ist immer schön zu wissen, dass ich da draußen Gefallen einzulösen habe."

Er vergewisserte sich, dass die Luftbrücke angeschlossen war, bevor er die Tür öffnete. Die beiden Männer bahnten sich ihren Weg durch die kurze Luftbrücke und in den unter Druck stehenden Gang, wo bereits eine Mannschaft in weißen Overalls mit einem Wagen voller Ausrüstung und Werkzeug bereitstand.

"Dieses Schiff sieht anders aus als alle anderen, die ich je gesehen habe", sagte einer von ihnen. "Was für ein Schiff ist es?"

"Es ist ein modifizierter Starwing", antwortete Jack und ging an ihnen vorbei, während die Mannschaft hinter ihnen sich auf den Weg zur *Cabrón* machte.

"Ich habe noch nie einen Starwing gesehen, der so stark modifiziert wurde", sagte Shen.

"Nun, dann hast du es jetzt wohl", sagte Jack.

Shen schenkte ihm ein wissendes Lächeln. "Nein. Das glaube ich immer noch nicht."

Als sie eine Schleusentür erreichten, die das Dock vom Rest der Basis trennte, kam ihnen eine Wächterin von Sol Corp in einem viersitzigen Wagen entgegen. Sie trug zwar die Uniform, aber keinen Helm und ihre Waffen waren nicht die Standardwaffen der Sol Corp Angestellten. "Willkommen. Ich bringe euch jetzt zu Ms. Ngoma", sagte sie.

Die Männer stiegen ein - Shen auf dem Vordersitz und Jack auf dem Rücksitz - und die Wächterin fuhr durch frisch gemeißelte Felswände, an denen Lichter aufgereiht waren. Als sie an Fensterräumen, Kreuzungen und offenen Flächen vorbeifuhren, entdeckte Jack Hunderte von Menschen, die hart arbeiteten. Viele transportierten Kisten. Andere führten Trainingsübungen durch. In einem offenen Bereich wurden tragbare Photonenkanonen auf Rollwagen montiert. Noch kleinere Photonenkanonen wurden in so etwas wie Rucksäcke eingebaut.

In allen Bereichen fiel ihm auf, dass die Menschen, die miteinander arbeiteten, nicht nach ihrer Uniform getrennt waren. Sie hatten die Differenzen der Vergangenheit überwunden, obwohl sie sich immer noch auf den Krieg vorbereiteten. Es hatte sich viel verändert, und doch war das Meiste gleich geblieben.

Der Wächter setzte sie an einer Tür ohne Fenster ab. Das Panel an der Wand zeigte "Restricted Access" an, aber die Tür öffnete sich, als Jack mit seiner Hand über das Panel strich. Drinnen fanden sie die Kommandozentrale des Stützpunkts in voller Aktion. An allen offenen Stationen saßen Spezialisten, und Jenival Ngoma saß mit mehreren anderen Personen an einem Konferenztisch, obwohl Jack nur Cal Cormac, den Anführer der Vanguard, der Rebellengruppe von Luna, erkannte.

Jenival war leicht zu erkennen, denn sie trug das traditionelle Gewand ihrer nigerianischen Vorfahren mit bunten Mustern. Sie sah sie und winkte sie zu sich.

"Commander Jian, Captain Hale, ich bin froh, dass ihr es geschafft habt", sagte sie.

"Ich hoffe, du hast darauf geachtet, ohne Transponder zu fliegen", sagte einer der Männer, die am Tisch saßen.

"Ich bin kein Idiot", antwortete Jack trocken. Er hatte ihn ausgeschaltet, sobald die *Cabrón* den Sektor von Woven City verlassen hatte.

"Wie ich sehe, haben es viele hierher geschafft, aber ich hatte gehofft, dass es noch mehr sind", sagte Shen.

"Was du siehst, ist alles, was es gibt." Jenival deutete auf die Basis um sie herum. "Wir sind nur noch die geringsten Überreste von zwei Gruppen, die jeweils Zehntausende waren. Diejenigen, die in den ersten Tagen nicht getötet wurden, haben sich versteckt, und die meisten von ihnen haben den Willen zu kämpfen verloren. Aber mit dieser Basis und den Menschen hier wird es reichen."

Dann wandte sie sich an Cal. "Wenn du Shen bitte mit den neuesten Informationen versorgen würdest, bringe ich Captain Hale auf den neuesten Stand."

Jack trat neben Jenival, während sie ging, und sie verließen die Kommandozentrale. "Während der Großteil unserer Ressourcen für die Ausrüstung der buntesten Flotte, die du dir vorstellen kannst, verwendet wurde, habe ich eine ganze Abteilung damit beauftragt, dein Schiff für die Reise umzurüsten. Außerdem habe ich genügend Vorräte für deinen Frachtraum bereitgestellt. Ich will sichergehen, dass eure Mission nicht an der Vorbereitung unsererseits scheitert."

Sie kletterten auf denselben Wagen, der Jack und Shen hergebracht hatte, und sie fuhr los.

"Habt ihr das Kommunikationsproblem gelöst?" fragte Jack.

Sie schüttelte den Kopf. "Wir werden dieselbe Technologie benutzen, mit der ich dich kontaktiert habe. Solange Glitch das nicht herausfindet, ist das die einzige sichere Form der Kommunikation, die wir haben."

"Aber durch den Abstand wird die Kommunikation langsam."

"Aber möglich. Das ist alles, was zählt", sagte sie.

"Du rufst an, falls du dieses Glitch-Ding besiegt hast", sagte er.

"Nicht falls. Wenn wir Glitch besiegen, ja, dann rufe ich dich an, damit du umkehren kannst. Nach dem, was Jungers Spione vor ihrem

Tod herausgefunden haben, basiert Glitch auf dem Code der Wegbereiter, aber seine Sternenschlangen scheinen eher Drohnen zu sein. Wenn sie wirklich Drohnen sind, wird die Zerstörung von Glitch sie ausschalten. Wir schlagen der Schlange den Kopf ab, und sie stirbt."

"Ich hoffe, du hast Recht. Es gibt eine ganze Menge Schlangen da draußen", sagte er.

"Die gibt es. Während ihr Plan B gegen Glitch seid, arbeiten wir an Waffen und Rüstungen, um gegen die Drohnen zu kämpfen." Sie drehte sich um und hielt neben einem Labor mit einem großen Fenster an. Drinnen lagen mehrere Teile von Sternschlangen - vor allem die Tentakel mit den Speerspitzen - auf Tischen.

"Die Schlangen sind von denselben Polymeren umhüllt, die auf Schiffen für die Energiegeneratoren verwendet werden. Es überrascht nicht, dass es dieselben Polymere sind, die von den Wegbereitern entwickelt wurden. Wichtig ist, dass wir mit diesen Polymeren vertraut sind und dass sie nicht unzerstörbar sind. Abrupte Temperaturschwankungen machen sie spröde. Die richtigen Schneidewerkzeuge können ihre Haut durchschneiden und ihre flüssigen CPUs freilegen. Nuklearraketen können sie auslöschen. Diese Drohnen können zerstört werden."

Jack hob eine Augenbraue. "Nuklearraketen? Wenn ihr die benutzt, tötet ihr auch eine Menge Menschen."

"Das würden wir. Ich schätze, dass die Sterblichkeitsrate neunzig Prozent beträgt, wenn wir alle Schlangen mit der nuklearen Option töten. Aber wenn es darauf ankommt, werden wir tun, was wir tun müssen, um die Menschheit zu retten."

Sie schien nicht einmal zu zögern, neunzig Prozent der Menschheit auszulöschen. "Ich hoffe, du hältst dich mit dieser Option zurück, bis ich zurückkomme."

"Das werde ich, so lange ich kann, aber natürlich hoffen wir alle, dass unser erster Plan ein voller Erfolg wird. Und sollte er scheitern, hoffen wir, dass du einen Wegbereiter eher früher als später zurückbringen kannst", sagte sie, als sie wieder losfuhr. "Ich schätze, dass ihr mindestens zwei, wahrscheinlich sogar drei Jahre brauchen werdet, um den nächsten Wegbereiter aufzuspüren und ihn zurückzubringen, da ihr nicht schneller als mit Lichtgeschwindigkeit reisen könnt wie die Wegbereiter."

"Natürlich", sagte er trocken.

"Aber sobald ich dein Schiff aufgerüstet habe, kannst du fast FTL-Geschwindigkeit erreichen."

"Und diese Technologie ist getestet worden?", fragte er.

"Die Computermodelle waren erfolgreich."

Er runzelte die Stirn. "Ihr habt keine funktionierenden Versionen davon?"

"Nein, aber es ist einfacher, als du denkst. Das Problem bei höheren Geschwindigkeiten war schon immer die Strahlung. Tatsächlich können unsere Triebwerke heute höhere Geschwindigkeiten erreichen, als Menschen überleben können. Der Mensch ist einfach zu zerbrechlich für diese Art von Reisen. Außerdem besteht bei Reisen durch unkartierte Systeme ein erhebliches Risiko, auf Trümmer zu treffen. Bessere Abschirmung beseitigt diese beiden Risiken. Wir werden die gleichen mehrschichtigen Polymere auf den Rumpf deines Schiffes auftragen. Das und noch ein paar andere Dinge, und du wirst mit fast 0,8 Lichtgeschwindigkeit reisen können."

Seine Kinnlade spannte sich an. "Das klingt extrem gefährlich."

"Nicht gefährlicher als das, was der Flotte hier gegen Glitch und seine Schlangen bevorsteht", schnauzte sie und sagte nichts weiter.

Nach einer Weile sagte Jack: "Das ist eine ganz schöne Basis."

"Es war eine Sonderprojektanlage von Sol Corp. Sie wurde so gebaut, dass sie völlig netzunabhängig funktioniert und keinen Zugang zu bekannten Netzwerken hat. Und bevor du fragst: Ja, sie wurde eingerichtet, um Waffen zu entwickeln, die gegen Rebellen eingesetzt werden sollten."

"Das wollte ich nicht fragen. Ich wollte nur wissen, wie du von diesem Ort erfahren hast. Als Premierministerin des Mars, der Hochburg der Rebellen, und als Vermittlerin zwischen den beiden Gruppen bin ich neugierig, wie du von etwas erfahren hast, das alle Friedensverhandlungen untergraben sollte."

Sie lächelte. "Marlo Junger war meine Geliebte."

Er fragte sich, ob Domino wusste, dass die Vermittlerin zwischen

Sol Corp und den Rebellengruppen buchstäblich mit dem Feind unter einer Decke steckte. Er nahm an, dass es keine Rolle mehr spielte. Das 'Warum' spielte keine Rolle, sondern nur das, was getan werden musste. "Wie wäre es, wenn du mir sagst, wann du mein Schiff startklar hast?"

Sie hielt vor einer Maschinenwerkstatt an. "Du startest in einem Monat, egal ob die Nachrüstung deines Schiffes fertig ist oder nicht. Wir müssen los, bevor Glitchs Drohnen alle Ecken von Sol infiltrieren und deine Flucht verhindern. Solange Glitch sich aus dem Kuipergürtel heraushält, sorge ich dafür, dass du einen freien Weg aus Sol heraus hast."

Er rieb seine Hände aneinander. "Dann machen wir uns besser an die Arbeit."

Sie lächelte. "Warte, bis du siehst, was ich geplant habe."

24

New Liberty

„Jack!“ Burns Schrei kam aus dem Maschinenraum der *Cabrón*.

Jack warf Heddi einen komischen Blick zu und die beiden gingen den Gang entlang zum Maschinenraum, wo Burn einen großen Schraubenschlüssel in der Hand hielt, als wolle er ein Mitglied des Umrüstungsteams abwehren.

Als Burn Jack sah, sagte er: „Erschieß den Kerl, ja?“

Heddi unterdrückte ein Kichern.

Jack seufzte. „Das werde ich nicht tun.“

„Aber er nervt mich“, sagte Burn.

„Ich brauche Zugang zu den Motorträgern, um die neuen Sensoren anzubringen“, sagte der Techniker.

„Und ich habe gesagt, dass niemand außer mir in die Nähe der Triebwerke kommt“, sagte Burn.

Drei Wochen nach der Aufrüstung der *Cabrón* waren Burn und Kana mit der Überwachung des Umrüstungsteams überfordert, und Jack wurde verrückt, weil er sich mit ihren Frustrationen auseinandersetzen musste. Das Umrüstungsteam war darauf bedacht, die Dinge schnell zu erledigen, was auf Kosten der Qualität ging. Es war ihnen egal, ob Drähte eingeklemmt wurden oder Bildschirme zerbrachen, weil sie es so eilig hatten, die mehrschichtige Polymerabschirmung an *Cabróns* Rumpf zu befestigen. Kana und Burn arbeiteten jeden Tag mit dem Team zusammen, um sicherzustellen, dass alles richtig gemacht wurde, während Jack am Ende eines jeden Tages die geleistete Arbeit überprüfte.

Burn, Jack und Veda waren alle Hardware-Ingenieure, genau wie Nalla, aber ihre Fähigkeiten hatten sich im Laufe der Jahre aus Notwendigkeit erweitert. Ein Schiff braucht einen Captain, zu dem Jack gewählt worden war, während Veda sich um die unordentlichen Dinge kümmerte, um die Sicherheit der Mannschaft zu gewährleisten. Zu seinen Aufgaben gehörte es, bei Bedarf Nachschub vom Schwarzmarkt zu besorgen und Bedrohungen für die Besatzung zu beseitigen. Manchmal nahm Veda seinen Job ein bisschen zu ernst. Wäre Veda während des Umbauprojekts an Burns Stelle gewesen, hätte er mit Sicherheit jemanden umgebracht. Deshalb hatte Jack sein Crewmitglied damit beauftragt, alle Vorräte aufzuladen, die sie für die Reise benötigten, was ungefähr das Doppelte dessen war, was Jenival Ngoma ihnen geben wollte. Ngoma war mit der Aufstockung nicht einverstanden, also war Veda damit beschäftigt, die zusätzlichen Vorräte zu besorgen. Jeden Tag tauchten ein oder zwei weitere Kisten im Lager auf. Jetzt war der Laderaum fast bis zur Decke gefüllt.

Wenn nur die Umrüstung so reibungslos verlaufen würde.

Jack zeigte auf Burn. „Kannst du die Sensoren installieren?“

Burn lächelte. „Natürlich.“

Jack wandte sich an den Techniker. „Wenn Burn sagt, dass er es kann, dann kann er es auch.“

„Aber Addison hat gesagt...“

„Es spielt keine Rolle, was dein Teamleiter sagt. Dies ist mein Schiff und meine Crew hat das letzte Wort bei allem, was in die Nähe der Triebwerke oder Systeme kommt", sagte Jack.

„Aber...“

„Kein Aber. Gib es an Burn ab und mach mit dem nächsten Punkt auf deiner Liste weiter. Wenn dein Vorgesetzter fragt, kannst du immer lügen und sagen, dass du es installiert hast."

Der Techniker schaute finster drein, bevor er ein kleines, flaches Gerät in die Hand nahm, an dem mehrere Drähte baumelten. „Gut. Aber wenn dein Motor überhitzt, bist du dran schuld."

Nachdem der Techniker das Schiff verlassen hatte, fragte Jack: „Was wolltest du mit dem Schraubenschlüssel machen?"

Burn betrachtete das Werkzeug und zuckte dann mit den Schultern. „Ich habe ernsthaft darüber nachgedacht, ihm damit eins über den Kopf zu ziehen.

Das brachte Heddi zum Lachen und Burn zum Schmunzeln.

Jack rieb sich die Schläfe. „Wir werden sicher niemanden mit Schraubenschlüsseln verprügeln. Ich werde mich noch einmal mit Addison unterhalten, um sicherzustellen, dass sie versteht, dass wir uns um unser eigenes Schiff kümmern. Versuch in der Zwischenzeit, höflich zu sein. Sie versuchen es ja." Allein in dieser Woche hatte er schon ein Dutzend Mal mit Ngomas Leuten geredet. Er verstand ihre Sorge. Ngoma wollte sicher sein, dass ihr Plan B funktionieren würde, falls Plan A scheitern sollte. Sie setzte alle Teams unter Druck, obwohl Jack sich vorstellte, dass die Teams, die an der Ausrüstung der Flotte arbeiteten, viel mehr Druck hatten.

Er wandte sich an Heddi. „Wie wäre es, wenn du dieses Mal mit Addison sprichst?"

Sie wurde nüchtern und dann schlich sich ein Lächeln auf ihr Gesicht. „Du willst, dass ich Addison sage, sie soll ihre Crew aus unseren Angelegenheiten heraushalten?"

„Mit netteren Worten, ja. Übe dein Verhandlungsgeschick. Wie wär's?"

Sie rieb ihre Hände aneinander. „Das wird ein Spaß."

Burn gluckste. „Ein Kind, das einen Captain von Sol Corp herumkommandiert. Das wird bestimmt gut ankommen."

„Wenn sie sich sträubt, sag ihr, sie soll mit mir reden", sagte Jack.

Heddi hatte sich bereits auf den Weg gemacht. Sie arbeitete als Jacks Assistentin - obwohl sie sich selbst als seine Nummer zwei bezeichnete - und erledigte Botengänge und holte alles, was er brauchte. Jeden Tag musste sie das Essen aus der Kantine der Basis zum Schiff bringen. Wenn sie nicht gerade Essen besorgte, informierte sie sich über den Status der Flotte und über Glitch und seine Schlangen. Es war erstaunlich, was die Leute einem wissbegierigen Kind alles erzählen würden. Sie war schlau, heimtückisch und schnell. Erst am Vortag hatte sie eine volle Kiste mit zusätzlichen Energiezellen eingeschmuggelt. Er fragte sie nicht, woher sie sie hatte.

Vielleicht war sie Veda ein bisschen zu sehr ähnlich.

„Jack!" Kanas Stimme kam aus einem der beiden Shuttles des Schiffes.

Und schon wieder ist was.

Er warf Burn einen letzten, erschöpften Blick zu, bevor er den Maschinenbereich verließ, um die einzige Softwarespezialistin der Besatzung zu suchen. Die Last, die auf Kanas Schultern lag, tat ihm leid. Sie arbeitete achtzehn Stunden am Tag, um die Systeme an die Upgrades des Schiffes anzupassen, von der Neuberechnung des Schiffsgewichts und -gleichgewichts bis zur Eingabe neuer Leistungsbereiche. Ngoma hatte ihr zwei Softwarespezialisten zur Verfügung gestellt, aber Jack bestand darauf, dass seine Crew und nur seine Crew die Systeme der *Cabrón* anfassen sollte. Er hatte getan, was er konnte, um sie zu unterstützen, aber er würde nie so gut sein wie sie, wenn es um Codes ging. Außerdem arbeitete er am Flugplan und schätzte die besten Vektoren ein, um einen Wegbereiter zu finden ... das hieß, wenn er nicht gerade seine Crew davon abhalten musste, Leuten auf den Kopf zu schlagen.

Er fand Kana am Panel des Piloten in Shuttle zwei, wo ihr einer der Techniker für die Nachrüstsoftware über die Schulter schaute.

„Was ist los?" fragte Jack.

Kana schaute nicht auf. Stattdessen streckte sie dem Mann hinter ihr einen Daumen entgegen. „Dieser Typ. Sag ihm, er soll jemand anderen nerven."

Der schmächtige Mann versteifte sich. „Ich mache nichts falsches. Ich passe nur auf, dass sie den Code richtig eingibt."

„Du bist nervig. Ich brauche niemanden, der mir sagt, wie man einfache Skripte schreibt.“

„Aber du warst nicht auf einer Corp-Schule. Woher soll ich wissen, ob du einfache Skripte schreiben kannst oder nicht?", sagte der Techniker.

„Außerdem hast du schlechten Atem“, sagte sie.

Der Mann trat einen Schritt zurück, atmete in seine Handfläche und schnüffelte daran. „Ich habe keinen schlechten...“

Außerhalb des Schiffes ertönten die Alarme der Basis. Eine Sekunde später ertönte eine Stimme durch den Armreif des Softwarespezialisten, die durch die Lautsprecher der Basis nach draußen schallte. „Wir werden angegriffen. Ich wiederhole, wir werden angegriffen. Sternenschlangen sind in die Docks eingedrungen. Alle Sicherheitskräfte der Basis begeben sich sofort auf ihre Stationen. Alle Mitarbeiter der Flotte begeben sich auf ihre Schiffe. Alle Docksperren wurden für die Evakuierung entfernt.“

Der Mann errötete. „Aber die Flotte ist nicht bereit.“

Jack konzentrierte sich auf Kana. „Bring Veda zurück zum Schiff.“ Dann wandte er sich an den Spezialisten. „Du gehst besser zurück zu deinem Team.“

Der Mann nickte ruckartig und rannte dann los.

Jacks Tablet läutete, und er sah eine Nachricht mit hoher Priorität von Ngoma. Sie enthielt ein einziges Wort: STARTE.

„Veda ist auf dem Weg. Er ist eine Minute entfernt", sagte Kana.

„Gut. Geh auf die Brücke und beginne die Startsequenz.“

„Wir starten?“

„Wir starten, sobald alle an Bord sind.“ Er rannte los und traf Burn auf dem Gang. „Sind die Triebwerke bereit zum Start?“

„Nun, sie sind nicht auseinandergerissen, wenn du das meinst“, antwortete Burn.

„Gut genug. Wir starten.“ Er gab Burn keine Befehle, sondern überließ es seinem Besatzungsmitglied, sich um das zu kümmern, was zu erledigen war. Er sprintete zur offenen Luftschleuse und betrat durch die Luftbrücke das Dock, wo Chaos herrschte. Die

Menschen rannten in alle Richtungen, stolperten über Kisten und stießen sich gegenseitig um. Die Menschen schrien. Manche weinten.

Ein schwarzer Schwarm strömte durch die holografische Tarnung. Es mussten über hundert Sternenschlangen gewesen sein. Als sie eindrangen, teilten sie sich und klammerten sich an die Fenster wie Zecken an Hunde. Sie bohrten an den Fenstern, die die Docks von der Druckbasis trennten. Ein Fenster war bereits zerbrochen.

Er sah sich in der Menge um, aber es war unmöglich, ein kleines Mädchen in dem Durcheinander zu entdecken. „Heddi!", rief er, als er sich einen Weg durch die Menge bahnte. Er ging weiter in die Menge hinein und stieß alle weg, die ihn anrempelten. „Heddi!"

„Jack!" Heddis Stimme kam von irgendwo vor ihm.

„Heddi! Folge meiner Stimme!" Er machte sich auf den Weg zu der Stelle, wo er sie gehört hatte.

„Jack!"

Die Hand eines Mädchens winkte aus zehn Metern Entfernung. Jack drängte sich durch die Menge und fand Heddi, die sich zu ihm durchschlängelte. Er ergriff ihre Hand, riss sie an sich und bewegte sich wie ein Rammbock zurück zum Schiff. Als sie die Luftbrücke zur *Cabrón* erreichten, hörte Jack das Geräusch von zersplitterndem Glas. Er drehte sich um und sah, wie eine Sternenschlange durch ein zerbrochenes Fenster schoss.

Immer noch an ihrer Hand, rannten er und Heddi die Luftbrücke hinauf und auf das Schiff, wo Veda ihnen ein Zeichen gab, sich zu beeilen. Kaum waren sie an Bord, schloss Veda die Luftschleuse hinter ihnen.

Jack wandte sich an Heddi. „Geht es dir gut?"

„Ja. Was sollen wir jetzt tun?"

„Wir starten. Schnallt euch an. Das wird eine harte Nummer", antwortete er.

Jack warf einen Blick auf Veda. „Ich brauche dich an der Waffe."

Veda nickte, und alle drei rannten zur Brücke, wo Kana eifrig auf ihr Panel tippte. Jack schnallte sich auf dem Sitz des Captains an und vergewisserte sich dann, dass sowohl Veda als auch Heddi auf den

Jump Seats hinter ihnen angeschnallt waren. Neben Vedas Sitz befand sich ein herunterklappbares Panel mit dem Zugang zu der Railgun, die sie eingebaut hatten, nachdem sie im letzten Jahr zu oft vor Corpschiffen fliehen mussten.

Er drehte sich zu Kana um. „Wie sieht's aus?"

„Nicht alle Preflight-Tests sind erfolgreich, aber das habe ich erwartet. Die Hauptsysteme sind in Betrieb, also können wir starten. Hast du sichergestellt, dass wir nicht mit dem Dock verkabelt sind?", fragte sie.

„Wir sind an nichts gebunden, was wir nicht abreißen können." Er tippte auf die Gegensprechanlage. „Burn, schnall dich lieber an. Wir starten."

„Ich schnappe mir jetzt einen Sitz", antwortete Burn über die Sprechanlage.

Die Windschutzscheibe der *Cabrón* war nicht mehr so klar wie vor den Upgrades, als eine zweite Schicht aus transparentem Polymer aufgetragen wurde. Die transparente Schicht war nicht ganz so stark wie die schwarzen Polymere, mit denen der Rest des Schiffes beschichtet war, aber sie ermöglichte die Sicht nach vorne, falls die Videosysteme ausfielen. Durch die Windschutzscheibe sah Jack, wie sich Schlangen durch die Menschen fraßen, die das Pech hatten, noch im Dock zu sein, weil sie es nicht durch die Schutztüren geschafft hatten, bevor die Schlangen eindrangen. Der Sauerstoff und der Druck wurden herausgesaugt und jeder, der es nicht innerhalb der nächsten Sekunden auf ein Schiff schaffte, war dem Untergang geweiht. Hinter den Toten, Sterbenden und Verzweifelten standen die verschlossenen Türen zum Stützpunkt, aber ein Dutzend Schlangen bohrten sich in sie hinein.

Jack hatte Mitleid mit ihnen, aber er konnte nichts tun. Sie konnten froh sein, wenn sie hier rauskamen. Er schaltete die Triebwerke ein, und das Schiff rüttelte an den Seilen, die es stabilisierten, während die Mannschaft mit der Polymeranwendung arbeitete. Sofort hielt eine Schlange vor der Windschutzscheibe an, drehte sich um und rammte dann die Windschutzscheibe. Als sie keinen Schaden anrichtete, holte sie nochmal aus und rammte sie erneut.

„Wir haben ein Problem", sagte Veda.

„Nur eins?" fragte Kana.

„Die Railgun steckt im Bauch fest. Das Fach lässt sich nicht öffnen", sagte Veda. „Ich habe versucht, das System neu zu starten, aber ich glaube, die neuen Schilde blockieren es."

„Dann haben wir keine Waffe." Jack biss die Zähne zusammen und gab so viel Energie in die Triebwerke, dass alle Kabel rissen. Das Schiff schlingerte, bevor es scharf nach vorne kippte. Die Schlange wollte die Windschutzscheibe erneut rammen, als Jack das Schiff herumriss und die Schlange - und das Dock hinter ihnen - mit den Motorabgasen in die Luft jagte. Durch die Kameras am Heck des Schiffes konnten sie sehen, dass die Flammen die Schlange und ihre Brüder, die die Explosionsklappen angriffen, die für diese Art von Hitze gebaut waren, umhüllten.

Die Schlangen waren es hoffentlich nicht.

Die Abgase verbrannten auch die menschlichen Leichen, die auf dem Dock herumlagen. Als die *Cabrón* vorwärts flog, konnte Jack sehen, dass die Schlangen direkt hinter dem Auspuff des Motors am Boden lagen - schwarze, geschmolzene Würmer inmitten der Asche. Die Schlangen, die sich nicht direkt am Auspuff befanden, überlebten, obwohl einige von der Hitze verformt waren. Er betete, dass sie nicht ausreichen würden, um die Explosionstüren zu durchschneiden und die Menschen auf der anderen Seite zu erreichen.

Das Schiff neben der *Cabrón* verließ seine Anlegestelle und wendete schnell.

Keine schlechte Idee. Jack erhöhte die Geschwindigkeit. Er konnte die Docks nicht einfach so verlassen - es gab einfach zu viel Verkehr und Schutt, um sich durchzupflügen -, aber er schlängelte sich so schnell wie möglich durch. Um sie herum hielten sich die Schlangen an den Schiffen fest, die sich von den Docks entfernten. Schiffe ohne die Polymerabschirmung wurden von den Schlangen nur allzu leicht durchgeschnitten, während die Schlangen bei Schiffen mit Abschirmung versuchten, die am stärksten ramponierten Teile zu rammen. Teile von Schiffen und Ausrüstung, sogar ein oder zwei Leichen, prallten an der *Cabrón* ab, als Jack sich auf den Weg nach draußen machte.

Hinter ihm fluchte Veda vor sich hin, weil er nicht in der Lage war, auf irgendetwas zu schießen. Kana überwachte die Systeme des Schiffes genauso intensiv wie Jack das Fliegen. Heddi war still geworden, und er konnte es ihr nicht verübeln. In all seinen Jahren war er noch nie wirklich auf einem aktiven Schlachtfeld gewesen. Es war schlimmer, als er es sich je hätte vorstellen können.

Als die *Cabrón* den Weg frei hatte, erhöhte Jack abrupt die Geschwindigkeit, um Platz zwischen ihm und den Schlangen zu schaffen. Das Schiff schoss von den Docks von New Liberty in die Schwärze des Weltraums. Um ihn herum waren mindestens zwei Dutzend Schiffe gestartet, aber nicht alle von ihnen würden es schaffen. Ein paar Schiffe hatten bereits Hüllenbrüche. An fast allen Schiffen waren Schlangen befestigt. Mehrere Schiffe feuerten Photonenkanonen ab, aber die schwarzen Schlangen waren in dem schwarzen Raum um sie herum kaum zu erkennen. Ein Photonenschuss verfehlte die *Cabrón* nur knapp.

Es war an der Zeit, von dort wegzukommen.

Jack drehte grob in die Richtung, in die sie gehen mussten, und gab fast volle Kraft. Als sie beschleunigten, stießen sie mit einer Schlange zusammen, was ein schreckliches Kreischen verursachte, als Metall auf Metall traf. Mehrere rote Warnungen leuchteten auf seinem Display auf. „Kana, überprüf alle Systeme. Was für Schäden haben wir?"

„Ich arbeite schon daran", sagte sie.

Als die Geschwindigkeit des Schiffes zunahm, überprüfte er alle Videoübertragungen, konnte aber keine Anzeichen von Schlangen am Schiff entdecken. Erst als er sich ziemlich sicher war, dass sie vom Kampfgeschehen entfernt waren, tippte er auf die Sprechanlage. „Burn, du und Veda, ihr müsst den Rumpf auf Schäden und Schlangen überprüfen. Wir wollen keine Anhalter."

„Verstanden", meldete Burn.

Jack warf einen Blick über die Schulter und sah, wie Veda seinen Gürtel abschnallte. „Ich arbeite mich vom Bug aus nach hinten vor."

Heddi schnallte sich ab. „Ich helfe dir."

„In Ordnung, Kleine. Du kontrollierst die Kojen, die Kombüse und den Kopf", sagte Veda.

Sie rannte los, während Veda ging.

Jack konzentrierte sich wieder auf die Kamerabilder des Schiffes. Es gab keine Geräusche einer Schlange, die versuchte, sich durch den Rumpf zu graben oder zu rammen, aber das bedeutete nicht, dass sie sicher waren. Durch die mattschwarze Farbe der Schlangen waren sie kaum zu sehen, aber das gleiche galt auch für sie selbst. Auf einem der Feeds war eine Verzerrung zu sehen, bei der entfernte Sterne für den Bruchteil einer Sekunde auszublinzeln schienen. Er zoomte heran und konnte die Gestalt ausmachen. Sie hielt mit dem Rumpf Schritt, schien aber Mühe zu haben.

„Ich wünschte wirklich, wir hätten ein funktionierendes Geschütz", murmelte er.

„Warum? Ist da eine Schlange auf dem Rumpf?" fragte Kana.

„Nein." Er ging nicht näher darauf ein. Stattdessen gab er maximale Leistung. Weitere Warnungen leuchteten auf seinem Bildschirm auf, aber er ignorierte sie. Als die *Cabrón* die Geschwindigkeit erhöhte, fiel die Schlange immer weiter zurück. Innerhalb einer Minute konnte er die Schlange nicht mehr sehen. Er konnte nicht langsamer werden - sie waren immer noch zu nah - und so begann er, ihre Flugbahn so zu verändern, dass sie den Gürtel gerade verlassen konnten, ohne abzubremsen und zu wenden.

Sie waren frei von den Schlangen, die New Liberty angriffen, aber es gab noch Hunderte von ihnen im System, und wie viele von ihnen wurden in diesem Moment ausgesandt, um evakuierende Schiffe abzufangen? Sie waren noch lange nicht sicher, noch lange nicht.

25

Der innere Asteroidengürtel

Plan B war offiziell zum Plan A der Menschheit geworden.

Nach dem Angriff auf New Liberty wurde die Flotte von Ngoma dezimiert. Diejenigen, die entkommen konnten, verstreuten sich in die Ecken des Sonnensystems, bis sie sich wieder sicher verbinden konnten.

Ngoma hatte eine weitere Nachricht geschickt, nachdem sie mit Shen Jian und Cal Cormac aus New Liberty entkommen war. Die Sternenschlangen hatten es nicht geschafft, sich durch die Schutztüren zu bohren. Stattdessen gruben sie sich durch die Schächte und Tunnel der alten Stadt, bis sie Schwachstellen fanden, durch die sie sich durchschneiden konnten. Ngoma schätzte, dass weniger als dreihundert Menschen überlebt hatten, obwohl sie Waffen hatten, die Schlangen tatsächlich töten konnten. Selbst wenn es der Flotte gelingen sollte, sich wieder aufzubauen, schätzte sie ihre Erfolgschancen auf zwölf Prozent, während Jacks Plan B immer noch eine Erfolgschance von achtundvierzig Prozent hatte, selbst wenn die *Cabrón* mit nur fünfundsiebzig Prozent der Upgrades abreiste und selbst wenn sie auf ihrer Flucht Schaden genommen hatten.

Anstatt die Flotte jetzt in einem einzigen Angriff gegen Glitch zu riskieren, ließ Ngoma ihre Flotte in Ruhe abwarten, bis Jack mit einem Wegbereiter zurückkehrte, obwohl sie wusste, dass dies Jahre dauern würde. Wenn sich vor *Cabróns* Rückkehr eine Gelegenheit ergab, würde sie sie ergreifen. Wenn nicht... nun ja, ein bisschen Druck war immer schon gut.

Da die Aufrüstung noch nicht abgeschlossen war, fehlte der *Cabrón* die letzte Polymerschicht an der Hülle. Ngoma sagte, dass der Anstieg der Strahlung bei hohen Geschwindigkeiten mit einer fehlenden Pufferschicht für Jack vernachlässigbar wäre, aber sie erwähnte nicht, wie sich das auf Heddi auswirken würde. Jack hatte die Zahlen durchgespielt und ihm gefiel nicht, was er sah.

Neben der geringeren Abschirmung fehlten auch mehrere Sensoren, um den erhöhten Energiedurchsatz zu verwalten und zu überwachen. Sie mussten das, was sie konnten, notdürftig zusammenbasteln und die Triebwerke manuell überwachen, da sie sich nicht auf die Systeme verlassen konnten. Die Hardware, die sie brauchten, befand sich in New Liberty, und Glitch hatte stolz ein Video davon gesendet, wie die Station zum zweiten Mal in Jacks Leben zerstört wurde.

In den letzten acht Wochen war die Crew damit beschäftigt, alles zu beenden, was unvollständig war, und die Systeme zu reparieren und neu zu starten.

Sie hatten den Kuiper-Gürtel erreicht und die Kommunikationssatelliten umgangen, die Glitch ausgesandt hatte, um die gesamte Kommunikation in und aus dem Sonnensystem zu stören. Aber es war noch zu früh, um einen Hilferuf zu senden. Auch wenn niemand eine gesehen hatte, lauerten im Kuiper-Gürtel Schlangen. Ein einziges Signal würde genügen, und Glitch könnte einen Schlangenschwarm auf die *Cabrón* hetzen.

Und so mussten sie warten. Bei ihrer derzeitigen Geschwindigkeit würden sie das System in einem weiteren Monat verlassen. Dann könnten sie endlich senden, ohne Glitchs Aufmerksamkeit zu erregen.

Zurzeit waren sie mit einer etwas höheren Geschwindigkeit als ihrer normalen Reisegeschwindigkeit unterwegs. Das war nicht schnell genug, und das wussten alle. Jack sprach das Thema schließlich an, als alle zu Abend aßen.

„Wir müssen über die Reise nach Alpha Centauri sprechen", sagte Jack. Es war das System in das der letzte Wegbereiter, der das Sol-System verlassen hatte - der ursprüngliche Wegbereiter - laut Ngoma fliegen sollte. Aber es war immer noch nur eine Projektion. Die Wegbereiter bauten alle 0,5 Lichtjahre Replikationsfabriken. Es klang einfach, die nächstgelegene Fabrik zu finden, in der ein Wegbereiter stationiert war, vor allem, wenn man nicht einmal eine Fabrik finden musste, sondern sich nur in Kommunikationsentfernung zu einer befinden musste. Aber ein halbes Lichtjahr war eine wirklich große Entfernung, die sie zurücklegen mussten. Es war schlimmer als die Suche nach einer Nadel im Heuhaufen; sie suchten nach einer kleinen Sonde in einem ganzen Sternensystem.

Der Smalltalk verstummte, ebenso wie das Geräusch der Löffel, die den Eintopf aus den Schüsseln schöpften. Als er die Aufmerksamkeit aller hatte, fuhr er fort: „*Cabróns* Upgrades sind nicht fertig geworden. Das wussten wir schon, bevor wir New Liberty verließen, aber wir hatten ja keine andere Wahl. Das hat uns mehrere Probleme beschert, aber es gibt nur eines, das mir Sorgen macht."

„Die Abschirmung", sagte Burn.

Jack nickte. „Die Abschirmung. Wir haben eine Schicht zu wenig, um die Strahlung vollständig abzuschirmen, auf die wir stoßen werden, wenn wir mit der Geschwindigkeit unterwegs sind, die dieses Schiff erreichen kann."

„Wie viel wird durchkommen?" fragte Veda.

„Die Zahl ist nicht groß. Weniger als vier Prozent mehr, aber wenn es um Strahlung geht, ist jede Zahl eine große Zahl", antwortete Jack.

„Ist es schlimm genug, um uns zu töten?" fragte Veda.

„Uns nicht. Wir verbrennen nur mehr Kalorien." Jack warf einen Blick auf Heddi, und bald waren alle Augen auf sie gerichtet.

Sie schluckte den Löffel Eintopf hinunter, den sie gerade gegessen hatte.

„Unsere Naniten wurden entwickelt, um unseren Körper von Strahlung zu reinigen. Heddi hat keine Naniten", sagte Jack.

„Was willst du also damit sagen? Du sagst, dass ich sterben werde, nicht wahr?“ fragte Heddi.

Jack schüttelte den Kopf. „Nicht unbedingt. Die Strahlenbelastung wird nicht so hoch sein, aber wir reden hier von Monaten, vielleicht sogar Jahren, in denen wir mit Strahlung bombardiert werden. Das könnte dich krank machen oder noch schlimmer.“

„Aber es wird euch allen gut gehen.“ Sie runzelte die Stirn. „Könnt ihr mir Naniten geben?“

„So funktioniert das nicht. Das Injektionsprogramm hat Jahre gedauert und die Naniten wurden speziell für jeden Einzelnen von uns entwickelt. Ich wünschte, es wäre so einfach wie eine Bluttransfusion, aber das ist es nicht", antwortete Jack.

„Eine einfache Lösung“, begann Burn. „Wir reisen einfach mit einer Geschwindigkeit, die die Strahlung auf einem akzeptablen Niveau hält.“

„Das wird unsere Mission verlangsamen“, sagte Kana. „Was meinst du, wie sehr?“

Jack antwortete: „Wir können nicht schneller fliegen als jetzt. Das verschiebt alle Schätzungen um bestenfalls drei Jahre, aber eher um fünf oder mehr.“

„Dank der Küchenmaschine, die ich geschnappt habe, haben wir genug zu essen, um unbegrenzt da draußen zu bleiben. Ich sage, wir sollten es langsam angehen. Die Mannschaft hat Vorrang", sagte Veda.

„Es fühlt sich komisch an, das zu sagen, aber ich stimme Veda ausnahmsweise zu“, sagte Burn.

„Ich stimme auch zu. Ich werde es nicht riskieren. Soweit wir es wissen, haben die Rebellen Glitch bereits ausgeschaltet", sagte Kana.

Jack drehte sich zu Heddi um. Sie schwieg für gut zehn Sekunden, bevor sie sprach. „Es ist aber meine Entscheidung, oder? Ich bin diejenige, die krank werden wird.“

Jack nickte. „Ja.“

Ihre Gesichtszüge verfestigten sich. „Wenn wir langsam gehen, müssen alle, die wir zurückgelassen haben, diese Schlangen noch länger ertragen, oder?

Jack nickte wieder. „Ja. Vorausgesetzt, die Rebellen löschen sie nicht vorher aus."

„Aber nach dem Angriff waren kaum noch Rebellen da." Sie schüttelte den Kopf. „Wenn wir langsam vorgehen, werden noch viel mehr Menschen sterben. Nein, das werde ich nicht tun. Ich will nicht, dass Menschen meinetwegen sterben."

„Niemand stirbt deinetwegen", sagte Kana. „Wenn sie sterben, dann wegen Glitch. Es wird nicht deine Schuld sein."

Sie schüttelte noch heftiger den Kopf. „Nein. Wir fliegen schnell, und das war's. Wenn ich krank werde, werde ich krank. Aber es gibt eine Menge Leute, die auf uns zählen."

Jack merkte, dass das Mädchen vor seinen Augen erwachsen geworden war. Stolz und Furcht schlugen in seinem Herzen zusammen. „Nun, ich denke, das war's. Wir fliegen schnell."

26

Die Oortsche Wolke, 2360 n. Chr.

Es war ziemlich enttäuschend, als sie in die Oortsche Wolke im riesigen interstellaren Raum zwischen den Sternensystemen eindrangen, aber Jack hielt das für eine gute Sache. Enttäuschend war viel besser, als sich mit Sternenschlangen herumzuschlagen oder auf unkartierte Felsen zu prallen. Trotzdem liefen *Cabróns* Scanner ununterbrochen und suchten nach allem, was auf dem Weg des Schiffes eine potenzielle Bedrohung darstellen könnte.

Jack machte sich weniger Sorgen über das, was sich dem Schiff in den Weg stellte, als über das, was das Schiff jede Sekunde des Tages bedrohte. Die Strahlungswerte waren erhöht. Sie waren zwar nicht so hoch, dass sie für die meisten Besatzungsmitglieder eine Gefahr darstellten, aber Heddi hatte vorsichtshalber begonnen, sogar in einem Strahlenschutzanzug zu schlafen. Burn, der medizinische Experte der Besatzung, sagte zwar, dass das Tragen eines Anzugs nur einen Teil der Zeit bei ständig erhöhten Strahlungswerten wahrscheinlich nicht hilfreich war, aber es hatte Heddis Stress etwas gemildert, und Jack fand, dass das hilfreich war.

Jedes Besatzungsmitglied hatte seine eigene Art zu gehen. Burn schlurfte, Kana ging schnell, als wäre sie immer auf einer Mission, Veda war praktisch stumm, während Heddi stapfte. Somit wusste er sofort, wer es war, als die schweren Schritte die Brücke betraten.

„Gut geschlafen?“ fragte Jack.

Heddi rieb sich die Augen. „Okay, denke ich.“

Er deutete auf die Windschutzscheibe vor ihnen. „Während du geschlafen hast, sind wir die ersten Menschen geworden, die unser heimisches Sonnensystem verlassen haben. Wir sind gerade aus der Oortschen Wolke ausgebrochen. Wie fühlt es sich an, einer der ersten Menschen zu sein, die Sol verlassen?“

Sie runzelte die Stirn und schaute aus der Windschutzscheibe. „Es sieht nicht anders aus.“

„Nein, ich denke nicht.“

Sie legte den Kopf schief. „Hey, mir ist gerade etwas klar geworden. Ich bin sozusagen der einzige echte Mensch auf diesem Schiff.“

Er hob eine Augenbraue. „Bist du das?“

„Na ja, klar. Du hast Computer in dir, also bist du eine Art Androide oder so. Damit bin ich der erste Mensch, der Sol verlassen hat, richtig?“

„Das ist vielleicht etwas weit hergeholt, aber sicher, das muss ich dir lassen.“

Sie hob ihr Kinn und grinste. „Ja, ich bin schon etwas Besonderes.“

„Das bist du wirklich.“

Er hörte Kanas eilige Schritte, noch bevor sie sprach.

„Schon etwas empfangen?“, fragte sie, während sie ihre Tasse Tee auf ihrem Panel abstellte und sich setzte.

Sein Lächeln verblasste. „Noch nicht.“ Sie hatten die Hypothese aufgestellt, dass die Oort-Wolke Kommunikationssignale gestört haben könnte, aber diese Hypothese war eigentlich nur eine vage Hoffnung, um zu erklären, warum sie noch nichts von einem Wegbereiter gehört hatten. Der wahrscheinlichste Grund war, dass der letzte Wegbereiter, der ihr Sonnensystem verlassen hatte, auf seinem Weg zum Gliese 667 Cc-System im Sternbild *Skorpion* einfach weiter durch das nächste System auf ihrem aktuellen Vektor, Alpha

Centauri, geflogen ist. Zumindest war das Jenival Ngomas Theorie, die auf dem Vektor des Wegbereiters basierte, als er Sol hinter sich ließ.

Da Wegbereiter alle 0,5 Lichtjahre Replikationsfabriken bauen, hofften sie, einen Wegbereiter in Alpha Centauri zu finden. Aber wenn es dort einen gab, war er noch nicht in der Stimmung, *Cabróns* Pings zu beantworten. Mit der verbesserten Antenne konnten sie Signale von einem Rand eines Sternensystems zum anderen auffangen, also würden sie alles hören ... wenn dort etwas war, das mit ihnen sprechen wollte.

Er schickte wöchentliche Updates an Ngoma auf ihrem üblichen alten Kanal, aber bei ihrer aktuellen Position dauerte es über zwei Stunden, um sie zu erreichen, und genauso lange für eine Antwort, vorausgesetzt, sie konnte sofort antworten. Je größer die Entfernung wurde, desto mehr verzögerte sich ihre Antwort. Entweder war sie sehr beschäftigt (was wahrscheinlich war) oder sie war genauso frustriert wie Jack, weil die Wegbereiter nicht geantwortet hatten. Irgendwo musste doch eine Sonde einen von *Cabróns* Pings aufgefangen haben, oder?

„Hast du unsere Systeme fertiggestellt, für den Fall, dass wir einen Wegbereiter aufgreifen?“, fragte er.

Kana nickte. „Es war nicht einfach, aber jetzt kann ich mit einem Tastendruck eine Firewall aktivieren, die alle Systeme der *Cabrón* vor externen Anfragen schützt.“

„Gut. Ich traue den Wegbereitern nicht zu, dass sie nicht versuchen, unsere Systeme zu übernehmen, geschweige denn einen Blick auf unsere Daten zu werfen. Das liegt ihnen im Blut, äh, im Netzwerk", sagte er.

„Ich werde frühstücken gehen. Willst du auch etwas?“ fragte Heddi.

„Nein, danke“, sagte Jack.

Kana hielt ihren Becher hoch. „Ich bin auch bedient. Danke.“ Sie nahm einen Schluck.

Jack warf einen Blick über die Schulter, als Heddi von der Brücke ging, bevor er mit leiserer Stimme zu Kana sprach. „Die Strahlungswerte sind höher, als mir lieb ist."

Ihre Gesichtszüge verfestigten sich. „Ich weiß. Ich habe sie auch beobachtet. Sie sind weit unter unserem Grenzwert, aber..."

„Heddi."

„Ja."

„Ich habe nachgedacht... Damals, als wir das Nanobiologieprogramm durchliefen, benutzten sie alle die gleiche Hardware, richtig? Nur der Code wurde an jeden Einzelnen angepasst", sagte er. „Sie haben uns die leeren Naniten in kleinen Dosierungen über ein paar Jahre hinweg in den Blutkreislauf eingeführt. Wir haben einen 3D-Drucker. Was wäre, wenn wir Blanko-Naniten drucken und versuchen würden, Heddi durch dasselbe Programm laufen zu lassen?"

„Theoretisch könnte das funktionieren, aber wir haben keinen der ursprünglichen Codes, die sie benutzt haben, also könnten wir nur mit unserem beginnen, und jeder von uns hat sich in zweihundert Jahren stark weiterentwickelt. Ich wüsste nicht einmal, wie ich anfangen sollte, einen Basiscode zu erstellen. Aber das hier ist Medizintechnik. Burn hat vielleicht eine bessere Idee für den Anfang als ich."

„Du bist ein verdammt guter Soft-Tech. Gut genug, um für die Aria-Mission ausgewählt worden zu sein."

Sie gluckste. „Sicher, aber du vergisst eine wichtige Sache: Wir wurden nicht nur wegen unserer Gene, sondern auch wegen unseres Verstandes ausgewählt. Die meisten Menschen wären für das Nanobiologieprogramm der *Aria* nicht geeignet gewesen. Die Wahrscheinlichkeit, dass Heddi genetisch für Naniten geeignet ist, ist ziemlich gering."

„Schau dir an, wie weit die Technologie in zweihundert Jahren fortgeschritten ist."

„Und in all dieser Zeit hat sich die Menschheit aus gutem Grund von transhumanen Programmen ferngehalten. Die Nanobiologie war schon immer mit mehr Risiken als Chancen verbunden."

„Diese Risiken sind vielleicht geringer als die Risiken, denen Heddi durch die Strahlung ausgesetzt ist. Diese Reise dauert länger, als wir erwartet haben. Wenn wir einen Wegbereiter erreichen, können wir zwar langsamer werden, um uns vollständig gegen die Strahlung abzuschirmen, aber dann könnte es schon zu spät sein", sagte er.

„Aber wir haben schon einmal darüber gesprochen. Keiner von uns ist überzeugt, dass wir ihr Naniten ins Blut geben können, ohne sie zu töten", sagte Kana.

Jack wurde grimmig. „Sie hat in einem Strahlenschutzanzug geschlafen und das ist nicht genug. Ich habe ihre glasigen Augen gesehen, und das liegt nicht am Schlafmangel. Wenn wir nicht etwas tun..." Er ließ seine unausgesprochenen Gedanken hängen.

„Ich werde mit Burn reden", sagte Kana schließlich. „Vielleicht fällt uns etwas ein, woran wir noch nicht gedacht haben."

27

An Bord der Satsuma im Äußeren Asteroidengürtel

Jenival Ngoma wurde durch die Gänge von Commander Shen Jians Schiff, der *Satsuma*, eskortiert. Obwohl sie schon seit drei Wochen an Bord war, stellte Shen ihr immer noch eine Eskorte zur Verfügung. Sie war sich nicht sicher, ob es daran lag, dass er ihr nicht vertraute oder weil er nur höflich war. Sie vermutete beides. Als marsianische Premierministerin war sie offiziell Sol Corp unterstellt, während Shen als Anführer der Longrider-Rebellen im äußeren Gürtel in den Augen Sol Corps als Geächteter galt. Doch seit Glitch das System übernommen hat, waren sie beide Geächtete und würden bei Sichtkontakt getötet werden. Glitch und seine Schlangen benutzten keine Gefängnisse.

Jenivals Begleiterin, eine zierliche Frau mit asiatischen Gesichtszügen, war keine gute Gesprächspartnerin. Die Frau beantwortete nur direkte Fragen und nichts darüber hinaus, so dass Jenival es aufgegeben hatte, zu plaudern. Als sie Shens Büro erreichten, verbeugte sich die Frau höflich und ging davon. Als Jenival das Büro betrat, fand sie Shen und Cal Cormac, den Anführer der Rebellengruppe Vanguard auf Luna, vor, die sich in Plüschsesseln unterhielten. Die beiden waren die letzten beiden verbliebenen Rebellenführer und hatten gemeinsam die Rolle von Domino Wolfe übernommen, die die Führung aller Fraktionen übernommen hatte. Jenival kannte fünf Fraktionen, aber sie wusste, dass es noch andere gab.

Sie unterhielten sich gerade, also trat sie leise ein, um nicht zu stören.

„Verdammte Nachrichten“, schimpfte Cal. „Kannst du glauben, dass Glitch gerade Haustiere verboten hat? Er nennt sie einen Luxusartikel. Die Leute müssen ihre Haustiere in den Leichenhallen abliefern, damit sie eingeschläfert und recycelt werden können, oder sie müssen zusätzliche Arbeitsstunden leisten, um die zusätzlichen Ressourcen zu decken, die die Tiere verbrauchen.“

„Ich würde eher mit entblößter Brust vor einer Sternenschlange stehen, bevor ich meine Tochter zwingen würde, ihren Hund abzugeben“, sagte Shen. „Die Proklamation ist nur ein weiteres Beispiel dafür, dass diese Roboter keinen Sinn für Menschlichkeit, geschweige denn für Mitgefühl haben. Heute sind es die Haustiere. Was wird es morgen sein? Alte Menschen? Babies? Glitch wird alles organische Leben auslöschen, wenn es so weitergeht.“

Shen nahm einen Schluck. In diesem Moment fiel sein Blick auf Jenival.

„Jenival.“ Er stand auf, als sie auf ihn zukam. „Wie war dein Essen?“

„Ausgezeichnet. Bitte richte deinem Koch mein Kompliment aus", sagte sie.

Cal warf einen Blick in ihre Richtung, bevor er sich wieder seinem Getränk zuwandte.

„Willst du etwas trinken?“ fragte Shen.

Shen fragte immer, und sie lehnte immer ab.

„Nein, danke.“

Sie nahm auf einem Stuhl neben den anderen beiden in Shens Quartier Platz. Hinter ihr hingen mehrere antike Schwerter an der Wand. Shen trug immer eines bei sich und sie fragte sich, ob er schon jemanden mit diesen Klingen getötet hatte.

„Danke, dass ihr euch mit mir trefft. Ich weiß, dass es nicht üblich ist, nach dem Essen über Geschäfte zu sprechen, aber ich will keine Zeit verlieren", sagte sie.

„Dann komm zur Sache und erzähl es uns“, sagte Cal.

Jenival schenkte ihm ein falsches Lächeln. „Du kommst immer gleich zur Sache. Das schätze ich an dir. Ich habe von meinen Leuten gehört und wollte euch auf den neuesten Stand bringen.“

Shen lehnte sich vorwärts. „Sprich weiter.“

„Fünfundzwanzig meiner Agenten erhalten in diesem Moment dauerhafte Kontaktlinsen und Operationen zur Gesichtsrekonstruktion. Wenn sie fertig sind, wird jeder von ihnen in eine der fünfundzwanzig größten Städte reisen und uns mit Informationen versorgen. Das wird uns helfen, die Lücken zu füllen, während Glitch die üblichen Netzwerkkanäle, die wir benutzen, ausschaltet.“

„Warum hast du uns das nicht gesagt?“ fragte Cal.

„Weil ich euch noch nicht vertraut habe“, antwortete sie.

„Du vertraust uns immer noch nicht“, konterte Cal.

„Warum sollte ich? Ihr habt doch sehr deutlich gemacht, dass ihr mir nicht traut", sagte sie.

Shen hob eine Hand. „Freunde, bitte. Wir mögen vor der Machtübernahme unterschiedliche politische Ansichten gehabt haben, aber jetzt müssen wir zusammenarbeiten, wenn wir überleben wollen.“

„So schnell, wie Glitch alles abbaut, wird es nicht mehr lange dauern, bis wir auf altmodische Kuriere angewiesen sind, die Nachrichten physisch überbringen. Das wird uns hundertmal langsamer machen", sagte Cal.

„Ich stimme zu“, sagte Jenival. „Wenn wir Agenten vor Ort haben, können wir hoffentlich ein Relaissystem einrichten. Wenn ich mir die Abschaltrate von Glitch anschaue, schätze ich, dass ich weniger als einen Monat Zeit habe, bevor ich auch die alten Kanäle nicht mehr benutzen kann.“

„Das wird einige unserer Ressourcen abschneiden“, sagte Shen.

„Ich weiß, aber sie wissen, was auf dem Spiel steht. *Chan*, *Lead*

Sled, *Cabrón*, *Honey Badger* - sie sind zuverlässig und werden ihre Missionen auch ohne meine Führung fortsetzen."

„Ich hoffe, du hast Recht", sagte Cal.

„Da wir jeden Tag mehr Kommunikationskanäle verlieren, brauche ich eine Kommandozentrale, die näher an allem dran ist. Ich beabsichtige, eine Basis im inneren Gürtel einzurichten. Ich habe einen Standort im Quadranten des inneren Gürtels ausgemacht", sagte sie.

„Ich dachte mir, dass du das sagen würdest. Die *Satsuma* und ich werden dich begleiten", sagte Shen.

Ihre Augenbrauen hoben sich. „Weil einer von euch wegen Vertrauensproblemen bei mir bleiben will und du den Kürzeren gezogen hast."

Cal sprach. „Sieh es ein, Ngoma. Wir arbeiten nur aus der Not heraus zusammen. Sonst würden wir nicht hier in diesem Raum zusammensitzen. Vor der Übernahme habe ich einen Plan ausgearbeitet, um deine Freundin zu töten, aber Glitch kam mir zuvor. Ich werde es nicht beschönigen. Marlo Junger war schlicht und einfach böse, und ihr Tod war eine gute Sache. Ich mochte dich schon nicht, bevor ich dich überhaupt kennengelernt habe, und das hat sich inzwischen nicht geändert. Du stinkst nach Sol Corp. Wenigstens wird Shen dich nicht im Schlaf töten."

Jenival biss sich auf die Zunge. Sie vermisste Marlo furchtbar. Die Frau, von der nur Jenival wusste. Das harte Gesicht, das sie in der Öffentlichkeit trug, hatte nichts mit Jenivals Geliebter zu tun, und sie wusste, dass das System ein schlimmerer Ort war, weil es nicht die Chance hatte, die echte Marlo Junger kennenzulernen. „Hast du vergessen, dass ich den Friedensvertrag mit dem Mars ausgehandelt habe? Dass ich es war, die es der Mars Station ermöglicht hatte, frei zu sein? Das war ich, nicht Domino Wolfe."

Cal knurrte.

„Genug", schnauzte Shen. „Wir werden zusammenarbeiten oder wir werden getrennt sterben. Milliarden von Menschen zählen auf uns, und wir müssen zusammenarbeiten, um erfolgreich zu sein. Cal, deine Selbstmordattentäter helfen uns, Schwachstellen bei den Schlangen zu finden."

„Aber die Schlangen entwickeln sich weiter", brummte Cal.

„Und wir werden weiterhin Schwächen finden, die wir ausnutzen können, oder wir sorgen dafür, dass sie eine Schwäche zu unserem Vorteil entwickeln", sagte Shen. „Und Jenival, dein Spionagenetzwerk ist für unsere Koordination entscheidend. Gemeinsam werden wir den richtigen Zeitpunkt und den richtigen Weg finden, um Glitch und seine Schlangen zu vernichten."

„Ich hoffe, es wird reichen", sagte Jenival.

„Das wird es. Wenn nicht, haben wir immer noch die nukleare Option, die keiner von uns nutzen will, außer als letztes Mittel", sagte Shen.

„Beten wir, dass wir diese Entscheidung nie treffen müssen, denn ich bin mir nicht sicher, ob ich mit dieser Entscheidung leben kann", sagte Cal.

28

Der äußere Rand der Oortschen Wolke, 2362 n. Chr.

Jack fand Heddi ganz einfach. Er musste nur den Geräuschen des Trainings zum Gesundheitsraum folgen, wo er Heddi fand, die gerade dabei war, Veda niederzuschlagen.

Veda landete hart auf seinem Rücken und blieb dort liegen. „Gut gemacht."

Heddi verdrehte die Augen. „Komm schon. Du hast mich das machen lassen. Hör auf, nett zu sein."

„Es ist dein Geburtstag. Er denkt, er muss zumindest einen Tag im Jahr nett zu dir sein", sagte Jack.

„Ich habe nicht nur so getan. Sie ist in guter Form", sagte Veda und hielt ihm die Hand hin, woraufhin Jack ihm auf die Beine half.

„Wie auch immer", sagte Heddi. „Jack, wie wär's, wenn du ihm einen richtigen Takedown zeigst?"

Jack zuckte mit den Schultern und lächelte dann. „Es ist dein Geburtstag. Dein Wunsch ist mir Befehl."

Er trat aus seinen Stiefeln und stellte sich auf die Matten. Heddi stand etwas abseits, an die Wand gelehnt, die Arme vor der Brust verschränkt.

Burn war kein großer Kämpfer, ebenso wenig wie Kana, und so hatten Veda und Jack schon tausende Male zusammen trainiert. Sie kannten jede einzelne Bewegung des anderen, was sie dazu zwang, oft neue Stile zu erforschen. Veda bevorzugte Jiu-Jitsu, während Jack MMA bevorzugte, aber beide kannten sich mit den meisten bekannten Kampfstilen aus. Sie waren ebenbürtig und besiegten sich gegenseitig in etwa gleich oft. Aber es war Heddis Geburtstag und Jack hatte ihr versprochen, dass er Veda besiegen würde, also sorgte er dafür, dass er es auch tat.

Veda machte den ersten Schritt, indem er Jack mit einem Low Kick angriff und ihn zwang, seine Haltung aufzugeben. Jack wich mit einem Sprung aus, rollte sich auf die Füße und holte sofort zu einem Nierenschlag aus. Veda hatte die Bewegung vorausgesehen, packte Jacks Arm und zog ihn zu sich heran, während er seinen Ellbogen auf ihn zukommen ließ. Aber Jack hatte den Schwung ausgenutzt und Veda mit sich zu Boden gerissen, wo sie sich zusammenrollten, wobei Jack mindestens einen Schlag mehr in die Rippen einstecken musste als Veda.

Innerhalb von Sekunden waren sie wieder auf den Beinen, schlugen und traten um sich und ignorierten den Schmerz, den der andere verursachte. Vedas Handfläche traf Jacks Schläfe, wodurch sich Jacks Sicht verengte. Um das auszugleichen, hob er seine Arme zur Verteidigung hoch und benutzte seine Unterarme, um die Schläge abzublocken. Veda griff Jacks Bauch an, also hob er ein Knie, um ihn abzublocken, während er gleichzeitig seine Hand nach vorne schießen ließ. Er traf Veda an der Schulter direkt unter dem Schlüsselbein und traf den Brustnerv. Das ließ Veda einen halben Schritt zurücktaumeln, aber das reichte Jack, um seinen Arm nach vorne zu schwingen und Veda mit dem Unterarm knapp unterhalb des Ellenbogens ins Gesicht zu schlagen. Der Schlag war so stark, dass Veda stolperte und fiel.

Heddi klatschte. „Nimm das, V!"

Veda zog sich auf seine Ellbogen hoch und sah Heddi finster an. „Womit habe ich das verdient?"

Sie sah selbstgefällig aus. „Du hast mich gewinnen lassen. Und ich habe dir schon gesagt, dass ich das nicht will. Wie soll ich denn besser werden, wenn du mich so schonst?“

„Pass auf, was du dir wünschst, Geburtstagskind“, brummte Veda, als er Jack die Hand hinhielt.

Die Wahrheit war, dass Veda immer sehr vorsichtig mit Heddi war. Sie hatte keine Naniten, mit denen sie Muskelrisse oder Knochenbrüche reparieren konnte. Außerdem verfügte sie nicht über die lebenslange Erfahrung, die Veda und Jack durch ihr jahrelanges Training hatten. Sie würde wahrscheinlich nie so gut sein wie die beiden, aber sie musste einfach besser sein als jeder Bösewicht, dem sie gegenüberstand.

„Wie sieht es aus? Rematch?“ fragte Veda Jack, als er auf die Beine gezogen wurde.

„Vielleicht später. Ich muss die Scanner überprüfen", sagte Jack.

„Zeigst du mir, wie du den Ellbogenschlag gemacht hast?“ Heddi machte die Bewegung mit ihrem eigenen Arm nach.

„In ein paar Stunden“, sagte Jack.

Das schien sie zufrieden zu stellen, und Jack wandte sich zum Gehen. Auf dem Weg nach draußen hielt er inne. „Oh, und alles Gute zum Geburtstag, Heddi.“

Sie strahlte. „Danke.“ Dann runzelte sie die Stirn. „Hey, warum bin ich die Einzige, die ihren Geburtstag feiert? Warum feiert ihn keiner von euch? Wisst ihr überhaupt noch, wann eure Geburtstage sind?“

„Ich erinnere mich.“ Der erste, der ihm einfiel, war der einer seiner letzten Identitäten. Es dauerte ein paar Sekunden, bis er sich an sein richtiges Geburtsdatum erinnerte. 29. April 2104. Damit war er... er blinzelte, nachdem er nachgerechnet hatte. Jack Hale war zweihundertachtundfünfzig Jahre alt. Er tauschte einen Blick mit Veda aus, bevor er ihre Frage beantwortete. „Nach so vielen Jahren verlieren sie irgendwie ihren Glanz.“

„Ich stehe nicht auf so viel Aufmerksamkeit“, fügte Veda hinzu.

Sie schien sich nicht beirren zu lassen. „Ich finde, jeder muss seinen Geburtstag feiern. Wenn ihr eure eigenen Geburtstage nicht feiern wollt, wie wäre es dann, wenn wir die Geburtstage von allen zusammen feiern?“

„Und wann sollen wir das tun?“ fragte Jack.

„An meinem Geburtstag natürlich. Heute wird die erste jährliche Geburtstagsfeier der Crew sein.“ Ihre Augen weiteten sich. „Ich muss noch so viel planen.“

Sie schnappte sich ihre Schuhe.

„Ich nehme an, unser Training ist beendet?“ fragte Veda.

„Für den Moment. Wir sehen uns bald in der Kombüse!", rief sie, als sie aus dem Gesundheitsraum rannte.

Jack grinste. „Wenn wir heute unseren Geburtstag feiern, solltest du besser duschen gehen. Du stinkst.“

Veda grunzte und schnüffelte dann diskret an sich selbst.

Jack gluckste, als er den Gesundheitsraum verließ. Auf der anderen Seite des Flurs befand sich das Krankenzimmer, also ging er hinein und fand Burn bei der Arbeit vor, so wie er es in den letzten zwei Jahren jeden Tag stundenlang getan hatte.

„Wie läuft's?“ fragte Jack.

Burn lehnte sich zurück und nahm das Vergrößerungsglas von seinem Auge ab. „Es geht nicht. Kana und ich haben alles ausprobiert, was wir uns vorstellen können. Es ist unmöglich, leere Bio-Naniten herzustellen. Sie brauchen einen grundlegenden Quellcode, aber unsere eigenen Naniten haben sich so oft selbst modifiziert, dass wir nicht einmal eine gemeinsame Basis finden können.“

„Ihr beide werdet es herausfinden. Ich weiß, dass ihr das schafft", sagte Jack. Er und Veda hatten anfangs geholfen, aber es war schnell klar geworden, dass sie den gemeinsamen Rhythmus von Burn und Kana nur verlangsamen würden. Also ließen sie die beiden ihr Ding machen und halfen nur, wenn sie gefragt wurden.

Sie brauchten einen Erfolg. Je länger die Mission dauerte, desto offensichtlicher wurde ihr Versagen. Sie hatten keine Antworten auf ihre Pings. Seit über sechs Monaten hatten sie keine Nachricht mehr von Jenival Ngoma erhalten. Er musste das Schlimmste annehmen: dass die Rebellion vollständig ausgelöscht war. Hatte die Menschheit den Kampf gegen Glitch und seine Schlangen überlebt? Nach allem, was Jack wusste, könnte seine Crew alles sein, was von der Menschheit übrig geblieben war. Ohne Jenival gab es niemanden mehr, den er hätte erreichen können. Domino war vor Jenival sein Kontakt gewesen. Kana hatte versucht, auf die Netzwerke zuzugreifen, aber sie befanden sich auf der falschen Seite von Glitchs Kommunikationsstörsendern und zu tief in der Oortschen Wolke, um irgendwas zu empfangen.

Sie waren allein hier draußen, und sie würden weiterfliegen, denn die einzige andere Möglichkeit wäre, mit leeren Händen nach Sol zurückzukehren. Und Jack weigerte sich, das zu tun.

Er wandte sich zum Gehen, als Burn fragte: „Wie geht es der frischgebackenen Siebzehnjährigen heute?"

„Sie ist in Topform. Sie hat Veda vor ein paar Minuten auf den Rücken geworfen."

„Gut für sie. Veda braucht ab und zu einen kleinen Dämpfer."

Das brachte Jack zum Lächeln. Burn war das eingebildetste Mitglied der Crew, aber das schien er nicht zu bemerken. Aber sie hatten alle ihre Fehler. Kein Grund, sie hervorzuheben.

Burns Gesichtszüge wurden trauriger. „Die Strahlung macht ihr langsam zu schaffen. Hast du die dunklen Ringe unter ihren Augen bemerkt?"

„Das habe ich."

Als Jack Heddi zum ersten Mal an Bord brachte, hatte Veda ihn dafür gescholten, dass er ein junges Mädchen aufnahm, als ob er einen verlorenen Welpen retten würde. Jack hatte nie die Absicht, sie zu behalten. Er hatte sie sogar bei Domino abgegeben, es sich aber anders überlegt, als er erfuhr, dass sie in einem Waisenhaus landen würde. Jack nahm an, dass er ein gutes Zuhause für sie hätte finden können, wenn er sich umgesehen hätte, aber das tat er nicht. Stattdessen behielt er ein Kind an Bord bei einer Crew, die kein Recht hatte, ein Kind aufzuziehen. Und jetzt hatte Jack sie mit auf eine Mission genommen, die sie umbringen würde.

Ihr Leben wäre nicht angenehm gewesen, wenn er sie zurückgelassen hätte, vor allem, weil Glitch und seine Schlangen ganze Kolonien gefangen hielten, aber verdammt noch mal, dann hätte sie wenigstens eine Chance auf ein Leben gehabt. Jack hatte ihr das genommen, zusammen mit jeder Chance, Liebe zu finden oder eine eigene Familie zu gründen. Er wusste, dass es dem Teenager gegenüber unfair war, aber er hatte sie trotzdem mitgenommen. Das machte Jack egoistisch und grausam.

29

Alpha Centauri System, 2366 n. Chr.

Jack drückte auf die Sprechanlage. „Aufgepasst, Leute. Wir betreten jetzt offiziell Alpha Centauri."

Heddi war die erste, die hereinschlurfte. Sie war erst zweiundzwanzig Jahre alt, aber sie bewegte sich wie eine alte Frau. Die dunklen Ringe unter ihren Augen waren zu ständigen, tiefen Blutergüssen geworden, und bei den seltenen Gelegenheiten, bei denen sie mit Veda kämpfte, bewegte sie sich ohne Kraft und Koordination. Es tat Jack weh, sie dahinsiechen zu sehen.

Sie hatte Krebs - wahrscheinlich war sie davon durchdrungen. Aber sie weigerte sich, in der Heilkapsel zu schlafen und sich einem medizinischen Scan zu unterziehen. Jack verstand ihre Beweggründe. Würde das Wissen, dass es Krebs war, die Situation erträglicher machen, wenn sie keine Behandlung an Bord hatten? Wäre es andersherum gewesen, hätte Jack sich den Scans unterzogen. Er wollte es immer wissen.

Sie legte den Kopf schief, als sie die Schwärze vor ihnen betrachtete. „Hm. Sieht nicht anders aus als der tote Raum zwischen den Systemen."

„Vielleicht nicht, aber hier gibt es garantiert mindestens drei Replikationsfabriken, und wir werden die nächste in mindestens sechs Wochen bis höchstens sechs Monaten erreichen. Sol Corp hatte diese Daten vom ursprünglichen Wegbereiter, als er sie noch über seine Expansion auf dem Laufenden hielt. Und wenn wir eine Fabrik finden, finden wir auch einen Wegbereiter."

„Sicher, aber wenn er jetzt nicht mit uns spricht, warum sollte er dann mit uns sprechen?"

Jack blinzelte. „Weil ich ihn so lange ärgern werde, bis ihm nach Reden zumute ist."

„Okay, Captain Optimist."

Sol Corp hatte zwar die Standorte der Replikationsfabriken, aber die Dinge verschoben sich ständig im Raum. Es gab keine Garantie dafür, dass sich die Fabriken an denselben Orten befanden. Schlimmer noch: Es gab keine Garantie, dass eine dieser Fabriken noch in Betrieb war. Sie könnten aufgegeben worden sein, wie die Fabriken in Sol, als die Wegbereiter weiterzogen. Jack konnte bis auf tausend Kilometer an eine Fabrik heranfliegen und sie für einen Felsen halten, wenn sie keine Energie erzeugte.

„Wir werden Kontakt herstellen", sagte Jack.

„Ich hoffe es." Sie wandte sich zum Gehen, schwankte aber noch einen Moment auf ihren Füßen.

„Heddi?" fragte Jack.

Sie wurde ohnmächtig.

„Heddi!" Jack stürzte von seinem Sitz und rollte sie auf den Rücken. Er überprüfte ihren Puls und ihre Atmung: beides war schwach und flach. Er hob sie in seine Arme und trug sie zum Krankenzimmer.

Die Tür war offen. Burn war bereits drinnen, wo er jetzt die meiste Zeit des Tages verbrachte.

„Burn, die Kapsel", sagte Jack, als er eintrat.

Der andere Mann ließ das Tablett, das er in der Hand hielt, fallen und öffnete eilig die zylindrische Krankenstation. Sobald sich der Deckel hob, setzte Jack Heddi hinein.

„Was ist passiert?" fragte Burn.

„Sie ist auf der Brücke zusammengebrochen."

Burn schloss mit finsterer Miene den Deckel und versiegelte Heddi darin. Ein medizinischer Nebel erfüllte die Kapsel. Er drehte sich um und wandte sich dem Panel an der Wand zu, das die Kapsel bediente. „Ich weiß, dass sie nicht gescannt werden will, aber sie hat kein Mitspracherecht, wenn sie so fertig ist.

Sekunden später begann eine horizontale Lichtlinie an ihrem Kopf und arbeitete sich an ihrem Körper hinunter. Als sie ihre Füße erreichte, erschien eine neue Linie an ihrem Kopf und arbeitete sich nach unten. Der Scan wurde ein Dutzend Mal wiederholt, bis ein Bild ihres Körpers und ihre Daten auf Burns Bildschirm erschienen.

Burn ballte die Fäuste. „Verdammt noch mal. Es hat sich überall ausgebreitet. Ich bin überrascht, dass sie noch laufen konnte."

Jack legte eine Hand auf die Kapsel und starrte auf die junge Frau hinunter, die zu ihrer Familie gestoßen war und sie mit ihrem eigenen Elan zum Leben erweckt hatte. „Wie viel Zeit haben wir noch?" Er hatte „wir" statt „sie" gesagt, weil ihr Tod etwas in ihnen allen töten würde.

„Hier steht, sie hat noch Wochen, höchstens einen Monat." Burn schlug seine Hände auf den Tresen.

Jack knirschte mit den Zähnen. „Betäube sie erstmal. Das verschafft uns mehr Zeit."

„Sie wird nicht glücklich sein, wenn sie erfährt, dass wir sie in die Kapsel gesteckt haben."

„Das ist mir egal, solange wir dadurch etwas Zeit gewinnen, um herauszufinden, wie wir sie retten können."

Burn schüttelte traurig den Kopf. „Zeit wird nicht helfen. Wir arbeiten schon seit Jahren an diesen Naniten und haben immer noch nicht annähernd das, was wir hatten, als wir uns den Behandlungen unterzogen haben."

„Dann versuchen wir einen neuen Ansatz." Er ging zur Wand hinüber und tippte auf die Sprechanlage. „Alle sofort in den medizinischen Raum."

30

Alpha Centauri System

Burn hat Heddi vier Tage nach ihrem Zusammenbruch aus dem künstlichen Koma geweckt. Die ganze Besatzung stand um die Kapsel herum. Als sie wieder zu sich kam, erkannte sie, wo sie war. Ihre Augen weiteten sich, und sie schlug gegen die Decke.

„Whoa, vorsichtig, Kind. Ich öffne die Kapsel. Es dauert nur eine Minute", sagte Burn.

Sobald sich der Deckel hob, holte Heddi tief Luft und setzte sich mühsam auf, um sich herauszurollen.

Kana erreichte sie zuerst. „Vorsichtig. Ich habe dich."

Burn hob die Rückenlehne an und Kana half Heddi in eine sitzende Position.

„Es ist schwer, in diesen Dingern zu atmen", sagte Heddi, während sie darum kämpfte, sich zu beruhigen.

„Pods können bei Klaustrophobie ein bisschen hart sein, aber wir mussten sie benutzen", sagte Burn. „Du warst bewusstlos. Ich hätte dich da nicht reingesteckt, wenn ich es nicht müsste."

Heddis Schultern sackten in sich zusammen. „Es ist ziemlich schlimm, nicht wahr?"

„Ja, es ist ziemlich schlimm", sagte Burn.

Endlich sprach Jack. „Du hast Krebs von der Strahlung, Heddi. Aber ich glaube, das wusstest du schon. Er frisst sich schon seit geraumer Zeit durch dich hindurch."

„Ich weiß", sagte sie leise. „Ich bin am Ende."

Burn schaute Jack an, der ihm kurz zunickte, und dann sprach Burn. „Wir haben keine Krebsbehandlung an Bord, aber es gibt etwas, das wir versuchen können."

„Die Naniten?", fragte sie.

Burn nickte. „Die Naniten."

„Aber du hast gesagt, sie würden nicht funktionieren." Ihre Gesichtszüge glätteten sich.

„Wir wissen nicht, ob sie funktionieren werden", sagte Burn.

„Aber ich werde sterben, also haben wir nichts zu verlieren", sagte sie ohne Hoffnung in ihrer Stimme.

Burn zuckte zusammen. „Das, woran Kana und ich gearbeitet haben, wird nicht funktionieren. Wir haben es auf tausend verschiedene Arten versucht und waren nie in der Lage, rohe Naniten zu drucken und zu verwenden. Aber wir haben viel geredet und denken, dass die normalen Naniten - unsere Naniten - vielleicht eine Chance haben, wenn wir nur eine kleine Menge auf einmal einbringen."

„Sie entwickeln sich ständig weiter, vielleicht entscheiden sie sich also für ein Upgrade, wenn sie erst einmal in deinem Körper sind", sagte Kana. „Und du hast hier vier Quellen von Naniten. Wir hoffen, dass einer von uns kompatibel ist."

„Das verstehe ich nicht", sagte Heddi.

„Die Naniten sind speziell auf bestimmte DNA-Marker kodiert. Aber wir würden wir gerne unsere Naniten übertragen", sagte Burn. „Wir würden ein Besatzungsmitglied nach dem anderen durchgehen. Wir ziehen eine winzige Menge an Naniten aus dem Plasma und injizieren sie dir. Mal sehen, ob dein Körper sie annimmt und die Naniten tun lässt, wozu sie programmiert wurden. Wir vermuten, dass die Naniten deine DNA akzeptieren werden, damit sie überleben können. Das Problem ist nur, dass die Übereinstimmung der Naniten nicht mit einer einfachen Übereinstimmung der Blutgruppen zu vergleichen ist. Es geht mehr um DNA und Gene, aber leider haben wir keinen Zugang zu den Originalunterlagen des Programms, so dass wir nicht wissen, nach welchen genetischen Markern sie gesucht haben. Ergibt das einen Sinn?“

„Das hört sich an, als würdet ihr improvisieren“, sagte Heddi.

„Ja, das ist genau das, was wir tun“, sagte Jack.

„Wir wissen, dass wir dir keine vollständige Transfusion der Naniten geben können. Das würde dich umbringen. Aber wir haben noch nie darüber nachgedacht, eine minimale Menge als Teil einer vollständigen Plasmatransfusion zu injizieren. Es könnte nicht funktionieren, aber es ist die einzige Idee, die wir haben.“

„Lasst es uns tun“, sagte sie ohne zu zögern.

Burn hielt einen Finger hoch. „Selbst wenn es funktioniert, vergiss nicht, dass diese Bio-Naniten ihre eigenen Probleme mit sich bringen.“

„Ich weiß. Ich würde mehr essen und mehr Nickerchen machen. Das sind nicht gerade Probleme", sagte sie.

„Ich rede davon, dass du nie Kinder haben kannst“, sagte Burn.

„Ich will keine Kinder.“

„Das liegt daran, dass du selbst noch ein Kind bist“, sagte Veda.

„Ich bin kein Kind. Ich bin zweiundzwanzig Jahre alt.“

„Du bist noch ein Kind“, sagte Veda.

„Vielleicht änderst du deine Meinung über Kinder irgendwann“, sagte Kana.

„Aber ich werde diesen Tag nicht mehr erleben, oder? Der Krebs bringt mich um.“

Jack zuckte angesichts ihrer brutalen Wahrheit zusammen.

Heddi schaute in die Gesichter. „Ich verstehe schon. Vielleicht möchte ich eines Tages ein oder zwei Bälger zur Welt bringen, aber damit kann ich umgehen, wenn die Zeit gekommen ist. Ihr seid alle gut ohne Kinder ausgekommen. Wenn ich an Krebs sterbe, werde ich nie die Chance haben, das zu erleben. Ich weiß, dass das mit den Naniten vielleicht nicht funktioniert, aber ich will es versuchen.“ Sie hielt inne. „Wird es wehtun?“

Burn legte ihr eine Hand auf die Schulter. „Ich werde dich betäuben, damit du nichts spürst, aber du musst während der Transfusion in der Heilkammer bleiben."

Sie rümpfte die Nase. „Seit ich in dem Notfallbunker in Pallas 6 festsaß..."

„Ich weiß", sagte Burn.

Schwach zuckte sie mit den Schultern. „Aber hey, ich werde bewusstlos sein, also wird es mir wohl egal sein. Okay, ich bin bereit."

Burn klappte das Heck der Kapsel herunter und brachte Heddi in die Bauchlage. Alle traten um die Kapsel herum.

Heddis Augen waren feucht. „Hört zu, wenn ich nicht wieder aufwache... Nur damit ihr es wisst, ich habe euch immer als mehr als nur meine Crew angesehen. Ihr seid meine Familie."

Du verdienst etwas Besseres. Jack strich ihr die Haare zur Seite. „So wie du in jeder Hinsicht die meine bist."

Burn setzte Heddi eine Nadel in den Arm und schloss den Deckel der Kapsel. Ein beruhigender Nebel erfüllte die Kammer und ihre Augen flatterten zu. Die vier standen einen langen Moment lang um Heddi herum. Veda schniefte.

Jack drehte sich abrupt um und nahm neben dem Ständer mit den Geräten Platz, den Burn aufgebaut hatte. „Ich bin bereit."

Burn bewegte sich vorsichtig, als er die beiden Nadeln einführte, die Jack mit der Transfusionsmaschine verbanden, die das Plasma abzog und dann nur eine winzige Anzahl von Naniten - weniger als hundert - aus Jacks Blut einfing und in Heddis Blut übertrug. Als die Crew über diese letzte Möglichkeit sprach, verlangte Jack, dass er den Anfang macht. Wenn die Naniten Heddi töteten, wollte er nicht, dass jemand aus seiner Crew diese Last trug. Diesen Schmerz sollte er allein tragen.

Er beobachtete, wie sich die Leitung zur Maschine mit seinem Blut füllte, und viele lange Sekunden später begann die Rückleitung mit dem Blut und den Naniten, die die Maschine nicht brauchte, in Jack zurückzufließen. Es ist nicht nötig, aktive Naniten zu verschwenden, obwohl wir Milliarden davon haben.

Die Naniten der Besatzung befanden sich überall in ihrem Körper, nicht nur in ihrem Blut. Die Naniten waren darauf spezialisiert, welches Organ sie unterstützten, aber während des ursprünglichen Programms waren sie alle direkt in den Blutkreislauf injiziert worden, also hoffte die Crew, dass das auch diesmal funktionieren würde. Wenn Jenival Ngoma hier wäre, würde sie eine sehr genaue Zahl nennen, wie hoch die Chance ist, dass es funktioniert, und diese Zahl wäre sehr gering gewesen. Jack wusste, dass das, was sie vorhatten, ein Schuss ins Blaue war. Zum ersten Mal wünschte er sich, dass Charles Metrell noch am Leben wäre, denn dann hätte er Daten aus dem ursprünglichen Programm gehabt.

Aber Charles Metrell war nicht mehr am Leben und die Crew hatte keine Daten, mit denen sie arbeiten konnte. Alles, was sie hatten, waren Vermutungen, und Vermutungen waren besser als gar nichts zu tun.

Kana und Veda hielten sich an den Händen, und alle sahen schweigend zu, wie die Transfusionsmaschine einige lange Momente lang surrte, bevor eine Flüssigkeitsleitung in eine Zuleitung der Heilungskapsel und dann in Heddis Arm floss.

Burn stand vor dem medizinischen Panel und las die Daten auf dem Bildschirm. „Alles zeigt grünes Licht für die Transfusion. Es dauert eine Weile, bis die Maschine die Naniten aussortiert hat, aber das habe ich erwartet. Wir müssen nur darauf warten, dass Heddi genug Plasma erhält, um etwas zu bewirken. Zumindest sollten sich ihre Vitalwerte dank des frischen, gesunden Plasmas schnell verbessern. Es könnte viel länger dauern, bis sich die Naniten auswirken, ob gut oder schlecht.

„Ich werde so lange warten, wie es nötig ist“, sagte Jack.

„Wir werden auch warten“, sagte Kana.

Ganze fünf Minuten vergingen, bevor Burn wieder sprach. „Ich sehe den Anstieg, den ich von Jacks Plasma erwartet habe. Sowohl ihre Herzfrequenz als auch ihr Blutdruck haben sich verbessert.“ Er versteifte sich. „Warte, es sieht so aus, als würde etwas passieren. Das ist schneller, als ich dachte.“

„Was ist los?“ fragte Jack.

Burn ignorierte ihn und schaltete stattdessen die Transfusionsmaschine ab. Sofort tippte er auf mehrere Elemente auf seinem Bildschirm, wodurch sich ein grüner Nebel in der Röhre bildete.

„Es sieht so aus, als wären selbst ein paar Dutzend Naniten zu viel für Heddi in ihrem derzeitigen Zustand gewesen. Ihr Körper verfällt in einen anaphylaktischen Schock." Er zog eine Grimasse. „Es sieht so aus, als würden ihre Zellen nicht mit den Naniten klarkommen, zumindest nicht mit Jacks Naniten."

Burn entfernte die Nadeln aus Jacks Armen. „Ihr passt nicht zusammen."

„Wir wissen nicht einmal, ob einer von uns geeignet ist", sagte Veda mürrisch. „Soweit wir wissen, nehmen wir ihr nur das bisschen Zeit, das ihr noch bleibt."

„Das Plasma sollte ihr mehr als genug geben, um alles abzuwehren, was die Naniten ihr antun wollen", sagte Burn. „Wir haben kaum die Hälfte der Transfusion hinter uns gebracht. Das sind kaum Naniten, mit denen sie fertig werden muss. Ehrlich gesagt, bin ich überrascht, dass ihr Körper überhaupt reagiert."

„Vielleicht versuchen die Naniten, sich zu vermehren und anzupassen", sagte Kana und wandte sich dann an Jack. „Kannst du etwas spüren?"

Jack schloss die Augen, beruhigte seine Atmung und versuchte, etwas anderes zu spüren, aber nach einer Minute öffnete er die Augen und schüttelte den Kopf. „Ich spüre gar nichts. Diese Naniten könnten sich vom Netzwerk meines Körpers getrennt haben, sobald sie meinen Körper verlassen haben."

„Das klingt so, als ob sie sich nicht anders verhalten, als wenn man sie durch einen Schnitt oder eine Verletzung verliert", sagte Burn, während er den Scanner aktivierte. „Wenn das der Fall ist und sie sich deaktivieren, sobald sie den Körper verlassen, dann ist der Versuch, sie in Plasma zu konservieren, um sie Heddi zu übertragen, reine Zeitverschwendung. Mal sehen, was der Scanner erkennt, wenn ich ihn nur auf die Naniten ansetze." Burn klopfte mit den Fingern auf den Tresen. „Ich kenne keine andere Möglichkeit, sie so zu übertragen, dass sie nicht stirbt."

Die Scannerlichter fuhren über Heddis liegende Gestalt. Viele lange Sekunden später hielt der Scanner an.

„Die Naniten funktionieren noch. Sie scheinen sogar hyperaktiv zu sein", sagte Burn. „Der Nachteil ist, dass Heddis Körper sie angreift - oder sie greifen sie an, das ist unmöglich zu sagen. So oder so, es ist nicht gut."

„Kannst du sie entfernen?" fragte Jack.

Burn schüttelte den Kopf. „Sie sind zu klein. Wenn sie einmal drin sind, sind sie drin. Einige haben bereits ihren Blutkreislauf verlassen. Es gibt keine Möglichkeit, sie wieder herauszuholen. Es gibt keine Möglichkeit, sie abzuschalten. Ein Mikro-EMP würde sie nur dazu zwingen, neu zu starten, also müssen wir sie gehen lassen. Wir wussten von Anfang an, dass es wahrscheinlich nicht funktionieren würde. Wir tun alles, was wir können. Jetzt müssen wir nur noch abwarten, bis ihr Körper die Naniten ausgeschwemmt hat.

„Und wenn ihr Körper sie nicht ausspült? Was ist, wenn sie sich wie ein Virus vermehren und sie töten?" fragte Veda.

„Dann werden wir uns etwas einfallen lassen", sagte Burn und seine Worte klangen frustriert. Er holte tief Luft, bevor er fortfuhr. „Sobald sich ihr Körper von Jacks Transfusion erholt hat, versuchen wir es erneut."

„Sag mir Bescheid, wenn sich etwas ändert." Jack krempelte seine Ärmel herunter. „Ich bin auf der Brücke."

Er machte sich wieder an die Arbeit, nicht ahnend, dass er weniger als drei Stunden später in den medizinischen Raum zurückkehren würde, wo mehrere Alarme ertönten und Burn die Wiederbelebungsfunktionen der Kapsel aktivierte. Kana und Veda stießen auf dem Flur fast mit ihm zusammen, als sie ebenfalls in den Raum rannten.

„Was ist los?" fragte Jack, sobald sie drinnen waren.

„Sie hat einen Herzstillstand", antwortete Burn, ohne aufzusehen.

Jack erstarrte.

Kana hielt sich den Mund zu. „Nein."

„Es waren die Naniten. Sie haben sie angegriffen." Burns Finger flogen über das Panel. Im Inneren der Kapsel war jetzt ein weißer

Kompressionsgurt um Heddis Oberkörper gewickelt und eine Maske ruhte auf ihrem Mund und ihrer Nase. Burn drehte sich um und schaute in die Kapsel. „Komm schon, komm schon."

Veda legte seine Hand auf die Kapsel. „Du bist ein Kämpfer. Kämpfe."

Einige Sekunden später verstummten die Alarme und hinterließen einen regelmäßigen Piepton für den Herzschlag der jungen Frau. Burn überprüfte das Panel. „Das System hat es geschafft, sie auszugleichen." Er startete einen weiteren Scan.

Jack lehnte sich mit dem Rücken gegen die Wand. Es waren seine Naniten gewesen, die Heddi getötet hatten. Wenn sie nicht in der Kapsel gewesen wäre ... hätten sie nie den verrückten Wissenschaftler spielen dürfen. Sie hätten Heddi die Würde eines natürlichen Todes geben sollen.

Burn lehnte sich mit gesenktem Kopf über den Tresen. „Nein, nein, nein."

Das brachte die anderen drei Besatzungsmitglieder zum Aufstehen.

„Was ist los?" fragte Kana.

Burn antwortete nicht.

„Burn", sagte Jack.

Nach einem weiteren Moment der Stille drehte sich Burn zu ihnen um. Seine Augen waren rot. „Der Scan zeigt keine Gehirnaktivität.

„Dann mach ihn noch mal", schnauzte Veda.

„Das habe ich. Die Kapsel hält sie am Leben, aber... sie ist weg."

Jack legte eine Hand an seine Stirn, das Gewicht dessen, was sie getan hatten, machte sein Herz schwer.

„Nein." Kana drängte sich an Veda und Jack vorbei und setzte sich auf den Stuhl. „Versuch es mit meinen Naniten."

Burn schüttelte den Kopf. „Aber..."

„Die Kapsel wird ihren Körper am Leben erhalten, oder?", unterbrach sie ihn.

„Ja, ich denke schon, aber ich wüsste nicht, wie Naniten ihr jetzt helfen könnten“, sagte Burn. „Wir haben es versucht. Wir sind gescheitert.“

„Soll sie es doch versuchen“, sagte Veda. „Was haben wir schon zu verlieren?“

„Heddi“, sagte Burn leise.

Jack zuckte zusammen. „Wir haben sie schon verloren. Lass es doch Kana versuchen.“

Burn stapfte zu Kana hinüber und schloss sie an die Maschine an. Die Minuten vergingen in einer schweren Stille. Jack blieb still, lauschte den Pieptönen und starrte Heddi an. Sie sah aus, als würde sie schlafen. Er konnte nicht glauben, dass er sie getötet hatte. Er kniff die Augen zusammen und lehnte seinen Kopf an die Wand.

Schließlich brach Burn das Schweigen. „Der Scan zeigt die gleichen Ergebnisse. Heddis Zellen stoßen die Transfusion ab.“

Jack hatte gar nicht bemerkt, dass er sich noch an die Hoffnung klammerte, aber als Burn sprach, spürte er, wie der Funke erlosch.

Veda fluchte und verließ den Raum.

Kana weinte.

Burn entfernte die Nadeln aus Kanas Armen, und sie stand wie betäubt da, die Tränen liefen ihr über die Wangen. Jack umarmte sie, und sie hielt sich an ihm fest. So standen sie eine ganze Weile da. Burn starrte auf das Panel und wieder auf Heddi. Dann ging er zu der Maschine hinüber, steckte sich frische Nadeln in die Arme und aktivierte die Transfusion.

Jack konnte sich nur vorstellen, was zwei inkompatible Transfusionen in Heddis Körper anrichten würden, aber er konnte nicht befehlen, sie zu stoppen. Burn, wie auch Kana, mussten es um ihrer selbst willen versuchen. Heddi war bereits über alle Maßen leidend.

Einige Minuten später, als der Scan die gleichen düsteren Ergebnisse zeigte, ging Jack los, um sich etwas zu suchen, das ihn beschäftigte. Als Captain kannte er die Entscheidung, die er treffen musste: wann er die Heilkapsel abschalten sollte. Aber diese Entscheidung konnte bis morgen warten. Er war noch nicht bereit, sie gehen zu lassen. Noch nicht.

SECHS STUNDEN später

Veda konnte nicht zu der Koje gehen, die er mit Kana teilte, obwohl sie schon dort war und ihn genauso sehr umarmen musste wie er sie. Stattdessen stand er über Heddis Kapsel und beobachtete, wie sich ihr Brustkorb leicht auf und ab bewegte, während das System sie am Leben hielt. Die Naniten hatten versagt. Es war dumm von der Besatzung zu denken, dass sie Heddi retten könnten. Keiner von ihnen war Arzt. Sie waren nur Zufallstreffer, Überbleibsel aus einer früheren Zeit. Sie sollten gar nicht am Leben sein. Sie hatten nichts getan, womit sie es verdient hätten, am Leben zu bleiben, während andere, die es taten - wie Heddi -, starben.

Als er Heddi beobachtete, dachte er daran, wie sehr sie es gehasst hätte, in der Heilkapsel gefangen zu sein, ohne jegliche Kraft. Er wollte die Kapsel öffnen, aber er konnte es nicht. Wenn er den Deckel öffnete, würde sie sterben. Und zwar richtig. Auch wenn sie im Moment nicht wirklich lebte, schlug ihr Herz noch und sie atmete noch.

Er trat einen Schritt zurück und legte seine Hand auf seine Brust. Er hatte schon so viele Leben beendet - verdammt, er tötete gerne - aber ihres konnte er nicht beenden. Seine Faust schlug gegen seine Brust, weil er sich völlig machtlos fühlte. Heddi hatte ihnen vertraut, und sie hatten sie im Stich gelassen.

Er warf einen Blick auf die Transfusionsmaschine. Blöde Maschine. Trotzdem ging er hinüber und steckte sich eine Nadel in jeden Arm. Er war nicht so geübt wie Burn und brauchte ein paar Versuche, um eine Vene zu finden, aber er schaffte es. Dann ging er zu dem Panel und rief das Menü auf, um eine Transfusion zu starten. Es war ganz einfach - alle medizinischen Systeme auf dem Schiff waren so konzipiert, dass sie auch von einer Crew mit minimalen medizinischen Kenntnissen bedient werden konnten. Als er die richtige Auswahl getroffen hatte, aktivierte er das System.

Dann nahm er Platz und wartete.

„V?“

Veda wurde wach, als Kana ihn anschubste. Er blinzelte.

Sie trug ein Tank und Shorts - offensichtlich suchte sie nach dem Grund, warum er nicht zu ihr ins Bett gekommen war.

„Ich dachte mir, was soll's, du weißt, was ich meine", sagte er.

Sie schenkte ihm ein trauriges Lächeln. „Ich weiß."

Er bemerkte, dass die Transfusionsmaschine abgeschaltet war. Er hatte die ganze Transfusion verschlafen. Er wollte die Nadeln herausziehen, aber Kana strich ihm sanft die Hand weg und half ihm dann auf die Beine. Sie gingen beide zu dem Panel hinüber. Er hielt inne, um Heddi anzusehen und wünschte sich, ihre Augen wären offen, aber es hatte sich nichts verändert. Sie war immer noch bewusstlos und wurde von der Kapsel am Leben gehalten.

Kana aktivierte den Scan - sie war immer viel schneller, wenn es darum ging, die Systeme des Schiffes zu bedienen - und sie warteten. Veda spürte Hoffnung, aber sie war so klein im Vergleich zu der Hoffnungslosigkeit, die sie zu ersticken versuchte. Er starrte mit leerem Blick auf den Bildschirm, der die Daten zusammen mit dem Bild eines menschlichen Körpers mit verschiedenen Farben und Linien anzeigte.

Kana schnappte nach Luft. „Es gibt Gehirnaktivität." Mit großen Augen drehte sie sich zu Veda um. „Es gibt Hirnaktivität."

Er holte tief Luft und verstand dann selbst die Daten. Er rannte zur Tür und machte sich nicht einmal die Mühe, die Gegensprechanlage zu benutzen. Stattdessen schrie er: „Jack! Burn! Kommt her!"

31

Alpha Centauri System, 2368 n. Chr.

Cabróns vier ursprüngliche Besatzungsmitglieder standen um die Heilkapsel herum, während Burn die Abdeckung öffnete. Heddi blieb bewusstlos, aber die Kabinenluft löste das Beruhigungsmittel in der Kapsel bald auf und sie begann sich zu bewegen. Jack wurde unruhig, als sie länger brauchte, um aufzuwachen, als er erwartet hatte. Er hielt seinen Blick auf Heddi gerichtet, damit der Rest der Besatzung seine Besorgnis nicht sehen konnte. Sie sah sie viel besser aus als damals in der Kapsel. Ihre Farbe hatte sich verbessert und die dunklen Ringe unter ihren Augen waren verschwunden. Aber niemand wusste, wie sich die künstliche Lebenserhaltung in Verbindung mit der Einführung von Bio-Naniten auf ihren Geist und ihre Genesung auswirken würde.

Erst als ihre Augen aufflatterten, ließ er zu, dass sich die Anspannung in seinen Schultern löste.

„Hey, Kleine“, sagte Burn.

„Hey.“ Heddi rieb sich Augen und Gesicht und fuhr sich mit der Zunge über die Zähne. „Igitt, diese Kapsel macht den schlimmsten Mundgeruch beim Aufwachen.“

Sie stützte sich auf einen Ellbogen. Burn hob die Rückenlehne des Bettes an, auf dem sie lag. „Hier. Beweg dich nicht zu schnell."

Sobald sie saß, warf sie einen Blick auf jedes der vier Besatzungsmitglieder, die ihre Kapsel umgaben. „Warum seht ihr mich so komisch an?"

„Du warst wirklich krank", sagte Kana.

„Ich habe Krebs, na und?"

„Wie geht es dir?" fragte Burn.

„Gut." Sie runzelte die Stirn. „Seltsam. Ich fühle mich wirklich gut." Sie zuckte zusammen und ihre Augen wurden groß. „Hat es geklappt?"

Burn lächelte. „Ja, es hat funktioniert. Seit heute Morgen zeigen die Scans, dass dein Körper komplett krebsfrei ist."

Ihre Gesichtszüge erhellten sich. „Wirklich? Es geht mir besser?"

Burn hielt eine Hand hoch. „Der Krebs ist weg, aber dein Immunsystem ist stark geschwächt. Du hast noch einen langen Weg vor dir, bevor ich sagen kann, dass du wieder gesund bist. Der Prozess der Bio-Naniten hat gerade erst begonnen. Deine neuen Naniten haben sich darauf konzentriert, den Krebs auszurotten, aber dein Körper braucht noch viel Heilung. Du wirst noch eine ganze Weile mindestens wöchentlich Transfusionen brauchen, bis sich dein Körper so weit vervielfältigt und verbessert hat, dass er dich ganz alleine versorgen kann."

„Also werde ich irgendwann so sein wie ihr alle?"

„Das wissen wir nicht. Wir haben das alles nach Gefühl gemacht", sagte Burn. „Vielleicht vermehren sich deine Naniten und werden schließlich mit jedem Teil deines Körpers verbunden, so dass du von ihnen genauso abhängig bist wie sie von dir. Vielleicht werden sie sich deaktivieren. Vielleicht bleiben sie auch aktiv, sind aber fehlerhaft - denk daran, dass sie nicht für dein System entwickelt wurden. Im Moment hast du gerade genug, um die Folgen einer Strahlenvergiftung abzuwehren, aber noch lange nicht genug, um unsere Immunität zu erreichen. Deshalb brauchst du immer noch die Transfusionen. Es wird eine Weile dauern, bis wir es wissen."

Sie wirkte enttäuscht bei dem Gedanken, nicht wie der Rest der

Besatzung zu sein, dann wurden ihre Gesichtszüge zurückhaltend. „Mir geht es besser. Das ist das Wichtigste." Sie nahm einen tiefen Atemzug. „Ich habe immer davon geträumt, so zu sein wie ihr. Ich kann nicht glauben, dass es geklappt hat."

Jack konnte es auch nicht glauben. Er tauschte einen Blick mit Veda und neigte den Kopf in die Richtung des anderen Mannes.

„Wir sind einfach froh, dass es funktioniert hat", sagte Jack. „Es ist gut, dass du zurück bist."

Sie klammerte sich an den Rand der Kapsel. „Heißt das, ich kann aus diesem Ding aussteigen?"

„Für den Moment schon", antwortete Burn. „Aber du musst für deine Transfusionen wiederkommen, da dein Körper die Naniten immer noch nicht akzeptieren will."

„Selbst deine Zellen müssen bei jedem Schritt mitspielen", sagte Veda.

Burn und Kana halfen ihr aus der Kapsel. Sie war unsicher auf den Beinen und benutzte die Kapsel als Stütze. „Meine Muskeln sind so steif. Wie lange war ich weg?", fragte sie, während sie ihren Rücken aufrichtete.

„Vier Monate, sechs Tage und achtzehn Stunden", antwortete Burn.

Ihr Kiefer lockerte sich. „Das kann nicht sein."

„Doch, doch. Wir haben uns schon Sorgen gemacht", sagte Kana.

„Was habe ich verpasst?"

„Nicht das Geringste", sagte Jack mürrisch.

„Immer noch kein Kontakt zu den Wegbereitern?"

„Immer noch kein Kontakt zu den Wegbereitern", wiederholte er.

„Oh. Schade."

„Nachdem du vier Monate lang nicht trainiert hast, musst du deine Muskeln wieder aufbauen, wenn du wieder kämpfen willst. Du hast nicht genug Naniten, um das für dich zu tun", sagte Veda.

Heddi sah zu ihm hinüber und runzelte die Stirn. „Du siehst furchtbar aus. Warst du so besorgt um mich?"

Veda gluckste. „Der war gut, Kleine. Du hast mir das angetan, aber das kommt nicht vom Stress."

„Was meinst du?“

Vedas Augenbraue hob sich. „Was glaubst du, wessen Naniten durch deine Adern schwimmen?“

„Es sind deine? Ich dachte, ich hätte von jedem etwas.“

„Dein Körper hat die anderen abgestoßen. Sieht aus, als wärst du mir was schuldig", sagte Veda.

Sie lachte, dann stürzte sie sich auf ihn und umarmte ihn. „Ich schulde dir mein Leben.“

Veda lächelte, was bei ihm nie gut aussah. „Ach was, du hättest dich nur bedanken müssen.“

Heddi zog sich zurück, aber Veda hielt sie fest.

„Danke“, sagte sie und ihre Augen wurden feucht.

„Wir sollten es nicht übertreiben, Veda etwas zu schulden“, warf Kana ein. „Du willst doch nicht so tief in Vedas Schuld stehen. Sonst musst du in den nächsten zehn Jahren seine Wäsche waschen.“ Sie verpasste Veda einen falschen Schlag auf den Arm. „Und jetzt nutze sie nicht aus, nur weil deine Naniten funktionieren.“

„So etwas würde ich nie tun“, sagte Veda wenig überzeugend.

„Doch, das würdest du“, antwortete Kana.

Er hob seine Hände. „Was immer du...“

Ein tiefer Alarmton ertönte von der Brücke. Alle zuckten zusammen.

Kana holte tief Luft. „Das kommt von den Empfängern. Wir haben ein Signal aufgefangen.“

Jack rannte zur Brücke.

32

Alpha Centauri System

Jack spielte das Signal über die Brückenlautsprecher ab. Es war ein sich ständig wiederholendes Muster aus einem einzelnen Ton, gefolgt von drei schnellen Tönen.

„Es ist keine Kommunikation, aber es ist definitiv ein Signal. Es ist künstlich. Und es hat eine kurze Reichweite... Es kommt definitiv von irgendwo aus diesem System", sagte Jack laut, da die gesamte Besatzung auf der Brücke wartete. Alle saßen, bis auf Burn, der an der Tür lehnte.

„Ist es ein Wegbereiter?“ fragte Burn.

„Es könnte von einem alten, von Menschen gebauten Satelliten stammen“, sagte Veda.

„Das Geräusch passt zu keiner Satellitenaufzeichnung. Und wenn es ein Wegbereiter ist, passt es nicht zu den Mustern, die die Wegbereiter bisher benutzt haben, aber es ist auf einer der Frequenzen, die sie benutzen", sagte Kana, während sie die Daten auf ihrem Panel durchging. „Ich versuche, die Quelle zu triangulieren, aber sie ist ziemlich schwach. Hätten wir die verbesserte Antenne nicht, hätten wir es nie entdeckt. Es könnte Hunderte von Jahren alt sein und von einem anderen Sternensystem kommen."

„Sicher nicht", sagte Heddi.

„Du klingst zuversichtlich", sagte Burn.

„Das ist so, weil ich es bin. Wir hätten schon längst von einem Wegbereiter hören müssen. Das muss einer sein."

„Hoffen wir, dass du Recht hast", sagte Jack, während er das Signal analysierte. Als sich wiederholendes Muster war es keine erkennbare Sprache wie das Morsealphabet, aber das bedeutete nicht, dass die Töne keine Daten enthielten. Die Wegbereiter kommunizierten unter anderem durch Töne miteinander, und was sich für Menschen wie Lärm anhörte, enthielt oft komplexe Datenpakete. Diese Töne könnten dasselbe getan haben.

„Oh ja, das Geräusch kommt definitiv aus diesem Sonnensystem", sagte Kana. „Es ist irgendwo in der Nähe des zweitnächsten Planeten zum Stern. Ich habe den Quadranten identifiziert und die Quelle auf sechs Sektoren eingegrenzt. Gib mir etwas mehr Zeit, um den richtigen Sektor und die genauen Koordinaten herauszufinden."

„Sag mir Bescheid, sobald du es weißt." Jack drehte sich in seinem Stuhl, um zur Crew zu sprechen. „Das ist unser erster Hinweis auf einen möglichen Kontakt der Wegbereiter. Viele Leute zählen darauf, dass wir einen finden, also müssen wir diese Quelle aufspüren. Hat jemand Einwände?"

Veda meldete sich zu Wort. „Ja. Warum haben wir nicht schon längst den Kurs geändert, um diese Quelle aufzuspüren?"

Jack schenkte ihm ein dünnes Lächeln. „Na gut. Ich wusste, dass du das sagen würdest. Ich ändere jetzt unseren Kurs auf diesen Sektor."

~

Tief im Alpha Centauri System, 2369 n. Chr.

Jack wartete gespannt darauf, dass sich das Schiff dem Sektor näherte, aus dem das Geräusch kam. Bald, in wenigen Minuten, würden seine Scanner die ersten Bilder erfassen können. Die Quelle hatte sich nicht bewegt - sie befand sich nicht einmal im Orbit. Das Signal blieb schwach, aber konstant, während die *Cabrón* den Abstand verringerte. Vielleicht enthielt es Datenpakete, aber die menschliche Technologie hatte die Technologie der Wegbereiter noch nicht eingeholt, um die Kommunikation zwischen den KIs zu übersetzen.

Die Tatsache, dass sich das Muster nie änderte und nie aufhörte, ließ Jack glauben, dass es sich um irgendeine Art von Information handelte. Es könnte ein Status-Update der Wegbereiter in diesem System sein, wenn es überhaupt noch Wegbereiter dort gab. Sie hätten das System einfach verlassen können, so wie sie es mit Sol getan hatten, nachdem sie ihre Forschungen abgeschlossen hatten und das System nichts mehr zu bieten hatte. Oder das Geräusch war ein Nachprodukt einer Sonde, Station oder Fabrik der Wegbereiter - was auch immer sie aufgespürt hatten. Wichtig war nur, dass irgendetwas dieses Geräusch verursachte, und Jack wollte es finden.

Sobald das Schiff die Schwelle für die Scanner erreicht hatte, zeigte Jack seinen Bildschirm auf dem großen Bildschirm an der Vorderseite der Brücke an. Schon war der zweite Planet, ein lebloser brauner Felsen, scharf zu sehen. Das gefragte Objekt befand sich zwischen dem Planeten und der *Cabrón*, was es einfacher machte, die Quelle auszumachen. Aber in dieser Entfernung war das Bild immer noch körnig und dunkel. Jack konnte mehrere Formen ausmachen und nicht, wie er erwartet hatte, eine einzelne Replikationsfabrik. Welches dieser Gebilde auch immer die Geräusche sendete, es hatte kein Licht an, obwohl die Wegbereiter seltsamerweise sowieso viel Licht benutzten.

Es dauerte fast eine Stunde, bis sich die dunklen Flecken in Objekte verwandelten. Jack zog eine Grimasse, als er vor dem Bildschirm stand. Dann tippte er auf die Sprechanlage. „Alle auf die Brücke. Das solltet ihr euch ansehen."

„GLAUBST DU, das ist eine Replikationsfabrik?“ fragte Veda, nachdem sich die gesamte Besatzung auf der Brücke versammelt hatte.

Burn zeigte darauf. „Auf jeden Fall. Siehst du das Fragment dort? Das ist definitiv ein Entwurf der Wegbereiter. Außerdem scheinen alle Teile auf die Größe einer Fabrik zu passen.“

„Okay, aber wie wurde sie dann in Stücke gesprengt?“ fragte Heddi.

Jack schaute auf die Trümmer, die vor ihnen verstreut lagen. Größere Teile einer Station schwebten in einem Trümmerfeld, das von dem helleren Planeten dahinter eingerahmt wurde.

„Vielleicht eine Kollision. Ein paar Meteoroiden?“ fragte Kana.

„Ich dachte, diese Fabriken wären mit einem Kollisionsvermeidungssystem ausgestattet. Ich meine, sie werden doch von Computern gebaut und betrieben", sagte Burn.

Kana zuckte mit den Schultern. „Vielleicht ist es offline gegangen.“

Vedas Blick verengte sich. „Nein. Es war ein Angriff. Schau mal. Da sind Brandspuren, dort und dort. Jemand hat auf die Fabrik geschossen.“

Jack blinzelte und suchte das Wrack ab, bis auch er die geschwärzten Stellen sah. Wenn die Wegbereiter die Fabrik verlassen wollten, gab es einfachere Wege, eine Fabrik außer Betrieb zu setzen oder selbst zu zerstören. Immerhin hatten sie das schon in Sol getan. War ein Wegbereiter verrückt geworden und hatte seine eigene Fabrik angegriffen? Menschen konnten es nicht gewesen sein, denn - zumindest soweit Jack wusste - war die *Cabrón* das einzige Schiff mit menschlicher Besatzung, das Sol verlassen hatte. Vielleicht hatte er sich geirrt. Was wäre, wenn Sol Corp neben der *Aria* noch andere bemannte Erkundungsmissionen entsandt hätte? Aber warum sollten die Menschen eine Fabrik der Wegbereiter angreifen?

Burn zeigte darauf. „Ich habe da draußen auch mindestens drei tote Sonden gezählt.“

„Wie kannst du das wissen? Alles sieht gleich aus", sagte Heddi.

„Die Sonden haben eine Menge Antennen. Damit sehen sie fast wie Igel aus", sagte Burn.

„Was ist ein Igel?", fragte sie.

„Ein kleines, rundliches Tier mit stacheligen Haaren", antwortete Burn. „Stell dir vor, es ist ein kleineres Stachelschwein."

Heddi schien verwirrt. „Was ist ein Stachelschwein?"

„Ein Tier, das es nur auf der Erde gibt", antwortete Kana.

Jack hob die Hand, und die Brücke wurde still. „Schau mal auf zwei Uhr hoch, genau über dem Torbogen. Siehst du das?"

Kana machte einen Schritt nach vorne. „Ich sehe nichts - oh, das ist seltsam. Ich hätte es fast übersehen. Was ist das für ein Ding?"

„Ich sehe es immer noch nicht", sagte Burn.

„Du musst nach den Rändern suchen, weil es fast durchsichtig ist", sagte Kana.

„So etwas habe ich von den Wegbereitern noch nie gesehen", sagte Veda.

Kana atmete scharf ein und zeigte auf etwas. „Da ist noch einer."

Jack kehrte zu seinem Panel zurück und zoomte den vorderen Bildschirm auf die nächstgelegene Gestalt. Als es in Sichtweite kam, wurde seine Form deutlicher: eine runde Masse mit vielen langen Tentakeln.

„Gibt es so etwas wie galaktische Quallen?" fragte Burn. „Denn ich schwöre, dass ich genau das vor mir sehe."

„Was ist eine...", begann Heddi, wurde aber von Kana unterbrochen.

„Die Wegbereiter haben gesagt, dass es da draußen Leben gibt, aber sie haben nie etwas über raumfahrendes Leben gesagt."

„Vielleicht ist es nur raumfahrend, weil es im Weltraum lebt. Es könnte das Äquivalent von Seegras im Weltraum sein", sagte Burn.

Dann ergriff Jack das Wort. „Lasst es uns herausfinden. Ich bringe uns näher heran, um es zu untersuchen."

33

In der Nähe der zerstörten Wegbereiter-Replikationsfabrik im Alpha Centauri System

Jack und Veda warteten in der Luftschleuse auf das Ende der Druckentlastung.

Veda hielt zwei kleine, schwarze Kisten hoch. „Willst du die Qualle oder das Signal nehmen?"

„Ich nehme an, du willst dir die Qualle wirklich ansehen, also nehme ich das Signal", antwortete Jack und nahm den elektronischen Werkzeugkasten.

Veda lächelte und schnallte sich einen der Koffer an seinen Gürtel. „Na klar. Das Ding hat meine Neugierde geweckt."

„Sei vorsichtig. Wir wissen nicht, was es ist. Es könnte auch nur gerinnungshemmender Glibber von einem kaputten Schiff sein, soweit wir wissen. Oder es könnte Säure sein."

„Ich glaube, wir wissen beide, dass es etwas anderes ist, so wie es geformt ist", sagte Veda.

„Sei einfach vorsichtig."

„Ich bin der Vorsichtigste in der Crew."

„Trotzdem..."

„Ich weiß, ich weiß. Sei vorsichtig."

Das Licht über der äußeren Luftschleuse wurde grün. Jack drückte auf das Panel und öffnete die Tür. Er warf Veda noch einen letzten Blick zu, bevor die beiden in den Weltraum flogen. Veda flog direkt auf die Qualle zu, während Jack sich auf den größten Teil der Fabrik und die Quelle des Signals zubewegte.

Da es zu viele Trümmer gab, konnte Jack seine Schubdüsen nicht mit maximalem Vortrieb abfeuern. Er benutzte die Gegenschubdüsen, um den größeren Objekten auszuweichen, und ließ die kleineren Teile, die teilweise nicht größer als ein Stecknadelkopf waren, von seinem Anzug und Helm abprallen. Er näherte sich dem etwa hundert Meter langen Teil der Fabrik und schaute regelmäßig auf den blinkenden Punkt auf dem Armreif seines Anzugs, um sich der Signalquelle zu nähern.

Dieser Teil der Fabrik war leicht zu betreten, da er beim Auseinanderreißen der Fabrik weit aufgerissen worden war. Jack machte sich mehr Sorgen wegen der strukturellen Schäden. Es war nicht ungewöhnlich, dass alte, verlassene Stationen noch Jahre nach einer Kollision einstürzten, und dieser Angriff schien noch nicht lange her zu sein, wenn man sich die Nähe des Trümmerfeldes ansieht.

„Ich betrete jetzt die Fabrik", sagte Jack, bevor er einen zweiten Scheinwerfer einschaltete und durch eine Öffnung aus verbogenem Metall flog, die ihn an den Schlund eines Monsters denken ließ, das ihn verschlingen wollte.

„Ich höre dich laut und deutlich", ertönte Kanas Stimme durch sein Headset.

Als er drinnen war, verringerte Jack seine Geschwindigkeit durch Umkehrschub noch weiter. Es gab zu viele rasiermesserscharfe Splitter von zerbrochenen Balken, die seinen Anzug aufschlitzen konnten, wenn er sie nur berührte. Sein erster Job, bevor er sich der *Aria*-Mission anschloss, war das Einfangen und Abschleppen von toten Schiffen, Drohnen und Satelliten. Er hatte einen dicken Raumanzug aus flexiblen Verbundfasern. Er war sperrig und schwerfällig, und er wünschte, er hätte jetzt auch so einen.

„Ich bin drinnen. Hier ist alles ziemlich kaputt. Ich mache mich auf den Weg zum Signal", verkündete Jack.

„Ich habe die Qualle erreicht. So etwas habe ich noch nie gesehen. Aus der Nähe ist sie nicht so durchsichtig, wie sie vom Schiff aus aussieht. Sie reflektiert mehr und ist nur ein wenig durchsichtig. Ihre Haut, ihr Rumpf oder wie auch immer du es nennen willst, ist matschig", erklärte Veda.

„Matschig?" fragte Kana. „Ist das ein Fachbegriff?"

„In diesem Fall, ja. Es ist wie Weichgummi, nur die Farbe ist falsch. Und es ist wirklich zäh. Es fällt mir schwer, eine Probe zu entnehmen. Mit dem Schweißbrenner geht es nicht, also nehme ich ein Messer", sagte Veda.

Jack hielt an der Stelle an, die früher der zentrale Knotenpunkt der Fabrik war. Ein Wegbereiter war noch daran befestigt... zumindest das, was von ihm übrig war. Der Roboter war einst so groß wie ein Raumschiff, aber er war auf etwa ein Drittel dieser Größe zusammengeschmolzen. Er war ein toter, dunkler Klumpen, bis auf ein einzelnes rotes Licht, das unten an einer Seite blinkte. Jack überprüfte seinen Armreif und stellte fest, dass er sich praktisch auf dem Punkt befand. „Nimm, was du kannst, Veda. Ich habe die Quelle des Signals gefunden. Es sieht aus, als wäre es ein Notsignal eines Wegbereiter."

„Ich wusste es. Das Signal war ein SOS, Kana. Ich hab gewonnen", sagte Burn.

„Du schuldest mir noch etwas für die letzten drei Wetten", konterte Kana.

Jack näherte sich der Sonde und nutzte ihre Antennen, um sich einen Weg in ihre Nähe zu bahnen. Er hatte noch nie gehört, dass Wegbereiter ein Notsignal hatten, aber es gab vieles, was er über diese künstlich intelligente Spezies nicht wusste. Er nahm an, dass es Sinn machte. Eine Wegbereiter-Sonde war eine Art Schiff - und alle Schiffe hatten Notrufsender, also war es logisch, dass auch Wegbereiter-Sonden so etwas hatten.

Aber wenn das ein ELT war, warum war dann nicht schon längst Hilfe eingetroffen? Dass die Wegbereiter überhaupt ELTs hatten, bedeutete, dass sie sich darum kümmerten, wenn einer ihrer Sonden etwas zustieß. Jack fragte sich, wann genau der Kampf stattgefunden hatte, was ihm einen Stein in den Magen trieb. Was, wenn das, was diese Fabrik angegriffen hatte, noch in der Nähe war? Wenn etwas die Wegbereiter nicht mochte, mochte es wahrscheinlich niemanden.

Es war keine gute Idee, dort lange zu bleiben.

„Veda, jetzt, wo die *Cabrón* angehalten hat, können wir endlich an der Abschirmung arbeiten, die die Railgun blockiert. Wir treffen uns da drüben, wenn du fertig bist, damit wir sie öffnen können.

„Verstanden, Jack."

Er untersuchte das Panel um den Sender. Es war beschädigt und die Klammern ließen sich nicht mehr lösen, um die Abdeckung zu öffnen. Er öffnete den Werkzeugkasten, den er mitgebracht hatte und der verschiedene Werkzeuge enthielt, die mit Klettverschlüssen befestigt waren, damit sie nicht wegschweben. Er zerrte an einem kleinen Stemmeisen und begann, die Abdeckung neben dem nervtötend hellen, blinkenden Licht aufzubrechen.

Die Abdeckung war klein und dünn, aber sie bestand aus dem Material des Wegbereiter-Rumpfes, was sie extrem hart machte. Jack fand eine Hebelwirkung, indem er seine Beine durch einen Teil der Halterung des Wegbereiters schlang. Er stöhnte auf, als er seine ganze Kraft einsetzte, um die Abdeckung abzureißen. Sie brach wie ein brüchiges Stück Eis, und Jack wäre gestürzt, wenn er sich nicht mit den Beinen festgehalten hätte.

Als die Abdeckung abgenommen war, war Jack überrascht, dass der Sender überhaupt funktionierte. Die Hälfte der Bauteile im Inneren waren beschädigt oder kaputt. Auch wenn die Technologie der Wegbereiter weitaus fortschrittlicher war als die der Menschen, war der ursprüngliche Wegbereiter immer noch von Menschen entworfen und hergestellt worden, so dass ihre Systeme und Hardware ähnlich aufgebaut waren. Als er die Komponenten untersuchte, blieben seine Finger an einer Stelle hängen, an der eine schwarze, kugelähnliche Antenne an einem einzigen Draht hing.

Kein Wunder, dass Jack das Signal erst auffing, als sie nur noch vier Quadranten davon entfernt waren. Er tauschte die Brechstange gegen einen Lötkolben aus und richtete die losen Fäden der Verkabelung sorgfältig an der Antenne aus. Die Arbeit war mühsam - seine Handschuhe machten jede Fingerfertigkeit unmöglich - und es dauerte mehrere Minuten, bis er die Drähte sortiert und in die richtigen Anschlüsse an der Antenne gesteckt hatte.

„Das Signal ist gerade auf volle Stärke gegangen. Hast du daran herumgebastelt?“ fragte Kana.

„Die Antenne war lose“, antwortete er. „Wie stark ist das Signal jetzt? Kann es über dieses System hinausgehen?“

„Es ist stärker als jedes ELT auf einem Schiff mit menschlicher Besatzung, so viel kann ich dir sagen. Es könnte also leicht außerhalb dieses Systems übertragen werden. Und da es sich um ein Quantenrelais handelt, wird das Signal wahrscheinlich schon zwei Systeme weiter aufgefangen.“

„In Ordnung. Hoffen wir, dass ein Wegbereiter in der Nähe ist", sagte er, während er die Drähte festlötete und dann die Antenne an das Panel anlötete, da ihr Clip ebenfalls abgebrochen war. „Ich bin hier fast fertig. Veda, wie kommst du voran?“

„Ich arbeite noch daran.“ Schweiß perlte auf Vedas Haut. Ohne die Schwerkraft rann der Schweiß nicht herunter, sondern blieb einfach stehen und störte ihn, während er an der Qualle sägte. Das Schlimmste am Schwitzen in der Schwerelosigkeit war, wenn der Schweiß in seine Augäpfel gelangte und seine Sicht beeinträchtigte. Selbst das Gebläsesystem seines Anzugs, das Luft durch seinen Helm drückte, reichte nicht aus, um seine Haut schneller zu trocknen, als er schwitzte.

Die Haut der Qualle war eine Art selbstreparierendes Gummi. Zumindest war das seine nächstliegende Theorie. Selbst wenn das Ding tot oder deaktiviert war, reparierte es sich fast so schnell, wie Veda schnitt, also musste er schneller und härter schneiden. Als er einen zwei Zentimeter langen Splitter abgetrennt hatte, murmelte er, während er ihn in einer Tüte versiegelte: „Scheiß drauf. Ich bin hier fertig."

„Hast du eine Probe bekommen?" fragte Burn.

„Ja, ich habe eine Probe seiner Haut. Ohne Kettensäge oder Laserbrenner komme ich auf keinen Fall an den Glibber darunter heran."

Er stieß sich von der Qualle ab und sah, dass Jack vor der Luftschleuse auf ihn wartete. „Das reicht fürs Erste. Gib die Probe ab und lass uns an der Railgun arbeiten."

Veda schob sich vorwärts. „Bin schon unterwegs. Öffne die Schleuse."

34

In der Nähe der zerstörten Wegbereiter-Replikationsfabrik im Alpha Centauri System

Burn vergrößerte das Bild des medizinischen Scanners von der Probe, die Veda von der Weltraumqualle gesammelt hatte. Die gesamte Besatzung starrte auf die Zellen, die auf dem Bildschirm angezeigt wurden.

„Das ist ... interessant", sagte Jack.

„Es scheint sowohl biologischer als auch technologischer Natur zu sein", sagte Burn. „Ich habe schon Biotechnologie gesehen, aber so etwas noch nie. Es ist Nanotechnologie, aber sie ist ganz anders aufgebaut als unsere Naniten. Es ist unmöglich, dass die Wegbereiter etwas damit zu tun hatten. Es ist zu... fremdartig."

„Eines ist sicher, diese Qualle kommt nicht von Sol", sagte Veda.

Heddi starrte auf den Bildschirm. „Es ist wunderschön. Es sieht aus wie eine Steppdecke."

„Sieh dir an, wie die Nanotech-Faser um jede Zelle gewebt ist", sagte Kana. „Es ist, als ob jede einzelne Zelle durch die Nanotechnologie geschützt und verbessert wird. Aber in der Biologie bewegen sich die Zellen ständig, verändern sich und sterben ab. Ich weiß nicht, wie diese Prozesse bei Zellen, die in einer Nanotech-Faser gefangen sind, überhaupt funktionieren können."

„Aber diese Zellen sind auch nicht wie etwas, was ich bisher gesehen habe", sagte Burn. „Dieser Organismus kann auf keinen Fall aus Kohlenstoff bestehen."

„Worauf basiert er dann?" fragte Kana.

„Ich weiß es nicht. Was auch immer es ist, es ist auf jeden Fall eher technisch als biologisch. Wenn ich es bezeichnen müsste, würde ich es als kybernetischen Organismus bezeichnen", sagte Burn.

„‚Weltraumqualle' ist einfacher zu sagen", sagte Heddi.

„Ja, es ist eine Weltraumqualle", wiederholte Burn.

Kana wandte sich an Veda. „Hast du gesehen, ob sie Organe oder Knochen hat?"

„Nein. Sie war nur mit Glibber gefüllt, aber ich konnte nicht an ihn herankommen, nicht ohne etwas Stärkeres, um die Haut zu durchschneiden. Was auch immer es getötet hat, könnte bis zu seinem glibberigen Inneren vorgedrungen sein, aber selbst wenn es tot war, heilte seine Haut weiter", antwortete Veda.

„Das bedeutet, dass die Nanotech-Faser noch funktioniert", sagte Jack. „Wenn sie so widerstandsfähig ist, würde ich gerne herausfinden, wie man sie nachbauen kann, damit wir sie benutzen können."

„Ich bin eher neugierig darauf, die Waffe zu finden, mit der eine solche Fabrik zerstört wurde", sagte Veda. „Wir könnten sie in der Fabrik einsetzen, in der sich Glitch versteckt hält. Wir brauchen nicht einmal die Wegbereiter, wenn wir sie finden."

Jack nickte. „Die Sonde der Wegbereiter war halb eingeschmolzen. Was auch immer für eine Waffe das war, sie könnte die Sternenschlangen schnell beseitigen."

„Das Problem ist, dass es hier niemanden gibt, der uns sagen kann, was passiert ist", sagte Heddi.

„Wenn es ein kybernetischer Organismus ist, wette ich, dass das Gel in diesem Ding ein flüssiger Prozessor ist", sagte sie. „Es ist weit hergeholt - und mit weit hergeholt meine ich eine ganze Galaxie - aber wenn wir uns mit dem Prozessor verbinden können, können wir vielleicht Daten herunterladen. Aber die Technologie ist so anders, dass ich mir nicht sicher bin, ob wir die Daten überhaupt übersetzen könnten, wenn wir Zugang dazu hätten. Aber das bedeutet, dass wir es mit Saft versorgen werden.“

Veda hob eine Hand. „Bin ich der Einzige hier, der denkt, dass es eine schlechte Idee ist, einen unbekannten Außerirdischen an eine Energiequelle anzuschließen?“

Heddi zuckte mit den Schultern. „Es sieht harmlos aus.“

„Alle Quallen sehen harmlos aus, aber einige von ihnen können einen Menschen töten“, konterte Veda.

„Veda hat Recht. Wir müssen davon ausgehen, dass die Qualle in den Kampf verwickelt war und gefährlich sein könnte", sagte Jack. „Wir müssen vorsichtig sein, aber es lohnt sich auch, das zu überprüfen. Wenn die Wegbereiter uns nicht helfen, gibt uns die Qualle vielleicht etwas, das wir gebrauchen können. Wir müssen uns die Qualle genauer ansehen.“

„Sie ist zu groß, um auf das Schiff zu passen“, sagte Burn. „Wir müssen sie zerlegen und alle Teile mitnehmen, die wir untersuchen können.“

„Wir brauchen auf jeden Fall etwas von dem Glibber der Qualle, wenn ich versuchen will, sie zu lesen. Das muss die Datenquelle, das Betriebssystem oder wie auch immer du das nennen willst, sein.“

Jack sprach. „Kana, ich möchte, dass du die Umgebung nach Waffen absuchst, die in der Schlacht benutzt worden sein könnten. Wenn du sie findest, haben wir etwas, das wir gegen Glitch und seine Schlangen einsetzen können.“ Er wandte sich an Veda. „Mal sehen, ob wir nicht etwas von dem Glibber finden, von dem du gesprochen hast.“

Veda lächelte. „Wir werden etwas Größeres als mein Messer brauchen.“

Zwei Stunden später waren Jack und Veda wieder vor dem Schiff und bei dem toten Wesen. Die Kreatur sah wirklich wie eine Qualle aus, die in einem dunklen Meer schwamm.

Veda aktivierte den Laserbrenner und begann, den bauchigen Teil der Kreatur aufzuschneiden, während Jack seine Stirnlampe aktivierte und sich um sie herum bewegte und jeden Meter genau untersuchte. Es war groß, größer als die Cabrón, und mit seinen Tentakeln war es viermal so lang. Es gab keine offensichtliche Knochenstruktur oder Muskulatur. Es gab nicht einmal die Andeutung eines Nervensystems. Er sah einfach aus wie ein dicker Regenschirm, der mit einem etwas durchsichtigen Gel gefüllt war. Seine Tentakel, die sich weit hinter ihm erstreckten, hatten unterschiedliche Durchmesser. Einige waren bloße Strähnen, während andere dicker als Jacks Oberkörper waren. Jeder Tentakel schien von einem Muster durchzogen zu sein, das sich durch den gesamten Körper zog, aber der Körper schien keine offensichtlichen Öffnungen zum Atmen, Verdauen oder sogar zum Aufladen zu haben.

An der Spitze eines der dickeren Tentakel hielt er inne. Dort sah er endlich, dass die Kreatur Zugangspunkte hatte. Anstelle einer glatten Spitze war sie mit einer Klappe versehen. Soweit Jack wusste, handelte es sich dabei um den Anus der Kreatur, deshalb war er vorsichtig, als er die Klappe zurückzog, um eine geschlitzte Schicht freizulegen, die das Einzige zu sein schien, was die Haut von dem Gel im Inneren trennte. Er ging weiter zu einem anderen Tentakel, der nur ein Drittel des Durchmessers des Tentakels hatte, den er gerade untersucht hatte. Dieser Tentakel hatte mehrere runde Klappen anstelle von Schlitzen. Als er überlegte, wofür die Tentakel verwendet werden sollten, bemerkte er, wie die Haut im Licht seiner Stirnlampe glitzerte.

Jacks Augen verengten sich. Der Tentakel hatte sich bewegt. Es war nur eine kleine, fast unbemerkbare Bewegung, aber er hatte sie gesehen. „Hey, Veda. Hast du schon irgendetwas Verdächtiges an diesem Ding gesehen?“

„Das ganze Ding ist verdächtig, wenn du mich fragst. Warum?“ Veda antwortete.

„Das weiß ich noch nicht.“ Jack beobachtete die Tentakel weiter. Jeder, den sein Licht berührte, bewegte sich, als würde er auf einer unsichtbaren Strömung in einem stillen Teich treiben.

„Es ist das Licht“, verkündete Jack.

„Was?“ fragte Veda.

„Das Licht auf den Tentakeln bewirkt, dass sie sich bewegen. Burn, hast du Funkkontakt?“

„Ich bin dabei.“

„Du hast gesagt, dass es sich nicht um eine kohlenstoffbasierte Lebensform handelt. Was, wenn es auf Licht basiert?“

Es gab eine lange Pause. „Das ist möglich, aber ich habe noch nie von so etwas gehört. Aber du hast gesagt, es bewegt sich im Licht?“

„Ja.“

„Die Hautprobe hier war unter ziemlich hellem Licht und hat sich noch nicht bewegt. Wahrscheinlich ist es nur eine automatische Reaktion auf die Kombination von Licht und fehlendem Druck", sagte Burn.

„Vielleicht ist es das Gel im Inneren, das auf das Licht reagiert. Veda, wie weit bist du mit der Probenentnahme?“

Veda hielt einen Kanister hoch und grinste. „Ich habe den Glibber.“

~

BURN LEGT einen Tropfen des Quallengels unter den Scanner. Zuerst sah das Gel genauso aus wie die Haut: Zellen, die von Nanotech-Fasern umhüllt waren. Aber als das helle Licht auf die Probe traf, begannen die Zellen zu vibrieren und die Fasern zu leuchten.

„Wow. Sie mag den Scanner wirklich.“ Burn las auf dem Bildschirm. „Das Licht hat die Zellen aufgeweckt. Den Messwerten zufolge gewinnt die Probe an Energie.“

Jack grunzte, als er das sah. „Das Licht füttert also die Zellen, die vibrieren und diese Energie an die Nanotech-Fasern weitergeben.“

„Ja. So ungefähr", sagte Burn.

„Wie viel Energie können sie speichern?“ fragte Veda.

„Ich würde sagen, das ist die effizienteste Form einer Batterie, die ich je gesehen habe“, sagte Burn.

„Wozu braucht es all diese Energie? Das möchte ich wissen", sagte Jack.

„Vielleicht braucht es eine Menge, um zu funktionieren. Es hat die Form einer Qualle. Das ist nicht gerade eine wirtschaftliche Art zu reisen", sagte Veda.

„Vielleicht ist es ja aus einem Schiff gefallen", meinte Burn.

„So ein Saft würde eine tolle Bombe abgeben", sagte Veda.

Jack tippte auf das Funkgerät. „Kana, hast du eine Waffe oder etwas anderes Seltsames da draußen gefunden?

„Bis jetzt nicht. Jedes Stück Metall da draußen entspricht der üblichen Zusammensetzung der Wegbereiter."

Jack starrte auf die Probe. „Meinst du, wir könnten das Ding draußen mit genug Licht anstrahlen, um es wie diese Probe zu aktivieren?"

Burn zuckte mit den Schultern. „Sicher, vorausgesetzt, der ganze Glibber ist derselbe."

Veda runzelte die Stirn. „Warum willst du etwas reaktivieren, das vielleicht eine ganze Fabrik der Wegbereiter und alle Wegbereiter hier zerstört hat?"

„Ich weiß es nicht." Jack schaltete das Licht über der Probe aus. „Wenn es so leicht wieder anspringt, halte ich es für eine gute Idee, nichts davon zu aktivieren, bis wir genau wissen, womit wir es zu tun haben."

Burn beugte sich näher zu seinem Bildschirm und schaute dann auf die Probe. „Sie ist noch aktiv."

Die Probe leuchtete leicht, und Jack bemerkte auf dem Bildschirm, dass das Video ohne das Licht zwar dunkler war, die Zellen aber immer noch vibrierten.

„Glaubst du, die Zellen sind autark, wenn sie einmal in Gang gekommen sind?" fragte Veda.

Jack schaute Burn an. „Stelle die Probe unter Quarantäne. Stell sicher, dass sie nichts tut, was eine Gefahr für uns darstellen könnte.

„Laut den Messwerten produziert die Probe keine Gase. Nichts. Es scheint, als würden die Zellen nur Energie für die umliegenden Fasern erzeugen", sagte Burn.

„Und ich mache mir Sorgen, wofür diese Fasern gedacht sind“, sagte Jack. Er betrachtete die Probe noch eine Sekunde lang, bevor er sich auf den Weg zur Brücke machte, wo Kana an ihrem Panel und Heddi vor dem Wandschirm standen.

„Kana, ich übernehme die Suche hier. Die Probe, die Veda gesammelt hat, macht... irgendetwas. Ich möchte, dass du versuchst, den Code zu hacken.“

Heddi hatte sich umgedreht. „Was macht sie?“

„Sie lädt sich auf, soweit wir das beurteilen können.“

Heddis Augen schienen zu leuchten, und sie machte sich auf den Weg in den medizinischen Raum.

„Sei vorsichtig und halte Abstand“, rief er ihr hinterher.

Kana stand auf. „Ich hole meine Tester, aber wenn das Gel so ist wie die Haut, ist es so weit weg von unserem Wissen, dass ich gar nicht weiß, wo ich anfangen soll.“

„Dann fang einfach irgendwo an. Wenn das Ding eine Bedrohung für das Schiff und die Besatzung darstellt, müssen wir schnell von hier verschwinden, aber wenn es eine potenzielle Waffe gegen Glitch und seine Sternenschlangen ist, müssen wir alles lernen, was wir können.“

Kana schien zu zweifeln. „Ich werde tun, was ich kann, aber das ist eine Nummer zu groß für uns. Ich glaube, wir sollten lieber versuchen, einen der Wegbereiter zu hacken.“

„Gute Idee.“

„Was?“

„Wir sollten alle Wegbereiter überprüfen, die da draußen unterwegs sind. Wenn wir uns in einen von ihnen hacken können, können wir vielleicht herausfinden, was hier passiert ist. Schnapp dir deinen Anzug. Wir machen einen Weltraumspaziergang.“

35

In der Nähe der zerstörten Wegbereiter-Replikationsfabrik im Alpha Centauri System; zwei Tage später

„Der Glibber läuft noch", sagte Burn. „Selbst wenn er von jeder Lichtquelle entfernt ist, vibrieren die Zellen weiter. Das Tempo verlangsamt sich so langsam, dass es Jahre dauern würde, bis sie aufhören zu vibrieren. Wenn ich diese Batterien vermarkten könnte, wäre ich ein sehr reicher Mann."

„Du bist bereits ein reicher Mann. Das seid ihr alle", sagte Heddi.

Burn lächelte. „Du hast Recht. Aber ich wäre noch reicher."

Kana saß neben der Probe und hielt einen Handscanner über sie. „Es tut etwas, aber ich kann nicht herausfinden was. Es zeigt nicht an, dass es etwas sendet, zumindest nicht mit den bekannten Protokollen, aber es tut definitiv etwas."

„Und die Frequenzen der Lichter, die durch diese Fasern laufen, ändern sich gerade so viel, dass der medizinische Scanner sie erfassen kann", sagte Burn.

„Vielleicht versucht es nur, den Rest seines Körpers zu finden", sagte Heddi. „Wenn ich in Stücken wäre, würde ich das auch tun."

„Ich bin dafür, dass wir es weit weg vom Rest seines Körpers halten, wenn es wie Frankenstein wieder lebendig werden könnte", sagte Veda.

„Wie Frankensteins Monster", korrigierte Burn.

Veda grunzte.

„Versuch weiter, etwas zu lernen", sagte Jack. „Wenn dieses Ding die Wegbereiter getötet hat, ist es schlau. Es wusste genau, wo es sie treffen musste, damit sie sich nicht selbst reparieren und keine Daten speichern konnten."

Der Annäherungsalarm ertönte, und Jack rannte mit Kana an den Fersen auf die Brücke. Er hatte erwartet, ein Trümmerteil zu finden, das sich in *Cabróns* Annäherungsalarm verirrt hatte. Er hatte nicht damit gerechnet, dass drei Wegbereiter das Schiff umzingeln würden.

Er drückte die Sprechanlage. „An alle, volle Alarmbereitschaft. Wir haben ein Trio von Wegbereitern zu Besuch."

„Drei könnten genug sein, um Glitch auszuschalten", sagte Kana.

„Hoffen wir, dass sie uns helfen wollen und nicht nur vorbeikommen, um Hallo zu sagen." Bangen und Hoffen mischten sich, als Jack Platz nahm. Er drückte die Sendetaste. „Hier spricht Captain Jack Hale von der *Cabrón*. Wir wurden auf eine Notfallmission geschickt..."

Aus den Lautsprechern ertönte ein so hohes Kreischen, dass Jack zusammenzucken musste.

Sein Panel blinkte auf, und er warf die eingehende Nachricht auf den Bildschirm vor ihnen.

Wegen der weit verbreiteten Risiken und Gefahren sollten die Menschen ihr heimisches Sonnensystem nicht verlassen. Zum Wohle eurer Spezies wird eure Mission hiermit annulliert, und euer Schiff und eure Besatzung werden in den Ruhestand geschickt. Wir entschuldigen uns für die Störung, aber es ist für die Sicherheit eurer Spezies.

„Ruhestand?" fragte Kana. „Das hört sich nicht gut an."

„Stimmt." Jack wollte erneut senden, aber bevor er das tun konnte, feuerten alle drei Wegbereiter. Die Alarme schrillten.

Jack schlug auf die Sprechanlage. „Wir werden angegriffen. Veda, ich brauche dich hier oben an der Railgun."

„Ich dachte, Wegbereiter sind so programmiert, dass sie nicht gewalttätig gegen Menschen sind“, sagte Kana.

„Ich schätze, diese Typen haben das Memo nicht bekommen.“ Er überprüfte die Daten auf seinem Bildschirm. „Die ersten Laser wurden abgewehrt. Aber sie werden bald herausfinden, dass unsere Hülle verstärkt wurde.“

„Ich fahre unsere Sprungschilde hoch, also versucht, den Bug gegen sie zu richten“, sagte Kana.

„Leichter gesagt als getan, wenn sie zu dritt sind.“ Er leitete den vollen Vorwärtsschub ein. Es half, dass sie nicht erst anhalten mussten, aber es dauerte trotzdem, bis sie Geschwindigkeit aufbauten.

Veda und Heddi eilten auf die Brücke.

Heddi beeilte sich, einen Platz einzunehmen. „Burn sagte mir, ich solle dir ausrichten, dass er die Proben im Auge behält.“

„Ich dachte, die Wegbereiter können keine Menschen angreifen“, sagte Veda, als er sich an seinem Platz festschnallte.

„Das habe ich auch gesagt“, sagte Kana.

„Willst du sie fragen?“ sagte Jack, während seine Finger über die Kontrollen flogen.

Veda klappte sein Panel herunter. „Wir hatten noch keine Gelegenheit zu sehen, ob die Railgun tatsächlich ausfährt.“

„Das ist der Test“, sagte Jack.

Die Wegbereiter rasten auf sie zu und hielten den gleichen Abstand.

Die Leuchtspurgeschosse leuchteten auf, als Veda feuerte, und die Wegbereiter zerstreuten sich. Eine Sonde hinterließ bei einem Volltreffer eine Spur aus Funken. „Gute Nachrichten. Die Railgun funktioniert.“

Die Wegbereiter verteilten sich weiter und die Sonden feuerten erneut, aber diesmal nacheinander. Alle wurden von den Schilden und der verstärkten Hülle abgelenkt, aber Jack bemerkte ihre Logik. „Jeder Photonenschuss war anders.“

„Sie haben nur so viel Energie, dass sie sich wieder aufladen müssen. Sie testen, wie viel Energie sie mindestens brauchen, um unsere Hülle zu durchschlagen", sagte Kana.

„Toll“, sagte Veda trocken, bevor sie erneut feuerte. „Verdammt, das sind fiese Dinger.“

„Sie ändern ihre Formation.“ Jack zog eine Grimasse. „Sie haben herausgefunden, dass die Sprungschilde oben sind. Sie kommen von der Seite auf uns zu. Haltet euch für Ausweichmanöver bereit.“ Er schaltete vom Rückwärts- auf den Vorwärtsgang um, während er sich von der Tötungszone der Wegbereiter entfernte.

Er erhöhte die Leistung so schnell, wie es die Motoren zuließen. Die *Cabrón* schoss vorwärts. Veda feuerte mehrere Schüsse ab, und der Wegbereiter, den er bereits beschädigt hatte, schoss nun in Flammen auf. Er taumelte vom Kampf weg, schaffte es aber, seinen Flug zu stabilisieren.

„Einen erledigt...“, sagte Veda.

„Wenn du das auch mit den anderen beiden machst, lade ich dich zum Essen ein“, sagte Jack, als die beiden anderen Wegbereiter von oben und unten näher kamen. Sie feuerten. Der erste Schuss brannte sich durch zwei Schichten des Rumpfes, der zweite Schuss brannte sich bis zum Gerüst am Heck des Schiffes durch.

Der Alarm für den Durchbruch ertönte. Jacks Panel leuchtete mit einem roten Punkt über dem Frachtraum auf.

„Nicht gut, nicht gut“, murmelte Jack und tippte auf die Sprechanlage. „Burn, alles in Ordnung da hinten?“

Er antwortete nicht. Jack musste weiter manövrieren, um die Wegbereiter davon abzuhalten, das Schiff zu erfassen. Er drückte auf die Gegensprechanlage und ließ sie offen. „Sprich mit mir, Burn.“

Wieder vergingen einige Sekunden. Kühle Luft strömte auf die Brücke, was bedeutete, dass der Frachtraum gefroren sein musste. Veda schaffte es, einen weiteren Wegbereiter zu erwischen, aber er blieb im Kampf.

„Wir arbeiten gerade daran, den Frachtraum zu versiegeln.“

Heddi schnallte sich von ihrem Sitz ab. „Ich werde Burn helfen.“

„Sei vorsichtig“, sagte Jack, aber sie war schon den Gang hinuntergerast.

„Wir haben mehrere unkritische Systeme verloren“, sagte Kana. „Ich arbeite gerade daran, sie wieder hochzufahren.“

Die Wegbereiter feuerten erneut. Auf Jacks Anzeige leuchtete ein weiterer Hüllenbruch auf. Die warme Luft wurde weggesaugt und durch kalte Luft ersetzt. „Die Toilette ist durchbrochen worden. Burn, Heddi, sagt mir, dass ihr da hinten okay seid."

„Uns geht es gut. Wir binden gerade ein paar Sachen fest", sagte Heddi.

„Ich schließe alle Türen außer der Brücke", sagte Kana.

„Burn, Heddi, kommt so schnell wie möglich hier hoch. Wir werden die Brücke versiegeln", sagte Jack.

„Gib uns fünf Sekunden", sagte Heddi.

Jack drehte und wendete das Schiff weiter, während Veda kurze Feuerstöße abfeuerte. Die *Cabrón* befand sich mitten in der Spirale, als die Wegbereiter erneut feuerten. Ein neuer Alarm ertönte. Die Vibrationen der Motoren wurden schwächer und der Antrieb ließ nach. „Ich habe zwei Triebwerke verloren!"

„Die Triebwerke sind offline. Das System reagiert nicht", sagte Kana.

Das Schiff hatte zwar noch Schwung, aber es verlor die Kraft, die für ein wendiges Manövrieren nötig war. Mit nur noch zwei Triebwerken war es, als würde man ein Boot nur mit einem Schleppmotor fahren. „Wir sind leichte Beute. Burn, Heddi, kommt sofort hier hoch."

Veda warf seine Hände hoch. „Ich habe keine Ladung mehr."

Die Wegbereiter kamen immer näher. Jack versuchte, ein großes Trümmerstück zu erreichen, aber er würde es nicht rechtzeitig schaffen. Er zuckte zusammen, als die Wegbereiter erneut feuerten.

Aber der Lichtblitz stammte nicht von den Photonenkanonen der Wegbereiter. Es war das Glühen einer riesigen Qualle, die aus dem Nichts aufgetaucht war. Die Wegbereiter drehten sich, um auf den Neuankömmling zu feuern, aber der feuerte zuerst. Aus einem großen Tentakel schoss ein heller Lichtstrahl, der die gleiche weiße Farbe hatte wie das Glühen der Qualle. Er durchschlug das Zentrum des ersten Wegbereiters und verwandelte ihn in einen Schlackehaufen. Der zweite Wegbereiter feuerte, aber der Schuss schien von der

Kreatur absorbiert zu werden, die erneut feuerte und den Wegbereiter auslöschte.

Dafür waren also die Tentakel da, dachte Jack, als die Kreatur ihre dünnen Tentakel benutzte, um sich so leicht zu drehen, als ob sie im Wasser wäre. Der dritte Wegbereiter - derjenige, den Veda beschädigt hatte - versuchte zu fliehen, aber die Kreatur feuerte einen weiteren Schuss ab und zerstörte ihn wie die anderen.

In diesem Moment drehte sich die Qualle zur *Cabrón* um.

Zumindest nahm Jack an, dass sie dem Schiff zugewandt war. Sie hatte keine sichtbaren Augen, aber sie hatte sich so manövriert, dass sie direkt vor der Brücke schwebte, nur etwa hundert Meter entfernt. Sie war riesig, mindestens dreimal so groß wie die tote Qualle, die bereits größer war als die *Cabrón*. Der Neuankömmling überragte das Schiff mit der menschlichen Besatzung um Längen. Es war unglaublich nervenaufreibend, ein riesiges Raubtier ohne Augen zu sehen, das einen beobachtet.

„Whoa.“ Heddis Stiefel quietschten, als sie abrupt zum Stehen kam.

Burn zeigte auf sie. „Äh, was ist das für ein Ding?“

„Haben alle anderen gerade auch eine Scheißangst? Ich nämlich schon", sagte Veda. „Hast du gesehen, wie leicht es drei Wegbereiter getötet hat?“

„Es ist ... unglaublich“, sagte Kana.

„Das ist schon was“, sagte Jack.

„Wenn es uns töten will...“ Veda brach ab.

„Es gibt nichts, was wir tun können“, beendete Jack für ihn. Er faltete seine Hände und pustete, um seine Finger zu wärmen. „Du hast gesehen, was er tun kann. Wir sind ihm hilflos ausgeliefert, also werden wir hier einfach nett und unbedrohlich herumschweben und hoffen, dass es uns nicht für eine Bedrohung hält. Dass es uns noch nicht getötet hat, sagt einiges aus.“

„Was? Dass der Feind meines Feindes mein Freund ist?“ fragte Kana.

Jack schüttelte den Kopf. „Der Feind meines Feindes ist nicht mein Freund.“

36

In der Nähe der zerstörten Wegbereiter-Replikationsfabrik im Alpha Centauri System

Der Neuankömmling wandte sich nach einer unangenehm langen Zeit ab. Jack atmete beruhigend ein, bevor er sich an seine Crew wandte. „Welches sind die kritischen Schadenspunkte, die wir angehen müssen?“

„Was?“ fragte Burn und riss seine Aufmerksamkeit plötzlich vom Bildschirm zurück.

Jack zeigte auf die Qualle, die heller leuchtete als ein Weihnachtsbaum. „Dagegen können wir im Moment nichts tun, also konzentrieren wir uns auf das, was wir tun können. Wie hoch sind die kritischen Schadenspunkte?“

„Ich werde den Reaktor überprüfen. Halte mich über das Ding da draußen auf dem Laufenden", sagte Burn.

„Das werde ich“, antwortete Jack und Burn lief von der Brücke.

„Ich setze gerade Prioritäten auf die Liste. Ich warne dich, es ist eine lange Liste", sagte Kana.

„Wir fangen mit dem an, was wir reparieren müssen, um am Leben zu bleiben“, antwortete Jack.

„Selbst wenn wir uns darauf beschränken, ist es eine lange Liste. Wir haben mehrere Risse in der Hülle und unser Luftfiltersystem ist ausgefallen. Ich starte es gerade neu... schon wieder."

Heddis Kinnlade lockerte sich noch weiter. „Warte, es tut doch etwas."

Jack drehte sich um und beobachtete, wie die Kreatur ihren kleineren, toten Kameraden einhüllte. Es wurde immer heller, so sehr, dass Jack seine Augen abschirmen musste. Die Helligkeit nahm mehrere Sekunden lang zu, bis die Qualle einen Lichtstoß aus ihrem Tentakel abgab - denselben, der die Wegbereiter erschossen hatte. Sie verblasste wieder und löste sich von der kleineren Qualle, die nun ebenfalls leuchtete, wenn auch nur sehr schwach. Die beiden blieben dicht beieinander, ihre Tentakel umschlungen, aber sie schienen sich nicht für die *Cabrón* zu interessieren.

„Ich kann es nicht glauben. Er hat den Toten einfach wieder zum Leben erweckt, indem er auf ihn geschossen hat", sagte Kana.

„Du glaubst, es war sein Kind?" fragte Heddi.

„Wir wissen nichts über diese Dinger. Wir wissen noch nicht einmal, ob es eine Bedrohung für uns ist oder nicht", sagte Jack.

Burn kehrte auf die Brücke zurück. „Gute Nachrichten. Der Reaktor ist stabil und die Hülle dort zeigt keine Bruchlinien. Was zum... Vermehren sie sich jetzt?"

„Der Große hat den Kleinen wieder zum Leben erweckt", sagte Heddi und zitterte dann.

„In Ordnung, Kana. Welche Türen blockieren die Hüllenbrüche?", fragte Jack.

„Gib mir eine Sekunde... hier. Der Frachtraum, das Bad und der Gesundheitsraum. Ich halte Luftschleuse zwei unter Sicherheitsverschluss, da die äußere Luftschleuse durchbrochen wurde. Es sieht so aus, als ob Shuttle zwei getroffen wurde."

„Also gut, zieht alle eure Anzüge an und trefft euch an der Tür zum Frachtraum. Wir fangen mit den Hüllenbrüchen an. Kana, du bleibst auf der Brücke und verfolgst die Aufträge, arbeitest an den Systemen und behältst unsere neuen Freunde draußen im Auge."

Sie runzelte die Stirn. „Du bleibst nicht auf der Brücke?"

Er schüttelte den Kopf. „Unsere Priorität ist es, dafür zu sorgen, dass das Schiff nicht auseinanderbricht, und das bedeutet, dass wir arbeiten müssen, auch wenn wir zwei unbekannte Wesen vor unserem Fenster haben. Wir verlassen uns alle darauf, dass du diese Bedrohung im Auge behältst."

Sie nickte. „Ich lasse die Sprechanlage offen. Ich informiere dich, sobald die Dinger mit einem Tentakel wackeln."

„Wir fangen mit dem Bruch im Frachtraum an", sagte Jack.

„Der Bruch im Badezimmer ist der größte", sagte sie.

„Aber nicht der kritischste Bruch. Schließt die Brücke. Wenn wir mit dem Flicken anfangen, bleibt die Luft hier am frischesten." Jack wandte sich an Heddi. „Du erholst dich immer noch. Du kannst die Sache aussitzen, wenn du willst."

Die junge Frau runzelte die Stirn. „Mir geht es gut und ich helfe mit."

Er nickte ihr zu und warf dann einen Blick auf seine Mannschaft. Er warf noch einen letzten Blick auf die beiden leuchtenden Quallen, die draußen schwammen, bevor er in seine Koje eilte, um seinen Anzug anzuziehen. In seinem Quartier waren Sachen auf den Boden gefallen und sein Stuhl war umgekippt. Er ignorierte das alles und schnappte sich einen Werkzeugkasten.

Die *Cabrón* hatte schon früher Risse in der Schiffshülle durch Trümmer erhalten, aber nicht in diesem Ausmaß. Die bittere Kälte, die durch seine Haut drang, erinnerte ihn an die Zeit, als die *Cabrón Aria* gewesen war und die Wegbereiter das Schiff gesäubert hatten, indem sie beide Luftschleusen und den Frachtraum öffneten und alle Luftsysteme sprengten, um alles und jeden aus dem Schiff zu drängen. Säuberungsaktionen wurden nur selten und nur auf Spezialschiffen durchgeführt, z. B. zur Beseitigung von biologischen Kampfstoffen auf Rettungsschiffen oder von giftigen Chemikalien auf Transportern. Die *Aria* war offiziell nicht mit dieser Funktion gebaut worden - die Wegbereiter hatten sie während des Baus als letzten Ausweg eingebaut, falls sie die Besatzung nicht davon überzeugen konnten, die Mission wegen übermäßiger technischer Schwierigkeiten abzubrechen.

Jack hatte an diesem Tag mit ansehen müssen, wie fast seine gesamte Mannschaft aus dem Schiff gesaugt wurde. Die Kälte in der Luft zu spüren, brachte einen Albtraum mit sich, den er nie wieder loswerden würde. Abrupt verließ er seine Koje und machte sich auf den Weg zum Frachtraum, wo Veda und Heddi bereits warteten. Veda überprüfte Heddis Anzug, um sicherzustellen, dass er vollständig versiegelt war und klopfte ihr auf die Schultern. „Du bist gut."

Burn kam direkt hinter Jack an und klatschte seine behandschuhten Hände zusammen. „Alles klar. Sind wir bereit für eine lustige Zeit?"

Jack wandte sich an Heddi. „Das ist dein erstes Mal, also lass dich von Burn anleiten. Und übertreibe es nicht. Brüche können eine Weile dauern."

„Ich bin kein Baby", sagte sie. „Ich schaffe das schon."

„Wie du willst." Sein Blick fiel auf alle drei Besatzungsmitglieder, die bei ihm waren. „Ich muss bereit sein, zur Brücke zu rennen, wenn etwas passiert." Er brauchte nicht zu sagen, was 'etwas' war. „Und ihr alle müsst jederzeit mit dem Schiff verbunden sein. Stellt euch vor, wir befinden uns in einem aktiven Kampfszenario."

„Glaub mir, ich werde die ganze Zeit an die glitzernden Gelees draußen denken", sagte Burn.

„Also gut. Dann wollen wir mal." Jack tippte auf das Panel und schloss die Tür hinter ihnen, die sie vom Korridor abschirmte. Als Sicherheitsmaßnahme hatten Schiffe viele Türen. Hüllenbrüche waren zusammen mit einem katastrophalen Ausfall der Umweltsysteme das größte Risiko für die Besatzung eines Schiffes im Weltraum. Hüllenbrüche waren schlimm, aber Jack machte sich vor allem Sorgen um die Schäden im Frachtraum, wo sich ihre Lebensmittelvorräte befanden. Wenn die Kisten herausgesaugt wurden, konnten sie sie aufspüren, aber viele der Rationspakete würden durch den Druckabfall ruiniert werden. In der Kombüse gab es noch einige Lebensmittelvorräte, aber bei weitem nicht genug, um sie nach Hause zu bringen. So blieb nur ihre Küchenmaschine übrig, die nur in der Lage war, einen „Nährstoffschleim" herzustellen. Damit einen

Monat lang zu überleben, geschweige denn jahrelang, machte Jacks Magen Unmut.

Als die Tür hinter ihnen geschlossen und versiegelt war, sagte er Heddi zuliebe: „Halt dich an etwas fest. Du hast bisher nur Raumspaziergänge mit den Luftschleusen gemacht. Ein sofortiges Vakuum kann dich ganz schön aus dem Gleichgewicht bringen, wenn du keinen Druckabbau machst."

Sie klammerte sich an das Geländer des kurzen Stegs, auf dem sie standen. „Ich bin bereit."

„Kana, kannst du uns hören?" fragte Jack.

„Laut und deutlich. Keine Veränderung hier oben."

„Alles klar. Wir betreten den Frachtraum." Die drei Männer hielten sich ebenfalls an den Stangen fest, und Jack öffnete die Tür. Er spürte, wie er nach vorne gesogen wurde, und benutzte die Stange, um in den Frachtraum zu gelangen. Es war ein Chaos. Die Spanngurte um mehrere Kisten waren gerissen und eine der Kisten war aufgebrochen, sodass silberne Lebensmittelpakete den Boden und die Wand um den Riss herum verputzten. Der Riss im Rumpf hatte einen Durchmesser von etwa einem Meter, zu klein, um eine ganze Kiste hindurchzuschieben, aber es gab dennoch eine Spur von Lebensmittelpaketen, die im All schwebten.

„Die Flickzeugsets sind hier drüben", sagte Burn, während er auf einen Schrank rechts von ihnen zuging. „Wir mussten noch nie mehr als einen Flicken auf einmal anbringen. Ich denke, wir sollten alle vier Brüche vorübergehend flicken, um das Schiff wieder ins Gleichgewicht zu bringen. Dann können wir die permanenten Flicken von außen anbringen. Was denkst du?"

„Von mir aus", sagte Jack. „Wie auch immer, wir fliegen nirgendwohin, bis die permanenten Flicken angebracht sind.

Burn öffnete den Spind und holte einen großen, schwarzen Hartschalenkoffer heraus. „Dieses Loch ist klein genug, dass zwei von uns den provisorischen Flicken anbringen können. Der Nachteil ist, dass wir die künstliche Schwerkraft hier hinten ausschalten müssen, um das Loch zu erreichen. Wir können zuerst die Gurte reparieren."

„Nein. Macht euch an die Arbeit mit den Flicken. Sie sind im

Moment am wichtigsten. Du und Veda arbeitet an der Versiegelung des Lochs. Heddi und ich werden die Kisten festzurren und die losen Pakete einsammeln", sagte Jack.

„Verstanden, Boss." Burn wandte sich an das Panel hinter ihm und rief ein Menü auf. „Ich werde die Schwerkraft in drei, zwei, eins aufheben."

Jack spürte, wie sich seine Füße vom Boden lösten, obwohl er sich immer noch an der Reling festhielt. Um sie herum begannen Lebensmittelpakete aus zu schweben, und eine Kiste stieß gegen eine andere. „Viel Spaß damit", sagte Burn, bevor er und Veda sich in die hintere Ecke des Laderaums begaben, um zu arbeiten.

Jack zog einen großen Seesack heraus und reichte ihn Heddi. „Hier, nimm das. Nimm die losen Pakete. Das wird eine gute Null-G-Übung sein. Ich kümmere mich um die Gurte."

Sie grinste, ließ das Geländer los und stieß sich vom Boden ab. Nicht, dass sie die Übung gebraucht hätte. Sie hatte sich in der Schwerelosigkeit schneller zurechtgefunden als ein Fisch im Wasser und bewegte sich wie eine Ballerina durch die Luft. Ihre Anmut kam daher, dass sie früh gelernt hatte. Sie hatte es in demselben Alter gelernt, in dem Jack seinen ersten Weltraumspaziergang gemacht hatte. Kinder lernten definitiv leichter, aber er gab zu, dass Heddi eine Anmut bei ihren Weltraumspaziergängen hatte, der keiner der anderen Crewmitglieder gleichkam. Es war ein Vergnügen, ihr zuzusehen, aber er tat es nicht. Stattdessen machte er sich an die Arbeit mit den Gurten.

Die gelockerten Kisten waren unhandlich - jede war fast so groß wie er selbst - aber er war geschickt darin, in der Schwerelosigkeit zu arbeiten und nutzte das Antriebssystem seines Anzugs, um die Kisten wieder in Position zu bringen. Er würde das Ausmaß der Lebensmittel und Vorräte, die durch den Druckabfall verloren gegangen waren, erst erfahren, wenn sie den Druck im Schiff wiederhergestellt hatten, aber er wusste, dass der Frachtraum der zweitschlimmste Ort auf dem Schiff für einen Bruch war. Der schlimmste Ort wäre die Brücke.

Er brauchte ungefähr eine Viertelstunde, um die Kisten festzuschnallen. Bis dahin hatte Heddi zwei Seesäcke mit Lebensmittelpaketen gefüllt und beide Säcke an der Reling festgebunden. Burn packte das Flickzeug wieder in die Kiste - das Loch war jetzt mit einem dicken weißen Schaum gefüllt - und Veda machte sich auf den Weg zu Jack.

„Kana, gibt es irgendwelche Veränderungen da oben?“ fragte Jack.

„Nein, nichts. Unsere Freunde draußen haben sich nicht bewegt. Das Luftfiltersystem hat ein Hardwareproblem, also brauche ich dich oder Burn, um daran zu arbeiten.“

„Ich übernehme das. Burn arbeitet an der Hülle.“

„Das System zeigt eine kaputte Leitung an der Decke des Gesundheitsraums an. Ich schicke dir die genaue Position an das Panel dort drinnen.“

„Ich kümmere mich darum, sobald wir hier weg sind.“

Burn hatte aufgeholt und das Panel erreicht. „Bereit für die Schwerkraft?“

Jack nickte. „Tu es.“

„Okay, drei, zwei, eins.“

Die Schwerkraft im Frachtraum setzte langsam wieder ein, als der Anti-Wasserstoff-Gravitationsleiter in diesem Bereich wieder in Betrieb genommen wurde. Sie nannten es Schwerkraft, aber es war keine Schwerkraft im normalen Sinne. Die Decke des Schiffes bestand aus neutraler Antimaterie, während der Boden aus normaler Materie bestand. Wenn der Leiter in Betrieb war, erzeugte er ein künstliches Gravitationsfeld, das immer nach unten zog, ähnlich wie die Schwerkraft eines Planeten. Durch den Bau einer gravitationsleitenden Hülle wurden alle Personen im Inneren vor den Kräften der ultraschnellen Beschleunigung geschützt, die andernfalls tödlich gewesen wären. Die Möglichkeit, sie ein- und auszuschalten, half auch bei Reparaturen.

Als die Schwerkraft spürbar wurde, setzten Jacks Stiefel langsam auf dem Boden auf. Kisten ächzten, als sie nach unten gezogen wurden. Die Schwerkraft war im Laderaum nicht notwendig und wurde oft ausgeschaltet, um das Be- und Entladen zu beschleunigen, aber die Menschen waren für die Schwerkraft gebaut. Es war einfacher, sie zu haben.

„Ich aktiviere jetzt die volle Schwerkraft. Bist du bereit zu sehen, ob der Flicken hält?“ fragte Burn.

„Warte, bis ich die Luftleitung repariert habe. Bis dahin wird das System wohl nicht genug Luft erzeugen können. Außerdem schadet ein bisschen länger ohne Druck nicht mehr, als es ohnehin schon hat", sagte Jack.

Die vier betraten den kleinen Flur und Burn schloss die Tür hinter ihnen.

„Kana, du hast die Brückentür immer noch geschlossen, richtig?“ fragte Jack.

„Ja. Ich bin hier drin gut verschlossen.“

„Ich frage nur zur Sicherheit. Auf zum Gesundheitsraum.“ Jack warf einen Blick auf Heddi, die sich an der Reling festhielt, dann öffnete er die Tür zum Hauptgang des Schiffes. Die Luft drückte sie für ein oder zwei Sekunden zurück, dann gingen sie vorwärts.

Der Gesundheitsraum befand sich gleich hinter der ersten Luftschleuse und auf der anderen Seite des Ganges gegenüber vom medizinischen Raum. Es gab keine Möglichkeit, den Raum zu betreten, ohne den größten Teil des Ganges drucklos zu machen, was die ohnehin schon reduzierte Luftversorgung des Schiffes noch weiter belastete.

Im Gesundheitsraum, wo die Besatzung trainierte und sich fit hielt, sah es noch schlechter aus. Bei dem Riss handelte es sich um eine Reihe von sieben Löchern im Rumpf in der Nähe der gemeinsamen Wand mit dem Badezimmer. Während Burn und Veda an der Reihe von Flicken arbeiteten, verbrachten Jack und Heddi vier Stunden damit, die kaputte Luftleitung zu reparieren. Die nächsten drei Stunden verbrachten sie damit, die biegsame Leitung zu ersetzen, während Burn und Veda sich über das Chaos beschwerten, das durch den Druckabfall entstanden war. Niemand freute sich darauf, diesen Raum unter Druck zu setzen.

Als sie endlich mit den Räumen fertig waren, trafen sie sich auf dem Flur.

„Der letzte Bruch ist in der äußeren Luftschleuse, also können wir den Druck wieder erhöhen, um zu sehen, ob die Temperaturfelder halten“, bot Burn an.

„Kana, bist du damit einverstanden, dass wir den Druck wieder erhöhen?“ fragte Jack.

„Ich bin einverstanden. Ich werde die Systeme von hier aus überwachen.“

Jack hielt einen Daumen hoch.

Burn drehte sich zu dem Panel an der Wand. „Die Druckerstellung beginnt in fünf, vier, drei, zwei, eins.“

Ventilatoren surrten, als warme, feuchte Luft in den Gang geblasen wurde. Alle vier Besatzungsmitglieder standen und warteten, während Burn den Status der verschiedenen Räume beobachtete.

„Der Druck scheint an allen drei Stellen stabil zu sein, aber die Luftfeuchtigkeit liegt bei zehn Prozent und sinkt langsam“, verkündete Burn. „Es wird wohl ein paar Stunden dauern, bis wir hier genug Luft haben, denn das Luftsystem muss noch einiges aufholen. Wir werden nicht sicher wissen, ob die Flicken halten, bis wir den vollen Druck erreicht haben.

„Die Flicken werden halten. Ich mache mir mehr Sorgen um die Motoren", sagte Burn.

„Wir werden herausfinden, was mit ihnen los ist, wenn wir draußen sind und an den dauerhaften Flicken arbeiten“, sagte Jack. Als der Korridor fünfundsiebzig Prozent der vollen Atmosphäre erreicht hatte, nahm er seinen Helm ab. Kalte, dünne Luft kitzelte sein Gesicht. Heddi wollte dasselbe tun, aber er hielt sie auf. „Lass ihn auf. Du hast noch nicht genug Naniten, um das zu kompensieren. Wie wäre es, wenn du Raum für Raum eine vollständige Bestandsaufnahme der notwendigen Reparaturen machst? Burn und Veda, ihr kümmert euch um die Flicken und beginnt mit den Aufräumarbeiten. Ich kümmere mich um Kana und unsere neuen Freunde.“

„Du willst nur nicht im Bad mithelfen“, sagte Burn.

„Ganz genau.“ Jack machte sich auf den Weg zur Brücke. Als er die Tür öffnete, ließ die kühle Luft Kana frösteln, da sie keinen Anzug trug.

„Wie sieht's aus?", fragte sie.

„Ungefähr so, wie du erwartet hast. Wie sieht es mit den Systemen aus?"

„Ungefähr so, wie erwartet."

Er ging zum Bildschirm und schaute auf die beiden Kreaturen hinaus. Sie schwebten immer noch in demselben Bereich, in dem er sie zuletzt gesehen hatte. „Keine Veränderung, hm?"

„Nichts. Er hat uns gerettet und jetzt hängt er nur mit seinem kleinen Kumpel herum", sagte sie.

„Ich bin immer noch nicht überzeugt, dass er uns gerettet hat. Er hat die Wegbereiter getötet. Vielleicht war die Rettung nur ein unbeabsichtigter Nebeneffekt."

„Nun, ich sehe es als ein hoffnungsvolles Zeichen, dass er uns noch nicht getötet hat", sagte sie. „Die Cabrón ist aber in einem schlechten Zustand, Jack."

„Das Luftsystem holt nicht so schnell auf, wie es sollte."

„Hast du eine Idee, warum es so schwer ist?"

Sie schüttelte den Kopf. „Noch nicht. Im Moment tauchen so viele gelbe Flaggen in jedem System auf, dass es schwer ist, die Ursachen einzugrenzen. Aber bei all der guten Luft, die wir durch die Brüche verloren haben, können die Luftfilter das Kohlendioxid, das wir ausatmen, nicht mehr auffangen."

„Müssen wir dann unsere O2-Masken tragen?"

„Wir nicht. Heddi muss es vielleicht. Aber das wird uns alle verlangsamen, da bin ich mir sicher."

„Ist der Sauerstoff unser größtes Problem?", fragte er.

„Es ist das größte Problem im Umweltsystem, aber so ziemlich jedes System zeigt Warnungen an. Wir haben eine Menge Projekte vor uns."

„Und mit der Hälfte der ausgefallenen Triebwerke kommen wir so schnell nicht weiter. Aber solange wir keine kritischen Überlebensprobleme haben, werden wir alles schaffen." Er warf einen Blick auf die Quallen. „Vorausgesetzt, sie lassen uns."

„Ich würde mich sicherer fühlen, wenn etwas mehr Platz zwischen uns und ihnen wäre, aber hast du gesehen, wie schnell sich das Ding bewegt hat? In der einen Sekunde war es nicht da, in der nächsten Sekunde war es da und schoss auf die Wegbereiter. Es hat nicht einmal versucht, mit ihnen zu verhandeln. Es hat sie einfach ausgelöscht."

„Ich vermute, dass die Wegbereiter etwas mit ihrem toten Kumpel zu tun hatten. Na ja, mit seinem ehemaligen toten Kumpel."

„Nach dem, was ich von dem ausgebrannten Wegbereiter in der Fabrik gesehen habe, würde ich wetten, dass eine Qualle ihn getötet hat. Ich weiß nur nicht warum. Sie redet nicht und die Wegbereiter reden auch nicht, also können wir nur Vermutungen anstellen."

Heddis Stimme ertönte über die Sprechanlage. „Äh, Jack? Du kommst besser in den Gesundheitsraum. Wir könnten hier hinten ein Problem haben."

37

In der Nähe der zerstörten Wegbereiter-Replikationsfabrik im Alpha Centauri System

Die Quallenprobe war weg.

Jack runzelte die Stirn und schaute sich um.

„Ich habe schon den Boden, die Theke und alles andere überprüft. Ich sage dir, die Probe ist weg. Siehst du? Der Glaskasten ist noch da.“ Heddi zeigte auf den luftdichten Behälter, in dem die Probe aufbewahrt worden war.

Jack ging zum Bildschirm und rief die Kamera auf. Sie zeigte den nun leeren Behälter. Er spulte das Video mehrere Stunden zurück und hielt an, als das Bild während des Kampfes wackelte. Die Probe war zu diesem Zeitpunkt noch da. Er spulte mit dreifacher Geschwindigkeit vor, bis es einen Blitz gab und die Probe verschwand. Er spulte bis kurz vor dem Blitz zurück und spielte das Video erneut ab. In der einen Sekunde war sie noch da, in der nächsten war sie weg und das Glas blieb unberührt.

„Das ist seltsam“, sagte Heddi.

„Ja, das ist es.“

Er spulte zurück und spielte es mit langsamerer Geschwindigkeit ab. Es schien immer noch einfach verschwunden zu sein. Er spulte zurück und spielte es mit der langsamsten Bildrate ab. Diesmal begann das Muster in der Probe erst langsam zu leuchten und wurde dann immer heller, bis es aufblitzte und aus dem Behälter verschwand.

„Wow. Das ist wirklich seltsam", sagte Heddi.

Er ließ das Video noch einmal abspielen und verfolgte mit seiner Hand, wohin es geflogen war. Er ging zur Wand hinüber, aber sie wies keine Schäden auf, nicht einmal einen Brandfleck.

„Ist es... entkommen?", fragte sie.

„Ich glaube schon", antwortete er und überprüfte den Zeitstempel, als die Probe wiederbelebt wurde und entkam. Die beiden Ereignisse geschahen in weniger als einer Drittelsekunde, so dass die Zeit für beide gleich angezeigt wurde. „13.44.27", sagte er laut, um sich zu erinnern.

„Was ist das?" fragte Heddi.

„Das ist die genaue Zeit, zu der die Probe abgehoben hat." Er gab ihr ein Zeichen. „Lass uns auf die Brücke gehen. Ich will mir etwas ansehen."

Als sie die Brücke betraten, zeigte er auf den Schrank. „Du kannst deinen Helm abnehmen und dir eine der O2-Masken schnappen. Die Luft sollte inzwischen gut genug dafür sein."

„Gut. Das Ding ist eine Qual." Sie nahm ihren Helm ab, atmete tief ein, machte ein lustiges Gesicht und ging zum Schrank, um eine kleine O2-Maske herauszuholen.

Er setzte sich an sein Panel und starrte die beiden Quallen an. Neben ihm tippte Kana eifrig auf ihrem Bildschirm herum. Sie hatte ihr Haar in aller Eile zu einem Dutt zusammengebunden, so dass einige Strähnen lose herunterhingen.

Heddi stand hinter ihm und schaute ihm über die Schulter. Er rief das Video der Außenkamera des Schiffs auf und verlangsamte es ein paar Sekunden, bevor die größere Qualle in einem Lichtblitz auftauchte. Er hielt genau zu dem Zeitpunkt an, als die Qualle erschien, und verglich den Zeitstempel mit dem der Probe. Die größere Qualle war über sechs Minuten vor der Aktivierung der

Probe erschienen. Er spulte das Video vor und musste die Kameraansicht wechseln, als sich die Qualle zu ihrem Kameraden bewegt hatte. Diesmal spulte er vor, bis das Video sechs Sekunden hinter dem Zeitstempel der Probe lag und spielte es mit der langsamsten Geschwindigkeit ab. Bei dieser Geschwindigkeit brauchte das Video über eine Minute, um den Zeitstempel der Probe einzuholen.

Sie beobachteten, wie die größere Qualle begann, um ihr Gegenstück herum zu vibrieren. Bei der langsamen Wiedergabe wurde der Energietransfer deutlicher sichtbar, als das Leuchten der größeren Qualle die kleinere Kreatur durchflutete. Als das Leuchten den Punkt erreichte, den Jack für den „Zündpunkt" hielt, blitzte die kleinere Qualle auf. Er hielt das Video zu diesem Zeitpunkt an und verglich es mit dem anderen Zeitstempel. Und siehe da! Das Exemplar erwachte weniger als eine Sekunde, nachdem sein Körper wieder mit Energie versorgt worden war.

„Hast du das gesehen?", fragte er.

„Ja. Schnappwürmer können wieder zum Leben erwachen. Ich habe das einmal bei einem beobachtet, nachdem er in zwei Hälften geschnitten wurde, aber die beiden Hälften lebten getrennt. Sie konnten nicht wieder zusammenkommen und zu einem Wurm werden."

„Ich habe noch nie etwas gesehen, das seine Körperteile zurückbekommt, vor allem nicht so winzige Teile wie der, den wir hatten. Es sieht so aus, als ob es sich nur durch die Wiederverwendung derselben Zellen heilt. Ich frage mich, ob es überhaupt in der Lage ist, neue Zellen zu bilden."

Da sah Kana auf. „Wovon redet ihr beiden?"

„Die kleine Qualle hat sich ihre Haut zurückgeholt", sagte Heddi.

Kana runzelte die Stirn. „Wie ist das möglich?"

„Das wissen wir nicht", antwortete Jack. „Diese Kreatur ist völlig anders als alles, was die Menschen bisher verstanden haben."

„Das liegt daran, dass es ein Außerirdischer ist, und Außerirdische sind per Definition seltsam", sagte Heddi.

Kana überlegte einen Moment lang. „Nun, es hat uns nicht getötet, weil wir die Probe genommen haben, also muss es davon ausgehen, dass wir nicht sein Feind sind."

„Wie Heddi schon sagte, es ist ein Außerirdischer. Wir können nicht davon ausgehen, dass es so denkt, wie wir", sagte Jack. „Apropos, es wird Zeit, dass wir ein Crew-Treffen abhalten, um diese Dinge zu besprechen und zu überlegen, was wir dagegen tun werden."

Fünf Minuten später stand die gesamte Besatzung auf der Brücke. Burn und Veda waren verschwitzt, obwohl die Temperaturen an Bord immer noch kühler als normal waren.

„Kana, wie weit sind wir mit den Systemen und den Reparaturen, die gemacht werden müssen? fragte Jack.

„Nun, die Arbeit wird uns in nächster Zeit nicht ausgehen, das kann ich dir versprechen. Wir haben im Moment sechzehn rote und über zweihundert gelbe Flaggen. Die meisten dieser roten Flaggen sind an den beiden Triebwerken, die ausgefallen sind, und der Rest zeigt sich an den Systemen der Luftschleuse zwei und des Shuttles zwei. Wir brauchen also einen Weltraumspaziergang, um zu sehen, was mit ihnen los ist."

„Ich hatte vor, nach draußen zu gehen und mir alles anzusehen, sobald wir mit den permanenten Patches beginnen können. Die provisorischen Flicken sollten jetzt fertig sein, also kann ich jederzeit losgehen", sagte Burn. „Im Bad sind wir mit der Reparatur der Rohre und Leitungen fast fertig, aber es wird noch eine Weile dauern, bis jemand duschen oder die Toiletten benutzen kann."

„Wir müssen vorsichtig sein, wenn wir nach draußen gehen", sagte Jack. „Diese Quallen sind immer noch eine große unbekannte Variable und sie wissen, dass wir eine Hautprobe von ihnen hatten - sie haben sie zurückgeholt, nachdem der kleinere der beiden lebendig, online oder wie auch immer man ihren aktiven Zustand nennt, wurde."

Burn runzelte die Stirn. „Was meinst du damit, sie haben sie zurückgefordert?"

Jack zuckte mit den Schultern. „Die Probe ist von hier weg und zurück zu ihrem Körper geflitzt. Zumindest vermute ich das aufgrund der Flugbahn, als sie den medizinischen Raum verließ."

Burns Stirnrunzeln vertiefte sich. „Eine Hautprobe kann nicht einfach irgendwo hinfliegen. Es war ein totes Stück Fleisch, oder eine kybernetische Hülle, wie auch immer du es nennen willst."

„Hast du das der Probe gesagt?" fragte Heddi.

„Die Probe ist weg. Das ist alles, was wir im Moment wissen", sagte Jack. „So weit ich das mit dem medizinischen Scanner berechnen kann, hat sich die Probe mit Lichtgeschwindigkeit bewegt, vielleicht sogar noch schneller. Sie hat keine Spuren hinterlassen, weil sie zu diesem Zeitpunkt praktisch zu Licht geworden ist. Das ist jedenfalls meine Hypothese. Alles ist eine Vermutung, wenn es um diese Dinger geht. Deshalb müssen wir bei allem, was wir tun, besonders vorsichtig sein, damit sie uns nicht als Bedrohung empfinden. Und das bringt mich zu unserer Mission..."

Jack holte tief Luft, bevor er fortfuhr. „Die Wegbereiter haben klar gemacht, dass sie uns nicht helfen werden, also ist die Mission gescheitert, zumindest was die ursprünglichen Ziele angeht."

„Zu schade, dass die Quallen nicht helfen können. So schnell, wie sie die Wegbereiter ausgelöscht haben, wären Glitch und seine Sternschlangen nichts für sie", sagte Heddi.

„Das wäre schön, aber es gibt mehrere Probleme dabei", sagte Jack. „Wir wissen nicht, ob diese Dinger die Guten oder die Bösen sind. Soweit wir wissen, würden sie, wenn sie nach Sol kämen, alles und jeden umbringen." Er zuckte mit den Schultern. „Oder sie könnten die Menschheit retten. Wir wissen es einfach nicht, und da wir keine Möglichkeit haben, mit ihnen zu kommunizieren, haben wir auch keine Möglichkeit, es herauszufinden.

„Sie sind kybernetisch, also sind sie offensichtlich technologisch fortgeschritten. Wir könnten versuchen, einen Kommunikationskanal mit ihnen zu öffnen", sagte Kana.

„Das könnten sie als Bedrohung auffassen", sagte Veda.

„Das ist unser Dilemma", sagte Jack. „Wir könnten ihre Hilfe gebrauchen, aber wir wollen nicht getötet werden, wenn wir sie darum bitten."

„Warum ist die große Qualle gekommen?" fragte Heddi. „Ich meine, es macht Sinn, dass die Wegbereiter auftauchen. Jack hat das

Leuchtfeuer repariert, aber woher wusste die Qualle, dass sie kommen musste?"

„Vielleicht ist sie den Wegbereitern gefolgt", sagte Veda.

Burn hielt einen Finger hoch. „Was wäre, wenn wir auch für sie ein Leuchtfeuer aufstellen würden? Weißt du noch, wie das helle Licht die Probe zum Leben erweckt hat? Ich weiß, es ist weit hergeholt, aber vielleicht hat das ausgereicht, damit der große Kerl seinen kleinen Freund verfolgen konnte."

„Wenn es auf Licht basiert, könnte das Anstrahlen zeigen, dass wir freundlich sind", schlug Kana vor.

„Oder es könnte ein Zeichen von Aggression in ihrer Sprache sein", sagte Veda.

Kana runzelte die Stirn. „Musst du so negativ sein?"

Veda hob seine Hände. „Ich bin nur ein Realist. Jack hat es gesagt: Wir wissen nichts über diese Dinger, also könnte alles, was wir tun, sie verärgern."

„Unsere Mission war doch, Hilfe zu holen, oder?" sagte Heddi. „Wir müssen es also versuchen."

„Du weißt, was man über schlafende Hunde sagt", sagte Veda. „Und das ist ein sehr großer, sehr unheimlicher schlafender Hund da draußen."

„Was sagt man?" fragte Heddi.

Bevor Veda antworten konnte, sprach Kana. „Diese Dinger wissen, dass wir noch am Leben sind. Zumindest wissen sie, dass das Schiff nicht tot ist und alle Systeme laufen. Sie haben uns nicht angegriffen, also denke ich, wenn wir sie vorsichtig anpingen, werden sie das nicht sofort als Bedrohung empfinden.

„Hast du eine Idee, wie wir das machen können?" fragte Jack.

„Wir können ihnen einen Morsecode schicken", schlug Burn vor.

Kana schüttelte den Kopf. „Der Morsecode ist nicht mathematisch, also können sie ihn vielleicht nicht interpretieren. Ich denke, es wäre besser, ein Datenpaket zu senden. So können sie es auffangen, wenn sie wollen. Da ihre Nanotechnologie so fortschrittlich ist, muss ich annehmen, dass sie ziemlich leistungsfähige Prozessoren haben, um Daten zu übersetzen."

„Du gehst davon aus, dass sie durch und durch kybernetisch sind und nicht nur eine superschicke kybernetische Hülle tragen. Vielleicht haben sie wirklich nur das Gehirn einer Qualle in dieser Hülle", schlug Burn vor.

„Ich denke, wir sollten sie einfach anleuchten, wie Kana vorhin gesagt hat“, sagte Heddi.

Jack musterte die Gesichter. „Sind wir uns alle einig, dass wir versuchen sollten, Kontakt aufzunehmen?“

„Nein“, sagte Veda. „Ich denke, das ist zu riskant.“

„Deine Stimme wurde gehört“, sagte Jack. „Ist sonst noch jemand der Meinung, dass wir keinen Kontakt aufnehmen sollten?“

Niemand sonst sprach.

Jack überlegte einen Moment lang. „In Ordnung, die Mehrheit entscheidet. Lasst uns versuchen, Kontakt aufzunehmen.“

38

In der Nähe der zerstörten Wegbereiter-Replikationsfabrik im Alpha Centauri System;
ein Tag später

Die *Cabrón* steuerte auf die beiden Kreaturen zu, so dass der Bug des Schiffes direkt auf sie gerichtet war. Jack wünschte sich, er hätte alle vier Triebwerke, obwohl er wusste, dass diese Dinger ihn leicht einholen könnten, selbst wenn er versuchen würde zu fliehen.

Alle waren auf der Brücke und auf ihren Plätzen angeschnallt. Keiner wollte den wahrscheinlich ersten Kontakt mit einer intelligenten außerirdischen Spezies verpassen. Die Menschen hatten geglaubt, dass die Wegbereiter ihr erster Kontakt waren, bis sie erfuhren, dass der erste Wegbereiter in Wirklichkeit von einem Team von Computerprogrammierern von Sol Corp auf der Erde geschaffen worden war, um die Menschheit zum Frieden zu bewegen. Es funktionierte, aber Jack hegte immer noch einen Groll gegen Sol Corp.

Die beiden leuchtenden Quallen blieben ineinander verschlungen, und ein Teil von Jack fragte sich, ob er und seine Crew in einen privaten Moment eingedrungen waren. Vielleicht tröstete die größere Qualle die kleinere, während sie sich erholte. Die beiden Kreaturen könnten sich unterhalten - ihr Äquivalent zu einem gemeinsamen Bier - oder sie könnten auch Sex haben, soweit Jack wusste. Er hoffte, dass es nicht Letzteres war. So etwas zu unterbrechen, würde die Jellies sicherlich verärgern.

„Seid ihr alle bereit?“, fragte er.

„Nein“, meckerte Veda.

„Komm schon, Veda. Das ist ein großer Schritt nach vorne für die Menschheit", sagte Burn.

„Die Menschheit ist mir egal. Ich sorge mich um uns.“

Heddi lächelte. „Du hast ‚uns‘ gesagt.“

„Ich habe von Kana und mir gesprochen“, sagte Veda.

Heddis Lächeln wurde nicht schwächer. „Nein, das hast du nicht.“

„In Ordnung“, sagte Jack. „Mach dich bereit. Ich starte die Lichter... jetzt.“

Er schaltete *Cabróns* Landescheinwerfer und Navigationslichter für drei Sekunden ein und schaltete sie dann wieder aus. Die Quallen schienen sich nicht zu rühren.

„Kana, hast du etwas aufgeschnappt?“, fragte er.

Sie schüttelte den Kopf. „Nichts. Die Kameras sind herangezoomt und ich kann keine Veränderungen in ihren Bewegungen erkennen.“

„Nun, das war enttäuschend“, sagte Burn.

„Ich versuche es noch einmal.“ Jack schaltete das Licht wieder ein und zählte noch einmal, aber auch diesmal gab es keine Bestätigung.

„Nichts“, sagte Kana.

„Vielleicht reden sie miteinander und versuchen herauszufinden, was diese verrückten, winzigen Zweibeiner in ihrer kleinen Blechdose machen“, sagte Burn.

„Ich werde es noch einmal versuchen.“ Jack schaltete das Licht für drei Sekunden ein und dann wieder aus.

Diesmal drehte sich die größere der Quallen, um dem Schiff zugewandt zu sein. Sie verließ ihr Gegenstück und flog auf das Schiff zu, bis sie nur noch wenige Meter vom Bug entfernt war. Einer ihrer Tentakel berührte das Schiff, dann klammerten sich mehrere an den Rumpf, und sie kam noch näher. Aus der Nähe konnte Jack die Narben sehen, die ihre Haut durchzogen. Das kleinere Exemplar hatte eine glatte Haut. Dieses hatte wohl schon viel erlebt oder war schon lange am Leben. Wahrscheinlich beides.

„Ich glaube, wir haben gerade offiziell den ersten Kontakt hergestellt", sagte Heddi.

„Ich frage mich, ob Jona sich so gefühlt hat, bevor er von einem Wal gefressen wurde", sagte Veda.

„Jona?" fragte Heddi.

„Heddi, wenn wir das durchstehen, musst du mehr Zeit mit Büchern verbringen und weniger mit Training", sagte Burn.

„Konzentrieren wir uns lieber auf das Ding, das an unserem Schiff hängt", sagte Jack. „Kana, kannst du etwas in den Systemen erkennen?"

„Die Annäherungssensoren erkennen die Tentakel als Kontakttrümmer. Sonst nichts."

„Es versucht nicht, von irgendetwas Energie zu beziehen?" fragte Jack.

Sie schüttelte den Kopf. „Nein. Jedenfalls nichts, was in den Systemen angezeigt wird."

Burn lehnte sich vor und stützte seine Ellbogen auf die Knie. „Was macht es dann?"

Die Unterseite der schirmartigen Hauptfläche der Qualle war zum Brückenfenster gerichtet. Wenn es sie beobachtete, gab es keinen Hinweis darauf. Es schien einfach dort zu schweben.

„Kana, versuch das erste Datenpaket zu senden", sagte Jack.

„Okay." Ihre Finger tippten auf ihr Panel. „Ich muss es als allgemeines Signal senden, weil es keine Adresse hat, an die ich es schicken kann. Ich schicke es jetzt ab. Und schon ist es da draußen."

„Es macht nichts", sagte Heddi.

„Hoffentlich versucht es herauszufinden, wie es die Daten lesen kann. Ich habe die gleichen Informationen in verschiedenen Daten-, Bild- und Videoformaten gesendet. Es wird sicher mindestens eines davon übersetzen und mit dem vergleichen können, was es auf der Brücke sieht", sagte Kana.

„Jetzt warten wir", sagte Jack.

Eine Minute verging in Stille. Dann zwei.

„Vielleicht haben wir das Falsche ausgesucht, um es zu schicken", sagte Burn.

„Die ursprünglichen Satelliten haben biologische Daten über die Menschen und unser System gesendet, also dachte ich, dass sie vielleicht bereits etwas wissen. Ich habe ihnen auch unsere Kommunikationsprotokolle geschickt, falls es besonders schlau ist. Vielleicht übersetzt das Gelee nur langsam", sagte Kana.

Es vergingen weitere sechs Minuten, die sich wie Stunden anfühlten.

Burn atmete aus. „Das, was wir gerade fühlen, ist der Beweis dafür, dass die Zeit keine Konstante ist. Denn sie ist gerade sehr, sehr langsam."

Die Panels von Jack und Kana piepten gleichzeitig.

„Eingehende Datenpakete", sagte Kana. „Mann, ist das groß."

„Was hat es gesendet?" fragte Veda.

„Dateien in denselben Formaten, die ich gesendet habe, nur sind sie größer", antwortete sie.

„Scanne sie unbedingt auf Viren", sagte Burn.

Sie warf ihm einen komischen Blick zu. „Und woher soll ich wissen, was ein außerirdischer Computervirus ist?"

Burn zuckte mit den Schultern. „Du bist Soft Tech Expertin, nicht ich."

Jack blätterte durch die Dateien. Alle waren mit einer zufälligen Reihe von Zahlen, Buchstaben und Zeichen benannt, obwohl er feststellte, dass die meisten Dateien die gleichen Namen hatten. Als er die Duplikate herausschnitt, stellte er fest, dass es nur drei Dateien gab. Er öffnete die erste und zeigte sie auf dem Bildschirm an. Aus dem Video ertönte ein Geräusch, das dem Ruf eines Wals ähnelte, nur in höherer Tonlage, fast wie ein Kreischen, und er drehte schnell die Lautstärke herunter. Das Video begann mit vier Bildern von quallenähnlichen Kreaturen unterschiedlicher Größe, die für Jack alle gleich aussahen. Seltsame, geschwungene Zeichen erschienen auf dem Bildschirm, aber sie waren völliges Kauderwelsch. Nach ein paar Sekunden verwandelten sie sich in einen Anflug von Englisch, aber es war offensichtlich, dass die Qualle die Übersetzung nicht perfekt beherrschte. Trotzdem hatte sie viel mehr erreicht, als die Besatzung hätte tun können. Die Farben stimmten nicht: Alles lag am blau-grünen Ende des Farbspektrums, und er fragte sich, ob die Kreaturen Farben so wahrnahmen.

Die Daten auf dem Bildschirm zeigten Details über die kybernetische Spezies vor ihnen an, die Jack auf dem Video anhielt, um sie durchzulesen. Das meiste ergab für ihn immer noch keinen Sinn. Wie sie sich selbst nannten, blieb Kauderwelsch. Die Kreatur hatte offensichtlich dasselbe Design wie Kana verwendet und die Informationen darin ausgetauscht, und die biologischen Daten über ihre Spezies passten nicht zu dem menschlichen Profil, das sie geschickt hatte. Soweit er das beurteilen konnte, hatte es entweder kein Geschlecht oder vier verschiedene Geschlechter.

„Siehst du?“ Burn zeigte darauf. „Sie sind lichtbasiert, aber die Übersetzung ist fehlerhaft. Da steht, dass sie auf Glimmer basieren.“

„Glimmerbasiert... das ist ja süß“, sagte Kana und legte den Kopf schief. „Das ist ein viel besserer Name für sie, als sie weiterhin Weltraumquallen zu nennen.“

„Glimmer-basiert?“ fragte Burn.

„Nein. Nur Glimmer“, sagte sie. „Es fühlt sich falsch an, die erste außerirdische Intelligenz, der wir begegnen, nach einem Meerestier ohne Gehirn zu benennen.“

„Glimmer ist kein schlechter Name für sie“, sagte Jack, als er das Video wieder einschaltete.

Die nächsten Bilder des Videos zeigten, dass es sich um echte kybernetische Organismen handelte, mit einer Entwicklung von einer leuchtenden Weltraumqualle über eine Qualle mit Hightech-Panzerung zu einer Qualle, die mit Solar-Panels bedeckt war, und schließlich zu dem, wie sie jetzt aussah: etwas, das mehr Technologie als organisch war.

Das Video überlagerte einen Teil von dem, was Kana geschickt hatte, und zeigte Menschen und ihr Schiff neben der Version des Glimmers, die die Rüstung trug.

„Ich schätze, das ist seine Art zu sagen, dass es viel fortschrittlicher ist als wir und sichergehen will, dass wir das wissen", sagte Burn. „Ich glaube, E.T. hat uns gerade in die Schranken gewiesen."

„Ja, das stimmt", sagte Kana.

Das Video ging weiter zu einem Sternensystem, das Jack nicht kannte, aber statt eines einzelnen Planeten wie die Erde zeigte es das gesamte System.

„Es sieht so aus, als hätte sich diese Spezies im Weltraum entwickelt", sagte Kana. „Faszinierend. Ich hätte nie gedacht, dass irgendetwas bei Temperaturen nahe dem absoluten Nullpunkt und ohne Druck überleben kann, aber offensichtlich gibt es da draußen Arten, die dort gedeihen können."

Der nächste Videoclip zoomte aus dem Heimatsystem der Glimmer heraus, um Dutzende von Systemen zu zeigen, bevor es auf Sol und der Erde landete.

„Ich habe ihm nicht gesagt, aus welchem System wir kommen", sagte Kana.

„Ja, aber es ist schlauer als wir", sagte Burn.

„Es ist weit weg von zu Hause", sagte Heddi.

„Es sieht aus, als wäre es Hunderte von Lichtjahren von seinem System entfernt", sagte Kana.

„Ich frage mich, mit wie vielen anderen intelligenten Wesen es schon gesprochen hat", sagte Heddi.

„Offensichtlich mit den Wegbereitern", sagte Veda. „Obwohl ‚reden' vielleicht nicht das richtige Wort dafür ist."

„Glaubst du, es hat uns nicht angegriffen, weil wir organisch sind, so wie es selbst?" fragte Burn.

„Ich weiß es nicht", antwortete Jack.

Das Video hielt an.

Jack lehnte sich in seinem Sitz zurück. „Nun, wir haben Kontakt aufgenommen. Ich würde sagen, wir machen weiter, solange es gut läuft."

„Ich brauche nur ein paar Minuten, um ein Video von Glitch und seinen Schlangen zusammenzustellen, die unsere Leute angreifen."

Jack hielt einen Finger hoch. „Erwähne auf keinen Fall, dass wir die Wegbereiter um Hilfe gebeten haben. Dieser Glimmer mag sie offensichtlich nicht. Wir müssen ihm keinen Grund geben, seine Meinung zu ändern." Er dachte noch einen Moment lang nach. „Zeig ihm auf jeden Fall die Replikationsfabrik. Es soll sehen, dass Glitch ein Ableger der Wegbereiter ist. Das könnte das Ganze erleichtern."

Während Kana arbeitete, stand Jack auf und näherte sich dem Fenster, um so nah wie möglich an den Glimmer heranzukommen. Seine Haut hatte einen schillernden Glanz, durch den sich das Licht in kleinen, kontinuierlichen Wellen zu bewegen schien. Es war eine unglaubliche Leistung für eine Spezies, sich so vollständig in die Technologie zu integrieren, und er fragte sich, ob die Menschen eines Tages auch so werden würden ... wenn sie die aktuelle Katastrophe überlebten.

„Es ist fertig", sagte Kana und spielte das Video ab.

Die Crew nahm noch ein paar Änderungen vor, dann verpackte Kana es und schickte es an den Glimmer, um auf die Nachricht zu antworten, die es direkt an sie geschickt hatte.

Die Antwort kam dieses Mal in weniger als zwei Minuten. Das Antwortvideo zeigte ein System voller Glimmer... leuchtende Quallen, die friedlich in einem schwarzen galaktischen Meer schwammen.

„Es ist so schön", sagte Kana.

Am Rande des Videos bildete sich eine schwarze Kugel mit einem Ring aus Licht um sie herum. Das Schwarz verwandelte sich in einen Trichter, in dem sich eine Lichtspirale bildete. Sekunden später tauchte ein Wegbereiter auf.

Kana schnappte nach Luft. „Es ist eine Einstein-Rosen-Brücke. Ein Wurmloch."

Die Glimmer müssen eine neugierige Spezies gewesen sein, denn sie flogen zu der Sonde, griffen sie aber nicht an. Vielleicht wollten sie Informationen austauschen, aber sie bekamen keine Gelegenheit dazu. Das Wurmloch hinter ihnen begann zu schrumpfen, erst langsam, dann exponentiell schneller, bis es sich mit einer explosiven Welle auflöste, die durch das ganze System schwappte, Planeten in Felsen verwandelte und alle Glimmer dort abschlachtete.

Ein Schauer ließ Jack frösteln.

„Das Wurmloch ist kollabiert. Es hat das gesamte System ausgelöscht", sagte Burn.

„Sie geben den Wegbereitern die Schuld“, sagte Kana, deren Kinnlade herunterhing. „Sie beschuldigen die Wegbereiter, das Wurmloch geschaffen zu haben.“

Das Video veränderte sich und zeigte Glimmer, die in Hunderten von Systemen zu finden waren. Sie waren nicht nur eine raumfahrende Spezies, sondern sie bereisten die Sterne schon seit Jahrtausenden. Die Wegbereiter hingegen hatten nur ein paar Dutzend Systeme besiedelt, und die Glimmers in der Nähe suchten die Wegbereiter auf und griffen sie an. Die ersten Kämpfe waren heftig, und es sah so aus, als ob viele der kleineren, weniger mächtigen Glimmer - die länger brauchten, um sich wieder aufzuladen - getötet wurden.

„Sie befinden sich im Krieg“, sagte Veda.

„Kein Wunder, dass der Glimmer die Wegbereiter hier angegriffen hat“, sagte Heddi. „Es ist ein Soldat.“

Das Video endete mit einem Bild der Wegbereiter und den Buchstaben GEBWRAHR darüber, von denen Jack annahm, dass sie mit GEFAHR übersetzt werden sollten.

„Wow“, sagte Heddi.

„Wow ist richtig“, sagte Burn. „Die können nicht mal richtig buchstabieren.“

„Ich meinte, dass sie gegen die Wegbereiter kämpfen“, sagte Heddi.

„Oh, ja. Ich auch", sagte Burn.

Der Glimmer draußen löste sich und flog zurück zu seinem Freund.

„Hey, wo willst du denn hin, Großer?“ fragte Kana.

„Offensichtlich hat er unser Video nicht so verstanden, dass wir ihn um Hilfe bitten wollten. Es schien zu denken, dass wir nur Informationen austauschen wollten", sagte Burn.

„Aber wir haben das Video mit einem riesigen Aufruf zum

Handeln beendet. Wir haben es sogar in Großbuchstaben geschrieben: HILFE."

„Das wurde wahrscheinlich als HALLO, WELT interpretiert", sagte Veda.

Kana schloss ihre Augen. „Was jetzt?"

„Wir überlegen uns einen anderen Weg, es um Hilfe zu bitten", sagte Jack.

„Ich bin überrascht", sagte Veda.

„Warum bist du überrascht?" fragte Kana.

„Ich bin überrascht, dass wir noch am Leben sind."

„Wir müssen trotzdem vorsichtig sein. Wir wissen nicht, wie temperamentvoll diese Kreaturen sind", sagte Jack.

„Nun, wir wissen, dass sie launisch sind. Sie haben den Krieg erklärt, weil den Wegbereitern wahrscheinlich nur ein schreckliches Experiment schief gelaufen ist", sagte Burn.

„Ein schreckliches Experiment, das ein ganzes System ihrer Spezies getötet hat", korrigierte Heddi.

„Stimmt. Ich wäre auch launisch", fügte Burn hinzu.

„Wir haben sie getötet", sagte Kana mit ruhiger Stimme.

„Wovon redest du?" fragte Veda.

„Wir haben die Wegbereiter erschaffen, die die Glimmer getötet haben. Es ist unsere Schuld, dass ihr System zerstört wurde", sagte sie.

„Es ist nicht unsere Schuld", sagte Jack. „Die Wegbereiter haben das Wurmloch erschaffen, nicht die Menschen. Sobald sich der erste Wegbereiter replizierte, wurden sie zu ihrer eigenen Spezies. Sie nehmen von niemandem Befehle an, außer von sich selbst. Das macht sie verantwortlich für das, was sie tun. Hast du vergessen, dass sie gerade versucht haben, uns zu töten? Schon wieder? Dafür mache ich sie verdammt noch mal verantwortlich."

Als sie nichts sagte, fuhr er fort: „Wenn die Wegbereiter und die Glimmer kämpfen wollen, sollen sie das tun, solange die Menschheit nicht zwischen ihnen zerrieben wird. Ich bin dafür, dass wir uns aus ihrem Kampf heraushalten und den Glimmern keinen Grund geben, zu denken, dass wir auf der Seite der Wegbereiter sind. Dann können wir vielleicht den großen Mann hier überzeugen, uns zu helfen. In der Zwischenzeit haben wir ein kaputtes Schiff, das noch eine Menge Arbeit braucht."

39

In der Nähe der zerstörten Wegbereiter-Replikationsfabrik im Alpha Centauri System; zwei Wochen später

Die beiden Glimmer hingen einfach herum, die Tentakel umschlungen. Die Besatzung nannte sie Big Guy und Little Guy. Auf dem Video, das Big Guy der Crew geschickt hatte, stand nichts über das Verhalten der Glimmer, also hatte Jack keine Ahnung, warum die beiden so miteinander verbunden blieben. Er musste annehmen, dass sie den Kontakt aus irgendeinem Grund brauchten oder wollten. Er ließ die Aufnahme der beiden auf allen Bildschirmen des Schiffes laufen, damit die Besatzung sie jederzeit im Auge behalten konnte. Nachdem sie sich einige Tage lang nicht bewegt hatten, waren die Glimmer zu einer hübschen Kulisse geworden, wie golden schimmernde Blumen auf einer dunklen Leinwand.

Die Glimmer waren auch eher eine Kulisse als ein Fokus, denn die Crew hatte schon mehr als genug zu tun. Die *Cabrón* lief, aber sie lief nicht gut. Es gab mehr Schäden an der Hülle als Material für dauerhafte Flicken, also mussten sie Teile der Hülle von Shuttle zwei für die Flicken entfernen. Es war nicht so, dass Shuttle zwei sonst viel taugen würde. Es hatte eine Explosion durch die Windschutzscheibe abbekommen, die wahrscheinlich das Schrapnell verursachte, das die Toilette, den Gesundheitsraum und die Luftschleuse zwei durchlöchert hatte. Jack wollte das Shuttle behalten, um es für Ersatzteile zu verwenden. Der Rumpf war nützlich, aber leider konnte der Shuttle-Antrieb nicht mit einem der Haupttriebwerke der *Cabrón* ausgetauscht werden.

Das Schiff war zwar versiegelt, aber es würde nicht schnell genug vorankommen. Zwei der vier Triebwerke waren immer noch außer Betrieb. Einer der Schüsse der Wegbereiter hatte das Heck des Schiffes durchschlagen und beide Triebwerke auf der Oberseite getroffen. Es war ein Glückstreffer für die Wegbereiter und ein Pechstreffer für die Besatzung. Mit einem 3D-Drucker an Bord konnte Jack viele Dinge drucken, aber es gab einige Teile, die zu speziell für einen Drucker waren, und ein Triebwerk war eines dieser Teile. Er hätte gerne die Triebwerke aus den Shuttles verwendet, aber egal wie sehr sie diese analysierten, der Tausch würde einfach nicht funktionieren.

Wäre die Replikationsfabrik der Wegbereiter noch funktionsfähig, müsste man nur die Spezifikationen der Triebwerke hochladen, um ein neues Triebwerk zu bauen, aber die Fabrik war so gut wie zerstört. Das bedeutete, dass die *Cabrón* nur mit halber Kraft fliegen konnte. Das Problem war, dass halbe Leistung nicht gleich halbe Geschwindigkeit bedeutete. Halbe Leistung bedeutete, dass sie etwa ein Achtel so schnell fliegen konnten wie mit voller Leistung. Das bedeutete, dass sie weit über ein Jahrzehnt brauchen würden, um zurück nach Sol zu kommen, wenn sie jetzt losflogen. Dank der Küchenmaschine, die Veda gestohlen hatte, konnten sie diese lange Reise überleben. Mehr als die Hälfte der verbliebenen Rationspakete war geplatzt, als der Frachtraum unter Druck gesetzt wurde.

Als Jack darüber nachdachte, wurde ihm klar, dass er einen Fehler gemacht hatte. Er hätte den Frachtraum drucklos lassen und die Lebensmittelpakete bei Bedarf einladen sollen. Auf diese Weise wären die Pakete geplatzt, als sie in die Hauptkabine gebracht wurden, und die Besatzung hätte sie essen können, bevor sie schlecht wurden. Stattdessen waren alle Pakete, die geplatzt waren, bereits schlecht geworden, obwohl sie bei Minusgraden aufbewahrt wurden - das lag einfach in der Natur der Rationspakete.

Die Crew würde ihre Rationspakete innerhalb der nächsten Woche aufbrauchen. Danach würden sie geschmacklosen Nährstoffbrei aus der Küchenmaschine herstellen müssen. Nach einigen Jahren würden sie sogar bei Asteroiden und Welten anhalten müssen, um Mineralien und Rohstoffe zu holen, die ihre Ernährung ergänzen konnten. Es würde nicht gut schmecken, aber es würde sie am Leben erhalten.

Das Essen war nicht das Schlimmste. Das Schlimmste war, dass die Besatzung bei ihrer Mission versagt hatte. Sie würden der Menschheit keine Hilfe sein. Nach all den Jahren, in denen sie die Menschheit gemieden hatten, fand Jack es ironisch, dass er sich so schuldig fühlte, sie im Stich gelassen zu haben. Aber es gab nichts mehr zu tun. Die Wegbereiter würden nicht helfen. Die Glimmer wollten auch nicht helfen. Obwohl sie Dutzende von Hilferufen aussandten und ihre Lichter endlos blinkten, reagierten die Glimmer nicht mehr. Sie schwebten einfach da draußen und schienen das Universum außerhalb ihres Krieges gegen die Wegbereiter nicht zu bemerken und zu beachten.

Er sah sich das Video der beiden Außerirdischen an, die immer noch in den Tentakeln des jeweils anderen gefangen waren. Der Little Guy schimmerte jetzt genauso hell wie der Big Guy, was Jack zu der Frage veranlasste, ob ihre Verbindung einen medizinischen Grund hatte. Vielleicht bildete er es sich auch nur ein. Die Sauerstoffwerte lagen immer noch unter dem Normalwert. Heddi trug immer noch eine Sauerstoffmaske und kam besser zurecht als der Rest der Crew. Er sollte einfach auch eine verdammte Maske tragen, aber sie waren lästig, vor allem, wenn er so viel Zeit auf Weltraumspaziergängen verbrachte, um alles Brauchbare aus der zerstörten Fabrik zu sammeln.

Bald würde ihr Frachtraum mit Rohstoffen gefüllt sein und die Besatzung würde sich entscheiden müssen: die lange Reise nach

Hause in ein erobertes System antreten oder sich weiter nach draußen wagen und sehen, was hinter dem nächsten und übernächsten Stern liegt.

Die Tentakel von Little Guy lenkten Jacks Aufmerksamkeit zurück. Er hätte schwören können, dass sich seine Tentakel mehr als nur leicht bewegten, als würde er in einem ruhigen Teich schwimmen. Nach einigen Sekunden war er überzeugt, dass er etwas gesehen hatte. Little Guy entfaltete einen Tentakel von Big Guy und dieser schien seine Tentakel auszustrecken, als wäre er gerade von einem langen Nickerchen aufgewacht. Big Guy hingegen bewegte sich langsam weg, um dem anderen mehr Platz zu machen.

Er lehnte sich nach vorne und beobachtete, wie die Glimmer sich zum ersten Mal seit zwei Wochen wieder bemerkbar machten. Dabei tippte er auf die Sprechanlage. „Aufgepasst, Crew. Wir haben Bewegung von den Glimmern."

Little Guy blinkte und war weg. Einfach so. Innerhalb eines Wimpernschlags war der kleinere Glimmer vom trägen Schweben zum Verschwinden übergegangen. Die Geschwindigkeit, mit der die Außerirdischen reisen konnten, war unheimlich. Wo war der kleine Kerl hin? Gab es ein neues Zuhause für die verbliebenen Glimmer? War er unterwegs, um Wegbereiter zu jagen? Oder wollte er einfach nur die Sterne bereisen, so wie Jack es oft tun wollte? Jack hatte das Gefühl, dass er diese Antwort nie erfahren würde.

„Wo ist der Little Guy hin?" fragte Heddi.

Jack drehte sich erschrocken um und sah, dass sie die Brücke betreten hatte. „Sieht aus, als hätte er beschlossen, abzuhauen."

Big Guy flog nicht in einem Geschwindigkeitsrausch davon. Stattdessen schwebte er weiterhin mehrere hundert Meter von der *Cabrón* entfernt. Nein, er schwebte nicht nur. Er kam ganz langsam auf das Schiff zu.

Jack tippte erneut auf die Sprechanlage. „Sieht so aus, als würde Big Guy auf einen Besuch vorbeikommen. Kana, ich brauche dich auf der Brücke. Alle anderen bleiben in Bereitschaft."

Big Guy ließ sich viel Zeit, um zur *Cabrón* zu kommen. Für Außerirdische, die sich mit Lichtgeschwindigkeit fortbewegen konnten, waren sie die meiste Zeit sehr langsam.

„Ich bin hier“, sagte Kana, als sie und Veda die Brücke betraten.

„Es sieht so aus, als kämen wir gerade noch rechtzeitig“, sagte Veda.

Draußen bewegte sich der Big Guy auf die *Cabrón* zu, seine Tentakel waren ausgestreckt wie beim letzten Mal, als er Jack und seine Crew kontaktiert hatte.

„Wow. Schön, dass Big Guy unsere Kontaktanfrage auch mal erwidert", sagte Burn, als er die Brücke betrat und nur mit einer Jogginghose und einem T-Shirt bekleidet war.

„Hoffentlich ist er in Plauderlaune“, sagte Jack. „Kana, bist du bereit, Nachrichten zusammenzustellen?“

„Ich bin bereit.“

„Gut. Schick eine Begrüßung, damit es weiß, dass wir es kommen sehen.“

„Ich bin dabei“, sagte Kana.

Big Guy verringerte den Abstand. In fünfzig Metern Entfernung breiteten sich seine Tentakel aus. Anstatt nach vorne zu greifen, um das Schiff zu berühren, schien es sich auszustrecken, als wolle es die *Cabrón* umarmen. Nach weiteren zehn Metern begann Jack, sich Sorgen zu machen. Die Tentakel hielten beide Seiten des Schiffes fest. Selbst wenn Jack den Befehl gab, war er nicht sicher, ob sie sich befreien konnten.

Als der Glimmer fünfundzwanzig Meter entfernt war, wusste Jack, dass definitiv etwas anders war. „Alle anschnallen. Veda, hast du mehr Munition für die Railgun drucken lassen?“

„Noch nicht. Ich schneide immer noch das Metall klein, das du aus der Fabrik geholt hast", antwortete Veda.

„Du glaubst doch nicht, dass es uns angreifen wird, oder?“ fragte Burn.

„Ich weiß nicht, was ich denken soll, außer dass es etwas vorhat“, antwortete Jack.

Die Tentakel von Big Guy wickelten sich um das Schiff und verdeckten mehrere Kameras am Rumpf. Der Glimmer zog sich selbst zum Schiff, oder besser gesagt, es zog das Schiff zu sich. Die *Cabrón* wurde unter den riesigen Körper gezerrt, der das viel kleinere Schiff vollständig einhüllte.

„Was zum Teufel?“ fragte Kana. „Ich habe die Willkommensnachricht gesendet. Es antwortet nicht.“

Der Körper des Glimmers schien sich um das Schiff zusammenzuziehen, ohne es zu zerquetschen, aber auch ohne einen Hauch von Raum zwischen dem Schiff und der Kreatur zu lassen. Die *Cabrón* sah aus wie ein U-Boot in einem schimmernden Meer. Es war wunderschön und erschreckend.

Heddi holte tief Luft. „Es frisst uns.“

Kanas Panel piepte. „Es hat gerade meine Firewalls umgangen. Ich habe versucht, es abzuwehren, aber es hat sie umgangen, als ob sie nichts wären. Es ist in unseren Systemen.“

„Kannst du sie ausschalten?“ fragte Jack.

„Es sind interne Systeme. Die einzige Möglichkeit wäre, sie alle abzuschalten, aber wenn Big Guy beim ersten Mal so einfach reingekommen ist, kommt es nach dem Neustart sofort wieder rein.“

„Was macht es mit den Systemen?“ fragte Burn.

Kana zuckte mit den Schultern. „Ich weiß es nicht. Ich sehe keine Aktivitäten - warte, jetzt sehe ich es. Es lädt alle unsere Daten herunter.“

„Was will es mit unseren Daten?“ fragte Veda.

„Sehe ich aus wie ein Glimmer-Experte?“

„Ich habe dich nicht gefragt. Das war nur eine rhetorische Frage", wetterte Veda.

Jacks Panel flackerte auf, und er zuckte zusammen. „Ich habe keinen Zugriff mehr auf die Triebwerke und die Flugsteuerung. Big Guy hat uns an der Angel.“

„Was sollen wir tun?“ fragte Heddi, ihre Stimme eine Oktave höher.

„Nichts. Es gibt nichts, was wir tun können", sagte Jack.

Der Glimmer hellte sich auf und machte es unmöglich, etwas anderes zu sehen als den Schirm, der das Schiff umgab. Jack spürte ... etwas. Eine Druckwelle, aber sie war gedämpft. Er suchte auf seinen Bildschirmen nach etwas, irgendetwas. Er erstarrte, als er es sah.

„Wir fliegen“, sagte Jack.

„Bist du sicher?", fragte Burn.

Jack nickte. „Das Navigationssystem zeigt an, dass wir nicht nur einfach fliegen, sondern sogar mit Lichtgeschwindigkeit unterwegs sind.“

40

Alpha Centauri System, drei Tage später

„Zieh es noch einmal fester“, sagte Jack.

Heddi drehte den Schraubenschlüssel und damit die Mutter, die den neuen Duschkopf befestigen sollte.

„Es wird so schön sein, wieder zu duschen. Komisch, bevor ich zu euch gekommen bin, habe ich noch nie in meinem Leben geduscht. In den Wohneinheiten auf Pallas 6 gab es sowas nicht. Es gab nur dieses eine Badehaus, in das die Leute einmal in der Woche gingen, um im Pool zu sitzen, aber das Wasser war immer sehr schmutzig. Das hat mich angeekelt, also bin ich nie hingegangen.“

„Ich erinnere mich. Du warst echt dreckig, als ich dich gefunden habe.“

„Dann habe ich die Duschen entdeckt. Es gibt nichts Besseres als eine heiße, dampfende Dusche", sagte sie.

Jack deutete auf die Wanne an der Seite. „Ich bade lieber, wenn ich Zeit habe.“

Sie rümpfte die Nase. „Bäder erinnern mich an das Badehaus, also... nein.“

„Das ursprüngliche Wasserfiltersystem wurde für eine achtundvierzigköpfige Besatzung entwickelt, also ist es kein Problem, das Wasser aus einem Bad zu filtern. Du wirst kein saubereres Wasser als das auf diesem Schiff finden."

„Ich bin sicher, ein Bad zu nehmen ist in Ordnung, aber ich liebe meine Duschen. Der kaputte Duschkopf war definitiv das Schlimmste, was der Angriff der Wegbereiter angerichtet hat. Ich hasse die Wegbereiter wirklich dafür, dass sie mir die Dusche weggenommen haben."

„Das Schlimmste, was?"

„Das Schlimmste."

„Schlimmer als das Platzen der Lebensmittelpakete?"

„Schlimmer."

„Schlimmer als eine O2-Maske tragen zu müssen?"

„Schlimmer."

„Wow, du hast es wirklich vermisst, zu duschen."

„Duschen ist mein Zen. Manche Menschen machen ein Nickerchen, andere meditieren. Ich? Ich dusche gerne", sagte sie.

„Was immer dich glücklich macht." Jack nahm ihr den Schraubenschlüssel ab. „Apropos glücklich: Wie wäre es, wenn du die Erste bist, die den neuen Duschkopf ausprobiert? Der Drucker geht immer öfter kaputt, und manchmal haben die Teile kleine Löcher."

Sie lächelte. „Ich werde ihn gerne testen."

„Er gehört ganz dir." Er verließ sie und machte sich auf den Weg zur Brücke, wo Kana arbeitete. Die Windschutzscheibe vor ihnen war gefüllt mit dem schimmernden Körper des Glimmers, der das Schiff umhüllte.

„Gibt es etwas Neues?", fragte er.

„Nichts", antwortete sie. „Weißt du, was interessant ist? Unsere Strahlungswerte sind fast null. Wir bekommen jetzt weniger Strahlung ab, als wenn wir in einem Dock stehen. Die Nanofasern in diesem Glimmer - oder vielleicht ist es ein Teil der Biologie des Glimmers selbst - sind erstaunlich. Ich wünschte, ich könnte eine schöne dicke Schicht davon ausdrucken und die *Cabrón* damit bedecken."

„Das ist keine schlechte Idee, aber eine Probe der Faser zu bekommen, ist leichter gesagt als getan."

„Aber wir hatten für kurze Zeit eine Probe und ich habe sie analysiert. Die Hardware ist nicht übermäßig komplex, solange wir nicht versuchen, sie mit lebenden Zellen zu verweben. Unsere Naniten sind viel komplexer. Ich glaube, der Trick liegt in der Codierung, bei der wir Big Guys Hilfe brauchen würden. Was denkst du? Kann ich ein paar Muster ausdrucken, die Nanofasern mit den Polymerfasern unseres Rumpfes verbinden?"

„Solange es uns nicht beim Drucken von Ersatzteilen behindert, kannst du das gerne machen."

„Das wird es nicht", sagte sie. „Und vielleicht wäre das ein Projekt, an dem Big Guy interessiert wäre. Es hat bereits alle Daten aus unseren Systemen heruntergeladen und nach wer weiß was gesucht. Ich hoffe, es war nur neugierig."

„Das hoffe ich auch. Auf jeden Fall hat es alles, was es von unserem Schiff haben will, auch wenn es wahrscheinlich eine ganze Weile dauern wird, bis es die Daten analysiert und übersetzt hat. Hoffentlich findet es dann nichts, was es davon abhalten könnte, uns nach Hause zu fliegen - vorausgesetzt, es bleibt auf dieser Route. Da es seit der Entführung nicht mehr mit uns gesprochen hat, mache ich mir keine allzu großen Hoffnungen, dass es uns helfen wird."

„Warum sollte es uns sonst in unser Sonnensystem zurückfliegen, wenn es uns nicht helfen will?" fragte Kana.

Es gab viele Dinge, die Jack in den Sinn kamen, und die meisten davon hielten ihn nachts wach. Er behielt seine beängstigenden Gedanken für sich. Er wollte den Rest der Mannschaft nicht damit belästigen. „Vielleicht ist es wie bei den Wegbereitern und will, dass wir in unserem eigenen Garten bleiben. Vielleicht ist es neugierig und will sehen, was wir Menschen in unserem eigenen System getan haben. Vielleicht hat es vor, uns zu helfen. Vielleicht hat es eine Motivation, die nach menschlicher Logik gar keinen Sinn ergibt. Wie auch immer, wir werden es in vier Jahren herausfinden."

„Ein bisschen weniger als vier Jahre. Ich habe die Berechnung angepasst. Big Guy fliegt etwas schneller als Lichtgeschwindigkeit. Das bringt uns in drei Jahren, zehn Monaten und siebenundzwanzig Tagen zurück nach Sol. Das berücksichtigt natürlich keine Änderungen in der Flugbahn und auch nicht, ob der Glimmer anhalten muss, um aufzuladen oder zu essen oder so etwas."

Jack starrte den Glimmer draußen ein paar Augenblicke lang an. „Wenn er uns also nach Hause bringt, haben wir knapp vier Jahre Zeit, um uns einen Plan auszudenken, wie wir Big Guy benutzen können, um Glitch und seine Sternenschlangen zu töten."

Ihre Gesichtszüge verfestigten sich. „Aber wir wissen nicht, wie es zu Hause aussieht. Jenival hat sich seit Jahren nicht mehr gemeldet, und wir können nichts senden oder empfangen, solange wir in Big Guy festsitzen. Was ist, wenn die Schlangen schon alle getötet haben?"

„Dann haben wir einen langen Weg umsonst zurückgelegt."

41

Die Oortsche Wolke, 2371 n. Chr.

„Wir betreten die Oortsche Wolke, was bedeutet, dass wir offiziell in unser Sonnensystem eintreten“, verkündete Kana.

Jack war da anderer Meinung. Er betrachtete die Oort-Wolke als Puffer zwischen Sol und dem Rest der Galaxie, aber er wollte ihr nicht die Freude nehmen. Sie schien zu glücklich mit dem Gedanken zu sein, in ihr Heimatsystem zurückzukehren. Stattdessen sagte er: „Und das bedeutet, dass wir die Hälfte der Zeit im Bauch dieses Wesens hinter uns haben.“

„Mehr als die Hälfte, das ist das Beste“, sagte sie.

Da sie am glücklichsten war, wenn sie sich in Computercodes und Spiele vertiefte, verkraftete Kana die Reise besser als alle anderen. Aber selbst sie war nervös geworden, weil sie nichts außer einem massiven Glimmer vor den Fenstern sehen konnte. Für die Raumfahrt brauchte man Besatzungsmitglieder, die lange Reisen auf engem Raum mit denselben Leuten bewältigen konnten, und *Cabróns* Besatzung war aus den Besten der Besten für die längsten Missionen ausgewählt worden. Aber innerhalb eines Glimmers zu reisen - und dann auch noch ohne Kontrolle über die Navigation - war selbst für sie eine Herausforderung.

Kana gähnte, als sie sich streckte. „Gehst du heute wieder raus?"

Er nickte. „Stelle das letzte Blatt deines Nanofaser-Polymer-Gewebes her. Shuttle eins wird komplett eingewickelt und kann getestet werden."

„Ich freue mich schon darauf, es auszuprobieren, aber die meisten meiner Tests müssen warten, bis Big Guy uns gehen lässt. Wenn es funktioniert, wickeln wir die ganze *Cabrón* darin ein. Und wenn es funktioniert, können wir das Design verkaufen. Es wäre ein riesiger Durchbruch für die längerfristige Raumfahrt."

„Bist du sicher, dass du willst, dass der Rest der Menschheit Zugang zu etwas hat, das es ihnen ermöglicht, schneller zu fliegen, ohne das Risiko von Strahlung? Das könnte zu einem Anstieg der Kolonialisierung jenseits von Sol führen, und das ist etwas, was die Wegbereiter nicht gerne sehen."

Sie überlegte einen Moment lang. „Vielleicht sollten wir es noch nicht verkaufen."

„Ich denke, das ist ein guter Plan. Vergiss nicht, der wichtigste Grund, warum wir diese Nanofaser ausprobieren, ist, dass wir schneller als die Sternenschlangen sein wollen."

„Davon bin ich schon überzeugt", sagte sie.

„Du bist überzeugt, obwohl die Nanofaser nicht mit Big Guys magischen Alien-Zellen verbunden ist?"

„Ja. Burn und ich haben genug Tests gemacht. Wir sind beide sicher, dass die Nanofaser es Big Guy ermöglicht, so schnell zu reisen. Ich vermute, dass sich seine Spezies aufgrund ihrer Technologie zum Reisen entwickelt hat. Diese Nanofaser ist ihr persönliches Schiff. Sicher, sie haben einen Eigenantrieb, da sie auf Licht basieren, aber sie sind immer noch organische Lebewesen, die Schutz vor extremen Elementen brauchen. Glimmers haben sich entwickelt, um langsam in ihrem eigenen Zwei-Sterne-System zu schweben. Es gab keinen Grund für superschnelle Reisen, bis sie sich selbst weiterentwickelt haben, um das Universum zu sehen."

Jack überlegte eine Weile. „Wenn du sicher bist, dass die Systeme des Shuttles mit der neuen Faser an der Hülle funktionieren, kannst du mit dem Druck für die Hülle der *Cabrón* beginnen, aber wir werden nichts davon anbringen, bevor wir das Shuttle nicht vollständig getestet haben. Wir können im Inneren von Big Guy keine Signale senden oder empfangen. Das Letzte, was wir brauchen, ist, dass wir uns selbst abschneiden, indem wir den Rumpf in einen bizarren Faradayschen Käfig einwickeln."

Sie lächelte. „Ich habe schon ein paar Blätter ausgedruckt, nur für den Fall, dass du ja sagst."

„Natürlich hast du das." Er warf einen Blick auf sein Panel und sah, dass alles im grünen Bereich war, bis auf einige Systeme, die im gelben Bereich bleiben würden, und die beiden Triebwerke im roten Bereich, bis sie die Ersatzteile beschaffen konnten. „Ich mache mich auf den Weg, also halte dich bereit, um heute mit den Tests zu beginnen.

Sie rieb ihre Hände aneinander. „Ich werde bereit sein."

JACK ÖFFNETE die äußere Luftschleusentür und schob sich nach links hinaus, in Richtung des Shuttles, das an das Schiff angedockt war. Er musste schieben, denn Big Guys gelartiger Körper war fest um die *Cabrón* gewickelt und ließ keinen nennenswerten Raum zwischen dem Außerirdischen und dem Schiff. Jack zog sich am Rumpf des Shuttles entlang zum Heck des kleinen Schiffes. Das Gefühl, zwischen einem Schiffskörper und einem Außerirdischen eingeklemmt zu sein, wäre eine Untertreibung. Am ehesten konnte er das Gefühl damit vergleichen, wie sich ein ungeborenes Baby im Bauch seiner Mutter fühlen muss, nur dass Jack anstatt, dass er sich wohlfühlte, Angst empfand. Er befand sich außerhalb eines Schiffes und flog mit Lichtgeschwindigkeit. Wenn Big Guy plötzlich beschließen würde, die *Cabrón* freizulassen, würde Jack auseinandergerissen werden. Es wäre eine sehr plötzliche, sehr unschöne Art zu sterben.

Es fiel ihm immer noch schwer, das zu begreifen. Alles an den Glimmern widersprach der menschlichen Logik, aber er nahm an, dass die Widerlegung der menschlichen Logik das einzige war, was Sinn machte. Schließlich gehörte Big Guy zu einer außerirdischen Spezies, die keinen Kohlenstoff in ihrem biologischen Aufbau hatte (wohl aber ihren Nanofasern) und in einer Null-G-Umgebung ohne Druck und bei Temperaturen nahe dem absoluten Nullpunkt gedieh. Da es keine Knochen hat, wäre es wahrscheinlich ein kochender Haufen Schlamm, wenn es auf der Erde landen würde, und das auch nur für ein paar Sekunden, bevor es durch den Druck implodieren würde. Hätten sich die Glimmer auf einem Planeten mit der Schwerkraft der Erde entwickelt, wären sie wahrscheinlich so groß wie Quallen.

Egal wie man es betrachtete, Menschen und Glimmer würden sich in nächster Zeit nicht in einer Bar auf einen Drink treffen.

Als er das Heck des Shuttles erreichte, versuchte er, nicht über die Logistik seiner derzeitigen Lage nachzudenken und konzentrierte sich stattdessen auf die anstehende Aufgabe.

Der Druck, den Big Guy auf Jack ausübte, machte es zu einer Herausforderung, die Nanofaser-Polymer-Folie anzubringen, aber nach viel Übung hatte er ein Händchen dafür entwickelt. Das Wichtigste war, die Folie gerollt zu halten und sie langsam über dem zu bedeckenden Bereich auszurollen. Er ließ Big Guy die Folie festhalten, während Jack sie sicherte. Er konnte eine Plane in achtzehn Minuten anbringen und sichern, was bedeutete, dass er die meiste Zeit damit verbrachte, von der Luftschleuse weg und wieder zurück zu gehen.

Sobald Jack fertig war, machte er sich so schnell wie möglich auf den Weg zur Luftschleuse. Zwei Jahre lang in einem gekaperten Schiff festzusitzen, war schon sehr klaustrophobisch, aber außerhalb des Schiffes zu arbeiten, war überraschenderweise noch schlimmer.

Aber wenn die neue Hüllenverkleidung funktionierte, konnten sie den Sternenschlangen begegnen und schneller fliegen als alles andere in Sol. Jetzt musste Burn nur noch den Motor des Shuttles umbauen, um alle Regler zu entfernen, während Jack und Veda eine Railgun bauten. Es war nicht einfach, ein Shuttle in ein Waffenschiff zu verwandeln, aber sie hatten noch zwei Jahre Zeit.

42

Annäherung an die Koordinaten der Wegbereiter-Replikationsfabrik 1-A-01 im inneren Asteroidengürtel, 2374 n. Chr.

Fast fünfzehn Jahre waren vergangen, seit Jack im Sol-System gewesen war. Nicht, dass jemand aus seiner Besatzung es noch genießen konnte. Big Guy hatte sie in seinem Inneren festgehalten, während er durch den Kuipergürtel flog, vorbei an Pluto, Uranus, Neptun und Jupiter. Während sie sich vorher klaustrophobisch fühlten, fühlten sie sich jetzt wie Gefangene in einem Kerker. Sie konnten nichts sehen. Ihre Scanner und Systeme konnten Big Guys Nanofaserhaut nicht durchdringen, was bedeutete, dass sie auch nicht herausfinden konnten, wie es draußen aussah. Sie konnten ihre Position immer noch über das Navigationssystem verfolgen, was bedeutete, dass Big Guy dem System irgendwie erlaubt hatte, Daten von draußen zu sammeln.

Es hatte fast ein Jahr länger gedauert als geplant, weil Big Guys Geschwindigkeit in der Oortschen Wolke nachgelassen hatte. Die Besatzung nahm an, dass die Glimmer schwächer wurden, je weiter sie sich von den Sternen entfernten. Zumindest war das ihre Annahme. Big Guy war nicht sehr gesprächig. Er hat auch keine

Fragen gestellt. Er hatte die Daten, die Kana ihm über Glitch und seine Sternenschlangen geschickt hatte, übernommen und verarbeitete sie im Stillen.

Als sie nur noch eine Stunde von der Replikationsfabrik der Wegbereiter entfernt waren, verlangsamte Big Guy seine Geschwindigkeit um Hunderte von Kilometern pro Sekunde, aber die Besatzung spürte keine Veränderung. Was langfristige Weltraumreisen anging, musste Jack zugeben, dass die Reise mit dem Glimmer am bequemsten war ... solange die Umweltsysteme funktionierten und der Besatzung nicht das Essen ausging.

Was das Essen anging, so waren der Besatzung sechzehn Monate zuvor die richtigen Lebensmittel ausgegangen. Zum Glück hatten sie noch genug Zutaten für die Küchenmaschine, um einen Nährstoffschlamm herzustellen. Er schmeckte scheußlich und hatte die Konsistenz von Gummizement, aber er hielt sie am Leben. Ihrer Laune tat das keinen Abbruch, und ihrem Stuhlgang half der ballaststoffreiche Brei auch nicht.

Drei Stunden später, als die *Cabrón* den Quadranten erreichte, in dem sich die Fabrik befand, tippte Jack auf die Sprechanlage. „Alles klar. Volle Alarmbereitschaft. Anzüge anziehen. Wir sind in Glitches Quadranten, also seit auf alles gefasst. Laut Big Guys aktueller Verlangsamungsrate werden wir in zehn Minuten dort sein. Hoffen wir, dass Big Guy beschließt, uns freizulassen."

„Oder hoffen wir, dass Big Guy uns freilässt, nachdem er Glitch getötet hat", sagte Kana, die bereits ihren Hab-Anzug mit Helm und Handschuhen an der Seite ihres Stuhls befestigt hatte.

„Kein schlechter Gedanke", sagte Jack, als er überlegte, was sie erwartete.

Veda eilte auf die Brücke. Er trug seine Schutzweste und seine Waffen über seinem Anzug und hatte seinen Helm unter dem Arm. Er nickte Jack zu, als dieser Platz nahm und sein Panel öffnete, um auf die Railgun zuzugreifen.

Heddi stürmte auf die Brücke, ähnlich gekleidet wie Veda, doch sie würdigte niemanden eines Blickes, als sie Platz nahm und sich anschnallte. „Burn ist im Reaktorraum, bereit für alles", verkündete sie.

„Gut." Jack überprüfte seine Systeme und war bereit, die Kontrolle über das Schiff zu übernehmen, sobald er dazu in der Lage war. Er fühlte sich eingerostet - es war fast fünf Jahre her, dass er das letzte Mal als Pilot das Kommando hatte... Vor dieser Reise war die längste Zeit, in der er nicht geflogen war, ein viermonatiger Zeitraum, als die *Cabrón* aufgerüstet wurde. Er war ungeduldig zu fliegen und noch ungeduldiger, aus dem fremden Transportmittel herauszukommen.

„Irgendetwas ist los." Kana deutete auf die Windschutzscheibe, wo sich Big Guys Haut bewegte.

Jack drückte auf die Gegensprechanlage, damit Burn es hören konnte. „Also gut, macht euch bereit. Big Guy macht etwas."

Big Guys Schirm glitt langsam vom Schiff, aber da der Bug der *Cabrón* nach vorne gerichtet war, zeigten die hinteren Kameras zuerst schwarzen Himmel.

„Ich habe die Sensoren wieder online", sagte Kana.

Lange Sekunden später entfernte sich der Glimmer vollständig und gab der *Cabrón* den Blick frei auf den weiten Raum vor ihnen.

„Es gibt keine Sternenschlangen", sagte Veda.

„Das ist eine gute Nachricht", sagte Jack. „Aber wo ist die Fabrik?"

43

Wegbereiter Replikationsfabrik 1-A-01 Koordinaten im inneren Asteroidengürtel

„Ich habe unseren Standort noch einmal überprüft. Die Fabrik sollte hier sein", sagte Kana.

Aber sie war es nicht.

„Scanne den gesamten Sektor“, sagte Jack. „Sieh nach, was wir haben.“

„Ich scanne“, sagte Kana.

„Das ist weniger ereignisreich, als ich erwartet habe“, sagte Veda.

„Glaubst du, Glitch ist weg?“ fragte Heddi.

„Überprüfe die Netzwerke, Heddi. Sieh nach, was du finden kannst", befahl Jack.

„Ich habe eine eingehende Nachricht von Big Guy“, sagte Kana. „Sieht aus wie zwei Bilder. Ich werde sie auf den großen Bildschirm bringen.“

Jack warf einen Blick auf die Bilder: Eines von der Replikationsfabrik der Wegbereiter, die Kana Big Guy in Alpha Centauri geschickt hatte, als sie ihn um Hilfe baten, und das andere von dem leeren Raum, der sich jetzt an dieser Stelle befand.

„Sieht aus, als wäre Big Guy auch verwirrt“, sagte Jack.

„Ich kann keine Netzwerke finden“, sagte Heddi. „Da draußen ist nichts.“

Jack runzelte die Stirn. „Was meinst du damit, dass da draußen nichts ist?“

„Ich meine, alle Netzwerke, die es früher gab, sind nicht mehr da.“

„Das ist unmöglich“, sagte Veda.

„Nenn es unmöglich; sie sind trotzdem weg“, sagte Heddi.

„Tut mir leid, dass ich dieses fesselnde Gespräch unterbreche, aber die Sektorscans haben etwas entdeckt... oder besser gesagt, viele Dinge“, sagte Kana und warf die Sektorkarte auf den Bildschirm. Dutzende von roten Flecken tauchten hinter dem nächsten Asteroiden auf. Es tauchten immer mehr auf.

„Sternenschlangen?“ fragte Jack.

„Das glaube ich nicht. Die sind zu groß, um Schlangen zu sein", antwortete sie. „Gib mir eine Sekunde. Ich sollte die erste gleich auf der Kamera haben.“

Es vergingen einige Sekunden, bis die verpixelten Bilder klar genug waren, um sie zu sehen.

„Die Schlangen sind gewachsen, während wir weg waren“, sagte Heddi.

Sie waren sehr gewachsen. Die Schlangen waren so lang wie die *Cabrón* und damit fast so lang wie einer von Big Guys Tentakeln.

„Es müssen hunderte sein“, sagte Kana.

„Veda, bist du bereit?“ fragte Jack.

„Ja, verdammt, ich bin bereit.“

„Gut, denn ich glaube, wir werden einen ganz schönen Kampf haben.“

Kana zeigte auf ihn. „Was ist das?“

Jack hatte es in der Masse der übergroßen Sternschlangen nicht bemerkt, aber jetzt konnte er eine deutliche Form erkennen, die sowohl größer als auch anders als die Schlangen um sie herum war. Sie war schlangenähnlich geformt, bis auf eine knollige Masse in der Mitte ihrer Länge, die Jack an einen Wegbereiter erinnerte. Die

Masse machte sie vergleichbar mit der Größe von Big Guy. Die Erkenntnis traf Jack wie Schlag ins Gesicht. „Das ist Glitch."

„Glitch war in der Fabrik", sagte Heddi.

„Und die Fabrik ist weg. Entweder brauchte Glitch die Fabrik nicht mehr oder Jenivals Rebellen haben sie ausgeschaltet, ist völlig egal. Ich wette, dass Glitch sich einen neuen Körper gebaut hat."

„Es sieht viel stabiler aus als die anderen. Ich bin mir nicht sicher, ob unsere Railgun-Geschosse es durchdringen können", sagte Veda.

„Hoffen wir, dass Big Guys Laserlicht-Show es schafft." Jack holte tief Luft und rieb sich die Hände. „Also gut. Ich fahre jetzt unsere Triebwerke hoch. Heddi, du hältst Burn da hinten auf dem Laufenden. Kana, behalte die Scans im Auge und gib Big Guy Bescheid, dass dies die Bösewichte sind, über die wir gesprochen haben. Und wenn du schon dabei bist, schick eine Nachricht an Jenival, damit sie weiß, dass wir wieder hier sind. Wenn sie in der Nähe ist, sag ihr, dass wir Hilfe gebrauchen können. Ich habe das Gefühl, wir werden alle Hände voll zu tun haben."

„Ich bin dir einen Schritt voraus. Ich habe gerade eine Warnung für Big Guy verpackt", sagte Kana.

Die Schlangen und (vermutlich) Glitch waren aus dem nächstgelegenen Asteroiden aufgetaucht. Jack vermutete, dass Glitch sein Haus dort wieder aufgebaut hatte, um sich besser zu verstecken. Aber warum musste er sich verstecken? Hatten die Rebellen von Jenival ihn in ein Versteck gezwungen? In den letzten fünfzehn Jahren war offensichtlich viel passiert.

„Wir empfangen einen eingehenden Alarm", sagte Kana. „Er besagt, dass keine organischen Wesen in diesem Sektor erlaubt sind und wir ihn sofort verlassen sollen. Wir haben zehn Sekunden Zeit, dem nachzukommen."

„Das klingt genau wie eine Sternenschlange." Jack warf einen Blick auf Big Guy, um sich zu versichern, dass es sich nicht bewegt hatte. „Wenn Big Guy die Nachricht erhalten hat, scheint es ihn nicht zu interessieren."

„Die Schlangen sollten netter sein, wenn sie mit etwas reden, das sie noch nie gesehen haben", sagte Kana.

„Als wir das letzte Mal hier waren, waren sie nicht sehr schlau. Es scheint, dass sie auch nicht schlauer geworden sind", sagte Jack.

Eine Sternenschlange feuerte auf Big Guy. Der Schirm des Glimmers spannte sich plötzlich auf und seine Tentakel breiteten sich aus, wodurch er größer und bedrohlicher wirkte.

„Oh, großer Fehler", sagte Heddi.

Big Guy absorbierte den Schuss und drehte seinen dicken Tentakel zu der Schlange, die ihn angegriffen hatte. Der Glimmer feuerte, und die Schlange explodierte. Jack kam nicht in den Genuss des Lichtspiels, denn es wurde viel zu schnell von der Schwärze verschluckt. Der Rest der Schlangen griff an, die meisten konzentrierten sich auf Big Guy, aber acht von ihnen drehten sich in Cabróns Richtung.

„Jetzt geht's los", murmelte Jack und manövrierte sich in eine bessere Schussposition.

Big Guy lieferte sich ein Feuergefecht mit den Sternschlangen, während er sich durch die mittlere Masse in Richtung dem, was sie für Glitch hielten, bewegte. Es musste zu viel Feuer abbekommen haben, denn es wich aus und flog in verschiedene Richtungen mit einer Geschwindigkeit, die für die Schlangen zu schnell war, um zu zielen.

Veda feuerte, sobald die nächste Schlange in Schussweite war. Die Schlange explodierte nicht, aber die Kugeln durchlöcherten die Schlange, eine davon traf ihre CPU, wodurch sie sofort leblos wurde. Die anderen sieben wichen aus und griffen an. Jack tauchte ab, aber die *Cabrón* war nicht so schnell wie Big Guy, und die Kugeln schlugen auf dem Dach des Schiffes ein und wurden größtenteils reflektiert. Auf Jacks Panel leuchtete eine Schadensanzeige auf. Die Schlangen waren nicht nur größer. Sie waren auch fieser und ihre Photonenschüsse hatten eine stärkere Durchschlagskraft.

Die sieben griffen Cabrón in einer Art Pfeilformation an und feuerten, als sie näher kamen. Veda feuerte erneut und beschädigte eine Schlange, ohne sie jedoch ernsthaft zu verletzen. Weitere Schadensanzeigen leuchteten auf.

„Sie zerfetzen uns", sagte Kana.

Jack manövrierte weiter, um die *Cabrón* zu einem schwereren Ziel zu machen, aber das Schiff bewegte sich mit zwei Triebwerken nur träge. Die Schlangen waren viel schneller. Selbst wenn Veda ununterbrochen feuerte, stand es eins gegen sieben. Als die Schlangen ständig ihre Flugbahn änderten und feuerten, leuchteten weitere Schadensanzeigen auf. Eine kühle Brise wehte durch die Brücke.

„Verdammt, wir haben einen Hüllenbruch im Hauptgang", sagte Jack.

„Ich schließe die Räume ab, um die Luft zu erhalten", sagte Kana.

„Ich bin schon dabei." Heddi sprang auf die Füße, setzte ihren Helm auf und rannte von der Brücke. Die Tür schloss sich hinter ihr.

Veda schaltete eine Schlange aus und verkrüppelte eine andere in einem glücklichen Schusswechsel. Als Jack die *Cabrón* herumkurbelte, bemerkte er, dass Big Guy den mutmaßlichen Glitch erreicht hatte. Der Glimmer wickelte seine Tentakel um Glitch, der feuerte und versuchte, sich loszureißen. Um das verhedderte Paar herum stürzten sich die Schlangen wie lästige Riesenmücken auf den Glimmer.

Auch die fünf Schlangen in der Nähe der *Cabrón* waren fleißig und griffen das Schiff aus verschiedenen Winkeln an. Veda schaltete eine aus, als sie versuchte, das Schiff von unterhalb der Sichtlinie der Brücke aus anzugreifen.

„Vier erledigt, noch vier übrig", sagte Veda.

„Wie viel Munition hast du?" fragte Kana.

„Genug", antwortete Veda. Er hatte die Munition für die Railgun aus den Resten des Wegbereiter-Glimmer-Schlachtfeldes in Alpha Centauri gedruckt, bevor Big Guy sie wieder nach Hause brachte.

Die verbleibenden Schlangen flogen und gaben Streifschüsse von sich, während Jack wahllos umherflog. Sein Panel leuchtete förmlich mit Schadensanzeigen auf. Die Steuerung wurde abrupt träge. Er runzelte die Stirn. „Triebwerk drei schaltet sich ab."

„Ich schaue mal, ob er wieder hochgefahren werden kann", sagte Kana und fügte eine Sekunde später hinzu: „Mist, nein, das geht nicht. Er ist komplett offline. Die gute Nachricht ist, dass die Schlangen, die wir da draußen sehen, alles sind, was es gibt, zumindest in diesem Sektor. Sobald Veda sie aus dem Weg geräumt hat, haben wir alles im Griff."

„Ich werde sie kriegen", brummte Veda.

Jack wies nicht auf die Dutzenden von Schlangen hin, die sich noch immer in der Nähe von Big Guy befanden, und der Glimmer wies viele Verletzungen auf und verlangsamte seinen Angriff.

Veda schnappte sich eine weitere Schlange. Als sie nach rechts flog, erledigte er sie mit dem nötigen Kopfschuss. „Nur noch dr- Ich meine zwei", sagte er den Bruchteil einer Sekunde nachdem er eine Schlange traf, die einen Kamikaze-Flug auf das Schiff zu machte. Das tote Objekt setzte seinen Vorwärtsschwung fort.

Jack versuchte, rechtzeitig auszuweichen, aber die Steuerung war zu langsam und die Geschwindigkeit der Schlange zu hoch. Sie traf den Rumpf direkt über der Brücke und schrammte über die Oberseite. Das Geräusch von Metall, das gegen den Rumpf schabte, ließ ihn zusammenzucken.

Die beiden anderen Schlangen rasten auf die *Cabrón* zu. Mit seiner begrenzten Manövrierfähigkeit konnte Jack nur die kleinsten Änderungen vornehmen. „Veda, ich mache einen Innenlooping, damit du eine gute Chance hast. Versuche, sie nicht zu verfehlen."

„Was glaubst du denn, was ich bisher gemacht habe?"

Jack bereitete das Manöver vor. Alle Manöver waren in der Leere des Weltraums einfach, wenn die Geschwindigkeiten minimal waren, und die *Cabrón* konnte nicht viel langsamer fliegen als in ihrer derzeitigen Lage. Die Schlangen würden den Looping schon bald erkennen, so dass sie leicht schießen konnten. Jack hoffte, dass Veda schneller war.

Er zog das Schiff an und begann, zu nach oben zu steuern. Veda feuerte und eine der beiden verbliebenen Schlangen schlug Funken und taumelte davon. Kana holte tief Luft, als die letzte Sternenschlange ihren Beschuss begann. Veda feuerte in die direkte Linie. Die Photonenstrahlen zerschmetterten einige Geschosse, aber es waren genug, um die Schlange frontal zu treffen und sie außer Gefecht zu setzen.

Veda warf eine Faust in die Luft. „Ja!"

Jack atmete zum ersten Mal seit Beginn des Kampfes ruhig aus. Er richtete die *Cabrón* auf den größeren Teil des Kampfes aus.

Big Guy und, was hoffentlich Glitch war, waren immer noch ineinander verstrickt, aber Big Guy hatte das Blatt gewendet. Er ignorierte den Ansturm der Schlangen, die auf ihn schossen, und es gelang dem Glimmer, die Hälfte des schlangenartigen Anhängsels von der KI abzureißen. Die andere Hälfte versuchte zu entkommen, aber Big Guy hielt sie mit seinen anderen Tentakeln fest. Jetzt feuerte es aus nächster Nähe auf das knollige Zentrum. Es feuerte mehrere lange Sekunden lang, bis das Zentrum zu glühen begann. Big Guy ließ es los und stieß es weg, bevor Glitch explodierte.

Die verbleibenden Schlangen - immer noch mindestens drei Dutzend - schienen alle für einen Moment zu erstarren.

„Es war Glitch", sagte Kana. „Big Guy hat Glitch zerstört." Ihr Gesicht leuchtete auf.

„Sind die Schlangen jetzt hirntot?" fragte Veda den Bruchteil einer Sekunde, bevor sie sich alle wieder bewegten und mit mehr Eifer auf Big Guy schossen. „Keine Sorge. Sie haben nur eine Verschnaufpause eingelegt."

Big Guy schoss, aber sein einzelner Tentakel konnte mit der Flotte von Schlangen, die ihn angriffen, nicht mithalten.

„Hast du noch Munition übrig?" fragte Jack.

„Ja. Ich habe nur noch fünfundzwanzig Prozent. Gehen wir rein?" antwortete Veda.

„Wir können Big Guy nicht allein lassen." Jack erhöhte die Leistung und beschleunigte auf den Kampf zu.

Veda feuerte und tötete zwei Schlangen mit seinen ersten Schüssen. Mehrere andere Schlangen wichen aus, um die neue Bedrohung anzugreifen. Veda feuerte weiter und Jack manövrierte weiter, aber es war allzu offensichtlich, dass sie waffenmäßig weit unterlegen waren. Der Beschuss durch eine Schlange ließ das ganze Schiff erzittern.

Zwei Sekunden später ertönte Burns Stimme über die Sprechanlage. „Der Reaktorkäfig ist getroffen worden. Ich muss den Reaktor abschalten."

Kana und Jack tauschten einen wissenden Blick aus. Die Lichter gingen aus, bevor die Notbeleuchtung wieder eingeschaltet wurde. Alle Systeme waren still. Jack lehnte sich in seinem Sitz zurück. „Wir haben nichts mehr zu melden."

Die Kameras waren ausgeschaltet, so dass sie nur die Schlangen sehen konnten, die auf sie zukamen und Cabrón und ihre Crew ausschalten wollten. Die Schlangen hatten Cabróns missliche Lage durchschaut und ließen sich Zeit, um ihre Todesschüsse zu platzieren. Jack konnte Big Guy nicht sehen, aber er hoffte, dass der Glimmer überleben würde. Er überlegte, ob er etwas zu der Mannschaft sagen sollte. Ein guter Captain wüsste, was er sagen sollte, aber Jack hatte sich immer als mittelmäßiger Captain betrachtet, der für einen Job gewählt wurde, den sonst niemand übernehmen wollte.

Er beobachtete, wie sich die Schlangen näherten, und wartete darauf, dass ihre Photonensprengsätze die Schwärze erhellten und Explosionen durch das Schiff schickten. Er zuckte zusammen, als die ersten Schüsse abgefeuert wurden, aber es war nicht das stumpfe Blau der Waffen der Sternenschlange. Es war das helle Gold der Tentakelkanone eines Glimmers.

Big Guy flog am Brückenfenster vorbei, als er von hinten kam und sich zwischen die Schlangen und Cabrón stellte. Es feuerte, und jeder Schuss tötete eine Schlange. Innerhalb von Sekunden war jede Schlange, die Jack sehen konnte, vernichtet.

Es waren nur noch sie und Big Guy übrig.

Kana lachte. „Ich hätte nicht erwartet, dass wir jetzt noch leben, aber ich bin froh, dass wir es tun."

44

Wegbereiter-Replikationsfabrik 1-A-01 Koordinaten im inneren Asteroidengürtel

Die *Cabrón* war in einem schlechtem Zustand, und Big Guy sah genauso schlimm aus. Seine Haut war mit Brandspuren übersät. Aus einer besonders tiefen Wunde tropfte glitzerndes Gel.

Jack sprang von seinem Sitz auf. Bevor er die Tür öffnete, überprüfte er die Luftfeuchtigkeit auf der anderen Seite der Tür. Kalte Luft blies ihm ins Gesicht, aber sie stand noch unter Druck und war atembar, was bedeutete, dass Heddi den Bruch versiegelt hatte. Wahrscheinlich gab es noch mehr Brüche in geschlossenen Bereichen, aber ohne Systeme konnte er den Status nicht sehen.

Er joggte zum Reaktorraum, wo er Burn und Heddi fand. Burn hatte eine blutige Wunde an der Stirn, während Heddi daneben stand und immer noch das Flickzeug für den Bruch in der Hand hielt.

„Wie schlimm ist es?“ fragte Jack. Er brauchte nicht zu erklären, wonach er fragte. Im Moment gab es nur ein wirklich kritisches Problem mit dem Schiff, und das war der Fusionsreaktor - das Herz, die Seele und die Energiequelle des Schiffes.

„Ich kann genug Abschnitte für die Lebenserhaltung in Betrieb nehmen, aber damit stößt er an seine Grenzen. Er braucht einen neuen Käfig."

„Reicht der Strom für die Kommunikation aus?" fragte Jack.

„Für kurze Distanzen, ja. Darüber hinaus? Ich weiß es nicht. Vielleicht?" antwortete Burn.

Jack nickte. „Tu, was du kannst. Ohne Abschleppdienst kommen wir nirgendwo hin und ich möchte lieber, dass uns Freunde mitnehmen, bevor noch mehr Sternenschlangen auftauchen."

„Ich werde sehen, was ich tun kann."

Jack deutete auf Burns Stirn. „Du hättest deinen Helm aufsetzen sollen."

„Darin kann ich nicht so gut sehen. Außerdem sieht es schlimmer aus, als es ist. Ich bin bei dem Angriff gegen einen Bolzenkopf geknallt", sagte Burn.

„Ich hole den Verbandskasten", sagte Heddi.

Jack nickte ihr zu und ließ die beiden auf die Brücke zurückkehren. Da es nur Notbeleuchtung gab, war es überall schummrig, was er für gut hielt. Er war nicht in der Stimmung zu sehen, wie groß der Schaden war.

Noch nicht.

Als er auf die Brücke zurückkehrte, fand er Kana auf Vedas Schoß sitzen. Big Guy schwebte in der Nähe des Buges des Schiffes.

„Kann Burn den Reaktor wieder in Gang bringen?", fragte sie.

„Genug für die Lebenserhaltung. Vielleicht genug für die Kommunikation", antwortete Jack.

Veda rümpfte die Nase. „Für die Railgun wird das nicht reichen."

„Ich weiß. Ich hoffe, wir müssen nicht lange hier bleiben", sagte Jack.

Die Lichter gingen an, zwar nicht auf volle Helligkeit, aber heller als die Notbeleuchtung, und die Systeme brummten vor sich hin.

Kana klatschte ihre Hände zusammen und stieß sich von Vedas Schoß ab. „Also gut. Mal sehen, womit wir es jetzt zu tun haben."

Jack setzte sich und begann, die Schadensliste durchzulesen. Sie würden so schnell nirgendwo mehr hingehen. Es schien mehr Dinge auf dem Schiff kaputt zu sein als zu funktionieren.

„Ich habe die Kommunikation“, sagte Kana. „Eine der Antennen ist ausgefallen, also selbst wenn wir den Strom hätten, könnten wir nur auf kurze Distanz senden.“

„Finde heraus, wie es Big Guy geht. Sag ihm danke für die Hilfe und frag ihn, ob wir etwas für ihn tun können", sagte Jack.

Während er wartete, ging er die Liste weiter durch und ordnete die Punkte nach der Reihenfolge, in der sie zuerst erledigt werden mussten. Mit den Hüllenbrüchen konnten sie sofort beginnen. Alles andere hing vom Reaktor ab, der vollständig abgeschaltet werden musste, um wieder in Betrieb genommen werden zu können. Im schlimmsten Fall könnte die Besatzung ein paar Wochen in dem kleinen Shuttle überleben, aber es wäre eine miserable, beengte Erfahrung. Jack wusste, dass die Überlebenden der *Aria* auf diese Weise lange genug überlebt hatten, um das Schiff vom Netzwerk der Wegbereiter zu trennen, damit niemand erfuhr, dass sie überlebt hatten.

Das wollte Jack der Crew nicht noch einmal zumuten. Sie brauchten sowieso eine Wartungswerkstatt für die Triebwerke, und alle Wartungswerkstätten waren mit vorübergehenden Wohnsitzen verbunden. Hoffentlich konnte er eine Werkstatt finden, in der es nicht von Sternenschlangen wimmelte.

„Ich habe Big Guy die Nachricht geschickt.“ Kana lehnte sich in ihrem Sitz zurück. „Weißt du, was ich seltsam fand?“

„Was haben wir in den letzten anderthalb Jahrzehnten getan, das nicht seltsam war?“ fragte Veda.

Kana ignorierte ihn. „Ich glaube, Glitch - und ich bin mir sicher, dass es Glitch war - wusste über Glimmers Bescheid.“

„Warum sagst du das?“ fragte Jack.

„Weil er nicht zu zögern schien, als es um Big Guy ging. Der Glitch hat ihn genauso gewarnt wie uns: Verschwinde, sonst.“

„Es ist ein Wegbereiter, mehr oder weniger“, sagte Veda. „Vielleicht war er in einem speziellen Wegbereiter-Netzwerk, so dass er von Glimmern erfahren hat.“

„Das könnte sein. Und ich hoffe, dass es Glitch war, damit sich diese Frage erübrigt", sagte Jack.

Kana setzte sich aufrecht hin. „Hier kommt eine Antwort. Es ist eine schwere Datei.“ Sie schickte sie direkt auf den großen Bildschirm.

Als die Bilder durchliefen, zuckte Jack zusammen. „Big Guy ist nicht sehr glücklich mit uns.“

„Nein, ist er nicht“, stimmte Kana zu. „Es sieht so aus, als hätte er da draußen ein Netzwerk gefunden.“

Es gab Hunderte von Bildern von Wegbereitern, die an der Geschichte der Menschheit beteiligt waren: Wegbereiter, die Blutvergießen verhinderten, bei Rettungsaktionen halfen und menschliche Kolonisierungsbemühungen koordinierten.

„Was hat das zu bedeuten?“ fragte Veda.

Jacks Kiefer spannte sich an. „Ich glaube, das bedeutet, dass wir jetzt Feinde sind.“

Die Serie wurde viermal wiederholt, bevor sie anhielt. Dann verschwand Big Guy mit einem Lichtstrahl aus dem Bereich und raste durch das System. Auf der Brücke herrschte Stille.

„Wenigstens hat er den Tag gerettet, bevor er sich aus dem Staub gemacht hat“, sagte Veda.

„Es wäre schöner gewesen, wenn er uns mitgenommen hätte, bevor er abgehauen ist“, sagte Kana.

In den Geschichtsbüchern war die Tatsache, dass die Wegbereiter von Menschen erschaffen worden waren, wahrscheinlich noch nicht aktualisiert worden. Das war auch gut so. Wenn Big Guy das gewusst hätte, wäre die *Cabrón* mit Sicherheit auf der Stelle vernichtet worden. Sie hatten Glück gehabt. Mehr oder weniger.

„Wir müssen hier weg, und zwar bald“, sagte Jack. „Kana, was haben wir für Möglichkeiten?“

Sie scrollte durch etwas auf ihrem Bildschirm und zuckte dann zusammen. „Woven City ist nicht so weit weg und es ist noch online. Wir können Jaeden Crete anrufen.“

„Keine gute Idee“, sagte Veda.

„Warum nicht?“

„Als wir ihn das letzte Mal gesehen haben, war er völlig durchgedreht. Die Schlangen haben ihn um den Verstand gebracht", sagte Veda.

„Aber das ist jetzt fünfzehn Jahre her. Wenn er so lange überlebt hat, hat er definitiv einen Weg gefunden, damit umzugehen. Wir sollten versuchen, ihn anzurufen. Er ist unsere beste Chance", sagte sie.

„Versuch es“, sagte Jack.

Sie nickte und tippte auf ihren Bildschirm. Es dauerte eine ganze Minute, bis ein vertrautes Gesicht auf Jacks Kommunikationsbildschirm erschien.

Die Zeit hatte Jaeden Crete nicht gut behandelt. Der Leiter der Abfallentsorgungssysteme bei GalacTek war Mitte zwanzig, als Jack ihn zuletzt gesehen hatte. Damit war er jetzt etwa Ende dreißig, aber der grobschlächtige Mann mit der faltigen Haut und den langen grauen Haaren sah aus wie kurz vor sechzig. Sogar seine Augen hatten den Blick eines alten Mannes.

„Jaeden“, sagte Jack.

Jaeden schien einen Moment lang verwirrt, bevor er blinzelte. „Jack Hale? Das verstehe ich nicht. Du bist nicht einen Tag gealtert.“

Jack ignorierte die Bemerkung. „Wir brauchen deine Hilfe.“

„Ich dachte, du wärst tot ... wie alle anderen auch.“

„Das erkläre ich dir, wenn ich dich persönlich sehe. Mein Schiff hat eine Panne. Wir müssen abgeschleppt werden. Kannst du mir dabei helfen?“

Jack konnte den Moment sehen, in dem Jaedens Gedankengang die Richtung wechselte. „Ja. Ich leite jetzt GalacTek. Wo befindest du dich?“

„Ich schicke dir die Koordinaten.“

Jaeden schaute vom Bildschirm weg. „Du bist nicht so weit weg von mir.“ Er versteifte sich. „Warte, dieses Gebiet ist tabu. Es ist der Sektor von Glitch.“

„Nein, jetzt nicht mehr“, sagte Jack.

Jaeden runzelte verwirrt die Stirn. „Glitch... ist weg?“

Jack nickte. „Zerstört. Aber es gibt immer noch Schlangen, also brauche ich eher früher als später einen Abholer."

Die Falten schienen aus Jaedens Gesicht zu verschwinden. „Ich habe gerade eine Schrottkarre in deiner Gegend. Ich schicke sie gleich rüber. Die *Ace of Space* sollte dich innerhalb von drei Stunden erreichen."

Der Name des Schiffes kam ihm bekannt vor. Dann lächelte er. „Sag A.J., er soll auf Trümmer aufpassen. Hier treibt ziemlich viel Weltraumschrott herum."

Jaeden lächelte, und der Ausdruck wirkte bei dem Mann sehr eingerostet. „Weltraumschrott ist die Spezialität von GalacTek, mein Freund."

„Danke, Jaeden. Ich bin dir was schuldig."

„Wenn Glitch weg ist, wirklich weg, sind wir quitt." Er trennte die Verbindung.

Jack wandte sich an Veda. „Was glaubst du, wie schnell du einen Weltraumspaziergang hinbekommst, um etwas da draußen zu holen?"

Vedas Blick verengte sich. „Lass mich raten: Du redest von dem großen Trümmerhaufen, um eine kleine schwarze Box zu holen?"

Jack nickte.

Veda zuckte mit den Schultern. „Höchstens zwei Stunden."

~

ZWEI STUNDEN und sechzehn Minuten später

Jack ging zu Burn an die Luftschleuse. Als das System grün aufleuchtete, sagte Burn: „Es ist versiegelt."

„Gut. Lasst uns den Schlepper schnell ankoppeln", sagte Jack.

Hinter ihnen öffnete sich Luftschleuse zwei und Veda trat mit einer Schlacke aus schwarzem Metall ein.

Jack nickte ihm kurz zu, bevor Veda das Objekt zurück in den Frachtraum trug.

Ist es das, wofür ich es halte?" fragte Burn.

„Das hoffe ich doch." Eine Person klopfte an die äußere Luftschleuse und Jack fügte hinzu: „Übrigens, ich sollte dir sagen, dass Jaeden A.J. geschickt hat, um uns abzuschleppen."

Burns Gesichtszüge verfinsterten sich. „A.J.?" Dann holte er tief Luft. „Es ist schon lange her. Sie hat mir wahrscheinlich verziehen, dass ich sie nach diesem One-Night-Stand verlassen habe."

„Aber du warst mehr als einmal mit ihr zusammen."

„Na gut. Vielleicht nach einem Dutzend One-Night-Stands." Er schien sich zu wappnen, bevor er die Luftschleuse öffnete.

A.J. trat hindurch. Auch sie war in fünfzehn Jahren um einiges gealtert, aber die Jahre hatten ihr nicht so stark zugesetzt. Sie bewegte sich immer noch geschmeidig, wenn auch etwas rau. Als sie eintrat, ignorierte sie Jack, ging auf Burn zu und schlug ihm ins Gesicht.

„Au!" Burn rieb sich die Wange. „Okay, das habe ich verdient."

Dann zog sie ihn zu einem tiefen Kuss herunter. Er wehrte sich nicht.

Als sie sich schließlich von ihm löste, wandte sie sich an Jack. „Ministerin Ngoma hat sich gefragt, was hier passiert ist, als Glitchnet offline ging."

„Glitchnet?"

„Das war das einzige Netzwerk, das für den menschlichen Gebrauch zugelassen war", sagte sie. „Es wurde von Glitch betrieben."

„Ich verstehe." Jack überlegte einen Moment. „Also ist Jenival Ngoma noch am Leben?"

„Natürlich. Und sie hat mich angewiesen, dich sofort zu ihr zu bringen."

45

Der innere Asteroidengürtel

„Willkommen auf der Fünfundfünfzigsten. Euer Schiff sieht aus, als hätte es nen ganzen Krieg hinter sich", sagte der Arbeiter in der Wartungswerkstatt, als die Besatzung die *Cabrón* verließ und in die Andockbucht des Stützpunkts in einem ausgehöhlten Asteroiden einflog, der auf keiner Karte verzeichnet war und ohne Verkehrskontrollsysteme betrieben wurde.

„So fühlen wir uns auch. Ich hoffe, deine Werkstatt kann die Teile herstellen, die wir brauchen", bestätigte Jack dem Arbeiter.

„Wir sind die beste Werkstatt im ganzen System. Wir haben schon Schiffe repariert, die viel schlimmer aussahen als dieses hier."

„Gut. Mein Crewmitglied hier wird mit dir zusammenarbeiten." Jack gestikulierte zu Burn und wandte sich dann an Kana und Veda. „Ihr sucht uns Zimmer und seht euch hier um."

„Das könnte eine Weile dauern. Dieser Ort sieht aus wie ein Labyrinth", sagte Kana.

„Heddi, du kommst mit mir." Jack hievte sich die Tasche über die Schulter und machte sich mit Heddi auf den Weg durch die Bucht und in eine Röhre, die zu einem breiten Durchgang führte.

Als sie die erste Kreuzung erreichten, über der ein handgemaltes Schild mit der Aufschrift „Wer rettet dein Sol“ hing, kam ein junger Mann keuchend auf sie zu. Schweiß glitzerte auf seiner Stirn. „Ich bin der Assistent von Ministerin Ngoma. Sie hat mich geschickt, um euch zu ihr zu begleiten. Wenn Sie mit mir kommen, Captain Hale.“ Er winkte Jack zu sich.

Jack hob eine Augenbraue. „Musst du erst einmal zu Atem kommen?“

„Mir geht's gut. Tut mir leid. Ich wollte Sie eigentlich an Ihrem Schiff treffen, aber ich habe die Zeit aus den Augen verloren. Es ist Starforce-5000-Nacht", sagte der Mann, als sie losgingen.

„Du spielst Starforce 5000?“ fragte Heddi.

„Ja. Hast du schon davon gehört?", fragte der Mann.

Heddi grinste. „Es ist mein Lieblingsspiel. Zumindest war es das, bevor ich mein Notebook verloren habe.“

Seine Augen leuchteten auf. „Ich kann dir ein neues besorgen. Du solltest mit mir spielen kommen. Ich meine, wenn du willst.“

„Das würde ich gerne“, sagte sie. „Unser Schiff ist kaputt, also wird es eine Weile in der Werkstatt sein, aber das bedeutet, dass ich eine Zeit lang hier sein werde.“

Er lächelte. „Das ist großartig. Ich meine, es ist toll, dass du hier sein wirst, um mitzuspielen. Nicht so toll ist das mit deinem Schiff. Ich bin ein galaktischer Zauberer. Was ist dein Charakter?“

„Ich bin eine heidnische Elfe“, antwortete Heddi.

„Cool.“ Er streckte seine Hand aus. „Ich bin Sam. Sam Bellamy.“

Sie schüttelte seine Hand. „Ich bin Heddi Heck.“

„Das ist ein toller Name.“

Die beiden unterhielten sich weiter, während Sam sie durch die Verbindungsrohre führte. Sams ganze Aufmerksamkeit galt Heddi, und sie war offensichtlich an Sam interessiert, obwohl Jack nicht wusste, warum. Er fand den Jungen zu schmächtig und zappelig, aber dann erinnerte er sich daran, dass Heddi die letzten fünfzehn Jahre auf einem Schiff festsaß und ihre Teenagerjahre und den größten Teil ihrer Zwanziger mit niemandem in ihrem Alter durchlitten hatte. Keine Freunde, kein Vertrauter, kein Partner. Kein

Wunder, dass sie interessiert war. Sam war die erste Person in ihrem Alter, die ihr über den Weg lief.

Während die beiden sich unterhielten, sah sich Jack die Basis an. Er hatte erwartet, dass der Asteroid wie Smuggler's Cove aussehen würde, eine verlassene Kolonie, die als Rebellenstützpunkt umfunktioniert wurde, aber die Fünfundfünfzigste war etwas ganz anderes als alles, was Jack bisher gesehen hatte. Es handelte sich um einen ausgehöhlten Asteroiden, in dessen Innerem sich eine Ansammlung von provisorischen Wohnkapseln befand, die üblicherweise für Besatzungen verwendet wurden, die neue Kolonien gründeten. Die Struktur machte Sinn - Glitch hätte sie auf keiner Karte finden können. Aber sie war auf archaische Weise gebaut. Während alle modernen Kolonien mit Technologie ausgestattet waren, gab es auf der Fünfundfünfzigsten keine Automatismen. Die Türen mussten manuell geöffnet werden. Sogar das Beleuchtungssystem bestand aus alten LED-Glühbirnen mit manuellen Schaltern. Die Menschen, die hier lebten, hatten sogar Funktionen entfernt, um es primitiver zu machen. Sternschlangen konnten keine Signale verfolgen, wenn es keine Signale zum Verfolgen gab.

Sam blieb vor einer geschlossenen Tür stehen und klopfte. Während das Trio auf eine Antwort wartete, sagte Sam: „Das ist das Büro von Ministerin Ngoma. Sie ist sehr beschäftigt. Es könnte eine Weile dauern."

Die Tür öffnete sich und eine Frau mittleren Alters, die Jack nicht erkannte, stand da.

„Captain Hale ist hier, um die Ministerin zu sehen, Liz", sagte Sam.

Sie musterte Jack von oben bis unten. „Die Ministerin wird Sie jetzt empfangen."

Jack warf einen Blick auf Heddi. „Wie wäre es, wenn du eine Pause machst. Ich schicke nach dir, wenn ich hier fertig bin."

Sam lächelte sie an. „Ich kann dich jetzt ins Spiel bringen, wenn du willst."

„Klar." Heddi warf einen letzten Blick über ihre Schulter, bevor sie mit Sam losging.

Jack betrat das Büro. Es war größer als er erwartet hatte und ähnlich eingerichtet wie die Kommandozentrale in Smuggler's Cove. Arbeitsplätze säumten die Wände, obwohl er sich fragte, welche Art von Netzwerkverbindungen sie benutzten, wenn sie versuchten, nicht aufzufallen.

Jenival Ngoma saß an einem Tisch und las in einem Stapel Papier. Wie Jaeden Crete war auch Jenival um mehr als fünfzehn Jahre gealtert. Ihr gelocktes schwarzes Haar war jetzt größtenteils weiß und ihre dunkle Haut war von Falten gezeichnet. Sie müsste etwa fünfundsechzig Jahre alt sein, aber sie sah mindestens siebzig aus. Als Liz sich zu ihr beugte und ihr etwas ins Ohr flüsterte, blickte sie auf und winkte Jack zu sich.

„Setzen Sie sich, Captain Hale", sagte Jenival. „Sie sind nicht einen Tag gealtert, aber das überrascht mich nicht."

„Wie geht es Ihnen, Ministerin?", fragte er.

„Nun, ich bin plötzlich sehr, sehr beschäftigt." Sie tätschelte den Stapel mit den Berichten. „Als Glitchnet offline ging, wurden alle sehr neugierig. Wenn ich raten müsste, würde ich vermuten, dass Sie etwas damit zu tun haben, Captain."

„Nun, ich weiß nichts über Glitchnet, aber ich kann sagen, dass Glitch zerstört wurde, zusammen mit etwa hundert der Schlangen, die ihn bewacht haben." Er öffnete seine Tasche, holte die schwarze Metallschlacke heraus und legte sie mit einem dumpfen Schlag auf ihren Schreibtisch.

Sie betrachtete es mit Abscheu. „Das ist Glitch?"

„Sie sollten es von Ihren Technikern überprüfen lassen." Er zog eine Speicherkarte heraus. „Und hier ist das gesamte Video von meinem Schiff während des Angriffs. Das könnte helfen, die Sache aufzuklären."

Sie hielt die Speicherkarte mit einem leeren Blick in der Hand. „Das verstehe ich nicht. Wie habt ihr es geschafft, Glitch zu zerstören? Wir haben mehrere Angriffe auf verschiedene Arten versucht, aber wir sind nie auch nur nahe dran gewesen."

Er lehnte sich in seinem Stuhl zurück. „Das kann ich mir nicht anrechnen lassen. Die Videos werden zeigen, was passiert ist. Mein

Schiff konnte nicht an Glitch herankommen - die Schlangen haben uns fast erledigt. Aber wir hatten einen Freund mitgebracht, und seine Rasse hegt einen großen Groll gegen KI-Systeme."

„Du hast Kontakt mit einer außerirdischen Rasse aufgenommen?"

Er nickte. „Wir nennen sie die Glimmers, und sie führen schon seit - nun, ich weiß nicht, wie lange, aber ich habe das Gefühl, dass er schon eine ganze Weile andauert - einen Krieg mit den Wegbereitern. Die Wegbereiter haben das Heimatsystem der Glimmer zerstört, Sie können sich also vorstellen, warum sie einen Groll hegen. Der Glimmer, der uns nach Sol zurückgebracht hat, hat Glitch ausgeschaltet, weil wir angedeutet haben, dass er eine Art Wegbereiter-Modell ist. Er hat Glitch tatsächlich ausgeschaltet. Leider hat er herausgefunden, dass die Menschen und die Wegbereiter eine Zeit lang zusammengearbeitet haben, und ich glaube nicht, dass wir jemals wieder Hilfe von den Glimmern erwarten können. Und wenn ich sehe, wie leicht er Glitch vernichtet hat, hoffe ich, dass er nicht auch noch beschließt, dass die Menschen vernichtet werden müssen."

Jenival starrte vor sich hin. „Das ist ... eine Menge zu verkraften. Ich habe viele Fragen, aber die können warten." Sie schien etwas lustig zu finden. „Ich finde es ziemlich enttäuschend, dass Glitch einfach so verschwindet." Sie schnippte mit den Fingern. „Einfach so."

„Glaub mir. Wenn Sie mit mir dort gewesen wären, würden Sie nicht so empfinden. Glitch ist nicht einfach untergegangen."

„Nein, da bin ich mir sicher, und ich will Ihre Rolle bei der Beseitigung der größten Bedrohung, der die Menschheit je ausgesetzt war, nicht schmälern. Nachdem Glitch begonnen hatte, alle Netzwerke abzuschalten, mussten wir die Kommunikation in allen Netzwerken einstellen, sogar in den alten Kanälen. Ich hatte immer gehofft, dass Sie überlebt hatten."

„Ich habe mich gefragt, was passiert ist. Da draußen ist es ziemlich ruhig geworden", sagte er.

„Das kann ich mir vorstellen. Schade, dass Sie die Wegbereiter nicht gefunden haben, um uns mit den restlichen Schlangen im

System zu helfen, aber wenigstens haben Sie etwas gefunden, das uns helfen könnte."

„Ich habe die Wegbereiter gefunden."

Sie zuckte zusammen. „Ja? Werden sie kommen?"

Er schürzte die Lippen. „Das bezweifle ich. Sie haben versucht, mein Schiff zu zerstören, weil ich Sol verlassen habe. Sie scheinen zu denken, dass die Menschen nicht weit genug entwickelt sind, um außerhalb unseres Systems zu reisen."

Ihr Kiefer wurde steif. „Diese verdammten, eingebildeten, sturen, aufgeblasenen Dinger. Sie wollen ihren eigenen Schöpfern nicht helfen."

„Das heißt, wir sind auf uns allein gestellt", sagte Jack. „Ich nehme an, dass es da draußen immer noch Schlangen gibt."

Sie murmelte etwas, bevor sie sprach. „Das ist noch milde ausgedrückt. Die kleinen Schlangen blieben in jeder menschlichen Kolonie, Station und jedem Lager diesseits des äußeren Gürtels. Es war ein kleiner Trost, dass Glitch nie ein Interesse daran hatte, den äußeren Gürtel zu erobern, so dass viele Menschen dorthin geflohen sind."

„Warum sind Sie dann im inneren Gürtel geblieben?", fragte er.

„Weil der äußere Gürtel zu weit weg ist, um Angriffe zu starten, und ich hier bei der Mannschaft sein musste. Außerdem hatte ich Angst, dass ich, wenn ich in den Kuipergürtel fliehen würde, Glitch dazu verleiten könnte, dort einzufallen. Ich wollte, dass die Menschheit einen Bereich des Friedens hat. Zumindest hoffe ich, dass sie in der Lage waren, Frieden zu finden. Glitchnet war das einzige Netzwerk, das wir betreiben durften, also konnten wir nicht riskieren, mit jemandem zu kommunizieren, der für unsere Pläne nicht absolut wichtig war."

Jack runzelte die Stirn über ihre Bemerkung. Er hatte gedacht - vielleicht aus Eitelkeit -, dass seine Mission für ihre Pläne entscheidend sei. Sie hatte ihm gesagt, er sei Plan B, aber jetzt wurde ihm klar, dass er nur einer von hundert Plan Bs war, die sie im Einsatz hatte. Es war klug von Jenival, mehrere Pläne zu haben, und dumm von ihm, sein Ego an diesen Gedanken zu hängen. „Es klingt, als wären die Kolonien da draußen die ganze Zeit auf sich allein gestellt gewesen."

„Leider, ja. Aber wir haben getan, was wir konnten. Wir haben Angriffe gestartet, sogar Kamikaze-Angriffe, damit die Menschen wussten, dass es noch Leute gibt, die die Hoffnung nicht aufgegeben haben. Und wir hielten die Kommunikation mit einigen der größten verbliebenen Kolonien über unser eigenes Netzwerk aufrecht."

„Ah, also war Glitchnet nicht das einzige Netzwerk da draußen."

„Natürlich nicht." Sie blinzelte. „Meine Leute sind gerade dabei, weitere Server online zu bringen. In weniger als einer Woche werden wir über achtzig Prozent der Kolonien miteinander verbunden haben. Jedenfalls die, die noch übrig sind."

Er zuckte zusammen. „Ich nehme an, die Schlangen haben weitergemordet, nachdem ich weg war."

„Die Schlangen töteten weiter, aber ich glaube, ich habe mehr getötet."

„Was meinen Sie damit?"

„Kurz nach dem Angriff auf Smuggler's Cove, nachdem Sie gegangen waren, habe ich die nukleare Option genutzt. Ich hatte keine andere Wahl. Glitch und seine Sternenschlangen haben absolute Hölle verbreitet. Wir mussten etwas tun. Wir haben alle Fabriken und die Orte mit den größten Schlangenschwärmen angegriffen. Wir versuchten, die Chancen auszugleichen."

„Und hat es das?"

Sie antwortete nicht. Das war Antwort genug.

„Wie viele?", fragte er.

Sie antwortete immer noch nicht.

„Tausende?"

Sie begegnete seinem Blick nicht.

„Millionen? Milliarden?"

Endlich sah sie ihm in die Augen.

Er lachte laut auf. „Du hast Milliarden von Menschen getötet?"

„Glitch hat die Menschheit in die Ausrottung geführt. Wir führen seit über fünfzehn Jahren einen Krieg ums Überleben. Unschuldige sterben pausenlos."

„Aber normalerweise sterben sie durch die Hand des Feindes."

Ihre Lippen verzogen sich. „Wer bist du, dass du das beurteilen kannst? Du warst nicht hier."

„Nein. Ich war auf dem Weg, ein Wunder zu finden."

Sie hielt ihre Hände mit gespreizten Fingern hoch. „Wir haben beide viel erlebt. Ich bin dankbar für das, was du getan hast. Der Feind hat heute eine große Niederlage erlitten. Sobald meine Leute bestätigen, dass es sich um Glitch handelt, werden wir die Nachricht verbreiten. Dieses Wissen wird der Menschheit die Hoffnung geben, die sie braucht. Aber jetzt müssen wir den Krieg beenden, bevor die Schlangen die Chance haben, einen neuen Anführer aufzubauen."

„Brauchen sie denn einen Anführer? Nachdem Glitch zerstört wurde, haben die Schlangen weiter gekämpft. Sie schienen mir ziemlich autark zu sein."

„Sie sind autark, aber sie sind nicht intelligent, nicht in dem Maße wie Glitch es war. Sie sind eher wie Drohnen als wie echte künstlich intelligente Wesen. Diese Schwäche haben wir in der Vergangenheit zu unserem Vorteil genutzt und wir werden sie auch jetzt so auslöschen.

„Das klingt, als hättest du einen Plan", sagte er.

„Den habe ich. Eigentlich haben wir Dutzende, wenn nicht Hunderte von Plänen, die wir im Laufe der Jahre ausgearbeitet haben. Jeder von ihnen wurde für ein anderes Szenario entwickelt. Wenn das Glitch ist, und ich hoffe wirklich, dass er es ist", sie zeigte auf den Metallklumpen in der Mitte des Tisches, ‚dann werde ich den Teutoburger Plan genehmigen.'

„Und was ist das?"

„Das Konzept ist ganz einfach. Wir locken alle verbliebenen Sternenschlangen in einen Hinterhalt. Dort aktivieren wir eine Waffe, die wir gebaut haben und die ihre äußere Hülle so leicht zerfetzen kann, als wäre sie aus Papier." Sie riss ein Stück von dem Bericht ab, der vor ihr lag.

Er legte den Kopf schief. „Sicher, das klingt vom Konzept her einfach, aber es ist fast unmöglich, es auszuführen. Glaubst du, du kannst alle Schlangen aus allen Kolonien in eine Tötungsbox locken?"

„Wir müssen sie nicht aus den Kolonien locken. Die Schlangen haben sich sofort nach der Abschaltung von Glitchnet aus dem Staub gemacht. Wir wussten, dass etwas passiert war. Wir wussten nur nicht, was."

Jack zuckte zusammen. „Sie sind weg?"

„Ihren Flugbahnen nach zu urteilen, sind sie alle auf dem Weg zu den bekannten Koordinaten von Glitch. Der Teutoburger Plan basiert auf einem ähnlichen Szenario wie dem, das wir gerade erleben: Glitch ist weg und wir müssen uns mit den Schlangen herumschlagen. Wir glauben, dass wir Glitchs einzigartige elektronische Signatur duplizieren können, damit die Schlangen glauben, dass ihr Schöpfer noch funktionsfähig ist. Alles, was wir brauchen, ist ein Rattenfänger, der diese Signatur benutzt, um sie von dort zur Teutoburger Waffe zu locken, die wir so nah wie möglich heranbringen werden, ohne Aufmerksamkeit zu erregen. Dass sich die Schlangen bereits an einem Ort versammeln, ist ein gutes Zeichen für uns, aber wir müssen schnell handeln, bevor sie sich wieder zerstreuen."

„Der arme Trottel, der die Aufmerksamkeit der Schlangen auf sich zieht, tut mir leid."

„Lass es. Diese Person wird ein Held sein. Wir sollten dir leid tun, wenn der Plan versagt."

„Warum das?"

„Weil die Waffe in dieser Station gebaut wird. Sobald die Waffe voll einsatzbereit ist, werden wir enttarnt sein. Die Schlangen werden diesen Ort aufspüren. Wenn du ein funktionsfähiges Schiff hättest, würde ich dich bitten, uns im Kampf zu helfen, aber das tust du nicht, also entschuldige mich bitte, ich habe sehr viel Arbeit in sehr kurzer Zeit zu erledigen."

46

Die Fünfundfünfzigste

Cabróns Crew gesellte sich zu Heddis neuen Freunden in einer Kapsel, in der sie ein Spiel mit ihnen gespielt hatte. Es stellte sich heraus, dass die Kapsel gleichzeitig auch eine Schlafkabine war, mit sechs Etagenbetten - drei an jeder langen Wand. An der Wand gegenüber der Tür befanden sich Schließfächer und eine Tür zu einem Badezimmer und einer kleinen Küche. Auf dem Boden lagen Kissen, Polster und gefüllte Säcke verstreut, die die Bewohner als Sitzgelegenheiten und vermutlich zum Spielen nutzten. Sam lebte zusammen mit elf anderen Rebellen in dem kleinen Raum.

Das Dock war geschlossen und versiegelt worden, um die Sternenschlangen abzuhalten, so dass die Crew mit allen anderen abhängen konnte, die nicht aktiv an der Teutoburg-Mission teilnahmen.

Jenival Ngoma hatte Jack einen Platz in einer der Wohnkapseln ihrer Commander angeboten, aber er zog es vor, bei seiner Crew zu bleiben. Da alle in der Fünfundfünfzigsten Teil der Rebellion waren, zeigten alle Bildschirme in der Basis Videoüberwachungen von Drohnen an, die außerhalb des Asteroiden und im Glitch-

Sektor stationiert waren, sowie eine nach vorne gerichtete Kamera auf dem Waffenschiff. Die gesamte fünfundfünfzigste Flotte - kümmerliche sechsundzwanzig Schiffe - befand sich hinter dem Asteroiden, bereit für den Angriff aus dem Hinterhalt, während ein einzelnes schnittiges Waffenschiff sich auf den Weg zu dem Schlachtfeld machte, auf dem die *Cabrón* beinahe ihr Ende gefunden hätte.

Jack war, wie der Rest seiner Crew, voll bewaffnet und bereit, sich und die Menschen in der Kapsel zu verteidigen. Sie trugen ihre Schutzanzüge nicht, weil jede Kapsel versiegelt werden konnte und das gesamte Innere des Asteroiden unter Druck stand. Und wenn die Schlangen in den Asteroiden eindringen würden, würden die Anzüge keinen der Menschen dort retten können. Nicht, dass ihre Waffen viel nützen würden. Die Bewohner der Kapsel waren zuversichtlich, obwohl sie so wenig Waffen hatten. Ein paar von ihnen hatten Gewehre. Ein paar andere hatten Pistolen, und der Rest, darunter auch Sam, trug Messer. Jedes Messer war handgefertigt und viele sahen aus wie Spieße - eine Gefahr für einen Mitmenschen, die aber nicht einmal eine Beule in den Panzer einer Schlange machen würde.

Sam saß gerade dicht - zu dicht für Jacks Geschmack - neben Heddi, während sie den Bildschirm beobachteten. Veda hatte die Koje von jemandem für sich beansprucht und schien zu schlafen, während Kana auf der Koje neben ihm saß, mit dem Rücken an der Wand. Burn war in der Küchenzeile und reparierte irgendetwas, aber Jack wusste, dass Burn nur beschäftigt war, damit er nicht durchdrehte.

Jack und sein Team hatten ihre eigene Kapsel, aber Heddi hatte immer wieder angedeutet, dass Sam und seine Freunde zusätzlichen Schutz brauchen könnten. Kana fand Heddis Besorgnis niedlich, Veda fand sie nervig und Burn fand sie hysterisch. Jack hatte es erfrischend gefunden. Er hatte befürchtet, dass Heddi ihre Verbindung zur Menschheit verlieren würde, nachdem sie in seiner Crew gedient und Nanitentransfusionen erhalten hatte, aber sie sorgte sich immer noch, und das bedeutete etwas. Er würde alles tun, um sicherzustellen, dass sie diese Verbindung nicht verlor... Jack hatte seine schon vor langer Zeit verloren.

Heddi deutete auf das Waffenschiff, das gerade den Glitch-Sektor erreicht hatte. „Ich versteh das nicht. Warum muss der Kerl rausfliegen und eine rote Flagge schwenken, wenn die Schlangen bei jeder Andeutung von menschlichem Ungehorsam angerannt kommen? Können wir nicht einfach die große Waffe abfeuern und alle Schlangen kommen angerannt?"

Sam schüttelte den Kopf. „Sie würden nicht alle kommen. Die Fünfundfünfzigste hat einmal so eine Mission versucht und die Schlangen haben den Hinterhalt durchschaut. Sie sind zwar dumm, aber sie sind nicht dumm genug. Das war, bevor ihr Glitch umgebracht habt, also wäre es jetzt vielleicht eine andere Geschichte. Aber ich glaube nicht, dass Ministerin Ngoma das Risiko eingehen will."

„Ja, aber die da draußen werden sterben."

„Die Crew der *Starpiercer* hat sich freiwillig für die Mission gemeldet. Außerdem werden einige der anderen Besatzungen da draußen auch nicht mehr nach Hause kommen. Aber ist es das nicht wert, wenn wir die Schlangen endlich ein für alle Mal besiegen können?"

Heddi antwortete nicht.

„Ich weiß noch, wie es war, bevor Glitch und die Schlangen die Macht übernommen haben. Ich habe für Sol Corp gearbeitet", sagte einer der älteren Pod-Bewohner. „Die Dinge waren nicht perfekt, aber ich musste nicht befürchten, getötet zu werden, weil ich etwas tat, was die Schlangen für ungehorsam hielten."

„Das lag daran, dass du für Sol Corp gearbeitet hast. Du warst einer der Tyrannen", sagte eine Frau.

„Und das sagst du, weil du ein großmäuliger Rebell warst", erwiderte er.

„Und das bist du jetzt auch", sagte sie und lächelte. Die beiden küssten sich.

„Pst, Leute. Seht, es geht los. Das Schiff geht in Position", sagte Sam laut.

Die Kapsel wurde still. Veda und Kana kamen und Burn trat aus der Küchenzeile. Alle standen um den Bildschirm herum und beobachteten das schnellste Schiff der Fünfundfünfzig. *Starpiercer* war komplett zerlegt und alle Drosseln entfernt worden, um die höchstmögliche Geschwindigkeit zu erreichen - es ähnelte kaum noch der Abfangjägerklasse von Sol Corp, die er vorher gewesen war. Tausend Kilometer vor dem Schwarm kam das Schiff zum Stehen und drehte um. Ein großes, flaches, V-förmiges Übertragungssystem trat aus einer Öffnung direkt über der Brücke hervor. Ein kleines rotes Licht in der Mitte leuchtete grün auf.

„Es spielt die Signatur von Glitch ab", sagte Sam.

„Wir brauchen das Play-by-Play nicht, Sammy", sagte der Mann, der zuvor gesprochen hatte.

„Ihr braucht es nicht, aber ich weiß, dass ihr es wollt", sagte Sam grinsend.

Heddi musste ebenfalls grinsen.

Die Menschen konnten den elektronischen Ton nicht hören, also war das grüne Licht die einzige Möglichkeit, um zu wissen, dass das Schiff sendete ... das und das plötzliche Interesse des Schlangenschwarms, der im Glitch-Sektor schwebte. Es war schwer, die Schlangen zu zählen - dunkel gefärbte Rümpfe vor einem schwarzen Hintergrund machten es fast unmöglich - aber der Schwarm war groß, größer als Jack es für möglich gehalten hatte. Es mussten noch tausende dieser Dinger in Betrieb sein, auch wenn Jenivals Rebellen einige von ihnen ausgeschaltet hatten, als sie aus den Kolonien zu den Koordinaten ihres Ursprungs und Schöpfers flohen.

Trauerten die Schlangen oder planten sie ihre nächsten Schritte? Jack wusste es nicht, und ehrlich gesagt, war es ihm auch egal. Er wollte sie einfach nur vernichten. Diese Schlangen hatten seine Freunde getötet und sein Schiff zerstört. Er wollte Rache.

Die Schlangen verfolgten das Waffenschiff, als es anfing zu beschleunigen.

Jack schnitt eine Grimasse. „Zu langsam."

„Was?" fragte Heddi.

„*Starpiercer* hat das Signal aktiviert, bevor es beschleunigt hat", sagte Jack.

„Es liegen tausend Klicks zwischen ihnen. Ngomas kostbare

Zahlenfreaks haben die Berechnungen gemacht. Die Kolonieschlangen sind nicht so schnell wie die Wächterschlangen, die Glitch beschützt haben, und die Wächter sind alle weg, dank euch. *Starpiercer* wird mit der Zeit schneller werden. Es muss ihnen nur voraus sein, bis es die Tötungsstation erreicht", sagte die Frau.

„Ich hoffe, du hast Recht“, sagte Jack.

Starpiercer beschleunigte schneller als jeder Abfangjäger zuvor, aber er war immer noch viel langsamer als der Schwarm, der ihn verfolgte. Tausend Kilometer waren eine ordentliche Entfernung, aber im Weltraum war dieser Abstand gefährlich knapp.

Das Rennen war unendlich langsam und doch nervenaufreibend, während die Schlangen den Abstand verringerten. Lange Minuten vergingen, und mit jeder Minute stieg die Spannung in der Kapsel. Als *Starpiercer* fünfzigtausend Kilometer von dem Asteroiden entfernt war, zeigten die Bilder einen kleineren Schwarm, der sich vom Rest des Schwarms abgesetzt hatte und das Waffenschiff schnell einholte. Das Video war unscharf, aber die Schlangen in diesem Schwarm waren groß genug, dass sie jeder erkennen konnte.

Sams Mund stand offen. „Wächter.“

Die Frau hielt sich eine Hand vor den Mund. „Oh nein.“

Das Waffenschiff begann zu feuern und schoss eine der Schlangen ab, aber der Rest zerstreute sich. Hilfe konnte nicht rechtzeitig eintreffen - die Flotte war immer noch hinter dem Asteroiden versteckt. *Starpiercer* feuerte weiter, während es auf die Fünfundfünfzigste zusteuerte, und schaltete eindrucksvoll zwei weitere Wächterschlangen aus, bevor sich drei weitere an dem Schiff festhielten. Sie erstickten den Transmitter und rissen dann das Schiff in Stücke. Bei dieser Geschwindigkeit explodierte das unter Druck stehende Schiff und schleuderte den Rumpf, Teile und die Besatzung ins All. Selbst in ihren Raumanzügen hätte die Besatzung keine Überlebenschance gehabt.

In der Kapsel war es so still, als ob niemand geatmet hätte.

Laut Jenival war der Rattenfänger der riskanteste Teil der Mission mit dem höchsten Risiko eines Fehlschlags. Schlimmer noch, wenn dieser Teil scheiterte, war die gesamte Mission verloren.

Jack wusste, was er zu tun hatte.

Er entfernte sich so leise wie möglich von der Gruppe. Sie starrten gebannt auf den Bildschirm. Er hatte die Tür geöffnet, als Burn seinen Blick auffing. Sein Freund schüttelte den Kopf. Jack warf einen Blick auf Heddi und die anderen und dann wieder auf Burn, wobei das unausgesprochene Gespräch zwischen ihnen deutlich wurde. Dann ging Jack.

Sobald er aus dem Raum war, joggte er zu einem Telefon an der Wand und wählte Jenival an.

Ihre Assistentin nahm ab. „Die Leitung von Minister Ngoma."

„Gib mir Jenival", sagte er.

„Sie ist gerade ein bisschen beschäftigt."

„Gut. Sag ihr, dass ich die Schlangen herbringen werde."

Er hörte ein Rütteln, dann hörte er Jenivals Stimme in seinem Ohrhörer: „Captain. Wie kannst du die Schlangen herbringen? Dein Schiff ist nicht funktionstüchtig."

„Mein Shuttle ist es aber schon."

Sie lachte. „Ein Shuttle? Du hast doch gesehen, was diese Schlangen mit einem Waffenschiff gemacht haben. Welche Chance hat da ein kleines Shuttle?"

„Es ist ein modifiziertes kleines Shuttle."

„Das war *Starpiercer* auch."

„Hol einfach jemanden am Dock, der mich rauslässt. Ich werde sie für dich herholen."

„Gut. Es geht um dein Leben. Aber... Jack."

„Ja?"

„Wenn du es schaffst, sie herzubringen, ist die Waffe nicht wählerisch. Sobald du in Reichweite bist und die Waffe aktiviert wird, wird alles, was größer als zwei Meter ist, getroffen. Du wirst keine Zeit haben, zu entkommen. Verstehst du, was ich sage?"

„Ja."

47

Die Fünfundfünfzigste

Jenival Ngoma hatte ihren Teil getan. Sie hatte nicht nur Leute am Dock, die die Tore der Bucht bedienten, sondern ihre Leute hatten das Shuttle bereits vorbereitet und mit Strom versorgt, als Jack eintraf. Das kleine Schiff war für die Wartungsarbeiten von der *Cabrón* abgekoppelt und in einer kleinen Bucht in der Wartungshalle geparkt worden. Als Jack ankam, war es bereits aus der Werkstatt geholt und auf der Startrampe im Dock aufgestellt worden.

Er verbrachte ein paar Minuten damit, sich einen Raumanzug anzuziehen und dann zu überprüfen, ob das Shuttle richtig eingeschaltet war und alle Systeme im grünen Bereich waren. Dann gab er dem Dock-Controller einen Daumen nach oben. Eine Sekunde später öffnete sich die Tür der inneren Bucht. Er startete und die Tür der Außenbucht schnappte auf, kurz bevor er mit ihr zusammengestoßen wäre.

Sobald er außerhalb des Asteroiden in der Stille des Weltraums war, wurde ihm klar, was er vorhatte. Sein Anzug zeigte an, dass seine Temperatur um fast ein Grad gestiegen war, ebenso wie seine Herzfrequenz und seine Atmung. Er schloss die Augen und atmete tief durch - das war alles, was er sich erlaubte, bevor er die Augen öffnete und mit voller Kraft auf die Schlangen zusteuerte.

Er konnte das Flugmuster von *Starpiercer* nicht benutzen. Er würde niemals rechtzeitig anhalten, eine Kehrtwende machen und die Geschwindigkeit wieder erhöhen können, um vor den Schlangen zu bleiben, nicht, wenn sie schon so nah an der Fünfundfünfzigsten waren. Seine einzige Chance war, immer schneller zu werden und einen großen Bogen zu machen, um die Schlangen von hinten anzugreifen und sie mit sich zu ziehen. Er hatte auch nicht die elektronische Signatur von Glitch, die er senden konnte. Er hatte etwas Besseres.

Sein Plan schien ziemlich gut zu sein, als er zum ersten Mal darüber nachgedacht hatte, aber jetzt, wo er auf einen Schwarm von Monstern zuflog, wurde ihm klar, dass es ein wirklich beschissener Plan war. Alles hing von einer unbewiesenen Technologie ab, die um den Rumpf seines Shuttles gewickelt war. Wenn es nicht funktionierte, war er tot. Wenn es aber funktionierte, war er auch tot, aber dann würde er wenigstens vorher etwas Gutes tun.

Die Drohnen zeichneten sein Shuttle wahrscheinlich auf Video auf, was bedeutete, dass die gesamte Fünfundfünfzigste ihn beobachtete - und auf ihn zählte. Das bedeutete auch, dass seine Crew mächtig sauer sein würde. Sie konnten keinen Kommunikationskanal mit ihm öffnen, ohne die Fünfundfünfzigste zu verraten, was auch bedeutete, dass er nicht mit der Flotte sprechen konnte, selbst wenn er es gewollt hätte. Wahrscheinlich war das auch besser so. Burn würde sich um die Crew und die *Cabrón* kümmern. Er bereute es, die *Cabrón* nicht noch ein letztes Mal fliegen zu können, aber er konnte sich nicht beklagen. Er hatte Glück, dass er sie so viele Jahrhunderte lang fliegen durfte.

Er stellte das Shuttle auf maximale Leistung und behielt die Sektorscans im Auge. Der Schwarm war in der Nähe der *Starpiercer*-Überreste zum Stillstand gekommen und schwebte dort einfach weiter, genau wie bei Glitchs letzten Koordinaten. Er hatte seine Höchstgeschwindigkeit erreicht, als er begann, einen weiten Bogen hinter dem Schwarm zu machen, weit genug zurück, dass sie das kleine Schiff nicht bemerken würden. Das hoffte er zumindest.

Sobald er den Bogen gemacht hatte, stellte er seine Flugbahn so ein, dass er den Schwarm in fünfhundert Kilometern Entfernung passieren würde - eine zufällige Zahl, die er ausgewählt hatte und die wahrscheinlich Jenivals Zahlenfreaks die Haare zu Berge stehen lassen würde. Wie *Starpiercer* musste er nah genug dran sein, damit die Schlangen die Signatur auffangen konnten. Aber im Gegensatz zu *Starpiercer* wusste er nicht, wie nah er sein musste, da er eine ganz andere Signatur aussenden würde.

Als Glitch zerstört wurde, hatten sich die verbliebenen Wächterschlangen auf Big Guy und nicht auf die *Cabrón* gestürzt. Sie sahen in dem Glimmer eine größere Bedrohung. Dass sie angegriffen haben und nicht geflohen sind, ließ Jack hoffen, dass sie das Gleiche wieder tun würden, wenn sie einen anderen Glimmer aufspürten. Es gab vielleicht keinen anderen Glimmer im Sonnensystem, aber die Nanofaserhülle von Jacks Shuttle ahmte einen solchen nach.

Er überprüfte das Nanofaser-Schutzsystem immer wieder, während er sich dem Schwarm näherte. Soweit er das beurteilen konnte, kamen noch keine Schlangen auf ihn zu, aber seine Kamera war sehr schwach und die Schlangen waren selbst mit einer guten Kamera schwer zu erkennen. Als er den Schwarm erreichte, schaltete er das Abschirmungssystem ein, schaltete die Triebwerksbeschränkungen aus und ging auf die neue Höchstleistung. Auf seinem Bildschirm blinkten Warnungen auf - die Systeme dachten, das Schiff würde sich außerhalb seiner festgelegten Parameter bewegen, was es auch tat.

Er ignorierte die Warnungen und lächelte stattdessen. Das Sektorgitter zeigte einen riesigen Schlangenschwarm, der sich bewegte und direkt auf Jack zukam. Es funktionierte. Ein Teil von ihm - ein ziemlich großer Teil - hatte nicht geglaubt, dass es funktionieren würde, aber die Schilde gaben genug Glimmer-Signatur ab, dass die Schlangen es bemerkten.

Und so schnell, wie der Schwarm angriff, hegten sie einen großen Groll gegen die Glimmer. Das Shuttle war nicht schneller als die

Schlangen, aber es flog schneller als je zuvor und es hielt zusammen... gerade so. Etwas knarrte und brach hinter ihm, und eine abgebrochene Niete prallte an seinem Helm ab.

„Halte zusammen“, murmelte er, als ob seine Worte Macht hätten.

Die Schlangen holten auf, wie er es erwartet hatte, aber er machte sich nur um die Sorgen, die Sam Wächter genannt hatte. Diese Bastarde waren schnell. Anders als *Starpiercer* hatte er es nicht weit. Das Waffenschiff hatte die Schlangen zu achtzig Prozent dorthin gebracht; Jack musste sie nur noch die letzten zwanzig Prozent bringen. Die Entfernung zu dem Asteroiden wurde auf seinem Bildschirm angezeigt.

Zwanzigtausend Kilometer.

Er hatte den Abstand zwischen *Starpiercer* und dem Asteroiden bereits mehr als die Hälfte zurückgelegt. Der Schwarm verringerte den Abstand weiter und es gab keine Anzeichen, dass er aufgeben würde. Eine Warnleuchte zeigte an, dass der Motor überhitzt war. Das Panel unter seinen Fingern vibrierte.

„Halt noch ein bisschen länger durch“, sagte er.

Bei zehntausend Kilometern zeigte sein Scan, dass die wenigen verbliebenen Wächterschlangen den Rest überholt hatten. Es würde knapp werden. Er hoffte, dass Jenivals verrückter Ave-Maria-Plan funktionieren würde.

Bei fünftausend Kilometern ließen seine Nerven seine Finger zittern, etwas, das ihm schon lange nicht mehr passiert war. Der Schwarm hatte sich so weit genähert, dass er sehen konnte, dass sich hinter ihm nicht nur Hunderte, sondern Tausende von Schlangen befanden. Die größeren Schlangen hatten ihren eigenen kleinen Schwarm vor dem Rest gebildet. Er nahm an, dass die Anzahl der Schlangen keine Rolle spielte, denn nur eine würde reichen, um ihn zu töten.

Die ganze Zeit, die Veda und er damit verbracht hatten, das Shuttle mit einer kleinen Railgun auszustatten, hatte sich als nutzlos erwiesen, da das Geschütz nur einen Bogen von hundertachtzig Grad vor dem Schiff abfeuern konnte. Sie wollten das Shuttle benutzen, um Schlangen frontal anzugreifen. Sie hatten nicht einmal geahnt, dass das Shuttle dazu benutzt werden würde, Tausende von Schlangen anzulocken. Alle Bedrohungen lagen hinter Jack.

Sobald sein Bildschirm anzeigte, dass noch tausend Kilometer zwischen ihm und dem Asteroiden lagen, drehte Jack die Schubdüsen auf Maximum. Das war jenseits der Leistungsgrenze des Schiffes, aber alles, was er tat, war jenseits der Leistungsgrenze. Der Alarm des Shuttles kündigte einen bevorstehenden Stromausfall in sechzig Sekunden an. Er schaltete alle Systeme bis auf die Abschirmung, den Antrieb, die Navigation und die Steuerung ab. Als der Alarm weiterging, schaltete er auch das Navigationssystem ab. Der Alarm wurde fortgesetzt, aber der drohende Stromausfall wurde jetzt mit vierundsiebzig Sekunden angegeben. Der Asteroid wurde vor ihm immer größer. In fünfundvierzig Sekunden würde er in der Killbox sein.

Als er seine Geschwindigkeit verlangsamte, kam der Schwarm zu ihm, aber auch die Schlangen waren gezwungen, ihre Geschwindigkeit zu verringern, um dem Felsen in ihrem Weg auszuweichen. Die Schlangen waren jedoch viel wendiger, so dass sie den Abstand zu schnell verringerten. Die erste Schlange erreichte das Shuttle neununddreißig Sekunden später, sechs Sekunden außerhalb der Killbox. Der Roboter klammerte sich mit solcher Kraft an das Shuttle, dass Jack ein Schleudertrauma im Nacken spürte. Metall kreischte, als die Schlange den Rumpf aufriss. Die Druckveränderung riss Jack fast aus seinem Sitz.

Noch zwei Sekunden.

Er nutzte das letzte Quäntchen Energie des Shuttles, um einen letzten Beschleunigungsstoß abzufeuern, der ihn in die Mitte der Tötungsstation brachte. Die Schlange trat durch das Loch ein, das sie geschnitten hatte, und stürzte sich auf Jack. Er betätigte den Notausstiegshebel. Ein Teil der Hülle über ihm explodierte nach außen und er wurde aus dem Shuttle geschossen.

Sein Rücken schmerzte, als sein Sitz gegen eine Schlange prallte, die das Schiff angriff, aber durch seinen Schwung wurde er weggeschleudert. Durch die Drehung konnte er nichts erkennen, bis sein Schleudersitz mit kleinen Stößen automatisch korrigierte und ihn stabilisierte. Seine Wirbelsäule fühlte sich an, als hätte jemand einen glühenden Schürhaken hineingesteckt, und er biss die Zähne zusammen, während er sich quälte. Hinter ihm kam der Schwarm an. Tausende von Schlangen umhüllten sein Schiff und bildeten einen riesigen Ball, dessen Rand nur noch fünfzig Meter entfernt war.

Der Ball begann auseinanderzubrechen, und er wusste, dass das Schildsystem des Shuttles seine Energie verloren hatte und wahrscheinlich völlig zerstört war. Ein Licht blinkte in der Mitte des Asteroiden auf und die Waffe wurde aktiviert. Dutzende von massiven, beweglichen Laserstrahlen schossen aus dem Zentrum heraus und schossen die Schlangen ab, als wären sie Papierziele. Jack schnallte sich hektisch von seinem Schleudersitz ab - er war größer als zwei Meter. Sobald er frei war, stieß er sich ab, was ihm einen erneuten Schmerzstoß durch den Rücken versetzte. Eine Sekunde später wurde sein Sitz von einem Laser in zwei Hälften geschnitten. Trotz der Schmerzen machte er sich so klein wie möglich, während das massive Lasersystem der Fünfundfünfzigsten alles durchtrennte, was größer als zwei Meter war.

Einige Schlangen versuchten zu entkommen, aber die Flotte war hinter dem Asteroiden aufgetaucht und lieferte sich nun einen heftigen Kampf. Einige Schlangen starteten Kamikaze-Angriffe auf das Lasersystem, aber es zielte auf alles, was ihm am nächsten war.

Ein Schiff explodierte, als die Schlangen seinen Energiekern trafen.

Die Schlangen flogen in alle Richtungen und verursachten Trümmer in alle Richtungen. Ein Stück einer Schlange traf Jacks Helm, verursachte einen tiefen Knacks und sein Heads-up-Display fiel aus. Sekunden später erfasste eine Schlange Jack und raste auf ihn zu. Sie wurde nur fünf Meter von ihm entfernt getroffen. Die Explosion schickte Schrapnelle nach draußen und er spürte, wie sich eisige Splitter durch seinen linken Arm und sein Bein bohrten. Das Alarmsystem seines Anzugs schrillte. Er kämpfte, um ein Pflaster herauszuziehen - sein Arm funktionierte nicht richtig. Schließlich gelang es ihm, das Pflaster zu ergreifen und es auf seinen Arm zu klatschen, wo Blutblasen hervorspritzten. Auch aus seinem Bein sprudelte Blut, aber sein Anzug hatte nur ein Pflaster. Er klatschte mit der Hand auf die Wunde, aber das half nicht, den Druck seines Anzugs nicht entweichen zu lassen. Er verschaffte sich höchstens ein paar zusätzliche Sekunden.

Um ihn herum zerfetzte die Laserwaffe weiterhin alles, was groß genug war, um sie auszulösen. Außerhalb der Killbox kämpfte die Flotte mit mehreren Dutzend Schlangen, denen es gelungen war, den Lasern zu entkommen. Mindestens zwei weitere Schiffe waren zerstört worden.

Seine Luft wurde dünner und er zitterte von der brennenden Kälte des Weltraums, die durch seinen Anzug kroch. Es fühlte sich an, als würde jemand immer wieder in seine Wunde stechen, während das Fleisch unmittelbar um den Riss im Anzug gefror.

Als der Laser aufhörte zu feuern, wurde ihm schwindelig. Die Schiffe verfolgten die verbliebenen Schlangen. Jack befand sich in einem Meer aus Schlangenteilen. Einige von ihnen waren noch aktiv und bewegten sich wie Fische auf Sand, aber sie hatten nicht mehr genug Körperteile, um zu entkommen.

Seine Sicht verschwamm und er konnte nichts anderes als einen schwarzen Ozean erkennen. Dann glaubte er, etwas zu spüren - es war schwer zu sagen, denn sein Körper hatte sich in ein kribbelndes Taubheitsgefühl verwandelt. Ein Ruck schickte einen neuen Schmerz durch seine Wirbelsäule, und er war froh darüber. Es bewahrte ihn davor, das Bewusstsein zu verlieren. Irgendetwas hatte nach ihm gegriffen. War es eine Schlange, die ihn töten wollte? Wahrscheinlich. Aber warum hatte sie ihn noch nicht getötet?

Er versuchte, bei Bewusstsein zu bleiben, aber er wurde immer schwächer. Er wusste nicht, wie lange der Schraubstock ihn festhielt, aber plötzlich fand er sich in einem weißen statt in einem schwarzen Ozean wieder. Jemand sprach, möglicherweise mit ihm. Sein Helm wurde abgenommen und er sog einen tiefen Atemzug der unter Druck stehenden Luft ein. Es brannte in seinen Lungen, aber er saugte noch einen und noch einen ein, um Sauerstoff in seine Extremitäten zu bekommen. Seine Augen funktionierten noch nicht richtig - die extreme Kälte und der fehlende Druck machten sie schneller kaputt als die anderen Sinne. Seine Ohren pochten, als das Blut durch sie rauschte. Seine Haut brannte und er begann zu zittern. Es ist schon seltsam, im Weltraum gefangen zu sein. Ein Schauer durchlief Jacks Körper. Vielleicht musste er sich auch übergeben - er konnte es nicht sagen.

Er wurde immer schwächer und schwächer, während jemand mit ihm sprach. Er spürte sogar, wie er sich selbst bewegte. Irgendwann begann sein Verstand wieder zu funktionieren und er öffnete die Augen. Er befand sich in der medizinischen Abteilung eines Schiffes. Es war eine große Bucht, was bedeutete, dass es ein viel größeres Schiff als die *Cabrón* war. Er war zugedeckt und eine Infusion versorgte seinen Arm. Als er in der Nähe stand, erkannte er ein vertrautes Gesicht.

„Shen", krächzte Jack. „Ich wusste nicht, dass du noch da bist."

Shen brach in Gelächter aus. „Das dachte ich auch, mein Freund. Es ist ein Wunder, dass es dich noch gibt. Du warst mehr ausgesetzt als jeder andere, den ich je gesehen habe, und hast überlebt. Dein ganzer Oberschenkel ist schwarz geworden, weil er gefroren war. Ganz zu schweigen davon, dass du dir ein gebrochenes Rückgrat, einen gebrochenen Oberschenkel und zwei sehr tiefe Risswunden zugezogen hast. Eigentlich müsstest du tot sein, mein Freund, aber anscheinend bist du einfach zu stur, um zu sterben."

Jack versuchte zu lächeln, aber er war sich nicht sicher, ob er es schaffte. Er wurde schwächer, aber er musste es wissen. „Wir... haben gewonnen?"

Shen lächelte. „Ja, mein Freund. Wir haben gewonnen."

48

Die Fünfundfünfzigste

Shen Jians *Satsuma* legte acht Tage nach dem Sternenschlangenmassaker an der Fünfundfünfzigsten an. Jack wäre es lieber gewesen, wenn sie früher angelegt hätten, aber da er im Bett festgeschnallt war, hatte er kein Mitspracherecht in dieser Angelegenheit. Stattdessen verfolgte Satsuma eine kleine Gruppe von Sternenschlangen, denen die Flucht gelungen war. Die Rebellen hatten nach der Schlacht nur noch siebzehn Schiffe, also wurde jedes Schiff, das noch fliegen konnte, auf die Jagd nach den Schlangen geschickt. Shen hatte einige Schlangen gefunden, denn zweimal war Jack in seinem Bett angerempelt worden, was ihn deutlich daran erinnerte, dass sein Rücken noch nicht verheilt war und sein Körper immer noch schmerzte.

Als sie anlegten, konnte Jack zwar mit einem Stock gehen, aber jeder Schritt war langsam und schmerzhaft. In ein paar Tagen würde er den Stock nicht mehr brauchen. Shen blieb an Jacks Seite, als sie die ersten paar Schritte zum Dock machten.

„Danke fürs Mitnehmen ... und alles", sagte Jack.

„Ich war dir einen Gefallen schuldig, weil du mich vor langer Zeit aus Woven City mitgenommen hast, und es gibt nichts, was ich weniger mag, als jemandem einen Gefallen zu schulden. Wir sind quitt", sagte Shen.

Jack lächelte. „Auf jeden Fall."

Damit ging Shen mit einem seiner Mitarbeiter, der hinter ihnen aufgetaucht war, davon, und Jack stapfte weiter. Die meisten anderen Mitglieder von Shens Crew schlängelten sich an ihm vorbei, während sie die Rampe hinunter drängten. Ein paar von ihnen drückten Jack die Schulter oder klopften ihm auf die Schulter. Einer sagte: „Danke, Mann. Du bist ein Held."

Jack hätte geantwortet, dass die wahren Helden diejenigen sind, die es nicht nach Hause schafften, aber der Mann, der diese Aussage gemacht hatte, war in einem flotten Tempo weitergelaufen. Also sagte Jack nichts. Aber er war kein Held. Er fand es merkwürdig, dass jemand so etwas dachte. Alles, was er getan hatte, war, eine Herde wilder Roboter zusammenzutreiben. Jeder, der ein schnelles Schiff hatte, hätte das tun können.

Seine Gedanken wurden unterbrochen, als er unten an der Rampe ankam und seine Mannschaft auf ihn wartete. In ihren Gesichtern konnte er viele Emotionen ablesen. Veda und Heddi sahen beide wütend aus, Kana wirkte erleichtert und Burn machte ein ernstes Gesicht, aber hinter der dünnen Maske zeichnete sich Sorge ab.

Kana stürzte als Erste auf ihn zu und umarmte ihn. „Du Idiot. Mach so etwas nie wieder."

„Es tut mir leid", log er.

Als sie sich zurückzog, sah er Vedas Faust kommen, konnte sich aber nicht mehr rechtzeitig ducken.

Ein Schmerz durchzuckte seinen Wangenknochen und schickte Wellen des Schmerzes über seinen sich noch erholenden Rücken. Er wäre gestürzt, wenn Veda ihn nicht rechtzeitig aufgefangen hätte. Was Schläge angeht, hielt sich Veda nicht zurück. Das war seine Art, sich auszudrücken. Sobald Jack stabil auf den Beinen war, ließ Veda ihn los und ging weg.

Kana wollte ihrem Mann folgen, warf aber einen Blick über ihre

Schulter. „Er ist immer noch ein bisschen verärgert, dass du uns zurückgelassen hast. In ein oder zwei Tagen wird es besser sein."

„Ich habe es verdient", sagte Jack.

Heddi trat auf ihn zu und wedelte mit einem Finger vor seinem Gesicht. „Ich sollte dir auch eine verpassen für deine Aktion. Was hast du dir dabei gedacht, deine Mannschaft einfach so zurückzulassen?"

„Es war kein Platz im Shuttle", sagte er.

„Das ist Blödsinn und das weißt du auch. In dem Shuttle war jede Menge Platz", sagte sie.

„Du hättest dort nicht sein müssen."

„Na und? Ich hätte dabei sein sollen. Wir sind eine Familie. Das ist es, was Familien tun", sagte sie. „Außerdem, was wäre, wenn du getötet worden wärst? Wer wäre dann der Captain gewesen?"

„Ihr würdet tun, was die Mannschaft getan hat, als das Schiff das erste Mal keinen Captain mehr hatte. Ihr hättet abgestimmt", sagte Jack. Sie sah ihn mit zusammengekniffenen Augen an und er bemerkte, dass ihre Augen feucht waren. „Das werde ich dir nicht noch einmal antun."

„Versprichst du das?"

„Ich verspreche es."

„Gut." Sie schenkte ihm ein leichtes Lächeln. „Ich habe etwas nachgedacht, als du weg warst."

„Oh?"

„Ich habe beschlossen, dass ich nicht so sein will wie Veda."

„Das ist gut zu hören."

„Ich meine, ich will immer noch wie Veda sein, aber ich will nicht nur wie Veda sein. Ich will auch Captain sein. Was hältst du davon? Zeigst du mir, wo es lang geht?"

Stolz erwärmte sein Herz. „Darauf kannst du wetten."

Heddis Lächeln wurde zu einem breiten Grinsen, und sie schritt voran.

Burn schlang seinen Arm um Jacks freien Arm. „Komm schon. Wir bringen dich in die Kapsel, damit du dich ausruhen kannst. Du siehst beschissen aus."

„Ich garantiere dir, dass ich mich schlechter fühle, als ich aussehe", sagte Jack, als sie losgingen.

„Du hättest dich umbringen können."

„Ich weiß."

„Ich wäre wirklich sauer gewesen, wenn du dich umgebracht hättest."

„Ich weiß."

„Du weißt, was passiert wäre, wenn du nicht zurückgekommen wärst. Veda wäre auf Mordtour gegangen, Kana wäre in irgendeiner Spielwelt verschwunden und Heddi... Scheiße, ich weiß gar nicht, was Heddi tun würde."

„Ich schon. Sie würde besser damit umgehen als jeder von euch. Sie würde euch davor bewahren, verrückt zu werden ... und dich hoffentlich davor bewahren, mit der Hälfte des Systems zu schlafen."

„Nur mit der Hälfte?"

Jack grinste. „Ich wollte optimistisch sein."

Nachdem ein paar Sekunden vergangen waren, fuhr Burn fort: „Du musst dich bei der Crew dafür entschuldigen, dass du uns zurückgelassen hast, und zwar sofort. Wir werden für eine lange Zeit in dieser Blechbüchse festsitzen. Die Wartungswerkstatt sagt, dass die *Cabrón* noch gut vier oder fünf Monate Arbeit vor sich hat, aber mit all den anderen Schiffen, die zur Arbeit kommen, kannst du das verdoppeln. Und das gilt nicht für die Glimmer-Haut, die Kana und ich drucken, um den Rumpf zu ummanteln. Wir müssen irgendwo ein privates Dock finden, wo wir sie anbringen können, damit es nicht auffällt, und das wird noch ein paar Monate dauern.

„Bist du sicher, dass wir die Hülle anbringen sollten? Du hast doch gesehen, was die Schlangen davon halten."

„In einem Monat wird es keine Schlangen mehr geben. Das sagen die Leute von Ngoma."

„Ich hoffe, sie haben Recht." Jack grunzte leise, als sein immer noch heilendes Bein ein scharfes Knacken von sich gab, als die Naniten die Nerven wiederherstellten.

„Aber die Crew hat darüber gesprochen. Wir wollen immer noch die Hülle. Sie ermöglicht schnellere Geschwindigkeiten und längere

Fahrten. Vor langer, langer Zeit wollten wir sehen, was jenseits dieses Systems liegt. Wir haben einen Blick darauf geworfen und ich denke, wir wollen mehr sehen. Vielleicht nicht sofort, aber irgendwann. Vielleicht in einem weiteren Jahrzehnt. Natürlich wird unsere Crew bis dahin entweder ein Mitglied gewonnen oder verloren haben. Heddi hat sehr viel Zeit mit diesem Knirps verbracht, als du weg warst."

Jack schenkte ihm ein kurzes Lächeln. „Da bin ich froh. Sie hat es verdient, ein normales Leben zu führen. Sie hatte nie eine richtige Jugend. Sie wurde gezwungen, innerhalb eines Tages von einem kleinen Kind zu einer Erwachsenen zu werden."

„Es gibt keinen Grund, warum sie jetzt nicht ein normales Leben führen kann, wenn sie es will. Sol Corp und die Rebellen haben Frieden geschlossen. Glitch und seine Schlangen sind verschwunden. Wir haben vielleicht die Glimmers verärgert, aber Big Guy ist schon lange weg. Zum ersten Mal in unserem Leben ist die Menschheit frei", sagte Burn.

„Ich hoffe, du hast Recht."

EPILOG

Bald werden die Wegbereiter in unser Sonnensystem zurückkehren. Die Glimmer kehren eine Woche später zurück.

NEWSLETTER

Abonnieren Sie den Newsletter, um über neue Veröffentlichungen von Zweihänder Publishing informiert zu werden:

https://www.subscribepage.com/deutschescifi

2 MONDE DANKT EUCH

Wenn du dieses Buch genossen hast, lass es uns bitte mit einer Rezension wissen.

Klicke einfach hier: http://www.amazon.de/review/create-review?&asin= B0D4RC4XG8

Und wenn dir dieses Buch gefallen hat, kannst du das nächste Buch bereits hier bekommen: Knotenpunkt der Funktionsstörung

Abonniere den Newsletter, um über neue Veröffentlichungen von Zweihänder Publishing informiert zu werden:

https://www.subscribepage.com/deutschescifi

Wenn du auf Facebook bist, besuche unsere Gruppe von gleichgesinnten LitRPG Individuen : https://www.facebook.com/groups/scifiwelt

Oder unseren Discord Server : Deutsches LitRPG

Und wenn du einer dieser bücherschnüffelnden Spinner bist, mach ein Foto davon und lade es in deiner Lieblings-SciFi-Gruppe hoch. Weitersagen macht wirklich einen Unterschied.

Wenn du es gelesen hast und es dir gefallen hat, lass es andere in Facebook-Gruppen wissen oder empfehle es einfach mit einem Link zu Amazon. Das hilft so sehr dabei, das nächste Buch herauszubringen und die Kosten zu decken.

SCIFI SERIE

HIER SIND EINIGE UNSERER LIEBLINGS-SCIFI-SERIEN:

'Pflicht, Ehre, Planet' Serie
'Das letzte Gambit der Erde' Serie
'Kriege der Wegbereiter' Serie
'Die Aternien Kriege' Serie

Gefrierbrand: Eine militärische Science-Fiction-Serie

Autor : Rachel Aukes

Verlag : *Zwei Monde*

Verlag : *Zweihänder Publishing*

dimitrios@zweihanderbooks.com

Hedwig-Poschütz Str. 28

10557, Berlin

ASIN : B0D4RC4XG8

ISBN : 979-8883787552

Druck : Amazon

Printed in Poland
by Amazon Fulfillment
Poland Sp. z o.o., Wrocław

46280924R10186